乡村少年成长密码

吴再柱 著

民主与建设出版社
·北京·

图书在版编目 (CIP) 数据

乡村少年成长密码 / 吴再柱著 . —北京：民主与
建设出版社，2020.2

ISBN 978-7-5139-2971-4

Ⅰ . ①乡… Ⅱ . ①吴… Ⅲ . ①散文集—中国—当代
Ⅳ . ① I267

中国版本图书馆 CIP 数据核字（2020）第 040191 号

乡村少年成长密码
XIANGCUN SHAONIAN CHENGZHANG MIMA

著　　者	吴再柱	
责任编辑	周佩芳	
主　　编	凌　翔	
封面设计	陈　姝	
出版发行	民主与建设出版社有限责任公司	
电　　话	（010）59417747　59419778	
社　　址	北京市海淀区西三环中路 10 号望海楼 E 座 7 层	
邮　　编	100142	
印　　刷	唐山楠萍印务有限公司	
版　　次	2020 年 7 月第 1 版	
印　　次	2020 年 7 月第 1 次印刷	
开　　本	710 毫米 ×1000 毫米　　1/16	
印　　张	23.75	
字　　数	400 千字	
书　　号	ISBN 978-7-5139-2971-4	
定　　价	69.80 元	

注：如有印、装质量问题，请与出版社联系。

序：你说，我们听

"你说，我们听！"

这里不是《超级演说家》，而是《乡村少年成长密码》。

显然，说话的人，不是名流，不是大腕，不是学霸，而是一群在八年级读书的乡村少年。

这群乡村少年所说的内容，既没有宏大叙事，也没有惊心动魄；说完之后，既没有导师点评，也没有观众喝彩。

能有的，只是家长里短，同学少年，读书苦乐，成长喜忧；能有的，只是独坐静思，自言自语，对月兴叹，自我陶醉。

也许，正是这些琐碎的、平凡的，甚至是惨淡的内心独白，向我们逐渐地展现了一个个真实的生活情景，一缕缕散乱的学子情丝，一片片稚嫩的少年情怀。

课堂上常想着啥呢？

记单词到底有多累？

男生、女生都喜欢聊些什么？

你怀春，我钟情？

对于足球有多爱？

玩笑话里都有啥？

同学座位，即是班级地位？

无人监考下，心跳有多快？

寒假作业为何一言难尽？

你打你的工吧，我读我的书，这其中有几个想法？

单亲孩子有多难？

培训班，到底好不好？

在他们的心中，学校是啥样，村庄是啥样？

……

如果没听他们说，许多时候，我们更多的也许只是自作聪明地主观臆想着。而一旦用心聆听他们的表达，我们才知道这个时代的乡村少年们：所遭遇的境况是啥样，所掩埋的心声有哪些，所期望的未来为哪般。

　　我与这群少年相处了两年。然而，我仅仅是一位语文教师，而不是班主任，因而对他们的了解，原本并不多，程度也肤浅。

　　也正是这个缘故，2017年元旦前夕，或许是心血来潮，或许是酝酿已久，总之萌生了一个想法：我想与他们一起来完成这个课题，这个书稿。

　　当我把这个想法在课堂上正儿八经地说出来后，他们先是不相信：不相信这个超级工程他们能参与，也不相信能否可完成。

　　但很快地，这群乡村少年们就投入了十二分的热情。哪个孩子不想把自己写进书里？哪个孩子不想知道同龄人有何念想？

　　当我把一些文章放在公众号里，一位不知名的朋友给我留言："做这件事，有历史价值。"

　　看到这个留言，我越发感到这个课题、这本书稿的价值所在。

　　一个班级，52名学生，都以一个主人的身份，侃侃而谈，从容表达，乡村少年的心灵之窗，从此打开：为你，为我，更为他们自己。（只因涉及隐私，书里的名字，我做了些"科学处理"。）

　　八年级，本来就是生命成长中的一个敏感的节点——进入青春期，面临中考——也即是所谓的"初二现象"：这个课题的价值又一次陡然提升。

　　更巧合的是，八下一开学，这个班就被抽了十四名学生到培训班。这险些让这项工程半途而废。然而，是困境，更是机遇，这种既是偶然也是必然的矛盾，正好增加了这项工程挑战性和趣味性，也增加了一种特殊而普遍的意义。

　　其实，我们还可以这样理解这种意义：

　　《乡村少年成长密码》不仅仅属于这个班级，它应当属于一个区域，一个群体，一个时代。

　　这也许正是它的历史价值所在。

　　热情，对于少年来说，从来都只能维持三分钟。当课业负担重了，当所写的话题多了，当自己的玩心又上来了，当一些坏习惯又开始作祟了……这些时候，他们的惰性也往往会悄然而至。

这是意料之中的事情。作为一个"资深"的语文教师，一个"资深"的德育工作者，我自信能从容应对这一切——展示加提醒，遥望加凝视，萝卜加大棒——这样，这个所谓的超级工程完成起来，其实并不繁重，也就一年时间的持续劳作而已。

而他们只需一个学期。只不过，他们在寒假里略加投入，而我还在节假日运行不止。

乡村少年们在诉说着，作为老师的我在记录着、思索着，并不时提出一些常识性建议。

对，常识性建议。许多时候，我们的教育往往缺失的就是常识。

我希望它能成为一套鲜活的教育学，一座温馨的连心桥，一本别样的作文选，甚至是一册常翻常新的案头书。

我希望它能够为读者开启心灵之窗，揭秘成长之道，辉映梦想之光。

佛说，前世的五百次回眸，才换来今生的擦肩而过。

是的，这就是缘分。我与这群乡村少年的缘分，既延续在心里，也定格在书中。

当然，这种缘分，并非只是一点对多点的辐射状，它还是里面人物之间的相互交织状：千头万绪，又条理清晰；千变万化，又归于一脉——简单地说，也就两个字——成长。

你说，我们听——

同龄人听了，也许会惺惺相惜；

家长们听了，也许会幡然醒悟；

老师们听了，也许会有所思考。

你说，我们听！

——2019 年 12 月 12 日，夜

目　录

第四辑　说家庭

第五辑　说成长

第一辑 说课业

说无人监考

一

开春后的第三周，一个语文晚自习上。

那晚发生了什么？同学们又是如何想的呢？

殷文嘉：语文老师对我们提出"无人监考"，全班人都乐坏了，因为这样就可以照抄了。老师还说，如果不抄，就在试卷的左上角写 A；如果抄 1—3 分，就写 B；如果抄的大于 3 分，就写 C。我毫不犹豫地选了一个 B。因为我控制不住这一张嘴和一双眼，但我不会抄 3 分以上的。那次考试，我抄了古诗 1 分，文言文填空中的两分我也抄了。没想到的是，我抄的 3 分中有两分是错的。但是我的成绩很乐观，考了 84 分。对我来说，超过 80 分就是成功；即使我没有 80 分以上，但是我尽了力，那我也是成功。

胡培丰：我心里想，一定不能作弊，要凭自己的真实能力做。要是别人问我问题呢？那时我给他抄，算不算作弊？由于我的胆子小，所以没敢问老师，只是自己吞下了这个念头。正在考试中，我的同桌问我"我劝天公重抖擞"的下一句是什么，我说，只知道"不拘一格"，后面的三个字忘记了。我的心，志忑地跳着，因为被语文老师看见了，我担心他会说我些什么。我把头低下。老师走到我身边，站了一会儿，什么也没说就过去了。正当我以为这事过去了，老师又说，一些人注意些，我的头又低下了……终于，无人监考结束了。交卷的时候，老师望了我一眼，看到那炯炯有神的目光，我真想挖个地洞，马上钻下去。

石晨：我的心，如大海的潮汐，时起时落。我表面很镇静，其实内心在惊涛拍岸。如果照抄，抓住了就颜面扫地，同时，本人在同学中的地位也很受打击。在抄与不抄之间，我已深陷泥沼之中……成年，是十六岁还是二十岁？我心中动了想翻书的念头。我的内心一直在战斗。战斗是看不见硝烟的，一直胶着的。我面红耳赤，心中嘀咕着，抄一次又不会死，反正没人看见……这场拉锯式的战斗，最终以理智战胜了诱惑。

鄢娟：刚开始二十分钟的时候，教室里静得只能听见笔在纸上写的"沙沙"声。我看了一下周围的同学，大家要么在奋笔疾书，要么在冥思苦想。我想，这是我从小学到现在见过的最安静的一场考试了。以前，有老师坐在教室里监考的时候，有些人还在叽叽喳喳地"问问题"，老师提醒了几次，但还是屡教不改。但这一次不一样，为了赌自己的尊严而考试。这一次的考试，显得格外安静。但是，好景不长，二十分钟之后，有些人就开始讨论他们所谓的"问题"了。刚一开始，他们的声音还不是很大，到后来，变得越来越猖獗了，说得热火朝天。最后老师忍无可忍了，进来说："有些同学在干嘛？如果你想抄答案，可以把桌子搬到外面去考，我把整份答案都给你，让你抄个够，好吧！有没有同学愿意出来抄答案的？"教室里顿时鸦雀无声……

涂欣欣：许多人又抑制不住内心的小九九，前看后望左顾右盼只求几题答案，还有无所畏惧的一伙人生怕班上还有人不认识他，说话放开了喉咙，喊着。我只想求得内心的宁静，于是喊了一句"不要说话！"越做到后面，题目越难了。每次内心的天使和恶魔都在争吵，在难以抉择的时候，我想到了自己的身份、职责，我选择了天使的善良。

二

显然，这不是"完全的"无人监考。正如程珊珊说的那样，几个调皮的男生卷子做完了，便不知天高地厚地玩了起来；尤其是几个特别的人，自己玩得不亦乐乎，以为无人知晓，但不知老师已在窗外默默地看着他。其实，即便老师没有巡视，学生们也都在相互监督着。

又过了一周，学校举行月考。月考，是要计算学生的总分和位次的。但老师继续选择了无人监考。这一次的情形又是如何呢？第一次无人监考时颇受大家指责的洪强又将如何表现呢？

柳浩伟：无人监考一共进行了两次。第一次，我真的是没能控制住自己，翻了翻书。第二天，语文老师问，昨天晚上抄了的同学请举手，当时我内心是很纠结的。如果不举手，这样撒谎，凭良心说，我还真的是很惭愧，因为我本来已经抄了。但是举手了，在全班同学面前会很丢脸。仿佛我内心有一天使和恶魔在斗争，但邪恶最终没能战胜正义。我勇敢地举起了手。我以为老师会批评我，可他并没有。他用温和的语气跟我说，没事的，下次不要这样就好了。

带着语文老师的这番话和他给我的信心，我又迎来了第二次无人监考。这一次与往日不同，今晚是开学以来的第一次月考。在这次之前，我已经做好了充分的准备。老师把卷子发下来时对我们说："这次又是无人监考，请大家最好不要照抄。"这番话说得我心里有点不是滋味了，本来考试就有压力，现在压力更大了。每遇到一个难题时，心中一直有两个精灵在斗争，这是我一直无法逃避的。我还是想打开书看一看，可语文老师在窗口处看了看我，我紧张地冒出了虚汗。这场面有些尴尬，他的眼神似乎又在对我说着什么……于是，我丢掉了书本，打消了抄袭的念头。

第三天，卷子发下来了，我一看，84分。这是我靠自己的力量得的84分。我自己有点儿不相信。此时，语文老师笑眯眯地望着我……

洪强：第一次无人监考的卷子发下来了，我考了70多分。我心里有些欢喜也有些伤心。语文老师说，昨天有一个同学一直在说话。老师没有点名，但我知道这是在批评我。我无比失落。第二次无人监考的考试又到了，我下定决心，认真做自己的题。

做前面的题，对我来说势如破竹，一下子做到了选择题。做着做着，我遇到了拦路虎。怎么办？我心里十分着急，担心我考的分数很低。别人的选择题全都填满了。我只要头向旁边一望，便大饱眼福。不行！我一回想起那天被语文老师批评，就恨不得变个小虫子躲起来。这让我的脸丢光了。

我心里便有两个精灵纠结了起来。抄吧，不碍事，明天准能拿个高分，有可能会被语文老师夸奖哦！还会让班上的同学对你刮目相看。不行，你不能抄，你不是下定决心不抄了吗？做一个诚实的孩子，就算考个高分，你的良心过得去吗？抄不抄？抄不抄？我不能抄，我要做一个诚实的人……

到了星期四，卷子发了下来，我考了77分，分数很低，别人都考了80多分、90多分。但我明白，这是我的真实实力，分数虽然较低，但我很开心，凭自己的实力考出了这个分数。

三

学生们又是如何评价"无人监考"的呢？

王杨：无人监考，好处坏处都有。好处当然是可以磨练同学们的意志，坏处是有一些人抄了，老师还不知道。看到那些人抄完，我心里真不舒服。希望老师少些无人监考。

柯岩：一次无人监考是一次自我的警示，是一次自我的完善，是一次改正错误的机会。在无人监考中，有的在努力完善，有的在继续犯错，而我在不断地改正。

石晨：这种无人监考，重要的不是考试，而是守住底线，与自己虚荣心作斗争；一个人，诚信是立身之本，没有诚信难于立世；只有严于律己，才能赢得诚信，赢得尊重。

柳振沪：成长是每个人的必经之路，成长并不只是长高了多少，还是精神方面的成长和行为方面的成长。管住自己，也是一种成长。

涂欣欣：第二天卷子发了下来，成绩虽不是很满意，但我觉得这是在给我提醒：跟懵懂无知的自己说拜拜，跟考试总有点水分的自己说拜拜。

柳浩伟：以前觉得只要能考高分，做什么都可行，但现在看来并非如此。做人做事，不求做到最好、最完美，只要凭良心做，即使最差，心里也是美滋滋的。

涂斐：就我想，这种无人监考，完全是靠我们的自觉性，躲在山里的孩子是永远长不大的；要勇于去翻过大山，到外面的城市去探索，去追求人生的理想。

柳宜君：对于这次考试，我有些话想说。老师凭着推陈出新的想法，做着独具匠心的事。谢谢老师，给了我们一个全面发展的机会，希望再多给一些机会让我们独立作业、独立做事、独自成长吧。

洪强：昨晚考试纪律很好，没人说话，没人抄袭，我开心地笑了。我明白了老师这样做的目的，是为了让我们依靠自己的实力，不是依赖别人，这样的学习和劳动就一定有更大收获。

四

教育的真谛是什么？是自我教育。

教育的终极目标是什么？是自我完善。

可以说，任何一个成功的人士，他受益最大的就是自我教育。

因为，唯有自我教育，才可能名副其实地让自己真诚，善良，慈爱，怜悯，有底线，踏实，自信，精益求精，追求卓越。

这是不是说，一个人的成长就完全不需要监督和制约呢？显然不是，适当的监督就是疾病的预防针，不以规矩也就不成方圆。否则，我们也就不需要制度和法律了。没有制度和法律，这个社会是会乱套的，我们的内心也是会乱套的。这种情形是不堪设想的。

但是，孩子最终是要长大的，是需要自己成长的。这种成长，是别人无法替代的，是需要自己不断地自我反思、自我矫正、自我完善的。这就需要我们创造一些让他们自己长大的机会。就比如无人监考。

一个人，真正地做到了自我教育、自我完善，才可能具备一个完整的人格。"君子慎独"，越是一个人的时候，越是要谨慎告诫自己，守住底线，这便是一种自我教育，自我约束。做到自我教育的人，才可能名副其实做到"出淤泥而不染，濯清涟而不妖"。

对于孩子的成长，我们就应当予以一定的信任。相信他们，能够在邪恶与正义、虚荣与真实、懒惰与勤奋、诱惑与坚守的较量中，更好地控制住自己。这一过程，也许很漫长，也许会出现反复，但我们应当坚信，任何一个正常的孩子，都是有是非黑白之分的，都是有着一颗追求善良、追求正义之心的。所以，我们要有一定的耐心。

当然，在这个过程中，我们需要看淡一些东西，尤其是不能过于炒作一些东西。比如分数和位次。试想一下，当我们做老师和家长的，把孩子的分数和位次看成是命根子，此时，有了抄袭的机会，我想，任何人都是无法拒绝的。这是一种人性，何况他们还是孩子。

说到底，自我成长，自我完善，对于孩子来说，是一种较量，一种抄与不抄的较量，一种虚伪与诚信的较量；对于老师和家长来说，也是一种博弈，一种经验与理性的博弈，一种平庸与智慧的博弈。

说上课

一

一千个读者就有一千个哈姆雷特，一千个学生却有一万个奇思妙想。

而这些奇思妙想，往往还出自课堂。

柳振沪：老师的话，好像催眠曲。

上学，对于我们来说，是一件很少有人喜欢的事。我感到，上学时时间过得真慢；而放假时，却过得非常的快。就比如寒假，好像还没怎么玩，就又看到了开学的影子。

如果一天有几节相同的课，我上课时就一定会想，怎么下节课又是某某课呀。当然，体育课除外。如果一天有几节体育、音乐、阅读一类的课时，我就不那么想了。

还有，老师上课时说的话，就好像催眠曲一样，听着听着，我就想要睡觉。特别是英语课，老师说的，我一句也听不懂，好像是在听天书。

上课时，我会不时地看黑板上面的时钟，想着快点下课。

吕嘉豪：多么希望这节课是体育课。

上课时，我经常会想到有些同学在草坪上踢足球，有些同学在球场上打篮球。我多么希望这节课是体育课，那样我们就可以在操场上疯玩了。但一想到那是不可能发生的事情。于是，只有安心上课。

还有就是，我会想以前的快乐时光，当然也会想起一些不快乐的事情。但是，每当想起不快乐的事情时，我就会回归课堂。

每到过节前夕，上课时我会经常想到在家里和表兄妹玩耍的时光，还会想到美味的佳肴。

每到星期五最后一节课的最后五分钟，我都会想到回家的轻松。当然，下课铃一敲响时，这种想象就会成为现实，不用想象了。

以上大概就是我上课时常想的事情吧。

石晨：发呆是最美好的。

发呆是最美好的：没有悲伤，没有烦恼，没有忧虑；旁若无人，天马行空，心旷神怡。

发呆时，只有你做不到，没有你想不到的。我常想，没有学校，没有老师，没有课本，那该多好呀！

没有学校，就可以在家休息，不用上学；没有老师，就没有作业，就可以愉快地玩游戏；没有课本，就不用背书，不用担心考试。

我常想，我长大以后是怎么样的，是贫穷还是富有。我曾幻想着，我是总统，像拿破仑一样征服欧洲，逼着他们学习汉语，这样就能让他们体会到我们学英语的滋味。但我从来不去幻想自己是政治家，因为我对那些东西不感兴趣。

幻想固然重要，但是你只天马行空，那就是纸上谈兵了。幻想的东西想要获得，就必须付出巨大的努力，否则也就只能是名副其实地幻想了。

王杨：不停地发呆，不停地看着窗外。

上课时，老师不停地说着，我不停地发呆；老师不停地写着，我不停地看着窗外。老师，你知道我在想着什么吗？

当上一些我能懂的课时，我会认真地思考题目，并想到老师会提出什么问题，我该怎么办，答不来时该怎么办。脑子一下子联想到很远的地方。就这样，不一会就下课了。

当上一些听不懂的课时，比如英语。此时，我就把眼睛望向窗外，看外面的花草树木。此时，一草一木都十分的养眼。于是，我又不自觉地想起星期天在家看的一些电影或动漫，等下课就告诉别人。

虽然上课时我常胡思乱想，但我会克制自己的。

柳雨：我最希望的是有人关注我。

我是一个喜欢创造奇迹的人，但我最希望的是有人关注我。

为了达到这个目的，上课的时候，我投入 90% 的专注力听讲，只有 10% 的时间在幻想。

但有时，我无法控制思绪。我总是在想，假如我不是普通人，而是一只既黑暗又邪恶的巨怪，能在人形与巨怪这两种形态之间变换。

我所幻想的角色，是一个满脸狰狞、带给人类恐惧的一种新生物。两颗巨大的犬齿长到下巴，身上穿着黑色铠甲，背后长着带给人压迫感的血红色的蝙蝠翅膀，身高有世界最高的山峰那么高……

我上课时就会这么想，虽然这很不现实，但这是我最大的梦想。要是这样的我，老师和同学能不关注吗？

冯畅：我可不能睡着。

课堂是神圣的，是不可顽皮的。上课时，我大部分时间是在认真听讲，但也免不了偶尔的开小差。

那是一节生物课，我由于头天晚上没有休息好，导致第二天无精打采的。上课时常打呵欠。我时常想着，我可不能睡着，就算累了，也要挺下去，熬下去；就算是上刀山下火海，我也要坚持下去。

结果，还是被老师发现了。老师往我这里瞄了一眼，我感觉整个人都不好了。从此以后，我总是提醒自己：晚上一定要好好睡觉，保证充足的睡眠时间。

程美玲：那个意味深长的眼神。

上课铃在我耳边不紧不慢地响起。我心想，老师这次肯定要发怒了吧。唉！

包着铁皮的木门，被谁粗鲁地推开，只见老师夹着一叠试卷，然后快速地扫视了我们一番。

"快到期末考试了，一个一个的，心都野了，是不是？"说完，就将试卷重重地扔到讲台上。

我顿时慌了，我有预感，我会考得很差。我的腿开始不停地抖。昨天晚上，我甚至想象到今天一早，我被他狠狠教训的情景。

我本以为我会适应的，因为我早已看惯别人被他骂的情景。可到头来，我还是没有准备好。

我蹑手蹑脚地前去拿试卷，没想到，他并没有骂我，而是给了我一个意味深长的眼神。

那一个眼神里包含了他曾经对我的认可，现在对我的疑虑，甚至还有一点不信任。那一个眼神，我已无法忘记。

不自觉地，上课时，我常常想起那件事，想起那个意味深长的眼神。但更多的时候，还是我对老师精心栽培的愧疚。

李曦：上课时，还是要以听讲为主。

上课时，总会开小差的。没有人可以每天每节每分每秒都聚精会神地听讲的。一节课四十分钟，我至少要开五分钟的小差。我开小差并不是在捣鼓着什么东西，而是在想一些莫名其妙、稀奇古怪的问题。

上语文课时，语文老师的嘴里总会说出一些名人名言、古诗句，或者古代的一些有趣的事情。我们总会听得津津有味。当老师讲完后，我又在想着老师刚才说过的内容，想加深一些印象，多积累一些。

上数学课时，我总是在想特别奇怪的问题。比如说，老师刚刚讲完了一个题目，我就在想，这道题会不会有更简便的方法，或者这道题有没有另外的一个答案。想了大约三十秒后，又继续听老师讲课。

所有老师中，就数历史老师上课时最严肃了。在历史课中我总是想着：下节课是什么课？还有多少分钟下课？这个星期还有历史课吗？上历史课时，想得最多的，是我的历史成绩不咋地。

上课时还是要以听讲为主，不能乱想，否则成绩会下降得很快的。

二

集中注意力：既要遵循科学，更要培养兴趣和毅力。

下图是美国学者埃德加·戴尔 (Edgar Dale)1946 年率先提出的学习金字塔理论示意图。

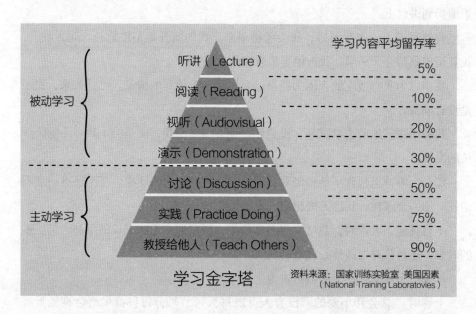

学习金字塔

在塔尖，是第一种学习方式"听讲"。这种方式很普遍，但学习效果是最低的，二十四小时以后学习的内容只能留下 5%。

第二种，通过"阅读"方式学到的内容，可以保留 10%。

第三种，"视听"，用"声音、图片"的方式学习，可以达到20%。

第四种，"演示"（"示范"或"展示"），采用这种学习方式，可以记住30%。

第五种，"讨论"，可以记住50%的内容。

第六种，"实践"（"做中学"或"实际演练"），可以达到75%。

最后一种在金字塔基座位置的学习方式，是"教授给别人"或者"立即应用"，可以记住90%的学习内容。

前四种方式，均为被动学习方式；下后三种方式，均为主动学习方式。学习效果，差距明显。

从上图可以获得许多启示。从教师角度来看，授课时，应注意变换方式方法，那种一讲到底的讲课方式，必须抛弃；应善于把讲解、阅读、讨论、互教有机结合。从学生角度来看，应学会变被动为主动，通过自己主动阅读、主动演示、主动交流，来加深理解，加强记忆。

理论的东西很好，但许多情况下毕竟是一种理想状态。更多的时候，还是要培养兴趣和毅力。也就是说，即便是自己不喜欢的学科或不喜欢的老师，也要坚持再坚持，千万不要和自己的学习成绩过不去，不要一味地随着自己的情绪走。

同时，还应相信一句话：越是你薄弱的学科，越有可能成为将来的强项。不信，你试试看！

说发呆

发呆是最美好的事情。

可以忘掉一切，

沉浸在自己的世界里。

——张哲

一

张哲：我看到石晨上语文课时经常发呆，神情呆滞，手倚课桌，托着下巴，望着黑板上方的墙壁发呆；而殷文嘉呢，他却是工工整整坐着，低着头，然后就在那里静止着，甚至睡着了……我喜欢上英语课，因为上英语课，发呆不会被发现。

石晨：发呆的时候，旁若无人，好像有一种飘飘然的感觉；语文课上发呆，是因为语文老师很和善，而语文成绩一落千丈。但数学课不敢走神，那是因为数学老师的火眼金睛会戳穿我的心思。

吕嘉豪：我发呆，一般在品德课上才会有的，因为语文课，吴老师的眼神非常毒，让我上课不敢做小动作；数学是我喜欢的科目之一，所以我不想发呆；物理课，同样也不敢发呆，柳老师的眼神也是很准的，让我上课根本不敢动；地理、英语、生物和历史都不用说了。只有到了品德课，才能发呆，想回到玩游戏的时光。因为品德是最容易的。我每次发呆，大概是五至七分钟，然后就会认真听讲了。

杨毅：别的课我也总发呆，但地理和语文这两科却不敢。地理老师管得很严，答不来问题的话，可能你的手就要受点小委屈了；语文老师的眼睛很犀利，总是望到我，我一做小动作或是发呆时，老师总是看到我。

发呆时，我就乱想着，最容易想到的，就是"王者荣耀"。先是在心里选一个角色，然后再开始玩，什么英雄我都想玩……

胡培丰：发呆这个词从来不会在我身上发生的。但由于换了个数学老师，从此这个词就与我结缘了。周一上午的数学课，讲的是上周那未讲的试卷，有6个

120 分，100 分以上的有一大堆，老师讲得就像唱催眠曲似的，惹得人想睡觉，一节课只上了一半，我就连打了好几个呵欠。

喻金圣：数学课上特别无聊，老师讲课特别慢，我总是在玩。这样便时常超然于课堂之外了。

二

程佳燕：总有那么些时候，想什么东西想到入神了，连眼睛都不带眨一下，这就是俗称的发呆。

我并不是经常发呆，因为我也不会把什么东西想得太认真，以至于入神。这大概就是"没心没肺"吧。任何东西在我的脑子里停留的时间真的是极少。但偶尔发一两次吧，也是在上课的时候，并不是在空闲时间。而且，我发呆也不是因为想什么问题想得入神，大多数都是因为老师讲的问题太深奥了。学识浅薄的我，大脑一片空白，于是就进入了神游状态。

此时，单手托腮，一动不动地望着黑板。神奇的是，在我发呆的时候，脑子里居然也清晰地意识到自己是在发呆，但没有一点要回过神来的念头。每次都是在老师突然调大音量的演讲中，我才彻底回神。此时，手微微一动，眼睛猛地一眨，"元神"便又回来了。这一次"神游"便圆满结束。

发呆并不是一件好事，因为你回过神来后，你并不知道老师此刻正在讲什么。

李曦：发呆叫作"穿越"。我有一次穿越的经历：救命的下课铃终于响了，一节课终于熬过去了，望着黑板上的数学公式，我身心俱疲。我趴在课桌上，望着窗外，突然一道光射进我的眼睛。哎呀，我又穿越了！

此时，我仿佛正坐在小学六年级的教室里，听着小学语文老师何老师给我们讲课。他手上捧着一本语文书。我再看看周围，一切都是那么熟悉，那一张张熟悉的面孔，再次浮现在我的眼前。再看看自己的课桌里，还放着半包辣条呢。我穿着小学的校服，脖子上还戴着值日证呢。天啊，到底发生了什么？我不敢相信这是真的，我穿越了！

然后，我看了看窗外，高大的松树，粉红色食堂，这些都是真的吗？我看着窗外发呆，突然，语文老师用棍子敲了一下我的头，好痛！我揉了揉头……我又坐在了初中的教室里，望着黑板上的数学公式，原来我在发呆！

这都是我的回忆，是最珍贵的童年记忆。

三

程美玲：我发呆时，脑子里老是放映着一连串的镜头：

"你怎么连这题都不会？"老师的脸上露出了不可思议的表情，也夹杂着几分愤怒。

"我……"我在老师的面前就像一个罪犯，大气都不敢喘。我沉默了，我把头埋得低低的，生怕他看出了什么。

那天，下着小雨，尽管是中午了，但天空还是昏暗一片，死气沉沉……

"算了。"他知道我的数学成绩并不好，并没有刻意为难我。

"但是，"他又补充道，"有什么不懂的，要及时问，把胆子放大点，心态放好点儿。"

"嗯！"我仰起头，看见了他眼睛里流露出了几分失望，但似乎也多了几分欣慰。我大步迈向班里，心中的一块石头总算落了地。

事后，不知道为什么，我总想起这件事，可能是自责，也可能是愧疚。

石贤妹：我发呆的时候大多是大脑空白，待着一动不动，像个傻子似的。这种事情，都是发生在下课时。以前曾有几次发呆，同桌叫我，我也不愿意回答。当同桌拍打我的时候，我才猛然醒悟。现在不是很爱发呆，实在太无聊，我又进入了那种忘我的时刻；发呆结束了，又回到正常时间。

柯岩：说起这个话题，倒是真有点意思。英语课，是最好的发呆时间，主要是英语老师不怎么管人。有时发呆想着，假如不上学该多好，我上学很累。可当我回过神来，就认为自己的想法很傻。中国在隋朝时，就已经有科举制度了。这已成为事实，是改变不了的。有时会想，如果我有一大笔钱该多好……总而言之，幻想是美好的，而现实总会有差距的。

程珊珊：一节英语课上，我突然望向窗外，鸟儿欢快地歌唱，花朵在枝头怒放。再想想今天发生的事，不禁笑了起来。我想着在家打的游戏，装备被我搞得好极了，一个抵百个。正在暗暗发笑时，突然，听到了我的名字，原来是老师。老师直视着我，"我叫了你两遍，你都没反应。明年这个时候就快中考了，你还有时间发呆，你可真行啊！"就这样，被老师教训完了之后，我又突然醒过来了，认真地听课了。看来，发呆是非常危险的。

柳妍妍：在我看来，发呆分为两大类。一类是看某个事物着了迷，另一类是想一件事入了神。我虽然很少发呆，但我想的常常是中考。我的成绩不算优异，但我每天都在为中考而担心而奋斗。

鄢娟：星期六上午，我赶紧完成了作业。每到下午时，我的发呆时间也就开始了。发呆的时候，我总喜欢在嘴里啃点儿什么。如果在家喝奶时，我总喜欢把吸管咬破，不一会儿，奶盒也被我给撕了；在学校，就喜欢咬笔头，我的笔头，基本上都被我咬过了。我曾经想把这个毛病给改了，但就是改不了。我发呆的时候咬，想问题的时候咬。哎，好烦，我真想改掉发呆的毛病。如果不发呆，相信就不会有咬笔头的坏习惯了。

四

上面的表述中，这帮孩子大多是上课时发呆：听不懂，嫌太慢，有点累，想着游戏，等等。

发呆是怎么引起的呢？主要是因着急、害怕或心思有所专注，而对外界的事物完全不注意。实际上，发呆是人的大脑对于外界事物进行调节的一种应激反应。

有心理学家表示，发呆是正常人的一种心理调节，偶尔发呆无伤大雅，还有利于健康。国家卫计委曾推出"5125"健康生活理念。其中的一个"5"，便是建议市民每天给自己留五分钟的发呆时间。

对于有自控能力的成年人，发呆是一种休息和调剂，但如果未成年人经常出现发呆的话，可一定要注意了。因为对没有自控能力的孩子来说，发呆可能是一种心理疾病。如果任由孩子经常性发呆，完全沉浸在自己独立的状态中，而不及时干预的话，很有可能会发展成自闭。当然，那是一种很特殊的情况，或是很严重的情况。

上课时常常发呆，人在曹营心在汉，便是一种不在状态的表现。从学生角度来说，就需要集中注意力，好好听讲，让自己的手、眼、心跟上课程进度。从教师角度来说，就应当让授课进度适合于更多的学生，呈现方式上多一些变化，教学语言尽可能地做到抑扬顿挫。

从安全的角度来看，在外出行走时，要防止自己发呆、出神。因为那样是非常危险的。

说没有语文课的日子

"星期四、星期五，我出差，下周一回来……"语文老师在班上宣布此消息后，教室里爆发出一阵"耶！"的声音。看样子，学生们对于接下来的两天没有语文课感觉很爽。

事情为什么会这样呢？事情真的会这样吗？

一

待老师走后，几个学生在私底下议论着：

"语文老师要星期一才回来，所以这几天都是数学课，好可怕的。"

"可不是呢，语文老师真傻，一节数学课换了那么多节语文课，数学老师真是赚大发了！指不定在哪儿偷着乐呢。"

"就是就是，真划不来……"

议论了一会儿，便都停了下来。随后，便没有人把这件事放在心上。

第二天，课程表上以数学为主。同学们仿佛有些不适应，在下课时都会问："下节是什么课？"当然，回答也基本上一样："下节语文课——不过上数学。"

接着又传来一声声的抱怨："怎么还是数学呀！上得我都快要吐了！语文老师快回来救救我们吧！否则，我们可能见不到星期一的太阳了。"

二

我们先来看看冯晓萱的感受。

"这几天，语文老师不在学校，所有的语文课都没有了。原来我觉得语文太枯燥了，全都是密密麻麻的方块字。现在我才知道，没有语文的日子，也是很无味的。

"语文老师在学校的时候，我们对他总会有点恨意，尽管他很幽默，也很认真负责。现在老师没有给我们上语文了，我们却是如此的没有思绪，就好像无头苍蝇一样，到处乱撞。还真是怀念有语文课的日子。语文老师刚出差的时候，我们非常开心，可以没有人来管我们，我们可以玩得兴奋了。饭后的语文时间，班主任叫我们待在教室里写作业。一看到那题目，我的头就开始痛，一点也没有兴趣写下去。可惜老师不在，如果他在这里的话，有他施加的压力，我一定可以写出来的。"

在冯晓萱看来，她学习语文的动力，原来是来自语文老师的压力。

三

程佳燕的看法不尽相同。

"虽说上数学课时，数学老师也会逗我们笑，但更多的还是严厉。上数学课，气氛往往会变得越来越凝重，而语文课总是越来越活跃。数学课老师提问，往往都是随意乱点。不管你会不会做，都是要上去演板的。不会做的时候，老师轻则瞪你几眼，重则就要让你挨板子了。然而语文课，老师一般都会让我们举手发言，不过有时因为没有人举手，气氛也会变得怪怪的。在这时候，语文老师都会给我们一些提示什么的。上数学课，老师大多数都是'恶狠狠'的，而语文课，语文老师的表情是多变的，是有趣的。

"上语文课时，我更喜欢听老师念他自己写的文章，特别是写他童年的，我就特别愿意听，总觉得语文老师的童年是很有趣的。

"没有语文的日子，是无味的，是枯燥的。总之，我们不能忍受没有语文的日子。"

在程佳燕看来，语文课的气氛更活跃一些，内容更丰富一些。

四

王杨的想法更有意思。

"星期四、星期五，语文老师不在校，太好了。我实在不想上语文了，这个星期，文言文上得我有点不耐烦了。

"第二天早上来到班上，我朦朦胧胧地坐在位子上，看着叽叽喳喳的同学，再看着在黑板边上抄写今天课表的同学。还不到一分钟，他写好了。我看看朝读，英语。我便拿出英语书，接着看课表：咦，没有语文？真奇怪。哦，对了，语文老师出差了。晨读时，我就把周末的语文作业做完了，周末又可以减少一项作业了。上午，我平平静静地上了几节杂课；但是，下午几乎都是数学课，我就有点不喜欢了……

"第二天的早上，我依然看着课表。今天还是没有语文，我有点想语文了。今天数学，那个全等三角形还不懂；看到数学老师那严肃的表情，我又想起了语文老师那温和的脸面，我有点后悔了。

"周末，我在想，这个星期又有语文了。我想对语文老师说，老师快回来吧，我们想您了！还有，希望这个星期不要再有文言文了，上第一单元的现代文行吗，老师？"

王杨还给自己弄了一个有点诗意又有点滑稽的结束语："彩虹不能失去其中任何一种颜色，小鸟也不能失去妈妈，所以一周、一天也不能失去语文。没有语文就没有文化，所以，语文老师快回来吧！"

冯畅的话，似乎更能表达王杨想说的意思："课程应均匀、周全，缺一不可。这次语文老师的出差，使我明白了一个道理：我们不能缺少本应有的任何一个学科；少了，我们就好像丢了什么似的。所以，我们的每天，都不能没有语文，也不能没有其他学科。"

<h2 style="text-align:center">五</h2>

上面，大家想说的，是"没有语文课的日子"；而以下一些同学，说的才是"没有语文的日子"。我们先来听听吕阳的看法。

"如果没有语文，那我们就写不来汉字，读不来书，更别谈叫我们写周记了。

"没有语文，我们就不了解古文、古诗及其他课文。单单只学数学，让人无趣；单单只学英语，连自己国家的语言都没学会，还学外国的语言，我觉得这叫'耻辱'。

"没有语文的话，那我们就说不了话，学不到汉语发音，只能像哑巴一样：呀呀乱叫。

"没有语文，不知道是什么东西在天上飞，不知道是什么东西在地上爬，不知道自己叫什么，家人叫什么：这是非常痛苦的事。

"没有语文，中国人便没有共同话题，就算打仗也不会沟通，只能孤军奋战，中国也没有战斗力。

"语言，是每个国家必须有的，我觉得语文是重要的。没有语文的日子，我还在跟别人玩耍，只能笑、哭，这样的生活是很痛苦的。

"如果学校没有了语文这门课，学校就少了沟通，学生们说不了话，或许只能用手语沟通。

"没有了语文，我们就只能学别国的语言。那时，中国早就落后了，谈不上经济发展，更谈不上建设强国。

"没有语文的日子，是不可行的。中国必须拥有语文；没有语文的中国，便没有五千年的历史文化。"

作为读者，我们或许会认为吕阳的话中有些逻辑问题，比如概念的混淆，但我们应当为吕阳个性化的思考、大视野的考量而点赞。国家不能没有语文，学校不能没有语文，生活不能没有语文，任何一个中国人都不能没有自己的母语，都应当学习好自己的母语——汉语。

六

李曦对吕阳的观点，作了进一步阐释。

"花儿没有了绿叶的衬托，就会显得单调乏味；乐曲失去丰富的旋律，也会让人昏昏欲睡；如果我们的生活中没有了语文，不知该有多么枯燥。

"身为一个中国人，我们应该热爱我们的母语。语文是一种艺术，它融入了我们的历史和文化。现在有许多同学认为，语文十分枯燥无味，对它没有兴趣。我以前也认为语文只需要死记硬背，太没意思了。可后来，我终于认识到自己错了。语文是有趣的，生活处处皆语文，我们不能没有语文。

"在垃圾桶旁，我们总能看到这样的一句话：'向前一小步，文明一大步。'这是我最喜欢的一句提示语。它告诉我们，你小小的一个行为，可能让你的文明素质提升，也可能让你的文明素质下降。对于语文来说，就是这样，多积累一些知识，渐渐地，积沙成塔，集腋成裘。无论是优点与成功，还是缺点与失败，都是生活的一部分。相信自己，相信未来，一秒一秒地去改变自己的人生，一步一步地去超越自己，让自己每天进步一点点，最终达到成功的顶峰。这句话，让我津津乐道若干次，让我折服、钦佩，让我回味、深思……生活如果没有语文，那又会怎样呢？……

"我的生活不能没有语文。语文是良师，告诉我做人的道理；是益友，慰藉我受伤的心灵；是石子，铺平我成功的道路。"

七

生活不能没有语文，人生不能没有语文，中国不能没有语文，这是为什么呢？网上有一段话，或许能给我们一个诗意而透彻的答案：

语文是对秦砖汉瓦的向往；语文是对唐诗宋词的热爱；语文是对《红楼梦》的崇拜；语文是对《西游记》的迷恋：语文是离不开名著的双眸。

语文是大江东去的气势；语文是怒发冲冠的激情；语文是大漠孤烟的雄浑；语文是小桥流水的婉约；语文是对陶渊明"不为五斗米折腰"的叹服；语文是对屈夫子"路漫漫其修远兮"的注解。

语文是一口流利的普通话；语文是一手秀丽的方块字；语文是从笔端流出的锦绣文章；语文是侃侃而谈的风度和气魄；语文是举手投足间的"书卷气"；语文是与对手辩论时，智慧的应对；语文是和他人聊天时，得体的话语。

语文是中华民族历史的缩影；语文是五千年古老文明的积淀；语文是中国人审美性格的精灵；语文是博大而丰满的精神元素。

作为一个语文教师，笔者也想用自己的一首《语文的感觉》，作为本文的结尾。但愿不是画蛇添足。

静态的，是联想，是想象；
动态的，是比喻，是夸张。
眼见处，花草树木皆有意；
耳闻声，虫鱼鸟兽即文章。
独处一室，可思接千载，
心游万仞，笔走龙蛇；
群居一堂，能引经据典，
旁征博引，妙语连珠。

说语文

你给我带来许多快乐，许多忧伤。

我无法捉摸于你。

你的千变万化，常常让我有些头痛。

可是，我又有什么办法呢？

你就是——

语文。

——冯畅

一

冯畅：连父母都纳了闷。

未进入初中时，我的语文成绩比较稳定，在上中游徘徊；可自从进入初中，我便捉摸不透它，我的语文成绩时好时坏，在大型考试中还常常考差。我还真的没什么办法。

一次语文考试，不知为何，我的语文分数特别高，我沾沾自喜。没想到，下一次考试就大失光彩，好似从天堂跌进了地狱。

从那以后，我的语文成绩就不稳定了。不仅是我，连父母都纳了闷。时好时坏，这可不是什么好兆头。

石晨：语文成绩，是我从辉煌走向平庸的一个见证。

从小学开始，我对我的语文成绩非常自信。上了初中以后，语文成绩便时好时坏了，但我依旧是沾沾自喜，不当一回事。

八年级上学期，我对语文抱着无所谓的态度。期中考试之后，语文成绩下降得最快。

我的语文老师非常和蔼，但有时我犯了错误，特别是没考好时，他总是话中有话，用生动而形象的语言批评我。而我只好用笑容极力地掩饰着内心的尴尬。语文老师尽管不揍我，但我知道他的批评里，蕴藏着许多希望我下次考好的话语。

语文成绩，是我从辉煌走向平庸的一个见证。语文差了，其他各科也好不到哪里去了。

柳振沪：可能是我小时候不认真。

说起我的语文，那就是一个"差"字。可能是我小时候不认真，语文本来就差；到了初中后，又不努力，所以成绩就不好了。

但是语文老师并没有放弃我，而是更加地关注我。记得有一次考试，试卷发下来后，老师叫我们这些默写题得分低于五分的，就把书上古诗抄一遍给他看。

那次，我只有四分。所以，必须要写。我写完后给老师看，老师却给我圈出了许多错字。当时，我真的快要气死了。早知如此，还不如不给老师看呢。

但现在想起来，老师也是为了我好。因为，对着书抄写，都写错了；不看书默写，那不就会错一大半吗？

老师的这种做法，其实是为了让我们发现自己的问题，为了让我们更认真一点。

程美玲：得益于两位老师。

作为一名中学生，我最擅长的科目，莫过于语文了。

我从小就有着较好的语文基础，所以，学好初中的语文并不难。

这与我小学的语文老师有一定的关联。我印象最深刻的，是张老师和王老师。

张老师是一位名副其实的严师。他以最高的标准来要求我们。比如，我们写了一个错别字，他就要给我们一板子。所以，我们很少在作业中写错字，甚至不写错别字。

王老师是一位体型微胖、和蔼可亲的教师。她培养了我组织语言的能力。每一单元学完后，书上都有不少成语或其他词语，王老师要求我们从中选十个词语，自己组织语言，写一篇小作文。这便提高了我们的写作能力。

总的来说，张老师和王老师，都是值得我尊敬的老师。

吕嘉豪：我们把这句话当成了耳边风。

我的语文成绩一直保持在中等状态。我记得在一次单元测试时，只考了76分。唉！

那天，我匆忙地准备了学习用品，之后，我端正地坐好，等着。老师很严肃地环顾了教室一遍，说，拉桌子，上厕所，准备开始考试。拿到试卷后，我发现有几道题不会做。我只能凭自己的感觉猜了。

我觉得自己考得很好，所以做完之后，也没有检查，只是坐在座位上。考完之后，我与几个同学对答案，我发现错了很多的题目。真后悔，考试的时候没有认真地检查。

第二天，卷子发下来了。只有平时注重积累的同学，考试得了高分。语文老师也多次说过，只有平时多积累，考试才能考得好。我们把这句话当成了耳边风。

李曦：日积月累，语文成绩是不可能差的。

小学时，我的语文成绩并不出色，满分100的卷子，我只能考80多分。班里有好几个人考了90多分。

我一直在寻找我语文方面的漏洞。渐渐地，我找出了自己的不足。那就是太懒了。有的时候，老师叫我们做的笔记我都没有做；还有平时没有积累。日积月累，语文成绩是不可能差的。

于是，我开始利用课余时间来阅读一些书。上课时注意力也集中了。慢慢地，我的语文成绩有了很大的提升。

到了初中，语文老师的教学方式焕然一新，让我们非常轻松地就可以学好语文了。上他的课时，我们总是精神抖擞。老师还经常训练我们的写作能力，我们的作文分数都提高得很快。渐渐地，我的语文成绩已经名列前茅了。

喻金圣：语文，既要在课堂上学，更要到生活中、大自然中学。

我的语文成绩不好，经常是80多分，极少数90分以上。

生活之中处处有语文。我们学语文要在课堂上学，更要投入生活中、大自然中。

我一开始很不喜欢语文。一看见它，就感到心烦。后来，在吴老师的教育下，我渐渐地喜欢上了语文。再后来，语文便成为我一个最好的朋友。

语文与我们形影不离，你到哪里，它就在哪里。我们要好读书，读好书，从中提取对我们有用的东西。

柳雨：每一篇作文，都是我成长的足迹。

说起语文，最值得一提的就是"开门红"——点朱砂。我一次都没有获胜，但我也算是语文的上流人物，虽然是上流的最底层。

点朱砂，非常的让人憧憬。刚开始，我的确是以失败告终。上台来，红纸与固体胶都放在讲台上。"朱砂"贴到额头上，感觉很清凉。下课时怕丢脸，于是不敢出教室。

语文中，我最喜欢的就是作文了。我写作文的能力不怎么样，但老师说，我的作文在一天天地进步着。那些写得好的作文，让我回味无穷。

每一篇作文都是我成长的足迹。只要看到我写的作文，就能知道我走过的路。我渴望能走得更远。

二

得语文者得天下，得阅读者得语文。

大凡经过中考、高考的人，都有一个感受：如果你的语文成绩不好，想尽快地补上来，是很困难的一件事。同时，语文这门学科，也很"悬"，很少有人能打包票，保证自己考得很出色。

有人说，学好语文是一种感觉；也有人说，学好语文靠的是好习惯。

作为一个语文教师，我相信"感觉"一说，但更肯定"习惯"一词。因为，你的"好感觉"，必须建立在你的"好基础"之上；而好的基础，必须建立在"好习惯"之上。

试想一下，你该写的东西写不来，该背的东西背不来，你即便是有再好的感觉，那也是枉然。

何谓好习惯呢？简单地说，字要规规矩矩地写，话要清清楚楚地说，课文要仔仔细细地读，作业要认认真真地完成，课堂要勤勤恳恳地思考。

肯定又有人会说，这些我都做到了呀，为什么我的语文成绩还是不太出色呢？

是的，仅仅如此还是不够的。语文这门功课，它的奇特之处就在这里。它还必须博览群书，还必须认真观察生活，思考生活。正所谓"读万卷书，行万里路"。把这两样做好了，你才会有"好感觉"。考起试来，你真的可以跟着感觉走了。

说阅读课

"风月为益友，诗书是良师。"阅读是每个人成长必不可少的养分。在我看来，人生成长的过程，也就是阅读的过程。

——陈瑾

一

星期四早上，语文老师把试卷发了下来，还对我们说："今天下午的一节阅读课，一节语文课，正好用来评讲试卷。"当时就有同学对老师哭着喊着要上阅读课，可是老师没有一点上阅读的意思。

下午第二节，老师来到班上，班里的一些胆大的同学还在嚷嚷着上阅读，而我的同桌李曦向老师提出建议："老师，我们考试刚刚考完，就让我们放松一下嘛。"老师听了之后，觉得有点儿道理，便作了一个手势："好吧，上阅读。"看到老师同意后，我们便拿着笔和本子，一窝蜂地冲向阅览室。

以上的场面，是冯晓萱对十月份考试结束后的一节阅读课的回忆。她还说："进了阅览室，每个人拿到自己喜欢的书后，便一个个乖乖地坐在位子上看了起来。有的人趴在书上看，仿佛一个饥饿的人扑向一块大面包；还有的看完了一本书，立即奔向书柜，寻找下一本。阅览室里鸦雀无声，仿佛心跳的声音都能听见。时间一分一秒地过去了，下课的钟声敲响，同学们依依不舍地将书放到书架上回到教室。"

笔者把"说说"翻开，其中便说了这么一条：

再好的语文课，也比不上阅读课；
再好的语文老师，也挡不住学生在阅览室里自由阅读的诱惑……
我这个语文老师，输给了自由阅读，不觉得遗憾。

点赞的不少，还有几位老师的点评："好的语文老师是带领学生阅读的"，"能自由地阅读，是孩子们的幸福"，等等。

当然，那天早上我说的那句话，是一种"欲扬先抑"。因为我知道若是占用了一节阅读课，这帮小子准会跟我闹个没完。到了下午第二节，故意卖个关子，让他们获得一个不是惊喜的惊喜。这也是我这个老师的一种策略呵。

当然，冯晓萱也谈了阅读课的苦恼："我们现在最大的苦恼在于，学校的作业太多，总是没有时间进行阅读。许多时候，即便是拿起书在阅读时，也许就忽然想到了作业的事情。所以，现在的我们真不容易，爱上了阅读，却失去了时间。"

二

李曦又是如何看待阅读课的呢？她说："每个星期四下午的第二节课，是我们班的阅读课。可以说，一个星期的所有课中，只有阅读课才是最能让我们放松的一节课。"

不过，若在以前，她可不是这么想的。"小学五年级时，学校才有了一间正规的阅览室。起初，我们只看到一些书，横七竖八地躺在书架上。一些书，不是没有封面，就是里面被损坏了。所以，每当我们上阅读课的时候，都是在抢一些漫画书。但是，之后我们才发现，阅览室里还有一个小屋子，里面放了一些名著经典、文学杂志；精致的封面，整齐地排放着。对于它们，我们只能可望而不可即。有时候，还趴在窗户上贪婪地盯着那些书。但是，我们永远都不能走进那间小房子，更不能去看那些书。"

"到了初中，可就和以前大不一样了。上第一节阅读课时，我们是在语文老师的带领下畅游书海的，可是许多同学还是没有改掉以前的坏毛病，一进去就抢书。为此，老师们也是非常无奈。与小学阅览室一样，初中的阅览室旁边也有一间摆满了名著经典的屋子，只不过不是小屋子，而是非常大，并且我们可以在里面借书。这下可好了，我终于可以畅游书海了……"

她还说："书籍是上帝赐予我们最好的礼物，是我们的精神食粮。阅读已成为我们生活在必不可少的一部分。"

李曦的话，基本符合本地中小学图书室、阅览室的建设情况，也比较符合本地阅读课的开设情况。

在笔者记忆中，本县中小学较早的图书室建设于 20 世纪 90 年代，那时为了迎接国家"普九"检查，中小学便开始筹建图书室和阅览室；但那时并没有阅读课的说法，只是一些学校在课外活动时间内，说是允许学生到图书室借书、看书，但并没有真正地落实好。因此，阅览室基本上是只建而未用。

到了 2007 年以后，国家推行"教育均衡发展"，于是各中小学校便再一轮建设图书室和阅览室，增添图书室的书籍，规范阅览室的配套设施，并征订丰富多彩的期刊（初中每年不少于 100 种），将阅读课名副其实地纳入了课程计划。于是，后来的学生便有了阅读课的课程保障，有了阅览室的自由阅读，也有了图书室的借阅之乐。

三

对于阅读课，其他同学又是如何看待的呢？

柳吉安说得很简洁："阅读课虽然没有什么魅力，但阅读课的风味、趣味与教室里不同。在教室里，只有死读书，读死书。"

柳妍妍说得像模像样："在那个几十平方米的小阅览室里，有给人无尽想象的空间。据我所知，在我们这样一个年龄里，都比较叛逆。我以为，许多叛逆的行为都是对自由的渴望所激发的。所以，我们更渴望自己能自由地去阅读。"

柳雨回忆了当时的心境。"老师走了进来，一脸严肃。我就有些不安，琢磨着，难道阅读课真的不上了？果然，我猜对了，像噩梦惊醒般的心凉，本能地轻声叫了一声：No，No。我有些沮丧，心里嘀咕着，怎么会这样？外面的凉风像讥讽我们一般，透心的凉。"后来到了阅览室，则完全是另一种感受："我实在经不住阅读课的诱惑。我端起书，仔细地看着每个字，一大股信息冲进大脑，我似乎看到了世界的美好。"

鄢娟还说到了这天上午的情况。"这一上午的几节课，全班同学都像没有力气的小鸟，飞不起来，以前还活蹦乱跳的……我想应该是没有了下午的阅读课吧。"

方浩嘉说得更具体。"经老师批准后，我们便拿出笔和本子，飞奔到阅览室。琳琅满目的书摆在我们的眼前，我仔细地搜寻着《幽默与笑话》《学与玩》这两本书，但早已被别人洗劫一空。于是，我拿着一本《中学科技》，回到座位。我一页页地翻着，精美的图片令我爱不释手，精彩的文章诱惑着我……相比语文课，阅读课有趣得多了。语文课枯燥、乏味，阅读课有趣、自由。"

吕阳说的是自己在阅读课上阅读军事方面的书。"我翻开《军事科技》杂志，因为我在家里喜欢看军事方面的新闻。我认为现在的中国，不但只是大国，而且也是强国。尤其是中国第一艘国产航母——'辽宁舰'的出世。中国海军实力非常强，在未来中国，海军航母的实力有可能会追上'大老板'美国的实力……我轻声念着，有点激动了。"

四

阅读课的诱惑到底来自哪里呢？我们听听以下这几位同学的感受。

柳朝晖说："每个人拿到自己喜欢看的好书后，便静悄悄地坐下来阅读，小小的阅览室仿佛分成52个空间，每个人都陶醉在自己的世界里。老师说，难道咱就败给了一本书；而我想说的是，阅读诱惑无与伦比。我们在茫茫书海遨游时，仿佛身临其境，跟着柯南侦探一起破案，目睹红军四渡赤水……在读书时，我们常常忘记周围的一切，也忘记了自己。这就是阅读课的最大魅力。"

程曦梅则针对老师的话，给了一种"安慰"："其实我想对老师说，老师，您没输，教我们阅读和语文的，依然是您。您不正是希望我们爱上读书吗？"

程佳燕说："一个星期就这么一节阅读课，好不容易给盼来了，语文老师却说用来讲卷子，我们会同意吗？当然不会！……阅读课的诱惑那可多了，且听我一一道来。

"阅览室里的书很多，有故事类的，有童话类的，有散文类的，有小说类的，我们在阅读中了解更多的东西，包括各种知识，当然也少不了写作方面的。当我们看到一篇好的文章时，自己也就会想模仿写一篇类似的。阅读课对我们能没有诱惑吗？

"阅读课里，我们可以随意翻阅图书，在那种静谧的环境下，没有一点杂音的情况下，我们更好地沉醉于书中所描绘的种种图画。阅读古诗词可以陶冶我们的情操，感受古人的风采和情调；阅读优美散文，揣摩作家写作时的心境，我们可以感受他们那细腻的情感。这样一来，阅读课对我们能没有诱惑吗？

"最后一点是最重要的，我们现在是八年级了，下学期就要准备中考了。每天一遍又一遍地背着地理、生物的知识点，能放松的机会少之又少。原本能让我们放松一下的体育课，如今也让我们累个半死，除了跑步还是跑步，哪儿还能放松呢？能让我们放松的就只有音乐课、美术课和阅读课了。地理老师老是霸占我们的音乐课。这样，我们又少了一节放松的课了。一个星期只有两节课让我们缓口气，你说，阅读课对我们没有诱惑吗？

"总而言之，阅读课对我们来说，太重要了，对我们的诱惑太大了。"

然而，在冯畅看来，阅读课的诱惑却是另一种观点："阅读课对我们的诱惑，只不过是为了玩，根本没有阅读的快乐。这种所谓的诱惑，不过只是片面的，没有意义所在的。"

　　他为什么这么说呢？且看他观察："很多同学回到座位上，便开始阅读了，可一些人并没有遵守纪律，有的在低声细语，有的在抢作业，还有的在那里疯打。大家拼尽全力地抢书，不过只是抢漫画书和恐怖书而已，根本不去看有意义的书。哎，原来我们这么喜欢副课，就只是为了这些玩，根本不好好上这些副课，有几个人会认真对待这些副课呢？"

　　柳浩伟也有类似的看法。"上阅读课，同学们有几种不良的作风。一是，一些同学喜欢在杂志上这里写一点，那里画一点，书本是公共财物，不是个人的，所以不要乱写乱画；二是，每次下课的时候，一些同学习惯把椅子猛地一推，也没有几个同学把书放整齐；三是，有一些同学很自私，为了自己下次再看，他们把书都藏在书架的里面，让下节课其他班级想看书的同学没有更多的书看。"

　　聂振贤还补充了一些："爱吃零食的同学，会带一些垃圾食品到阅览室，趁老师不注意，一个东西就放在嘴里了；一些同学喜欢追星，在阅览室里发现有自己喜欢的明星，就把那张纸给撕了下来；有的同学爱看鬼片，在书籍里看到这方面的内容，就记得很熟，晚上到寝室里，就开始谈鬼了，让其他的同学很害怕……"

　　显然，阅读课给予学生的诱惑，主要是来自两个方面。一是书籍给予的诱惑，进入阅览室可以让大家博览群书，满足不同的阅读喜好；二是自由给予的诱惑，阅读不同类型的书刊，是一种自由，同时还可以偷偷地做一些其他的事情，比如抢点作业、放松心情，甚至吃点零食等。

　　关于"自由的诱惑"，这一点应当是可以理解的，毕竟是一群正处于青春期的少年，好动、叛逆、自我独立意识的觉醒是他们的基本特点；同时因为沉重课业的压抑、各种校纪班规的限制，只要有一个相对自由的空间，便可能迸发出诸多的所谓"好"与"不好"的表现。这对于上阅读课的老师来说，便是提了一个醒：上好阅读课，需要引导，引导学生全身心地走进书的世界；需要管理，能做什么，不能做什么，要有明确的说明，并有一定的限制。

说数学

一

吕阳：如果时间能倒流。

我的数学基础不太好，就是因为小学时贪玩造成的。在我小学一二年级时，数学还学得不错。可到了三四年级，便一步步变差。就是因为上课不听讲，贪玩。如果时间能倒流，我会穿越到小学一年级时期，认真学习数学。这样，或许我的命运会有所改变。

数学，其实并不难。但因为有些同学贪玩，比如我，才导致成绩变差。但我一定会学好数学，提高自己的学习成绩。上课不贪玩、不说话了。

程曦梅：最讨厌应用题。

我的数学，好起来还不错，最多能考 109 分；可坏起来，那就太坏了，最少只能考 40 多分。平时也就考 80 多分。

记得七下开学发数学卷子时，老师念到我的名字。当我走到讲台上，数学老师小声地对我说，你开始学的时候成绩不错，但到后来就退步了。我知道自己平时不够努力，才将成绩掉了下来。

可是现在怎么赶也赶不回去了。在数学中，我最讨厌的就是应用题了。应用题，我一窍不通，特别是关于单价、进价、售价之类的题目。

我现在正在做应用题，想要战胜困难，就要去面对，找出自己在数学方面的不足之处，而不要去逃避。

朱文鑫：数学可以检验我们的专注力。

我的数学还不错，但有时很马虎，考的成绩时好时坏。我认为，只要细心认真，数学就可以考及格，哪怕你的基础再差。

数学可以检验我们的专注力。如果不专注，有可能写的答案都白费了，又要从头写起，或者可能又忘了条件。这样就会影响成绩，更会影响信心，使自己焦急。

我的这种习惯，总引得老师批评，一遍又一遍。不过，我马虎的次数也越来越少了，这一切都归功于老师的教学和提醒。

数学考试，其实也是对自己学习态度的检测。

冯晓萱：我突然发现，原来数学也很有趣了。

我对数学是又爱又恨。刚上六年级，我们换了一位数学老师。也不知道是因为换了老师，还是因为数学越来越难，我的数学成绩直线下滑。老师讲的内容，我是左耳进，右耳出。上课迷迷糊糊的，也不举手发言。在考试的时候，总是马马虎虎，每次的成绩也只能勉强及格。老师也没有关注我，我自然也就无心学习了。

到了初中，因为老师的关注，我的数学成绩竟慢慢好了起来。题目容易的时候，还可以得到满分。渐渐地，我喜欢上了数学。我突然发现，原来数学也很有趣了。

我的数学，应该会一点一点地变好。无论学什么，不仅需要勤奋，也需要找方法，树立信心。

程佳燕：自从那次过后，我的数学成绩渐渐地有了起色。

在刚上七年级时，我的数学成绩一直很差，根本就考不及格。那时候，我的语文成绩还挺好。

数学老师把我叫到办公室里对我说："你的语文成绩和数学成绩也差太多了吧！偏科这么严重？"我小声地说着："我的数学成绩在小学就很差。"说完，老师便摆摆手示意我出去了。

不知道从什么时候开始，我就有了一个跟我势均力敌的竞争对手。我们的成绩也是不相上下，数学成绩也差不多。

有一次月考，我数学只考了80多分，而她考了110多分。可能是我俩的分数相差太多，数学老师便把我的手狠狠地打了十多下。疼得我眼泪不停地往下掉。但自从那次过后，我的数学成绩渐渐地有了起色。虽说不是特别好，但是也不差了。

袁标航：我的数学，就像一个婴儿。

谈起我的数学，我的确感慨万千。我的数学时好时坏，有时让我春风得意，有时又让我垂头丧气。

在小学，我的数学面临的主要问题是粗心。不是那儿丢几分，就是这儿丢几分，总是考得不尽如人意。有时，我克服了粗心，终于考好了，但下一次又说不准了。我就这样迷迷糊糊地打开了初中数学的大门。

进入初中，也许是年龄的增长，我做事变得谨慎起来，逐渐地，数学成绩稳步提高。但不久，我又碰到了个拦路虎——难题。自从难题出现在考卷上，我的分数便考不了太高。有时做来了，也是偶然的。

我的数学，就像一个婴儿，有时对我哭，有时对我笑。它什么时候才能长大，笑口常开呢？

柳宜君：因为数学而痴迷，只是自己不知道而已。

数学，对于我来说，简直是人生中的一大难题。

每天，都是在算。从小学一年级开始，数学就是每天都有的课。我自小就厌恶数学，但是我潜意识里想要把它学好。所以，我每次考试，都是数学成绩比较好。

我知道我内心是排斥数学的，只是因为外力的作用，我才努力学习数学。数学，对于我来说，其实是最难的学科。

但是，我却因为内心的厌恶而用心学习这一科，并给了自己更大的信心，让自己努力地学好数学。结果，我因为数学而痴迷，只是自己不知道而已。

这也许就是数学的魅力。

二

学好数学的四个关键词。

一些学生，在小学数学成绩还不错，但到了初中，忽然觉得学习数学很吃力，尤其是女孩子到了八九年级，学习数学便越发艰难了。这其实也正常，因为小学数学是以"具体"为主，而初中数学逐渐"抽象"了起来。同时，需要解决的问题也逐渐复杂了。

从本质上来看，学习数学与学习语文并没有很大差别。无非就是要抓住兴趣、习惯、思维、坚持等关键词。

兴趣。努力让自己喜欢上数学。"知之者不如好之者，好之者不如乐之者"。因为喜欢数学，便愿意去学它，在学习过程中遇到任何艰难险阻也愿意去克服；克服困难所得来的成功体验又会增强学习的兴趣和信心，这样，我们更喜欢学数学了。

习惯。也就是要严谨、认真。有问题，必解决。遇到问题和困惑，就一定要想办法通过查资料等方式解决，这是学任何一门课程，乃至成就整个人生都需要具备的习惯。一道题的深度是有限的，你想得多，你写得就少，就快；你想得少，你就写得多而繁杂。在平时就养成做题之前认真读题的习惯，思考一下已知条件和思路，再做题。练习次数多了，就慢慢养成认真审题的习惯了。当然，还包括认真计算、认真检查的习惯。

思维。要敢于创新、习惯创新。每个学段所用到的数学方法其实就那么几种。可以经常采用一解多题的方法，来弄通某一类数学问题。这样，可以充分感受到数学的乐趣，并不断培养自己变式思维的意识和能力。这对将来的人生发展大有裨益。

坚持。有句歌词说得好：不经历风雨怎么见彩虹，没有人能随随便便成功。学好数学，特别是数学基础不好的同学，更要有恒心，有毅力。自己主动地去做题，去发现规律。其实不用坚持多久，数学成绩是可以迎头赶上的。

数学，其实是很美的一门学科。正如数学家丘成桐教授所说的那样："平面几何所提供的不单是漂亮而重要的几何定理，更重要的是它提供了在中学期间唯一的逻辑训练，这是每一个年轻人所必需的知识。平面几何也提供了欣赏数学美的机会。"

其实，任何一个公式和定理，都有一种简洁之美。所以，学好数学也是一种追求美的过程。

说记单词

一

　　"十分钟要记这么多的单词，我们是人不是神啊！有一大半的单词都在六个字母以上，这么多的不会读，有的还搞混了……我们记着单词，一滴滴的汗水掉了下来……老师又接着宣布，给我们二十分钟的时间，我们心中的花儿瞬间绽放了，大家高兴地击掌。可是老师又补充了一句'报听写'，这可真是一个晴天霹雳，一下子劈到我的头上，给我一个重创……"李景东还说，也许是农村的孩子，同学们一般都惧怕英语，大家认为英语是天书。

　　涂欣欣说："每次老师教完后让我们自己记，我每次有一大半都不会读，只能让同桌告诉我，或者自己拼。规定时间到了，又是'记完了举手'这句话，可真正记熟了也只有几个成绩好的……"

　　柳雨说，八年级这八科中，最令人头疼的是外语，单词真的很多。"我记单词是以写为主，因为记忆力差的缘故，无法采用老师的方法。"

　　柳欢似乎更惨："我一个朝读时间，最多能记 5 个单词。有的人，一个单词读三遍就会写，而我读三十遍还写不来。"

　　柳浩伟说，记单词，以前听起来很有趣，现在听起来却令人心惊胆战；记单词并不可怕，可怕的是记完单词后，还要听写……记单词，听写单词，就是一种折磨。

　　朱文鑫说："记单词在我看来，是一件极其枯燥的事情，总是死记硬背，没有任何好的方法，所以一到记单词的时候，我就叫苦不迭……我每次考试就是英语这科过不去，总是考一点儿分，每次都是这样，我真的好烦。"

　　王杨说："刚开始记单词时，不知道咋读，就在单词后面标中文，比如 good，就写上'故的'。但不久，老师就不让我们标中文，于是我就用铅笔写，然后给擦掉，但有了一些记号。之后，我看到后面音标，于是就在后面画横线，这样拼读，虽然不标准，但还有些用。"

二

"记单词就是一个累，不光要记读音，还要知道怎么写。"程鑫说，"几乎我每次记单词，都是拿着一个英语本子，手在不停地写，嘴在不停地读，直到记熟为止。幸运的是，第一遍彻底地记熟了；倒霉的是，记熟之后一会儿就忘了，又要从头开始。记得有一次，班主任检查我们单词是否记熟，先把 1~3 单元检查一下，结果，我几乎都写下来了……"

方浩嘉是这样记单词的："单词首先要记读音，要记读音就要记音标。音标就像拼音一样，分为两类，一类是元音音标，一类是辅音音标。元音音标相当于汉语拼音中的韵母，辅音音标相当于声母。

"先拼一下单词怎么读，然后就是记住它的读音。记读音时有个诀窍：先读一遍中文，再读五遍以上英文。如果是比较难记的单词，可以多重复几遍。

"读音记住了，就要记住字形。最好的办法就是抄写，把每个单词抄个十来遍，基本上就没啥问题了。之后，把不熟的再写个十来遍，应该就能记熟了。然后，再把读音和字形结合起来记，就没问题了。"

吴自豪谈起了记单词的一些状况。他说："我自己感觉记单词很简单，而且只要单词记熟了，英语成绩至少 90 多分。七上时，因为单词在暑假就已经记熟了，所以七上我的英语成绩很好，总是 100 多分。然而，在七下的时候，我也是按七上的学习方法来学，但成绩大不如从前。

"后来，我想明白了，那是我记单词的时候老是和同学说话聊天，而七上的单词都是在家中记的。因为单词没记熟，所以老师上课讲什么我也听不懂，英语成绩便越来越差。这便又让我明白了，学好英语，要靠坚持，还要靠自己的自制力。"

柳朝晖说，单词，是他最不想提的两个字。他说："为了记单词，不知用了多少精力，付出多少汗水。这些字母的组合，只要睡一觉就被打乱了。然后又重新记，却还记不熟。

"对于单词，我比胡图图还要糊涂，比海绵宝宝记性还差，甚至连猪猪侠的智商也赶不上。为了不让我在英语这一科被彻底碾压，我爸爸每到星期五回家，就给我报单词。我却一次次不争气，一大半都记错了。看到爸爸摔门而出，真想哭。

"哭是哭不出个结果的，谁叫人家英语这么重要呢？对着这些令人炫目的单词，我选择了迎难而上……过了一个月，的确小有成效，至少帮我树立了信心。于是，我站起来了，并且大跨步地向前。单词这座高峰，被我拿下了。其实很多类似的繁多而艰难的任务，我们只有静下心来，努力去做，才能完成。"

三

　　教育界经常有这么一句话："别输在起跑线上。"对于农村学生而言，英语这一科，是名副其实地输在了起跑线上。多年来，小学的课表上都有英语课，但由于师资的原因，由于不统考的原因，一些学校（包括城关）的英语课要么被上成了语文、数学，要么就是出勤不出力，教学效果可想而知。

　　同时，笔者也做过多次调查，一些同学的英语成绩不好，而汉语拼音也根本不过关。从这个角度看，汉语拼音不行，英语语音更可想而知了。所以，就有一些同学用汉字来标注英语单词的读音了；所以，就有许多同学单词既读不来，也写不来。

　　当然，农村学生的英语成绩不好，还有其他一些原因，比如，语文、数学两科，有的家长可以检查、辅导，而英语学科对于绝大多数家长来说，是名副其实的天书；更重要的原因，那就是缺少了英语交流环境，没有口语交流的时空。因此，很多学生学的都是"哑巴英语"。

　　上文中，方浩嘉的记单词方法，有一定的借鉴意义，而对于更多的学生来说，还是要像柳朝晖说的那样，选择迎难而上，既要巧干，更要苦干。因为，基础不好，必须要付出更大的努力。

　　"知之者不如好之者，好之者不如乐之者。"要想学好英语，会记单词，首先得喜欢它。也许有人会说，我本来就厌恶，本来就读不来，学不好，又怎么可能喜欢呢？这的确是有些问题，但还是要强迫自己，去喜欢，去投入更多的精力。因为，你不喜欢单词，单词也不会喜欢你；你不喜欢英语，英语也不会喜欢你。你必须想办法，去发现它能让你喜欢的"因子"。

　　网上有这样一些方法，你不妨去尝试一下。当然，最重要的，还是要有信心，有毅力。现将其摘录如下，希望能对一些读者有些帮助。

　　音标发音记忆法。这是最普通、最常用的方法。初中英语单词绝大多数都是符合发音规则的。学生只要读音准确，并掌握一定的读音规则，背起单词来就会轻松愉快。而且读音准确也是学好英文的关键。因此建议学生在背单词时一定要听录音磁带。调动多种感觉器官，加深记忆。同时为听力打下良好基础。

联想记忆法。在日常生活中可以根据所处的环境，所见到、所摸到的事物，联想相关的英语单词。例如：打球时联想到：ball, (play)basketball, (play)football, (play)volleyball, playground 等；吃饭时联想到：dining-room, (have)breakfast, (have)lunch, (have)supper 等；睡觉时联想到：bed, bedroom, go to bed, sleep, go to sleep, fall asleep 等。若能长期坚持下来，效果就会很好。

口语记忆法。俗话说：拳不离手，曲不离口。英语要经常讲，记下的单词和句子，用惯了就不易忘。

说英语

一

在乡村中学，提起英语，大多学生谈虎色变，总有吐不完的槽。

这是为什么呢？

涂欣欣：上课听不懂，自习想睡觉。

对于农村的孩子来讲，英语的确是一个难过的坎。更何况，我小学的英语老师没教过英语，英语课不是自习，就是上语文、数学。

想起上学期，英语可真是煎熬，上课听不懂，自习想睡觉。唉，我多么希望没有英语，多么希望单词都是汉字，那该多好呀！

石贤妹：老师说，到初中会学，小学没学好没关系。

英语，我其实上小学的时候就开始学了。只不过那时不太注意，而老师也说，到初中会学，小学没学好没关系。语数老师还总占英语课。那时，我们的英语其实几乎没学。

上了初中，英语成了"正科"，每天都有英语，每次考试也考英语。我们对英语也重视起来了。

刚开始接触英语，就是每天记单词、写单词。起初还觉得挺习惯的，渐渐地觉得好无聊。英语老师上课比较认真，因为是起始学科，跟那些成绩好的同学，不会有太大的差异。

在我看来，只要认真学，就一定能取得不错的成绩。

聂振贤：英语成绩每况愈下。

我英语成绩并不好，因为单词记得不熟练，语法不会，课文背不熟。

七年级上学期，我英语有时能考过 100 分，但多数是 90 多分。这是因为学习的内容并不多。

七下第一次考试，英语只考了 80 多分；到了期末考试，英语只考了 78 分。那是因为晨读和朝读时，我起码有一半的时间在说话。

吴悠：老师讲课时，我大多处于一种半呆状态。

我的英语向来是我的几个"正科"中最差的一科，也是我们几个教师子女中最差的一个。

我英语差，我的理由是我脑子不好使，智商低，记忆力差。但我知道，这些理由都是不成立的。

在上英语课时，我总是心不在焉的，上课心里想着什么游戏好玩，什么小说好看，什么时候下课，根本没有用心学习过。老师讲课时，我大多处于一种半呆状态。老师叫我们记单词的时候，我一直在玩，不用心去记。老师叫我们背的课文，我一直不背。心想：有什么好背的，考听力的时候又不考这篇，考完形填空的时候也不考这篇。所以，我的英语就差了。

雷俊宏：八年级，我对英语失去了一样东西。

我的英语，差也不差，好也不好。七年级还能考100多分，可八年级只能考到90多分了。

是不是我变差了？有可能，还有八年级英语也变难了。单词难，词组难，句子难，完形填空难，尤其是阅读，有几十个单词还不认识。只好靠蒙了呗。

八年级，我对英语失去了一样东西。这个东西叫"兴趣"。七年级的我，对任何学科都感兴趣，而八年级，我的性子野了，对任何学科都不感兴趣了，所以差了。

柳浩伟：我觉得英语没用。

一说到英语，我就会想起单词。提起单词，我很心酸。因为，班主任给我们布置了一个作业，每天都要写100个单词，过几天就听写一次。按个人成绩的好坏，决定写对多少个算过关，没过关的就加写单词。

英语课真的很无趣。上课时有人睡觉，有人写作业，还有的人在说笑。这些，有一个很重要的原因，那就是英语老师太好了，和语文老师一样好。

我觉得英语没用，因为我们不像大城市的孩子一样能出国留学，所以许多同学都不愿意学。可以说，每次英语考试，我几乎都是蒙的。

柳朝晖：没过单词这道门槛，后面真的没门。

英语单词，我痛恨至极。一学就是一大堆，还要学发音、意思和拼写，我根本记不熟。可它和汉语中的字一样，是基础中的基础，没过单词这道门槛，后面真的没门。

还有语法，它和汉语截然不同，以致做题时，我常常出现"汉语思维"，而英语基本是你顺着，我逆着；你先，我后；你在最前面，我在最后面。分明是和汉语"作对"。

然而，我最讨厌的还是课文。上百个单词的短文，在我的眼里，和火星文没有什么差别。有时遇到绕口的，一句话就是读不快，一到那儿就卡住了。不管十遍二十遍，就是没有一点儿用处。

可英语还是要学呀，毕竟人家是国际指定的官方语言，那就只有保持好的心态，硬着头皮上吧。虽然有些害怕，但只要把功夫用到位，英语也会变得很简单。

二

多读、多写、多听、多说，主动阅读双语书籍。

按照部颁课程计划，从小学三年级开始，学校就应当开设英语课程。但由于师资的原因，乡村小学到目前为止，做得并不好；而文中的这些学生读小学三年级时，就更不用说了。

其主要原因，有两个。一是观念原因，认为小学学不学英语无所谓；二是师资原因，乡村小学很少有英语专任教师。到了初中，英语作为一个"120分的大科"，所有的学校都非常重视，但已经错失了学习英语的黄金期。同时，师资的问题依然是个瓶颈，但已在逐渐改善。

对于乡村家庭而言，在小学四五年级时，可以利用寒暑假送孩子上英语培训班，提前接触英语；这是一个不是办法的办法；对于乡村学校而言，创设英语听说读写的环境，让学生觉得学好英语有用武之地，这点尤为必要；而对于乡村学生而言，多读、多写、多听、多说，甚至主动阅读一些双语书籍，增加积累，培养语感，英语也可以迎头赶上。

说政史

一

袁标航：学好政史的最有效途径就是死记硬背。

政史这两门学科，都属于文科，学好政史的最有效途径就是死记硬背，然后加上一点自己的理解。这样，你的政史就一定不赖，至少我是这么认为的。

我的政史应该还算不错，每次都能考到比较理想的成绩。可我有时不肯下功夫背，就会招来老师的训斥。

刚上初中时，政史还是两门新的学科。我们对政史都是一脸迷茫，不知该如何学好它，掌握它，没办法只有死记硬背了。

在期末复习的时候，历史老师要我们在黑板上默写。我被抽中了。我到黑板上开始写了几个字，然后就记不起来了。老师看到这样，便拿起鞭子甩向我们，我只能硬扛着，我回头望时，鞭子竟然断了。那刻骨铭心的疼痛就印在了我心中，我以后就再也没有背不来的时候。

冯晓萱：历史考得不尽如人意。

我觉得我的政治成绩还不错。满分 40 分，我可以考到 39 分。在我眼中的政治，无非就是背背背，背得滚瓜烂熟，最后就可以得到高分。政治老师是一个很亲和的人，平时对我们很好，从来不会对我们发脾气。只有在我们班表现得实在很差时，他才训训我们。

我的历史，从七年级开学时就不是很好。每次考试之前，我也会认真复习。考前我也总是信心满满的，可是每次考试的成绩总是在 24 分左右摇摆。因为 24 分是及格分，所以到现在，我都还没被历史老师骂过。

吕阳：政治，这门学科很容易。

期末考试结束，分数出来了，我在手机上登了 QQ，看了一下我的政史成绩。历史 15 分，政治 27 分。比起期中考试退步了一些。

我们的历史老师很可怕。虽然我的历史分数不是个位数，但是考这么低也会被惩罚的。唉！

政治，这门学科很容易，我认为只要你认真地学，就可以得个满分。因为选择题，只要选出最合理的答案肯定对。而一些简答题自己领悟吧。

程佳燕：政治不就是讲一讲人生的大道理吗。

政治对我来说是比较容易的吧！毕竟只要多背一背就可以了。

在我看来，政治不就是讲一讲人生的大道理吗？通常情况下，题目没有特别刁钻的，非要你用书上的原句来作答的，你就随便"吧啦"两句，只要跟题目有点关系的，基本上是可以得分的。

我们的现任历史老师还真有点麻辣老师的味道。杀气太重，才给我们上第二节课，他就拿了根又细又长的竹竿来当教鞭。我的历史成绩以前一直也不怎么样，勉勉强强能及格。自从有了新任历史老师的严加管教，我们班的历史平均分有了很大的提高。

柳宜君：政治是外表，历史是内在。

政治是什么呢？其实就是思想品德。而历史，则是追溯古代，让我们了解古今差异。

这两门功课，也只是为了丰富我们枯燥的学习生活，让我们继续过出自己的味道，不需要华丽的外表，只需要充实的内在。

懂了这些，我们的知识宝库自然也就可以变得丰满了。然后，放假也将更开心，在与人交际中可以更好地展现出自己的风采。

说实话，其实政治就是外表，而历史就是内在。政治基本上就是口语交际，与人交流，只要你语言交流好，政治也就好了。

而历史，就是别人问你某某朝在哪一年创建的，你便要对答如流。说出去的话，像潮水一样，准确而流畅。

我们一定要努力地学好政治和历史。只要学好这些，几乎外在与内在都会变好。

二

政史两科，关切"三观"，需要语文基础。

从上面几位同学的交流来看，几乎都异口同声地说，政史两门学科最重要的是死记硬背；也几乎是不约而同地说，因为历史老师要求严格，大家的历史成绩能稳步上升。由此可见，学好这两门学科，只要功夫到位，便都能学好。

笔者想补充三点。学好这两门学科，首先需要"三观"正确。也就是你的世界观、人生观、价值观，需要符合主流价值判断：积极的，阳光的，健康的，追求真善美的。其实，这两门学科也就是健全和完善学生"三观"的。当然，如果单谈历史学科，还得你的历史观正确。

第二，这两门学科都属于文科，所以与语文基础密切相关。一些选择题，往往也就一字之差，如果你的语感不好，基础不牢，便容易陷入误区。同时，一些历史材料题，还会选取一些文言文来考查，这便更需要语文功底了。当然，语文属于一门工具学科，一门人文学科，它是学好所有学科基础中的基础，关键中的关键，只是与政史两科关系更为密切。

第三，从2016年秋季开始，全国范围内开始起用"部编版"教材，或称之为"统编本"。部编版教材在体例、选材上都发生了较大变化，尤其是政治科由原来的"思想品德"更名为"道德与法治"，将推进由学科逻辑向生活逻辑的转变，加强对学生进行价值观教育，加强法治教育和生命教育，强化公民意识教育，要求学生具有共创共享家庭美德的能力，要求学生知道在人格上是平等的，要求学会享有自己的公民权利和义务，更加强化情感体验和道德实践，等等。

"部编版"历史教材以唯物史观为指导，将正确的价值判断融入了历史叙述与阐释中，做到了思想性和科学性的统一。对中国共产党在民主革命时期、社会主义建设和改革开放时期的领导作用叙述比较全面系统，深刻揭示了没有共产党就没有新中国的历史必然性。它采用"点 – 线"结合的方式编写。"点"是指重要的历史史实，"线"是指历史发展的基本线索。以"线"穿"点"，以"点"连"线"，使教材内容依据人类历史发展的阶段和顺序，循序渐进地展开。

了解了这些变化，我们在学习政史两科上，会更有针对性。更重要的是，学好政史，能够让我们名副其实地获得一种"内外兼修"。

说物理

一

键入"农村学生学物理"等字样一搜索,屏幕上满满都是。可见,物理难学,似乎是个共识。尤其是乡村孩子,大多"谈物色变",乡村女孩子就更不用说了。

在进入八年级时,他们是怎么看待物理的呢?我们听听他们怎么说。

李曦:我听了班主任的这番话,不禁打了个寒战。

记得在七年级时,班主任就和我们说要好好学物理。物理会越来越难,如果前面比较容易的没有听懂,那么后面难的东西就不用学了。

我听了班主任的这番话,不禁打了个寒战:物理真的这么难吗?万一我听不懂怎么办?物理到底是什么东西?还有,物理老师会是谁呢?

所有答案都在八年级揭晓了。上物理课时,我总是有些地方没听懂,也没有在意。然后,我的漏洞就越来越大。

第一次物理测验时,我看着试卷,好像在看天书。我看了好久,才找到了几个会做的题目。考试成绩出来了,我考得特别差。平时成绩和我差不多的同学,比我高了10多分。这下,我的物理该怎么办呢?

记得有一次物理实验课,老师叫我们做实验,结果我们全弄错了。最后,被物理老师给批评了一顿。

石晨:物理题目是需要知识转换的。

物理实验很好玩,但我的物理成绩并不好。因为我上课四十分钟里,只有十五分钟在听讲,其它时候都在搞小动作。

我不喜欢动脑,我喜欢直来直去。而有时,物理题目是需要知识转换的,这样,我就搞不懂了。

物理实验的时候,我都会积极参与,但我只是为了玩。到实验室,我最喜欢玩弄物理器材。老师台上讲,我在台下玩。

由于我的放纵,导致物理成绩一直不好。物理老师总是夸陈瑾勤奋,还说要向她学习。每次老师走过来时,总会用手指敲敲我,提醒我别玩;我做错了或者没做时，他会敲得重一些。

由于物理老师的严厉管教，我的物理成绩慢慢好了许多。

柳振沪：物理和数学有一点儿小关系。

物理对于我来说，不是很难。这也许是因为，我们还是刚刚接触这门学科，而它和数学有一点儿小关系吧。

我喜欢物理，大概也是因为物理有实验。有一次在实验室上课，我看到桌上有电池和灯泡，还有电线。我想，把它们连起来会发光的吧。我把这个想法告诉同桌，他开始连了起来，还真亮了！

组长看到了，也立马开始动手起来；前面的同学看到了，也想尝试。他们用了两节电池，也把灯泡点亮了。

物理是一个很有趣的学科，上课也是很高兴的。

冯畅：害得我的学习委员就这么被撤了。

我的物理，第一次考得不错，可后来的分数并不理想。害得我的学习委员就这么被撤了，想想都有些羞愧。

说到物理，那就少不了实验。老师也带我们去了几次实验室，每次做实验时，老师都会叮嘱我们小心使用器材。

我自然不敢胡来。老师讲的东西，我似乎明白了。可一做起来，常常是牛头不对马嘴。有几次实验，曾引得他人哈哈大笑。哎，可我真的不会做物理实验啊……

这就是我的物理，我的实验。它虽然很有趣，可常常使我摸不着头脑。

王杨：虽然有些无聊，但我还是盼望。

我喜欢物理，因为老师风趣、好笑；我喜欢实验，因为我们只有在做物理实验时，才能在实验室里待两节课。

物理实验，和七年级时做生物实验一样，虽然很有趣，但也很无聊。我自己太笨，做不来，所以只有看同学们做，或听老师讲。虽然有些无聊，但下课后，我还是带着喜悦的心情，盼望下次实验课。

在物理课上，我不敢掉以轻心。因为老师很会找人，找到那些不用心学习的人。

物理考试，我总是考在及格的边缘上，心里总是不舒服，总想下次考好。但到了下一次考试时，又会有一些题目做不来。物理难啊！

吕嘉豪：只有在玩中学，才能学得快。

我的物理成绩一直不稳定，有时可以考得很高，有时却又考得比较低。

刚学的时候，我觉得物理非常好玩，乐意学物理。学了一段时间后，我感觉物理有一点无聊。到了第三章的第三节时，我又发现物理比较有趣。

物理晚自习时，老师说，到实验室去做实验，同学们都热情高涨。毕竟我还是第一次去物理实验室做实验。

我们以最快的速度向实验室飞奔，因为每组都有一个人会没有位置。大家都生怕自己要站着。物理老师要求每个人都要实验，因为只有动手，才知道是怎么回事。

下课了，几乎每个同学都有收获。物理实验就是那么生动有趣。这也让我明白了一个道理：只有在玩中学，才能学得快。

程美玲：学好文科，学好理科，一样重要。

说实话，刚开始的时候，对物理这门学科，我简直是一窍不通，也不会做各种实验。

"唉，人各有命吧。"我常常这样想。我曾以为，我只要学好文科就好了，于是，就有意无意地躲避物理。

直到那一次，我物理考差了，班主任把我叫出去问话。他问我，物理是不是不会学，怎么可能考那么差。

我小声地嘀咕着：不是不会学，而是不想学。

这让班主任大吃一惊。我这才知道，这样的想法大错特错了。

事后，我一直在想，自己的理科也并非那么差，至少也是中等成绩呀，为什么想放弃物理呢？

或许是自己的文科，在班里算得上是上等，物理与之相比有较大的落差，心里不平衡吧。

不管怎样，学好文科，学好理科，对我来说，都一样重要。所以，我以后还是要多放一些精力在物理上。

二

建议：对症下药，及早赶上。

从学生交流的情况看来，大多学生害怕物理，但喜欢实验。这种情况貌似矛盾，但仔细想来，也十分正常。

学生害怕物理，原因是多方面的。

从学生角度来看，主要原因应当有两个。一是数学基础不扎实。这便导致他们在学习物理时，分析、推理、计算等方面的能力无法满足学习需求。二是学习方法不对路。物理作为八年级的一个起始学科，它的学习方法与语文、数学、英语等学科有着较大的区别。这会让学生很不适应。

从教学资源来看，农村学校实验资源、信息资源都比较落后。很多学校，教学设备配备不齐全，实验器材不能满足教学需要，导致教师在教学中很多实验不能开展。

从教师角度来看，一些教师过分依赖讲解、记忆、练习，这样便会让学生学习、吸收、应用物理知识的能力变弱，学习物理的兴趣无从谈起，更谈不上物理学习的主动性和积极性。

网上有一篇《克服农村初中学生物理厌学情绪七法》的文章，大家不妨参考一下。现将其要点摘录如下：

（1）以"情"动人。即关心爱护学生，鼓励那些学习习惯、学习基础和学习方法不好的学生。

（2）以"美"诱人。强调欣赏和感受物理学的美，如物理现象的自然美，物理理论的科学美，物理学家的精神美等。

（3）以"趣"激人。强调讲课和活动的趣味性。老师可以多联系生活实际，引导学生思考其中的物理原理，引发趣味性。

（4）以"奇"逗人。强调教法、实验、活动、知识的新奇。

（5）以"交"提人。"交"，即"交流"，强调合作学习和探究交流，提升学生学习动力和交际能力。

（6）以"做"教人。"做"，即"实验"，强调实验演示和学生做实验。

（7）以"用"引人。"用"，即"应用"，强调用物理的应用性来提升学生的学习情感。

以上"七法"，并非只对教师而言。家长及学生本人，也可从中获得一定的启示。简单地说，就是要有信心，有兴趣，有吃苦耐劳的精神；勤动手，勤思考，勤于和生活进行联系。

说地生

一

自 2016 年开始，黄冈市地理、生物两科的中考，提前至八年级，在每年 6 月 19 日开考（九年级中考日期为 6 月 20、21 日）。两科满分均为 35 分。文中的这些学生，是第三批进入这种中考模式的。

他们又是如何看待地理、生物两科的呢？

石贤妹：地理和生物，学好挺有用。

地理、生物提前中考，这对我来说，是一个不大不小的打击。

我的地理比生物要好一点，因为地理老师对我们挺狠的，所以我们学得稍微用心点。而生物老师讲的，我能听得懂，但每节课都有好多的知识点，而我只能背一点，又贪玩，所以平时考得不是太好。

地理和生物，我觉得学好还是挺有用的。比如，你迷路了，你可以根据旁边的事物来判断，让自己找到方向。当我们生病了，可以通过自己学到的知识来判断，这药是什么药，是不是能有效地治病。

柳欢：有的空我本来会填，但因为字写错了而丢分。

我的生物很差，差到不可思议。在八年级，我们班换了一个女生物老师。虽然她没有向我们发脾气，但上她的课，我大多能听懂。老师会用一些日常生活来比喻，让我们更容易理解。虽然我的生物成绩提高了一些，但还不是很好，那是因为我平常没用心去记。

可恨的是，有的空我本来会填，但因为字写错了而丢分，我觉得很可惜。生物老师并没有因为我们没考好而骂我们。我现在上课注意力也集中了许多。

柳浩伟：我的脑子像一片内存卡。

一提起地生，我便要严肃起来了。因为地生在八年级时很重要的，它们要在八下中考，分数要加到九年级中考总分里。

我觉得我的脑子像一片内存卡，别人是 8G、4G，而我只有 2G。现在就要拼命学好、记好地生了。

说起地理，我就想起了何老师。他上课很有意思，总是跟我们开玩笑。边学边玩，很有趣味。生物老师是让我们按书上记，地理老师，让我们分析着记。

我的地理成绩还不错，能得 20 多分。而生物则时好时坏，这也主要怪自己，是自己七年级没学好。

雷俊宏：现在只是 23 分，我还不能满足。

我的地理还行吧。八年级每次考试都是 28 分。我上地理课时认真听讲，在地理读书时绝不马虎。地理关键靠背和理解。老师讲的要记熟。

生物该背的也背了，但只考了 17 分。八上的生物，我认认真真地背了，但期中考试却考了七年级内容，就这样被坑了。到了八下，我学习生物开始用功，终于皇天不负有心人，我期中也考了 23 分。还好，考的是八年级内容。

现在只是 23 分，我还不能满足，要努力再努力。这样，在中考时才不会考差。中考决定命运，生物坚决不能差。

吴悠：我的地理好，生物却极差。

我的地理和生物，和别人是不一样的。人家地理、生物一块好，而我的地理好，生物却极差。

我地理好的原因很简单，因为我们有可怕的地理老师。地理老师性格十分的刚烈。我也是一个欠打的人，别人打我，我才能更好。

生物老师是一个女教师，一点也不严格，只是有时惹她生了气，她就会对我们吼一声，过了一会儿，就恢复了平静。上课时，我做再大的动作也不会被她发现，所以导致我的生物越来越差，最后成了这个样子。但我相信，我只要努力，认真听讲，生物也可以好起来的。

涂欣欣：学得不枯燥、不烦恼。

地理老师是一位朴素的老师，他的课总能使我们开怀大笑。我们不仅听得有趣，还很容易听懂。我们上课就像玩耍一样，却学得很好。

他的课达到了知识性和趣味性完美结合的艺术境界，比如说国家面积时，他是这样讲的："俄加中美巴咬印""青海省的轮廓像只兔子""黄河呈'几'字形"等。

地理老师的教学方式很独特，我们都很喜欢，成绩也很不错。唯一不好的，是他发脾气的时候，每次都让人心惊肉跳的。

而生物却是不好学的，对老师的印象也不是太深。不过，她讲得很简洁，只讲重点内容，考得不好，会让我们抄几遍。慢慢习惯了，觉得也挺好，该记的都记住了，简单的教学方式也可以让我们记得很牢固。

总的来说，地理和生物都是我喜欢的科目，学得不枯燥、不烦恼。

柳朝晖：地理加生物，就是五彩缤纷的世界。

大千世界，无奇不有。万物生灵，又是多么的可爱。地理和生物，说是深奥的学科，其实也特别贴近自然。

在地理世界里，何老师看待事物的眼光别具一格。他给我们讲得最多的有三句话："地理像神"，"地理有鬼"，"地理是人"。在他看来，南极洲是个占有欲极强的"坏蛋"，凸起的半岛像一只大手，独揽着庞大的太平洋。站在他的角度看待每一座山、每一条江、每一汪清泉，都颇有生机。

生物则稍乏味，但只要深钻，总能打开不同的世界。其实，生物中的许多知识实用价值很高，医学也是以生物学作基础的。当你发现了一些你从未见过的动物，或一些奇特的蘑菇，生物的知识便可大派用场。

总的来说，地理是死的，生物是活的。但只要提起兴趣，地理加生物，就是五彩缤纷的世界。

二

虽是"小科"，同样要打好底子。一些学生（包括家长），总以为地理和生物是小科，也总以为只要考前多记多背，便能在中考乃至高考中取得不错的成绩。其实，这是一个错误的观点，许多学生（尤其是乡村学生），往往因为地理或生物没学好，而导致高考成绩不理想。

乡村中学的地生师资，是一个大问题。这两科的专任教师较少，许多时候，特别是在七年级时，一些学校甚至会安排一些不懂两科知识的老师担任，这为学生这两科的学习埋下很大的隐患。

地理，看似文科，其实也要懂得一个"理"字，它也必须在理解的基础上来记忆；生物，属于理科，就更不用说了。

兴趣是最好的老师，无论是地理还是生物，只要把它们与生活紧密联系起来，便会生发出无穷的趣味。这完全可以从本地的地理、生物具体情境出发，用两科的相关知识，来解释大自然的一些现象。这样学习起来不但不枯燥，反而会觉得饶有情趣。

如果还能找一些相关课外书看看，比如《山海经》《中学生课外读物宝典：地理百科》《人类的家园》《植物园的四季》《动植物之谜》《走进神奇的动物世界》《奇妙的人体》《人的一生》《十万个为什么》等，应当会有意外收获。

说体音美

一

有人曾说，乡村学校、乡村孩子的出路在体音美，这话有一定的道理。然而，体音美这三门课程在乡村学校开设得如何呢？

袁标航：体音美，就是我们初中生的大福星。

对于体音美，我只能说是沙漠中的绿洲，冬日里的一抹暖阳，让我们感到生活的美好。

体育课，是我们初中生人人都喜欢的课，我们可以想干什么就干什么，随处走走，与同学聊天，都可以。可现实有时是这样的，我们上体育课，先跑个四五圈，再来做做引体向上，搞得我们上气不接下气，气喘吁吁。好不容易有的一节体育课，却这样就离我们远去了。

音乐课，是令人激动的一节课。我们可以哼着流行歌曲，可以听电脑里明星的演唱会，令人非常放松。我们就如小鱼儿，自由自在地遨游音乐的海洋。

美术课，我觉得也是不错的。我们可以拿起自己心爱的画笔，在白纸上画出心中的东西，正所谓"我手写我心"。那是一种怎样的境界呢？我非常期待着每一节美术课的到来。

体音美，就是我们初中生的大福星，让我们珍惜上体音美的机会吧。

冯晓萱：体音美这三门课总是被抢走。

问同学们最喜欢的课是什么，所有人的回答一定是体音美。因为这三门课让人很放松。

体育课，老师心情好，我们就可以玩一节课。因为学校缺体育老师，班主任就暂时带我们的体育。但是，我们逐渐对这门课程失去了兴趣。

音乐，是我一直很喜欢的一门课。因为我们可以从这门课上学到许多歌曲，跟上时代的潮流，让我们这些处在青春期的学生们适应这个社会。

美术，我从小就对画画感兴趣。学过两年画画的我，底子自然不错。这也是一个展现自我的机会。

可是，临近考试，各科老师都会来抢我们的课。最后，体音美这三门课总是被抢走。这让我们连偶尔放松的机会都没有了。

程佳燕：这如意算盘打得一点也不含糊。

体育、音乐、美术，深得同学们的恩宠。可是今年也不知道怎么的，就变了。

唉，我们的班主任老师领着我们上体育课。他也真是严厉，居然把体育课变成了他惩罚我们的工具，而惩罚的手段也就是跑步了。体育课上得真糟心。

音乐课也还是老样子。但因为我班的电脑不给力，总是出故障，所以我们也只能听听歌了。不管怎么说，音乐课还是独得我们恩宠。

美术课嘛，我们是不会画画的。因为那节美术课是星期五的最后几节课，所以美术课也理所当然地成了我们专门"抢"作业的课。毕竟在学校做了，回家就可以少做一点。这如意算盘打得一点也不含糊。

吕阳：我的梦想是职业篮球运动员。

体育，是我的强项。跑步、引体向上等都没问题。我的爱好是篮球，我的梦想是职业篮球运动员。但现在基本技术还不行，需要加强训练，一步步完成我自己的梦想。

音乐，带给人们的是听觉上的震撼，往往美妙动人的音乐都可以打动人心，使人们感受到音乐的力量。我在音乐方面有一些天赋，但我不太喜欢。

美术，带给人视觉上的美感。一幅好画里面包含着许多意思，会让迷失方向的人们找到自己心灵的方向。但我的想象力不足，所以不合适。

体音美这三科，只要你学好其中的一科，人生的道路上便会有一笔巨大的财富。

二

希望更多的人来关注乡村学校的体音美。

柳宜君编了一个顺口溜：副课副课，我们的最爱；体育体育，我们的基础；音乐音乐，我们的乐趣；美术美术，我们的艺术。

副课副课，我们的最爱。这几个字道尽了初中学生对体音美等"副课"的特别向往。

然而，在乡村学校里，这几门课开设的情况并不理想。究其原因，其中师资是最大的问题。在笔者所在的县里，连续多年没有人参加音乐教师招录考试。而体育教师，同样是严重不足。

　　同时，减少课时也是一种常见的现象。比如体育，七年级开始就可能从三节变成了两节；八年级顶多两节，培训班里只有一节；九年级，所有学校几乎都只有一节了。至于这几门课上得如何，就可想而知了。

　　这是很现实的问题。希望各级领导以及各界人士，都来关注乡村学校的体音美。

说作文

最好的教育是什么？是自我教育。

真正的救赎是什么？是自我救赎。

写作的价值在哪里？或许有很多，但有一种价值永远无法忽略，那就是自我教育，自我救赎，自我完善。

对于这群习惯不好、基础不好、没人管教的孩子来说，写作的这种价值或许体现得更为充分。

"我讨厌作文，我讨厌语文老师"

洪遇见说得很实在。"一开始进入七年级的前四五个星期，我也和在小学一样，在网上搜，但是老师一下子就看出来了。之后我就开始自己写，不看作文书，也不上网搜。写得不好，但是是我自己亲手写的。就这样，一年下来，我写作文再也不靠其它的东西了，写的都是真的。"

杨驰也有类似的感受。"这学期，老师叫我们每个星期都要写两篇作文，不用很多字，三四百字就可以了。但是大多题目都是刁难我们，所以就有很多同学去抄，用手机到网上去搜，我当然也不例外。但是每次都逃不过老师的法眼。之后就再也没去搜了，因为搜了之后，总被发现，觉得很烦。再之后，我发现自己写作文比抄作文还要快。因为我自己写，想到什么就写什么，而抄作文还要望一眼手机之后，再写。"

他还说，其实写作文也是很好的。因为写作的时候，你必须静下心来，要不然的话，你写不了一篇好文章。"比如，我有时快上学的时候才写作文，就很着急，然后就什么也想不出来了，脑子一片空白。写作，让我学会了宁静，不浮躁。"

杨毅说得更真切。"我讨厌写作文，一到写作文时，我的脑袋就一片空白。我们的语文老师，他总是让我们写作文，我于是开始讨厌语文老师了。记得第一次写作文时，是多么的紧张，生怕把作文给写砸了。已经过了一刻钟，我还只写了个题目，其它的都是空白……天哪，按照这个速度，我什么时候才能写完啊！我简直疯了，想不出如何写出来。

"但过了一个学期后，我改变了对语文老师的看法。因为，我渐渐有了写作的灵感。以前写一篇 600 字的作文，需要一个多小时，现在只需要四十分钟了。"

"写作关系到理想与现实"

柯岩说得最生动。"我从小就不喜欢看书，看也是看漫画书，所以就更不用说写作了。写作对我来说，就是那鹤顶红一般的剧毒，是要人命的毒药啊！我记得第一次写作文时，脑细胞几乎都死净了，但我还没写出半句话。当时的我真的是生不如死呀！上了初中，同样如此。可不知在八年级什么时候，我似乎喜欢上看书，也渐渐喜欢上写作了。"

柳闻言则从另一个角度来看写作。"平常都是写 600 字的作文，但八下开始，每个星期都写两篇 300 字的作文。这大概是老师让我写作文时要学会简洁吧。第一次写这样的作文，似乎很难。因为 600 字的，我可以东扯西拉；而 300 字的，不能说一句没用的话。每一次写作文都只能抓住要点写，不能啰嗦，废话一句也不能写。"

吕佳伟讲得很具体。他说，每次写作都会成长一些，不仅是作文写得越来越好了，还可以让自己了解自己所做的错事和不好的习惯，然后进行改正。

"比如，上次写的关于地生中考的作文，真是让我有些担心。这个星期日下午的考试，我的生物也考了 20 分，也算是一个不小的成功。不像以前，只考十几分。所以，我更加坚信了，只要努力，任何事都可以做得到。这个题目，让我看到了不足。

"还有就是'上课时我常想'这个题目，也让我发现了自己身上的毛病。因为它让我了解了上课胡思乱想是不对的。

"后来，我悟出了一个道理。在写作过程中，可以在脑子里想出一些优美的画面，回忆以前的故事。但最重要的，还是让自己了解到自己的毛病。"

殷文嘉说："每个周末，老师都叫我们写一两篇三四百字的作文。我总是因为想不出题材而苦恼。不过每一次写作文，都是在精神上的一次成长，在写作中一次次淬炼自己，打磨自己，铁棒也能磨成针。"

他还说："我最初理解的'成长'，就是人长高了，力气大了。现在我知道'成长'的真正含义，成长更重要的是精神上长大了，懂事了，知道尽孝了。我们每一次写作都在磨炼自己的意志力，而我们的付出都会成为我们进步的力量。"

涂欣欣对于写作中的"成长"作用，说得比较深入一些。

她说，许多人只觉得写作文只是一个作业，也只当作业来完成，其实这也是最普遍的想法。写作是一种记录高兴、伤心等情绪的方式，也是理想与现实的写照，还是对未来和过去的幻想……通过写各种"奇葩"的题目，让自己看清了自己，认识了自己的优点和不足，总的来说是很有意义的。

她还说："以前的许多坏习惯也因写作改掉了一些，使自己的生活得到了一个不大不小的改观。但这种改观很难得。写多了，渐渐发现生活中已经不能没有写作了，写作已经成了我的一种生活方式。我觉得，写作让我成熟了许多。"

黄杏说："曾经我是一个跟写作完全说不上话的人，可现在通过老师的帮助和自己的努力，我和写作倒是不打不相识了。"

王杨说："我认为，我在写作中最大的成长，就是找到了真实的自我。"

喻金圣说："在写作中，我们能不断反思自己，让自己明白还有哪些事做得还不够好，这样便得到了一种内心的成长。"

柳雨不断地追问自己，最后得出的答案是，发现自己的作文也渐渐有些深奥了，写好作文的次数越来越多。"成长就是等级的晋升，成长是变强的见证，成长是宝藏的开采。"

"作文加 5 分"

刘进文是从写作技巧方面来谈的。

他说，一篇篇作文，一点点成长。写一篇文章是很有成就感的，尤其是在文章被老师表扬之后。

"还记得进初中的第一篇 600 字作文，那对我来说可谓是比登天还难。小学时，作文就不咋地，写篇 300 字作文，能用好一个词儿，老师就夸我了不起。随着时间的推移，过了一个半小时我都没写完，别的同学都用异样的眼光看着我。

"老师批改完我们的作文后，十分无奈。他拿出了他的看家本领，自信地对我们说，写作文要从多方位思考，多角度叙事。说完，晚上又布置了一篇作文，要求按他的方法写。果不其然，内容确实丰富了许多，文章也有条理了。到了现在，感觉写一篇作文没什么难度了。"

在这一点上，胡培丰说的更有意思。

他说："以前我写的作文，很单一，很无聊，很乏味，每次写的作文总是用那几个片段。

"在一个晚自习里，语文老师给我们上了一节'作文如何加五分'的写作技巧课。我抱着怀疑的心态听了一点，感觉没什么用。接着听了下面的，感觉好的都要留在后面，我大吃一惊。如果按照这样写，应该可以加五分的。

"到了月考时，我用了老师说的方法写。等卷子发下来，我看了一下作文分数，惊呆了，居然有 42 分。如果没有用到老师说的一些方法，就不会有这么高的分数了。"

写作需要方法吗？需要技巧吗？这显然是一个伪命题。

关于写作方法，作为一名语文教师，我也是非常关注的。比如我给学生构建了一些范式，比如"从一个侧面写人""带一种感悟叙事""怀一种情愫写景""分一些层次说理"等。但随着对作文、对学生认识的加深，我发现这样的范式固然有利于学生的进步，但对于他们精神方面的成长，益处并不显著。

于是，我便开始寻找另一种方式。那就是将生活与作文打通，将成长与写作相连：让学生每个周末写两篇短文，所写的内容都是真实的生活，这些内容统称为"乡村少年说"。

通过一个多学期的尝试，这种写作教学基本达到了我的预期目标。

这不光是作文卷面上的"加 5 分"。

说书写

一

一些中老年教师常常感叹：现在的学生，书写越来越差了。

这种说法，我也十分认同。尤其是乡村学校的孩子。

为什么会产生这种情况呢？这群乡村孩子如是说——

柳朝晖：因为老师布置的抄写任务太重。

汉字？我写的是汉字么？

我有时常常这样质疑自己。其实，我写字本不差，在小学还得过"小小书法家"的称号。只是在五六年级，因老师布置的抄写任务太重，顽皮的我又总被老师罚抄课文。于是，原本工整的字迹，便匆匆忙忙，潦草不堪。到了初中，就改不过来了。

许许多多的老师、同学都说我的字小得可怜。我自己也觉得的确小。但提起笔来，想把字写得大些，我又觉得别扭，也不知道为什么。可能也与那时的经历有关吧。字小，写得快，更快地完成抄罚。应该是这样吧。

我的书写，主要取决于心态。认真地写，其实不算差，但为了提高速度，可能就顾及不了像练习书法一样写字了。虽然我的字写得像鬼抓的样子，但我还是明白，书写很重要。

汉字啊！希望有一天，我能把你写好。

方浩嘉：字帖，对我一点用都没有。

我的书写向来不好。我爸给我买了几本字帖，可是一点用处都没有。我的字还是那么丑。这个方法，对我没有用。

其实，在小学三四年级时，我的字还是很不错，至少没有现在这么丑。

但后来，到了五六年级时，尤其是快到升学的时候，作业都堆成山了，照这样一笔一画地写下去，铁定写不完。

我为了追求速度，字写得龙飞凤舞，像鸟儿在地上留下的脚印，十分的凌乱。

到了六下时，我的字小得像蚂蚁一样，甚至有时比蚂蚁还小。

雷俊宏：养成的习惯，一直改不了。

我的字哟，丑得不要不要的。虽然老师多次要我改。刚开始的时候，我是改了，可后来又坚持不下去。

每次要端正书写态度时，我就十分认真地写；而没人提醒的时候，我就是"草在纸上飞"。那是因为小学养成的习惯，想改一直改不了。

我七年级语文老师，字写得那叫一个绝字。他的字写得那么好，却有一个字写得那么差的学生，传出去恐怕会颜面扫地吧。

现在，我的字应该不算差了吧。至少能看得上眼。抢作业时就草，考试就好。我的字草到什么程度呢？有时连自己都不认识。

柳浩伟：我发现了一个写好字的秘诀。

不怕大家笑话，我真的觉得自己写的字也是够好的了。

可同学们都说我，也就只有我才写得这么一手丑字。开始，我很不好意思，觉得挺丢脸的。可是，脸丢多了，也就不要脸了。

其实，我曾多次买了字帖在家练字。可我就是改变不了以前书写的习惯。老师总讲八字要求。他还说，这就是中国字的范！

在近期，我终于发现了一个写好字的秘诀：字不要写快，注重一笔一画，日积月累，一个月左右就会有所改善。

在我们学校最有文采和字写得最好的，当属我们的语文老师。他那字写得呀，我巴不得把他写的字刻下来，当字帖来临写呢！

所以，我以后要多多地向他学习，终有一天，还可能超过他呢！

朱文鑫：书写可以检验一个人的素质。

我的书写，我自己认为还是可以的，自己能认识就行了，不用担心字迹太差、太潦草了。自己慢慢练，自然不会差到哪里去。不要怕自己写不好，而是担心自己没有练字的决心。

我以前的书写，都是潦草几笔了事。特别是作业多的时候，更是潦草；作业不多的时候，字迹便好了许多。

书写，可以检验一个人的素质，它体现出一个人的耐心，一个人的专注力。它们是走向成功的必备条件，沉不住气的人往往是成功不了的。

陈瑾：我曾经模仿别人，写一种"草"书。

说实话，我的书写也算是中等的，因为我做到了语文老师说的"居中"和

"适中"。

　　我曾经模仿别人写的一种"草"书。就是把每一笔、每一画都写得很张扬，而且还要用 0.2 的笔芯来写。

　　当时的我，觉得这种书写十分的美观，以致每次写作文、写作业我都是用这种"草"书来写的。

　　直到后来，语文老师说，你把这一竖写得这么长干什么？我当时并没有感觉什么不对，便回答说，夸张啊！后来才发现，自己的书写的确有些不妥。

　　书写，表现这一个人的品质、精神。看着语文老师的字，不觉有几分羡慕。

　　柳雨：所有人都只是一味地说要把字写好。

　　书写是我写作的基础，但是我的字哟，与其说那是灵符，不如说成是鬼画符。

　　可是，我以前写的字很漂亮，但特耗时间。因作文时间特少，我写不完作文；我现在书写快了，作文写完了，但字迹却非常难看。

　　就算这样，我也很高兴。因为小学的六年时光，所有人只是一味地说要把字写好。幸运的是，我刚来到中学，遇见了一位小有名气的高手——吴老师。他虽说是我们的普通老师，但到八年级的我，渐渐发现，他是一位神圣不可侵犯的"太乙真人"，不管是作文还是书法，在我们学校里，都是首屈一指的。

　　我荣幸地成为他的一名弟子，有这样的一位好老师，是值得骄傲的。像这样的高手，虽然还在这小小的县里徘徊，但我相信，他一定会成为一个名人……

　　我坚信，吴老师一定能让我们全班人的字更上一层楼。因为，他一定是上天派来指导我们的。

　　涂欣欣：刻骨铭心的"八字方针"。

　　在没读初中之前，我眼中的书写漂亮，是这样的：写字挨着格子下面横线写，写得小，好看。到初中之后，这样的书写在黑板上很美观；但到格子里，便成了书写的一种坏习惯。

　　我们的语文老师，拥有一手好的书法。每次给我们展示的时候，都是横平竖直，笔画刚劲有力。他自己给我们总结出书写的"八字方针"——"居中，平正，适中，匀称"，还告诉我们"提笔就是练字"。

　　其实每次写字时，我脑子也都是这些话，但以前的习惯让我们都难以改正。老师依然坚持教导我们，书写严格按"八字方针"。为了让我们改正不好的习惯，他可谓是用尽了办法，比如写得不好，就重写、重抄。也正是因为老师的良苦用心，加上同学们不想被罚，我们班的许多同学的书写习惯都改正了过来，还受到老师的夸奖。

他们都改正了，我还有什么理由落伍呢？之后，写字时我脑子里都会想着"八字方针"。也正是这八个字，改变了我和我班同学。这是我们语文老师的功劳。在此，我要感谢我们的语文老师！

二

提个建议：语文老师，应当把自己的字练好。

书写，是一个老生常谈的问题，尤其是语文老师总是不断地絮叨着。

学生的字，为什么写不好呢？

原因是多方面的。大而言之，社会环境越来越不重视书写，更别说书法了，尽管教育部已经把书法作为一个硬性要求，写进课程表了。但这也恰恰说明，一些国民书写能力的退步，是一个很客观的现实。

"一笔好字，让电脑给废了。"从学校来说，中小学生教师的书写能力整体下滑，这也是一个不争的事实。不信，你把年轻教师的字，与年老教师的字比一比。有比较才有鉴别：不比不知道，一比吓一跳。

学生写字不好，可以找的原因还有很多，比如学生写字时间太早，作业量太大，书法课没有落实，等等。但我认为，如果中小学教师（尤其是语文教师），都能写好"三笔字"（钢笔字、毛笔字、粉笔字），也就自然都会重视学生的书写了。

笔者的字，没有学生说的那么好，也就仅仅曾经是个书法爱好者而已。但被他们吹得那么神，可见他们此前所遇到的老师们，书写都是很一般的。

这样的判断对不对？

说背书

> 背书的快慢，与个人的勤懒有关：你越勤快，背书就越快；你越懒惰，背书就越慢。背书还与老师的要求严格不严格有关：老师要求严格，你就会怕老师，背书就越快；老师要求不严格，你就不怕老师，背书对你来说也就无所谓了。
>
> ——聂振贤

一

谈起背书，许多同学不约而同地首先说到背地理。

这不，袁标航就这么说着："谈起背书，我还真有一番见解呢。见解最深的当然是背地理了。背书可是一项大任务，比天还大，至少地理老师何先生是这样认为的。谁要撞见地理老师，背来还好，背不来的话，就要受惩罚了。地理老师说，背书要结合地图来背，这样记忆才深刻，才容易背，而且效果显著。背书最重要的当然是下真功夫了，最有效的途径只有这一条，所以必须付出'口干舌燥'，才能得到'满脑真经'呀！"

吴悠说得更好玩。"背书，我们最怕背的就是地理书，可是一旦背起来，每个人都会玩命地去背，因为地理老师太可怕了。按地理老师的话来说，你不背，可以，只要你有实力，你撕了书都行；如果没有实力，你就得老老实实地背，我平生最讨厌的就是那些背不来还不背的人。

"每次快上地理课时，我们都在玩命地背书，有时简直把喉咙都喊哑了，太恐怖了。地理老师经常说，地理书有生命，它是有神气的，只要你好好学习，它就会好好待你。有的人还真信了，常常对地理书说，神啊，救救我吧，救救我吧。太好笑了……背地理书时，我们热血沸腾，几乎是奔赴沙场。"

柳窈讲到了她的一次"心跳"的经历。"有一节美术课，地理老师突然进来检查背书。我的小心脏啊，'扑——扑——扑'地直跳，像一只小兔子一样，一刻也不肯安分。随着时间的推移，我恐慌极了。10 号……21 号……23 号……，我是 27 号，还有几号就到我了，这该如何是好呢？'当当当'，一声铃声过去后，整个教室都沸腾了，我长舒了一口气。我心中的那块石头终于放了下来。看来，下次我得下点苦功夫才行啊，那样就不怕老师抽查了。"

<h1 style="text-align:center">二</h1>

洪遇见说，背书的心情一点也不好，因为每次都有几个字读不来。"字读不来，我以前一定不问，我会不背那首诗，去背其它的诗，或者干脆不背，就一直发呆着。"

吕阳说："背书，对于我来说就是一种折磨，语文背文言文、古诗词，历史背一些意义、原因、目的。反正，基本上每个科目都有要背的内容，都十分重要。在这个学期，地理、生物要中考，这两科我估计会把人背死，这种死法多么惨呀！还有一个最难背的科目——英语。记单词，太难记了，记得脑袋都要炸了。自己国家的语言都难学，还学别人的英语，干吗这么欺负人呢？但是，现实是残酷的，既然我们都无法逃避，那还是积极面对吧。好好背书，好好学英语，记单词。把背书当作一件快乐的事，那么就会'书读百遍，其乐自见'了。"

刘进文说，背书也是有技巧的。"我采取的方法是先读几遍，直到读熟后，再开始背，简简单单，几分钟就可以背下八九首诗，甚至十首古诗。

"在背书的时候，我总喜欢看着远处，因为如果看着或注视着某人的时候，我心里总会忐忑不安，容易分心。还不如看着宁静的远处，把心静下来。但有时也会让我非常为难。当我看着远处，老师走到我面前，语重心长地对我说……这就尴尬了。"

涂斐说，读小学时，就不大喜欢背书，到了初中，这就更成了他的难题。因为初中要背的比小学要多。即使不想背，可是逃不过"厄运"。"我想，这必须智取。于是，我把每个星期背的方法、效果记下来。经过对比，秘密的尾巴就露出来了。在对比中，有一种方法，既节省时间，又不会过一段时间就遗忘，那就是自己主动地及时复习，经常重新背背。"

柳宜君说，每当自己听到老师让我们背书时，心中便像压了一块大石头似的，喘不过气来。于是，每次都十分烦躁，总是觉得要背的字数太多，根本背不过，也背不来。"可是，我发现只有一遍一遍地背过才知道，原来背书并不是很难，只有自己不想背的时候，怎么看都觉得难。但是当老师一定要我们背的话，我就会产生压力。这时，压力也就转化成动力。只要用心去背了，心无杂念地背，就没有背不来的。背过了之后，我就轻松了，就再也没有石头压在心里了。"

殷文嘉对背书的感受和柳宜君差不多，但背诵的方法有所不同。"我背书的时候觉得好难背，不过一找到方法就容易得多了。方法是分段背。也就是把每一段都分开背，都背熟之后，再合起来背。这样，就真正地背熟了。"

三

冯畅说："我不得不承认，背书是我的'死穴'之一。无论我怎么背，我都记不住内容，总是缺三少四的。即使这会背熟了，过了一会儿，又忘得一干二净。这常常使我苦恼不堪。可是该背的都必须是要背熟的，就算晚上不睡觉，也要记住。况且地理老师还真说过这样的话，即使记忆力再差，也要死记硬背，许多中学生都是这么熬过来的啊。即使再苦，也只是为了将来作准备呀。我宁可豁出去背熟，也不愿留下一个终生的遗憾！"

聂振贤说，背书的快慢，与个人的勤懒有关：你越勤快，背书就越快；你越懒惰，背书就越慢。背书还与老师的要求严格不严格有关：老师严格，你就会怕老师，背书就越快；老师不严格，你就不怕老师，背书对你来说也就无所谓了。

他还说："当我背语文时，语文老师对我们并不严格，但不知为什么我会认真地背；当我背英语时，英语老师对我们要求不严格，我只会记单词，而不会去背课文；当我背政治时，我只会在上课前几分钟背和复习时背；当我背历史时，我会在家里背和上课前五六分钟时背；当我背地理时，我会认真地把它背下来，因为地理中考快到了；当我背生物时，我会按多少来背，特多，我就背不下去了。但现在，我会认真地背好每一科。"

四

行文至此，我忽然想起关于背书的几个故事。

读小学时，有一天早晨，老师让我们背毛泽东的《为人民服务》。全班几乎所有人都背得口吐白沫、昏天黑地的，但到朝读结束时还没有几人背诵过关。只有一个家伙例外，他不一会儿就检查过关了。这让我们终身都敬佩不已。后来想想，原来这家伙出身于书香门第，自幼饱读诗书，对语言文字有一种很亲切的感觉。所以，几乎看到所有的东西，他都基本能够过目不忘；就即便是金庸小说里面的诗句，到现在还是信手拈来。

说到金庸，又忽然想到那个傻得可爱的郭靖。在桃花岛上，老顽童周伯通骗郭靖背诵上下两卷的《九阴真经》。这么深奥、拗口的《九阴真经》，对于傻小子郭靖来说，无异于天书。但他居然能够背下来，而且还能够一直没有遗忘。这是什么原因呢？答案大概只有一个：用心专一，心无旁鹜。当然，这只是个文学作品，不可深信，但可以从中得到一些启发。

再一个是关于我女儿背书的故事。她读初二时，学校举行元旦朗诵晚会，我让她朗诵张若虚的《春江花月夜》（我将其附上，你也可以尝试背诵一下，呵呵）。这一首七言古诗，36句，要背下来的确不是很容易。我几乎快要忘记了，她到底是怎么背下来的，而且最后还得了一个一等奖。今年春节时，她对我说："你知道我是怎么背下来的吗？我原来一直背不来，背了上句，忘了下句。后来，有一个晚上，你说，今晚背不来就不要睡觉了。于是，我就一直背着，终于背下来了。但等我背来时，你已经打呼噜了……"原来，她是在我的"压力"下才背下来的。

写出以上故事，笔者想说的是，如果你没有那种过目不忘的天赋，你可以在三个方面下功夫。一是培养感觉。包括学科感觉和语言感觉，所谓"操千曲而后晓声，观千剑而后识器"，说得通俗一些，那就是针多手熟，熟能生巧。二是心无旁鹜。背书的时候，别老想着结果，而是全身心地扑到背诵的内容上，理清里面的逻辑关系，在理解的基础上来背诵。三是自加压力。没有压力，就没有动力，即使很难背，也要有一种"啃硬骨头"的精神，不达目的，誓不罢休。正所谓，困难像弹簧，你强它就弱，你弱它就强。没有过不去的火焰山。

附：春江花月夜

张若虚

春江潮水连海平，海上明月共潮生。

滟滟随波千万里，何处春江无月明！

江流宛转绕芳甸，月照花林皆似霰；

空里流霜不觉飞，汀上白沙看不见。

江天一色无纤尘，皎皎空中孤月轮。

江畔何人初见月？江月何年初照人？

人生代代无穷已，江月年年只相似。

不知江月待何人，但见长江送流水。

白云一片去悠悠，青枫浦上不胜愁。

谁家今夜扁舟子？何处相思明月楼？

可怜楼上月徘徊，应照离人妆镜台。

玉户帘中卷不去，捣衣砧上拂还来。

此时相望不相闻，愿逐月华流照君。

鸿雁长飞光不度，鱼龙潜跃水成文。

昨夜闲潭梦落花，可怜春半不还家。

江水流春去欲尽，江潭落月复西斜。

斜月沉沉藏海雾，碣石潇湘无限路。

不知乘月几人归，落月摇情满江树。

第二辑　说课外

说晨读

每次从寝室走向教学楼的路上，
我总是看见漆黑的天幕上挂着月亮，
星星在天上闪烁着。

——程美玲

一

谈起晨读，程美玲发出一声感叹："唉，又是一个没有睡醒的晨读。"她还描述了她一个晨读的状况，"'弃我去者，昨日之日不可留；乱我心者，今日之日多烦忧。'我一边趁着老师不注意打着呵欠，一边漫不经心地背书……"

程佳燕说得很实在："对于晨读，我的内心其实是拒绝的。每天早上起床，总是忍不住要抱怨。哎，要是把晨读的时间给我睡觉，那该多好啊！"

她接着说："一走进教室，总有人在喊，早上读什么呀？确定该读的内容后，大家就读了起来。可是那该死的瞌睡虫并没有被读书声给赶跑，眼皮也是十分的沉重；双眼一闭上，就感觉到一阵酸痛；接着，又有想睡觉的冲动了。

"过不了多长时间，班主任就会拉长着脸，走进教室，然后就开始他的'大规模扫描'，围着教室转着，一圈又一圈。要是看到有人没有读书，班主任就站在那个人的旁边，表情凶狠地瞪着他，直到那个人大声读书为止。最后，随着班主任一个拍巴掌的动作和一句'上操'的声音，晨读就这么结束了。"

石贤妹也坦言："晨读，其实我并不喜欢。因为刚起床，还没有完全醒过来，迷迷糊糊的。要是在家里，一睁眼就有精神了，而在学校就恰恰相反。"

她介绍了晨读的一些情况："晨读，我大部分时间都在认真读、认真背，因为语文试卷开头就是古诗默写。古诗几乎都是书上的，只要记熟了，就能得分。英语则是背一些短文，有几次完形填空都是书上的，由于我没背丢了分。而英语背的小短文，听力时也考到了。"

她这样评价自己的晨读："晨读，我有时也贪玩，不想读，心里在默默地想，怎么还不下课，我已经读了这么长时间了。当自己认真读的时候，却发现时间又过得太快了：我还什么都没读熟，就已经下课了；明明刚刚还那么长时间，咋就没了呢？"

二

柳妍妍说，晨读中，最喜欢的是英语，因为英语易读易背易写，同时英语老师不擅于管学生，所以在英语晨读上能专心读书的也没几个。吃的吃，喝的喝，玩的玩，读的读，什么样的都有。尤其是后面的那几个，英语晨读时甚至和着书声唱着歌。

喻金圣说，早上起床到教室，同学们总是说话，有的谈游戏，有的说笑话，也有的谈学习。而一看见老师，就大声地读书，声如崩山；但等老师一走，声音就如老鼠一样，又有许多同学开始说笑了。晨读好不容易过去了，做完操，又来了一个朝读。这时，又要大声地读书。而此时，玩的时间比朝读多得多，因为有的老师同时负责好几个班的朝读。朝读和晨读，是我们的玩乐天堂，也是我们的读书地狱。

柯岩说，晨读对我们来说是枯燥无味的，有时候甚至想，这三十分钟还不如让我们多睡一会儿。"晨读时，像语文等汉语学科，我会认真地读，而英语我读不懂。英语对于我们成绩不好的同学来说就是玩。有时害怕班主任突然过来，眼睛就总是往前门望，生怕被抓住了。而有时又想到，一年半后，我可能就要去打工了，这时又有些忧虑。"

杨毅说，早上起床，还没走到教学楼就听见琅琅的读书声，声音是那样的洪亮和有力。"我进去后，也是拿起书来朗读。读语文时，只有很少人在玩，而读英语时，就有很多的人在玩。大概是老师的不同吧，还有课程的不一样。英语是外语，学英语就像在读天书一样，而语文书上面的字都看得懂，也比较好学。英语老师管得不严，语文老师也不严，但只是我对语文比较感兴趣罢了。"

他还说："我读语文的时候，有很累的感觉，要大声地读，还要背，有时还要到黑板上默写；在读英语的时候，我感觉一点儿也不累，因为我们后几排的几个，基本就没读，一直在玩。老师点人发言时，都是点聪明人，不会点我们；就算默写，也不会点我们。"

三

吕嘉豪介绍说，我们每天都有晨读和朝读。晨读的时间比较短，一般在三十分钟以内，所以我们要好好把握，不能让晨读的时间白白流逝。晨读的科目无非是语文、英语和生物。有的同学读生物很认真，但是读英语和语文不认真，因为生物在今年就要中考了。他们难道不知道所有的科目明年都要中考吗？他们只顾眼前而不顾以后。

石晨笑着说："我喜欢睡懒觉。别人说输在起跑线上，我则是输在起床线上。"他还说："现在我终于明白了，晨读不仅使我战胜了起床，让我不再成为起床困难户了。同时，晨读使我的'副科'（政史地生）有了明显的进步。"

李曦回忆了自己印象最深刻的一次晨读。"那是七年级下学期，那段时间天气特别热，教室里特别闷，坐在教室里几乎透不过气来。我们读书的声音很小。班主任进来了，几个同学便装装样子嚷嚷了几下。此时，班主任挥了挥手，让我们拿着书去足球场读书，教室里瞬间炸开了锅，同学们齐刷刷地向足球场冲去。到了足球场，我们精神焕发，一个个声若雷霆，好一派朝气蓬勃的景象。"

胡培丰说到了一次晨读罚站的经历。"有一天，我因为头天晚上在寝室吵闹，要在教室后面站一节课，站得肚子有种酸痛的感觉。我累得满头大汗，感觉支撑不住了，想躺在地上睡一觉，一直睡到第二天……那个晨读，烦死了。"

四

许多中学，都有一个不成文的规矩，那就是在起床钟敲响以前的二三十分钟，班主任到班（到了九年级，科任教师也按时到班），学生到班，开始晨读。显然，这是一种侵占学生休息时间的行为。因此，许多学生常常迷迷糊糊地起床，睡眼朦胧地进班，有气无力地晨读。

晨读一直读到上操钟敲响为止。上操之后，又开始朝读。这样一来，一天之内，就有两节课的时间来读书了。

学校也很无奈。大家都知道学生睡眠不足，同时也让班主任（包括科任教师）身心俱疲。然而，该记的、该背的东西又那么多，要想学生取得好成绩，便只有从早晨挤出一节课了。事实证明，只要管理得当，这种做法，班主任和科任教师也接受了，学生也默认了，取得的成绩也是显而易见的。所以，晨读便是一种普遍的做法了。

无论是晨读，还是朝读，总有许多学生对英语学科颇有说辞。一方面与科任教师的课堂管理有一定的关系，另一方面则是因为许多学生读不来，开不了口。这种现象在农村学校更为普遍。

其实，不光是英语，就包括语文，许多学生的朗读情况也令人担忧。朗读时，声音小，不连贯，更别说富有感情了。显然，这与学生小学时的朗读习惯有着密切的关系。

开不了口，读不成句，形成不了语感。这不光是影响学习成绩，还将影响口头表达能力，影响个人的自信心。从这个角度出发，从小培养学生正确、流利、有感情的朗读习惯，便尤为重要了。当然，到了初中，甚至到了高中，语文课、英语课等语言学科，同样需要教师舍得时间，培养学生的朗读能力。这不光是中考和高考的需要，也是学生生命成长和事业发展的需要。从某种程度上来看，宁可教学进度慢一些，也要多花点时间，让学生去"读"书。到学校来是为了"读书"，然而，一些学生连"书"都"读"不来，读不流畅，读不出感情，又怎么能说是真正的"读书人"呢？

要想更好地培养学生的读书习惯和读书能力，教师的"读功"很重要。范读，领读，必不可少；富有感情地读，绘声绘色地读，这值得所有语言学科教师去终身修炼。

说读报

一

"一到读报时间，班主任就向我们款款走来。点上一支烟，猛地吸上一口，再长嘘一口气，然后就开讲了……"

这是刘进文所观察到的一个较为常态的镜头。他还具体地描述了一回谈话内容："现在你们离中考的时间不长，这是你们人生中的第二大关，第一关是学会生活。"

刘进文说："听完后，班上一片寂静。我在心里默念着：哎，时间不多了，再没有机会重来了。"他还说，读报也有让他反感的时候：真没劲，一句老话，唠叨了这么长时间。

令袁标航最难忘的，是那次读报时间的"检举揭发"。"它就像一次考试，十分严肃，时间过得非常慢，二十分钟似乎过了二十年。我们都把自己要检举的名字写在纸上，只等待结果……最后结果出来了。很多人被叫了出去，进来时都是一副丧气样。我也是在其中……"

在柳窈的眼里，读报是老师数落人、公布重要消息的时候，也是老师给我们进行思想教育的时候。她回忆了一次情景：

"读报时间到了，班主任夹着一册厚厚的书走进了教室，面色铁青。不好，情况好像不妙，我心里暗暗念叨：谁又出了什么事惹老师了？只见老师在讲台上沉默了一分多钟，教室里鸦雀无声，空气也变得压抑极了，让人喘不过气来。

"'今天没吃饭的人站起来！'我松了一口气，幸亏我每餐吃了饭。老师发了一通脾气后，便下了'圣旨'：'今天没吃饭的人，一个星期都不得到店里买东西，违令者斩！'我听了扑哧一笑，看来以后一定要小心一定了。

"这次读报时间虽短，但我觉得度日如年，实在太难熬了。看来，以后饭一定是要吃的，否则后果很严重。"

二

冯晓萱回忆了七年级时的读报时间。"刚开学的时候，我们还不知道读报是干什么的。只记得七年级上学期第一次读报的时候，我们班进行了自我介绍。由于刚刚开学，班上同学大多不认识，特别是像我这种从城关小学转来的学生，连一张熟悉的面孔都找不到。因为那次自我介绍，我发现身边的同学都很热情，这也增进了我们的友谊。

"之后的读报时间，我们班和其它班级不同。其它班级除了老师训话就是直接上课，而我们班就好玩了。唱歌、朗诵、讲成语故事、演讲，等等。"

她还说："对于八年级的我们，体音美相对来说太少了，而读报时间却是一个很令人放松的时间，让我们的读书生活变得不再枯燥。"

柳吉安回忆了七年级读报唱歌的情景："在读报唱歌时，上讲台觉得特别的尴尬，因为，好多双眼睛都在盯着你。上去就会脸红，之后准备；开始唱的时候，班主任在旁边笑着；等他们唱完，班主任便为唱得好的同学给表扬和点评……"

吴悠描述得更形象。"读报有时候还用来演讲，那就是我的一个'噩梦'，太恐怖了，而且是自由发挥，不给你想的时间。谁来讲，抽作文本随机决定。每次抽一下，我的心就怦怦直跳。老师这根本就是在玩心跳，我一直在想：天啊，让我解脱吧……"

柳宜君对于读报时间的看法，几乎是一百八十度的转折。"刚开始，我也觉得读报时间真让人心烦，让人担心与焦急。为何我们班与别的班不同，他们不用忙活这些事，我们学习本来就挺难的，再让我们准备这些不是更难吗？不过，那只是我之前的想法，而现在却不一样了。现在的我，却以为如果缺少了那些，就少了一些趣味，也少了一些生活的动力。"

吕阳这样评价读报时间："读报时间，读的是我们心里的想法，读的是我们的青春。"他还谈了自己的一次经历，"在七年级的读报时间，老师叫我们讲故事，从学号1到学号52，每个人都要讲。第一次，我很害怕，说话声音十分小，极少数人能听见。久而久之，声音慢慢地大了起来，响亮了起来，脸也没有红。"

三

谈到八年级读报时，聂振贤说，八年级上学期，我们的读报时间主要是用来做政治、历史、地理和生物四科作业；八年级下学期，老师有一次向我们强调说，有的同学距离走进社会还不到一年半时间了，也就是五百多天。

洪强也有类似的感受，到了八年级，读报不再那么有趣，不再有那么多的欢声笑语了。现在老师只是随便说几句，就让大家自习了。

冯畅说，大部分读报时间，因为考试，就被掠夺去了。所以，一个星期的读报时间其实并不多。"大概是'物以稀为贵'吧，每次读报，班主任都会利用这段时间来给我们讲一些道理，或是批评那些违纪的同学。自然有许多同学感到厌恶，而我又何尝不是这样认为呢？每次我都想着，本来就只有这么点时间休息，又被抢去了，还想让我们怎么样？唉……但我又想到，班主任讲这些，是为了给我们将来走向社会作铺垫，我们不能浪费了老师的一片苦心。这样一想，我的怨气也就消失了。从此以后，读报时间在我心中成了最神圣的课程。"

殷文嘉的话，似乎是对冯畅的观点作了一个具体的诠释。"我们每天都有一个短暂而富有教育意义的时间段。因为那个时间段，老师会教我们做人的道理。比如，有一次老师说，现在我们班上英语被别超过了，我们要赶上去；人生最大敌人就是自己，只有战胜自己才能战胜别人；对自己最亲的人是妈妈，可有的人骂自己的妈妈，长大后丢弃自己妈妈，他们还能称得上是人吗？老师不光教我们知识，还教我们怎么做人，真应该感谢老师，感谢读报。"

刘菁说，读报时间她不怎么注意，但如果能用这段时间看看新闻，那就有眼福和耳福了。

四

不知道学校是什么时候把"读报"写进作息时间表，作为一天当中一个固定的课程的。大概最初的设计，是因为那时只有报纸等平面媒体，希望通过"读报"来扩大学生的视野，让学生"风声雨声读书声声声入耳，家事国事天下事事事关心"吧。当然，时间表上伴随"读报"的大多还有两个字，那就是"谈话"。

如果只是用来"读报"，想必学生们都会觉得很轻松，甚至可听可不听吧。但一加上了"谈话"两字之后，往往会是"几家欢喜几家愁"。因为"谈话"既可能是"和风细雨"的"谈话"，也可能是"狂风暴雨"的"训话"。上面的对话内容，也说明了这一点。无论是"谈话"还是"训话"，只要运用得当，对于班风的优化、学生的成长，都会是有好处的。这似乎与大自然的恩赐也是一样的道理，既有"阳光明媚"，也有"和风细雨"，还会有"狂风暴雨"，甚至是"风霜雨雪"。

显然，本文中所讲到的班主任老师，在七年级时用读报时间给学生自我介绍、演讲、唱歌等，这对于增加学生之间的友谊，培养学生的胆量和口语能力等都是卓有成效的，也得到了全体同学的认同。从这个角度来看，这是本班学生的幸运。

　　当然，随着教育现代化的推进，我们也许还可以进一步拓宽思路，充分利用班级多媒体和电子白板，比如以此名副其实地"读报"——浏览新闻，观看视频；还可以针对某个新闻事件，让学生进行辩论。这样，在拓宽视野的同时，还可以让学生的世界观、人生观、价值观得到不断升华。

　　但很遗憾的是，由于晚上考试、检测不断，加之学生的课业量居高不下，许多"读报时间"被人为地侵占了。因此，对于仅存的一些少量的"读报"更需要班主任和全体学生的倍加珍惜。

说晚自习

在月光下，虽无对酒当歌的念想，但与同学一起嬉戏，也是莫大的快乐。

晚间学习，其实还有一种莫名其妙的诗意，虽没有萤火虫作伴，却也能感受到古往今来学子们的刻苦用心。

——柳朝晖

一

对于晚自习，陈瑾如数家珍："星期天晚上是数学，星期一晚上也是数学，星期二晚上是物理，星期三晚上是语文，星期四晚上是英语。数学晚自习最多的是考试，物理晚自习最多的是上新课，英语不是考试就是上课。"

她说，她最喜欢的是语文晚自习。因为语文晚自习，她不仅放松身心，而且还很快乐；虽然有时候也考试，但也不是经常，而且她不是很害怕语文考试。别的科目晚自习，给人过多的是厌倦与恐惧：数学与物理老师太严，英语老师讲得让人很想睡觉。

黄杏对于晚自习，用了一个词：讨厌。她说："我最不喜欢晚自习，因为夜里太黑了，上完课到寝室去，有可能会摔跤的。"

柳瑾瑜说，上晚自习之前都会喝水，因为每次都会很渴。一节晚自习下了，便和朋友们一起去店里买东西，然后到座位上去吃。

吴自豪说，自习是自己学习或写作业，可我们的自习不如说是上课，或是考试。然而，除了语文晚自习，其它的，我多半都是在做小动作，总是心不在焉。有时还被班主任抓住了。

柳浩伟谈起晚自习，很不爽。他说："'晚自习'这个词对于我个人来说有点敏感；夏天被无数的蚊子叮咬，冬天衣服穿少了就冻得直哆嗦。面对苍白的试卷，想想就心酸。因为晚上有检测，大家都说面对困难要迎难而上，但这也就是耍耍嘴皮子而已，有谁不畏惧？晚自习时，后几排的人都快睡着了。只有课间十五分钟，同学们像吃了兴奋剂似的，走廊里一片喧闹……"

二

柳朝晖说，他有些不喜欢晚自习。原因有两个：一是，经过一天的学习，大部分同学都精疲力尽，站着都想睡觉；二是，晚自习的噩梦更多来自考试。每当老师宣布拉桌子时，教室里便哭喊连天，唉声叹气。但是始终逃不过这捉弄人的命运。

不过，他说晚自习也有快乐，这便是下课的这一刻钟。这和许多同学的看法有相同的地方，也有不同的地方。他说："在月光下，虽无对酒当歌的念想，但与同学一起嬉戏，也是莫大的快乐。晚间学习，其实还有一种莫名其妙的诗意，虽没有萤火虫作伴，却也能感受到古往今来学子们的刻苦用心。"

涂欣欣认为，上晚自习也没什么不好的。唯一的不好，就是在晚上，让人总是有点睡意。特别是数学晚自习，书像撒了催眠粉一样，让人总想闭眼睡觉；还有黑板上的数学题，数字便像催眠曲的乐谱，而老师的每一句话就像在唱催眠曲。

她描述了她的一次经历："我又闭上眼，趴了起来，老师说话的声音突然变大了，吓得我赶紧起来，先看看教室前面的钟，又看了看同桌，然后又继续听老师讲题……下课铃终于响了，打破了校园的宁静，所有人都兴奋了起来，我也活跃了起来。终于熬过了自习。"

三

杨敏与众不同，她说她最喜欢晚自习：晚自习有趣，晚自习好玩，晚自习可以吃东西，可以和同学偷偷说话；过了晚自习，就可以睡觉了。"人们都说'天大地大，吃饭最大'，而我是'天大地大，睡觉最大'。如果不能睡觉，我可就真要枯萎了。"

她还说："晚自习时我最喜欢两节课。第一节自习是不敢太放肆的，可是到了下课，同学们都在走廊里疯狂地玩耍，这时我心里痒痒的，也跟着过去凑热闹，疯狂地玩起来了。下课本来有十多分钟，可是老师总是提前来到教室，弄得我们很不甘心……"

柳欢对晚自习的最初印象，来自自己之前的想象。"在上初中之前，我幻想的晚自习时这样的：在有很多人的教室里，两边的透明玻璃可以看见窗外皎洁的月光。但后来发现，晚自习和我想象的不一样，每天八点多才下自习。不过，晚自习还是挺有趣的，尤其是下课十分钟里，很多人都喜欢出来透一下气，和朋友们一起闹。下晚自习后，同学们就三五成群地跑向小卖部……"

程曦梅对晚自习的喜欢，与上面两位同学不一样。她的这种喜欢更多的是来源于自习本身。"先说数学吧。每周星期日、星期一都是数学晚自习。一般是星期日考试，星期一评讲试题。这样时间都很充足。星期二，是物理。物理晚自习一般是上课，做实验。接下来就是语文，语文老师给我们讲一下试卷，或者考试，还有教我们一些新鲜知识。最后，星期四的晚自习是英语，在英语自习时，大家都比较放松，有时还有小动作。"

<h1 style="text-align:center">四</h1>

柳雨是这样看待晚自习的。"一个晚上，一场考试。只有刚开学时的晚上，才有老师讲课的声音。我上晚自习，目的只有一个，那就是期待明天的到来。"

但是，柳雨还有其他的说辞。"当然，我首先要迎接考试，晚上发挥好，白天好高兴一下。我最期待的是星期一晚上，那两节自习是数学。虽说我数学不好，但它有它的特点。我的进步，都是从星期一的晚自习开始的。数学的测试，我是越考越低，直至维持到一定的分数内，但数学却是能激发我斗志的学科。"

他还说："晚自习，我一般是兴奋的。卷子一发下来，我的第一件事就是从零开始。直视卷子，对待它必须像对待圣旨，不敢有一丝松懈，我恨不得以眼光与精神将它粉碎。可惜，我总是不能成功地做好；但是照这进度，不断地从头再来，我一定能成功。"

方浩嘉说得很坦白："晚自习，对我这样的懒虫来说，就是折磨。在家里，我平时八点就睡觉，在第三节晚自习后（培训班），已接近九点了，那时我已经瞌睡连天了。

"但如果我们取得了好成绩，老师偶尔会放部电影给我们看。有时，我也会比较亢奋，因为老师讲课时，会时不时开一些小玩笑，讲一些关于课文的小故事。有时，物理老师还会将我们带到物理实验室去做实验。这时，全班同学都沸腾了，拿着书本往实验室奔去，速度快得惊人……晚自习，变幻莫测，时而开心，时而沮丧，时而融洽，时而尴尬，时而安静，时而喧闹。虽然我不太喜欢第三节。"

雷俊宏的观点很鲜明。"我最喜欢上语文晚自习，因为我在语文课时，特别活跃。另外，语文晚自习时，老师总是不考试，让我们写作文，还有一次让我们看了《中国诗词大会》。"

他接着说："其实，晚自习考不考试无所谓，重要的是心态。可能我喜欢上语文晚自习还另有原因。别的老师上课都比较严肃，虽然数学老师偶尔说个笑话，但还是很严肃。在语文课上，气氛总是被同学们搞得活跃了起来。语文晚自习，老师常常让我们欣赏他的文章。他的文章有时很长，但没有一句空话，都是实实在在的，所谓'文章不写半句空'。今天他又拿来了一本书，是他自己写的书。总之，语文晚自习，节节有惊喜。"

五

正如一些同学所说的那样，初中、高中的晚自习，其实大多是考试。只要一谈起考试，就连成绩好的同学都不喜欢，因为考试太频繁了。比如，数学一周一考，物理、化学两周一考，语文、英语三周一考；到了九年级，有时是每夜必考。这对于成绩不好的同学来说，实在是"情何以堪"哟。

虽是无奈，却又是找不到比这个更有效的办法。否则，人们不会如此地总结："考考考，老师的法宝。"话虽如此，笔者个人看来，还是要尽可能地减少考试、检测的次数。因为学生来校上学，毕竟不完全为了分数、为了升学，学生还应当要享受读书的快乐。如果中庸一点地说，那就是要在"考"与"不考"之间，寻求一个平衡。

对于晚自习的时间，本人也比较保守，基础年级只能上两节，不要去搞培训班上三节；毕业班可以多上一节，但一定不要再去上第四节的。人都是血肉之躯，不是机器，何况学生还是一个个十三四岁的少年。记得，我女儿读九年级时，学校也办了一个培训班，要上第四节晚自习。眼看她的身体逐渐变差，我便及时地让她从培训班退出，按照正常时间作息。直到现在，我还是认为当初的做法是正确的。

如果不考试，晚自习时间内，教师应尽可能地让学生"动静结合""寓学于乐"。如果两三节课，都是教师喋喋不休地讲课，教师的语言就会变成催眠曲；如果两三节课都是学生做作业，他们也难免疲惫不堪，昏昏欲睡。从某种程度上来说，晚自习比白天的正课，也许更需要教师的幽默，内容的新颖，节奏的变换，因为学生到了夜晚，实在是有气无力的了。

晚自习的课间时间，是学生的最爱。此时，教师千万不要去剥夺，不要去"争分夺秒"；要让学生尽可能都走出教室，去仰望星空，去自由交流，去调整身心，去呼吸新鲜的空气。但此时，往往一些学生会在走廊里横冲直撞，或是相互拥挤，这样便会产生很大的安全隐患，弄不好会乐极生悲。因此，班主任和科任教师要经常性地引导和提醒，如有可能，上晚自习的老师尽量在走廊里巡视、值勤，也可以趁机和学生拉拉家常，交流感情。

再就是，作为学生本人，也应当学会调适身心。如果你实在疲惫了，你可以在课间甚至是课内，闭目养神一小会儿，这样磨刀不误砍柴工；即便你对某一学科或某一位老师不感兴趣，也要尽可能地培养自己的兴趣。不要过于顺着自己的好恶，毕竟"全面发展"才是正道。

说课间十分钟

虽然只有十分钟，但是对于我们来说，这十分钟是自由的，是快乐的；这十分钟里，不用受老师的约束，不用遵守课堂纪律；这十分钟里，你想做什么就做什么；而对于老师来说，这十分钟也是非常轻松的时间。

——程珊珊

一

据程珊珊介绍，下课时，教室外的走廊便炸开了锅，几十个人围在一起，有自己班的，也有别的班的。当然，那些都是男生，而女生则躲在教室里，说着自己的话题。

她还说，走廊外，有的同学故意做一些难看的动作搞笑，有的同学像是在比武，但实际上是为了显示自己的才能；而教室里，他们谈论的话题我也不懂，只是看看他们，偶尔笑了几声；有在教室里认真学习的，有的调皮同学会时不时跑过去打扰他们；有在楼下玩的，那几乎都是男生在疯打；还有去校园超市去买东西吃的，买完了东西在下面吃完，进教室前把嘴一擦；有的还问旁边的同学，他嘴上还有东西没，之后，便安然自若地进了教室。

程佳燕说，每次快下课的时候，都会低声询问还有几分钟，然后就开始倒计时。从这里可以看出，我们是多么喜欢课间的十分钟吧。

她说："一下课，我最喜欢去的地方就是厕所了，因为厕所里没有摄像头，那里应该算是一个比较自由的地方了。除了厕所，我最爱的还有窗户边了，下课时，如果没事的话，我就喜欢趴在窗台上，看着来来往往的九年级的'欧巴'，这也确实是一种享受。要不然就是晒太阳，喝几口水。课间十分钟就这么结束了，真的很短。"

胡培丰说，每次课间十分钟，没事的时候就到走廊去看看风吹树，看看路上的人和车，看看鸟在天上飞，一会儿就过去了；有事的时候，就抓紧时间做事。每次课间十分钟，总想去小卖部买点东西吃；不吃，忍耐不住，但时间有点短，回来时没到教室，上课时间就到了，总被老师骂，所以每次都要跑着去买东西吃。课间十分钟太短了。

石晨说，课间十分钟，不乏捣蛋鬼在教室里追逐和疯打，教室里南来北往的，简直就是一个集市。热闹归热闹，但不乏有人因为疯打撞坏了录音机，或者把女同学弄哭了。当然，他们犯错也不是有意的。

杨毅说："下课，老师一走，我们就开始找人玩了。我最喜欢和柳浩伟、杨驰玩。柳浩伟傻傻的，别人打他，他也不怎么还手；你有什么事，他还会帮你。杨驰是我们班身材最高的同学，他总有一种亲和力。洪强也很好玩，他总是做一些奇怪的动作，把我们弄得哈哈大笑，他也很会玩，简直把我逗死了。课间十分钟，就是给我们休息和玩的。"

二

石贤妹是这样理解课间十分钟的："课间十分钟是给学生休息的。休息好了，我们上课才不累。这十分钟看似短暂，其实只要我们利用好了，十分钟也不短暂，而且很长。"

她说："大部分时间，我都在跟同学玩耍，虽然这十分钟不长，我们还没有玩尽兴，但是却过得很快乐。因为整天面对这乏味的书本，你能高兴起来吗？不能，你只能选择强制自己认真听讲，或是思想开小差。如果让你在有画面的和只有文字的二选一，大部分同学都会选择画面，因为有动感。这也是我们喜欢下课而不喜欢上课的原因。

"有时候，这课间十分钟很有趣，成了逃跑十分钟。因为学校有个很负责的地理老师，他看到我们在玩，就过来问我们问题，答不来就呜呼了。所以，我们在路上看到他，就迅速地开跑，生怕他追上来。把他甩得远远的，我们才安心。"

"课间十分钟，有时又成了作业时间。老师布置作业回家做，而我们想回家玩，就把这十分钟利用了起来，做一点是一点，回家就能够多玩一会儿；而且在家里没心思做作业，只好在学校里挤出时间做了。"

喻金圣说："每节课上完，我都头疼得要命，便利用课间十分钟来玩耍一番。但我每次玩耍时，总会看见还有几个同学在学习。我真是不明白他们的所作所为。他们有的和我的成绩差不多，有的比我还要差。我便好奇地去问了他们。有人说，要你管？有人说，只要努力了，将来就不会后悔。我被这句话感动了。我意识到，只有不断努力，才可能获得成功；即便没有成功，也至少会有人看到我的付出。"

三

大家最害怕的，是老师的拖堂。李曦说得最形象。"铃铃铃，铃铃铃，同学们总是盼望着这救命的下课铃响起。但是，由于许多老师拖堂的原因，我们的课间十分钟总是'缺斤少两'。传说中的地理老师，拖堂技术特别高。刚上课的时候，地理老师端着一杯茶，夹着一叠乱七八糟的书，慢吞吞地走进教室，然后喝了一口茶，对我们说，孩子们，快点读书啊，等一下我要抽查，个个点到，一个都不放过……下课铃响了，同学们以为可以好好放松一下，可谁知道地理老师嘴里突然蹦出一句：'在我的课上从来没有下课的概念，接着上。'就这样，我们的课间十分钟就被无情地霸占了。"

程佳燕说，英语老师的拖堂手段也挺高的。如果离下课只有三分钟了，他就会说，还有五分钟，读一会儿录音稿。这高超的手段，真的是没谁了。

对于拖堂，石晨的态度很鲜明："我最讨厌拖堂。这一点，我要提出严重的抗议。下课的十分钟，实质只有七分钟，它能够让人缓解一下上课的疲惫，记忆一下上课老师所讲的东西，更重要的是可以和别人说说话。"

柳振沪说，除了拖堂，还有一些科目，比如政治、历史等，头节课刚一下，同学们就开始读书了，因为大家怕老师提问。这让本来就少的课间时间，更少得可怜了。

四

有一首《课间十分钟》的儿歌写得不错：

　　那叮铃铃的下课铃声送来十分钟

　　来吧，来吧，大家都来轻松轻松

　　让我们那疲劳的眼睛看一看蓝天

　　让紧张的大脑吹进清风

　　哦，你好，你好十分钟

　　哦，欢迎，欢迎十分钟

　　那下课铃声送来十分钟

　　来吧，大家都来轻松轻松

那叮铃铃的下课铃声送来十分钟

来吧，来吧，大家都来活动活动

让我们那握笔的手指摸一摸皮球

让快活的叫喊冲出喉咙……

课间十分钟，简单地说，就是师生课间休息的时间。从这个意义上说，作为教师，无论以什么理由，都不要轻易去侵占它，去剥夺它；拖堂，即便出发点再好，也应当坚决杜绝。

有一些同学，因为教师拖堂的原因，曾多次在我的课堂上胆怯地提出要上厕所，我说，只要是上厕所，你无论什么时间都可以去，都及时去，别因为所谓的学习，把身体给憋出毛病来了。你看，因为老师的拖堂，一些学生的大小便都无法保证及时排出了。我们还有什么理由拖堂，或者是提前上课了？

课间十分钟，对于学生来说，如果课堂笔记没有及时整理，你利用其中的两三分钟整理一下，倒也是一种挤时间的办法，因为有些东西如果不能及时整理，往往便遗忘得很快，所谓"一次错过，便终身错过"。即便没有这么严重，但"瞬间记忆"的东西，需要转化为"长久记忆"，整理笔记倒是很必要的。但整理完毕后，你应当迅速走出教室，享受阳光，享受绿色。这无论是对于身体，还是心理，还是下一节课的学习，都是非常有必要的。但是，如果你想利用课间十分钟来抢作业，我觉得那是没必要的，也是得不偿失的。

课间十分钟的追逐、疯打、挤暖，要注意程度。一些学生便是因为这些而损坏公物的，甚至是乐极生悲的。在这方面，一些学校曾有过深刻的教训。因此，班主任应经常性地予以提醒，科任教师也可以参与关切。隐患，无处不在；安全，处处小心。

一些学生，总喜欢利用课间十分钟到学校超市去买零食吃。这是一种不健康的生活方式。说实在的，因为一些原因，学校超市无法名副其实地监管好，所卖的东西大多是一些很低端、很便宜的食品，甚至说得不好听，都是一些垃圾食品——味道重，添加剂多——这些食品自然不能多吃的。同时，爱吃零食的同学，往往在还没下课时，便心里想着：这次去买什么吃。结果，人在教室，心在超市。还因为时间的关系、条件的关系，下课期间匆匆而去，匆匆而吃，匆匆而归，吃完后没来得及漱口，便满嘴油渍、满嘴碎末，对口腔、对牙齿，还包括对教室的空气都是非常有害的。而且，因为来也匆匆，去也匆匆，导致上课后，这些同学好半天喘不过气来，缓不过神来。

课间十分钟，笔者建议，所有同学都应当走出教室（恶劣天气除外），晒晒太阳，呼吸一下新鲜空气，最好是下楼到操场上转悠个几分钟，但不要追逐和疯打。

课间十分钟，身心都放松。

不拖不占不贪吃，磨刀不误砍柴工。

说周末

在星期五最后一节课的最后一分钟，所有同学都在倒计时，我心里是多么的激动。铃铃铃，下课铃响了，一起冲出教室，就像要发地震一样。就算是发地震，我想，我们现在的速度更快。

——杨毅

一

杨毅说："回家后，把书包往沙发上一扔，把电视打开，拿出几瓶奶和几包零食来，跷着二郎腿，边吃边喝边看电视。这就意味着我的周末开始了……第二天起来，弄好一切之后，又是看电视了。看到十点多钟，下去做作业。这个事好像是最枯燥的事，每次写作业都有一种枯燥的感觉……"

石晨说，盼星星，盼月亮，终于等到了星期五，终于可以回家饱餐一顿，终于可以睡到自然醒。"说实话，我并不喜欢周末。它只能满足我的物质的所需。在周末的时候，我百无聊赖，没有人可以说话，只有在 QQ 或微信里努力刷出自己的存在感，再不济就写一写作业。有时听见窗外传来曾和我一起'闯天下'的伙伴的喊声，可是我家有高高的四堵墙，还有个严厉的父亲。我只能看着他们，只能欣赏院子里的花花草草……我小小的天地何时才能得解放？我不喜欢约束，我向往没有束缚的生活。这便是我的周末。"

张哲说："我的周末，除了玩，就是做作业。比如这个周末，作业有点多，两张物理卷子；一张语文卷子，还有语文练习册、作文；历史作业本；数学书、数学练习册；英语作文；地理中考精典：可以说是作业如山。但是，我还是先玩会再来写，'王者荣耀'里的段位还没有'上黄金'……一转眼，一上午就过去了，'上黄金'的最后一场，家人叫我吃饭，不过，最后我还是胜利了。"

李曦的周末也大体是这样开始的："周五下午放学回家，一进家门，就去找手机，捧着手机不肯放下，一直到吃晚饭。关于作业呢，先晾在一边，不管不顾，到了星期六下午，便开始抢作业，一个下午，作业就做得差不多了。晚上又躲在被窝里玩手机，玩到没有电。"

"叮叮叮，叮叮叮，闹钟已经闹了第三次，可我依然赖在床上不肯起来，直到妈妈掀起我的被子说，太阳都快落山了，你还不起来？这时我才懒散地起了床。吃完饭，便到了九点多了，我高兴地拿起手机看起我的视频，看得不亦乐乎……到了周六晚上，我突然想起了我还有作业，便放下手机去补作业，但已经有点晚了。"这便是程珊珊的周末。

二

　　"周末，无非就是那么几件事：做作业，看电视，复习功课。当然，如果有空闲的时间的话，我也会看一点课外书。"柳朝晖说。

　　柳朝晖还这样感叹着："唉，如今的老师一个比一个'凶狠'，特别是地理老师，我在周末总能想象到地理老师在上课时'咬牙切齿'地对我们说话。至于其他老师，布置的作业也一个比一个多。唉，做着一张又一张的卷子，看着墙上的挂钟，听着时间一分一秒地流逝，我的心里真不是滋味。"

　　吕嘉豪也说，周末，除了写作业，就是看电视、打游戏，有时也会记单词、背书，但也会看一些课外书。"到了上午九点，我打开电脑，搜索英语作文，准备抄下来。抄完之后，我的心里一直在打架，是玩一会游戏，还是看一会课外书呢？我虽然选择看书，但是我心中是想打游戏的……"

　　柳妍妍说，她不喜欢周末，并且非常讨厌周末，因为周末来了，作业也就来了。她说："我们班老师都不怎么好，唯一好的是美术老师。其他老师都喜欢看我们的笑话，喜欢布置一堆作业，看我们喘不过气来的样子。记得班主任曾说过，聂振贤都抄作业，还有谁不抄作业？大家为什么抄作业呢？你们不知道吗？是我们不愿意写吗？你愿意宽恕我们吗？"

　　柳妍妍还说，记得有一回，程美玲与她聊天时曾聊到这个话题。"柳妍妍，好险。书差点没背熟，作业好多呀！"程美玲可是读书界数一数二的高手呀！

　　她还说，记得上学期，李曦的语文练习册没做完，班主任把李曦叫出去谈了一次话；随后，语文老师也叫她出去了一次。"你知道李曦是我们班什么阶级的人吗？神阶级，创造了一个女班长的奇迹。老师，你能让我们的周末快乐一点儿吗？"

　　石贤妹说，星期六明明说今天把作业写完，可还没写一会儿，心思就不在作业上，而是随着电视剧的开始，心就飞走了，只有放广告的时候，才开始写作业，根本用心不起来，结果就看了一天的电视，只做一点点作业。星期天就完全不一样了，一起床就立马做作业，心里想：我昨天干什么去了？看电视就看了一天，不务正业，现在好了，只能抢了。她说："我每回作业都是在星期天吃中饭前才写完。其实作业并不多，老师还是很体谅我们的。"

三

柯岩说，现在的周末过得很充实。"我现在每个周末都有了规划，每次都是星期六抓紧完成作业，下午还有时间的话就看一下书，现在我不会再像以前那样了……在我看来，许多同学周末都是拿着手机聊 QQ，但我没有。因为我一没有手机，二不喜欢聊 QQ，所以，到现在为止，我的生活中没有多少聊 QQ 的记录。我的周末就是如此。"

程佳燕说："本来我的周末还是丰富多彩的，可是自从数学老师跟我妈说了一些什么后，我妈就不再让我玩手机了。然后，突然我的周末就过得有点欠缺了。原来我的周末是玩一会儿，再做一会儿作业，如果有时间的话，我还会再睡会儿觉，时间过得有那么一丝丝的紧，不过还是充实的了，至少不是一个特别空闲的周末。现在的周末，差不多也就是做作业呀。不过，我现在大多在上午就把作业给写完了。然后，下午我就可以随心所欲地看电视了。"

在鄢娟的眼里，周末其实和上学差不多。"早上，一到点了，妈妈就叫我起床。在极不情愿的情况下，我穿衣服、梳头、刷牙和洗脸。在我洗漱好后，奶奶就已经把早饭弄好了，吃完之后，就准备写作业了。妈妈叫我到外面写，说外面暖和，里面有点冷。妈妈说什么，我就做什么。"

四

到了初中，学生的周末大多会有较多的作业。城区的学生，还会参加一些培训班，或者到老师家去补课；乡下的孩子，则完全依靠自己或是家人的督促，来自主学习。

在七年级时，周末能在家完成作业的，只有很少一些学习习惯良好的学生。其他学生大多是星期天下午来校后，抢作业，抄作业。所以，更多的学生，周末作业完成的质量比较差。随着年龄的增加，加之老师的检查和惩戒，到了八年级后，尤其是八年级下学期，学生在家完成作业的比例逐渐提高，大多数学生能够完成，但质量还不是太高。从这个意义上来说，这也是一种成长。

一般来说，一个家庭，有一位家长在家，而且学生本人能听家长的话，这样的学生大多能完成作业，甚至还可以看一些课外书；而对于更多的留守儿童来说，在家则以看电视和玩游戏为主。他们的作业，要么没按要求完成，要么敷衍了事。

教育质量相对较高的学校，都比较注重周末作业的布置和检查，同时在作业的分量上会有一个大体的要求，比如六小时左右。但一些学生会在星期五挤出一些时间，在学校里就完成了一部分。所以，学习比较主动一些的学生，周末的作业量其实并不大。这当然是相对的。

教师大多会指导学生，在周末里先做完作业，然后再玩，比如看看电视，或者到户外做一些运动。但是这种指导的意义并不大，因为更多学生的自制力并不强，尤其是一些从小就开始留守的学生。因此，家长的督促便尤为重要。

周末除了作业之外，许多学生会看电视或上网玩游戏。在这方面，家长也应该尽可能地加以引导，比如可让学生看一些新闻，看看《朗读者》《最强大脑》等益智节目，甚至一场电影、一场球赛；如果某一部电视连续剧看上瘾了，许多学生是难以自拔的。上网玩游戏，家长更要特别关注，内容方面必须是健康的，要远离暴力和黄色的东西；时间方面，也应当事先说好，约法三章。这样才能保证学生的周末能劳逸结合，学习、娱乐两不误。

如果有条件的话，家长可以利用周末带领孩子参加一些户外活动，比如爬爬山、踏踏青，还可以参加适量的劳动，比如到菜园里摘摘菜、除除草，做做家务，但时间不宜过长，因为要留给孩子充足的时间做作业和休息。周五和周六的晚上，要提醒孩子按时入睡，周六和周日的早晨，要让孩子按时起床。只有这样，才不会让他们的生物钟紊乱。

无论是户外运动还是适度劳动，抑或是聚餐、闲聊，孩子最忌父母絮絮不休，最忌家长关怀过度，尤其是过于关注考试分数和位次。与孩子闲聊时，家长应当以一个朋友身份介入，在平等交流中，帮助孩子疏导心理压力，引导孩子友善地处理师生、同学关系，正确处理学与玩之间的关系，等等。这样，便有利于孩子的健康成长，同时，也有利于父子、母子的情感不断得以交融。

如此这般，周末时光便张弛有度，流淌着幸福与滋润。

说课外作业

课外作业，不要一味地去抄。

做错了不要紧，主要在于思考。

——聂振贤

一

聂振贤说："我做课外作业有个分工。一般，我的地理课外作业往往会在学校内完成；还有一些作业比较少的科目，也在学校完成。其他的课外作业就放假做。容易的和书后面有答案的作业，星期六上午来做；比较难的和语文作文，星期六下午来做。星期日就用来背书和记单词。"

他还说："语文《阳光课堂》，相信大多数人和我一样，只是一味地去抄答案，而不去思考。物理的《阳光课堂》，我大部分的题目也是抄答案，而只有一小部分题目去认真做。"

柳吉安说，她的课外作业都是在学校做的，因为在学校里做与在家里做，效果完全不一样。"在学校里，我做课外作业，显得我十分认真。感觉在学校里做作业，有同学陪着一起做，做的时候，可以找同学聊聊天，说说话，不懂的题目看一下同桌的，或者小抄一下，这样就很开心了。可是在家里做作业真的是一心多用啊，一有作业，二有电视，三有手机。当然，每个孩子都有爱玩的天性。在家里一边开着电视，一边写作业，完全不在状态。"

她坦诚地说："我的课外作业，马马虎虎，专门捡便宜，也就是专门捡那些会做的；不会做的，都丢掉。"

杨驰说，他的大部分作业都是抢起来的，"我喜欢玩一天再写作业，因为上了五天的学，一回家就要写作业，实在受不了。"

他说，语文作业相当于只有两篇小作文，因为《语文长江作业》后面有答案，可以抄完。只是字写得太多，很烦人。不用心写，字就写得特别可怕。数学作业就是纯计算，只要乘法表会，基本就没什么难度；只是有些应用题，要设未知数，有些拐弯，很容易做错。英语作业是个作文，到英语书上抄些句子就可以了，所以，作业都会做的。

冯畅对于抄作业的观点最鲜明："有许多同学都是在学校抄的。把那些已经做完的同学作业拿来抄，或者在 QQ 群里向别的同学要答案。他们这么做，简直就是无耻，自己不做就算了，还向其他同学要答案抄。就算不想做，也必须要做，因为这是对自己负责。"

二

柳闻言说，他在家一般都是上午做作业，下午玩，因为上午的时间短，下午的时间长，下午很不情愿做作业。"对于课外作业这件事，我认为不在多，而在于懂，因为你不懂，做一百遍也无济于事；但换个角度思考一下，我们如果不做就更不懂，老师们就会更费心，所以，我们要好好做。"

洪遇见说，他的课外作业只有一件事，那就是练字。"爸爸妈妈不在家，姐姐也要几个月才回来看我，带东西给我吃，只有爷爷奶奶在家。爷爷奶奶也不管我做作业的事，只是每天要我多吃一点，不让我生病就好了。"难怪他的字进步得比较快，有了一定的起色。

刘菁谈到了一种另类作业。"除了看书，我还会做些手工制作，如剪纸、折纸、贺卡等。我的房间已经是琳琅满目了。手工制作可以我的手更加灵活。课外作业加进这些就更加有趣了。"

吴悠说的是在校期间的课外作业。"我们老师最爱布置课外作业，一布置就要写好几个下课才写得完，太麻烦了。但我的课外作业，通常是在晚寝的时间写的，在下课时间，根本没法子写。不是老师不让，而是我太贪玩了。刚一做，心里就想着玩，所以就做不下去了。"

吴悠是这样看的："课外作业不要当作任务来完成，因为它是在检查我们的成绩，巩固我们的知识。认真做好作业，我们的成绩才能更上一层楼。"

三

冯晓萱坦言："从小学起，我就是一个做作业特别慢的人，别人六点就可以做完的作业，我偏偏要等到八点才可以做完。爸爸妈妈总说，你这样的效率，看你以后上初中、高中怎么办？果然，等我上了初中，别人星期六就可以做完作业，而我要星期天上午才能做完。"

她说："关于课外作业，我也不知道是用来干什么的，也许是不想让我们一到周末就疯玩，最后变成'5+2=0'的状态吧。

"我喜欢的作业，是像一些学校那样的实践作业，什么调查啊、查资料啊，面对练习册、卷子、作文这一类枯燥的作业已经做了八年了，从未改变过。"

冯晓萱还说，其实，课外作业也起着充实假期的作用。如果你的假期没有作业，你也会觉得很无聊、很无味的。

袁标航说的是自己的主动作业，老师布置之外的作业。"身为一名初中生，想要提高成绩，就要比别人多付出一定，正如那句话'天才只是把别人喝咖啡的时间用在学习上'。除了巩固上课所学内容，我们在课外也肯定是需要课外作业的。

"我选课外作业并不是乱选，而是针对自己薄弱的学科来选择，或者是自己有疑惑的学科。根据这一选择方法，我七年级选了英语课外作业。课内听讲，要认真听，要不然课外作业就没法做了。课后加强，便靠我的课外作业了。做完之后对一下答案，查缺补漏。订正完后，还要仔细想想为什么错，并做到这一个类型的题目以后不能错，这课外作业才有价值。

"课外作业并不是盲目地增加负担，它可以巩固所学内容，并且提高自己对所学知识的认识。但如果你连课内作业都不能完成，那就别做了。"

四

关于课外作业，《学记》早有说法："时教必有正业，退息必有居学"。其中"正业"即正式课程，"居学"即课外作业。

教师为什么要布置课外作业呢？《教育大辞典》中是这样表述的："根据教师要求，学生在课外时间独立进行的学习活动。在教学活动总量中占有一定比例。……它是课堂教学的延伸，有助于巩固和完善学生在课内学到的知识、技能，并培养学生的独立学习能力和学习习惯。"

课外作业一般可以分为三类：一是阅读作业，包括为预习或复习而阅读教科书及相关参考书等；二是口头或书面作业，包括熟读、背诵、复述、书面回答问题、演算习题、绘制图表、作文以及其他创造性作业等；三是实际活动作业，包括实习、实验、观察、测量、制作标本模型等。

预习作业是上课前的准备，有助于引起学生对上课的兴趣，使学习比较顺利地进行；而课后的练习、作业或实习，则是上课的延续。通过各种类型的课外作业，学生在课内习得的知识、技能才能得到好的巩固与完善。

由于课外作业是在没有教师直接指导的情况下由学生独立完成的，因此它在培养学生独立思考和独立工作能力以及学习习惯方面，具有重要意义。

当看完了以上这些内容，我想，那些不喜欢作业的学生应该可以逐步理解老师为什么要布置课外作业了吧。

五

关于周末作业，在《说周末》一文中，笔者已作了一些阐释，本文不做重复。这里将就另外四点略作阐释。

一是如何利用参考答案。比较理智的做法，应当是当自己学有所难时，或是全部完成时，才去看看答案；它而不是给你抄答案提供便利的。

二是以什么样的态度来完成课外作业。只要认真了，没有什么事情干不好；态度不认真，没有什么事情可以干得好。学习更是如此。

三是学会有选择性地给自己补充作业。比较合适的办法，正如袁标航所说的那样针对自己薄弱的学科来选择，或者是自己有疑惑的学科来购买。买了，就要用好，所谓"物尽其用"。

四是做一些实践性的作业（包括动手实验、观察测量等）也是十分有趣的。本校刚毕业的有一名叫商璐的女生，她的成绩一向是遥遥领先，而且她在待人接物、才艺表演等方面的综合素养，可谓是有口皆碑。她很喜欢做一些实践类作业，比如一次生物课上，学到"心脏"一节。那个周末，她就让爷爷专门买回了一头猪的心脏，用它对照课本来观察，并做好观察笔记。这种精神是难能可贵的。

说课外阅读

一

下面，是一些同学关于课外阅读的真实情况和真实心声的表达。

柳振沪：课外阅读，对于我来说几乎是没有的。因为我几乎不买书，更别说看书了。就算买了书，也只是老师叫买的语文书后面要求阅读的那几本了。但也只是中午没事时才看几面而已。因为不怎么看，所以这个学期也就不买了。

那些买过的书，就和新书一样放在家里，虽然已经过了一年多了。放在家里一点用都没有。如果有书，我也不看，因为就连那作业就够我做的了，不可能去看那些书。在手机里看书吧，我又不时地想玩一会儿游戏。

吕嘉豪：上学的时候，我根本不看书，只有在寒假、暑假或周末，才能进行课外阅读。因为上学的时候，只有阅读课才能有时间进行课外阅读，其余的根本没有什么时间了。

在寒假的时候，有时非常无聊，我就到书店借两三本书看看。先看的时候，感觉不怎么好。看到了中间部分，感觉越看越好玩，有点像 3D 电影的感觉。从此，我感觉书中还是很有乐趣的。

后来，我明白了一个道理，阅读课外书也是在学语文，而且课外书不仅好玩，还可以让我们懂得许多道理。

石贤妹：我原本平常从来不看书，除非老师叫我们看。其余的时候，课外书与我无缘。它喜欢我，我不喜欢它。

记得有一个国庆长假，老师叫我们看冰心的《繁星·春水》。那次，我第一次貌似认真看书。平时看也只看漫画书，即使看完了，书上一个记号都没有，而且名字都没写。即使名字写了，那也只能证明那书是我的，并不能证明其它的。看《繁星·春水》的时候，我用了笔，因为吴老师说："不动笔墨不翻书。"我想了想，也对，你没有笔记，别人哪知道你是真读书还是假读书。

我读一首诗写一次笔记，有时一首诗读完了，可我却悟不出来什么。我就慢慢看，慢慢悟，悟出来就迅速写了上去。此后，我慢慢找到了一点课外阅读的感觉。

柳妍妍：从上初中起，我阅读的书就逐渐多了起来。七年级时买了《繁星·春水》《伊索寓言》《童年》《昆虫记》；八年级上学期买了《秘密花园》《狼王梦》《十万个为什么》《城南旧事》《钢铁是怎样炼成的》《人·妖》《朝花夕拾》《骆驼祥子》《海底两万里》。

《童年》《钢铁是怎样炼成的》《人·妖》《骆驼祥子》都是非常励志的书。我只简单地说说《人·妖》吧。《人·妖》讲述的是许多中国人去日本留学被日本人侮辱的一本书……比起书中的人物，我们的确幸福多了。

石晨：从小我就有看书的习惯。我读过很多的书，例如《我不过低配的人生》《大秦帝国》《狼王梦》等。当然，这些书我也是囫囵吞枣、不求甚解地浏览一遍而已。

我在课外阅读时，心是十分平静的，呼吸很平缓。可是我现在似乎平静不下来了，看书也看不下去了。

我曾在一本书里看到过一句富有哲理的话语，它是这样说的："学习就像赛跑，有的速度快，有的速度慢，知识就是前进的动力。知识越丰富，跑得就越快。"人生何尝不是这样呢？人生本来就是一个不断超越的过程。

读书丰富知识，课外阅读是很有必要的。我的课外阅读还没有很好的成效，我要重新找回我以前的感觉了。

李曦：小学低年级时，由于懵懂无知，浪费了许多时间。一下课就玩，根本不注重课外阅读，所以，当时的语文成绩也不咋的。到了五年级，换了个语文老师。这个语文老师让我们每一天晚上读一篇文章，并且把里面的好词好句积累下来。他还说，每天都要写一篇日记。这样，我们每天晚上看电视的时间都用来看书了。尽管大多数人是不情愿的。但这毕竟是作业，必须完成。到了六年级，语文老师便让我们自己买一些名著阅读。这样一来，我差不多是一个月看一本书，语文成绩提高得很快。事实证明，课外阅读的确有意义。

程佳燕：我的课外阅读经历不是很丰富。我所钟情的书，也只有那么几本。我读书的地方也只有一个。

我常去读书地方就是新华书店。那可真是一个好去处。环境优美，书香气息浓郁，更重要的是，在那里看书是可以不花一分钱的。就是因为这些原因，以至于一到暑假，我就飞奔到新华书店。

可能是不买书、只看书有点不好意思吧。每次进书店门，我都会装出一副买书的样子。走过了前台，我便开始找书、看书。

我还是跟以前一样，特别喜欢看《查理九世》。每次进书店，我都要看它更新了没有。

其次，我就爱看石溪写的动物小说。无论什么动物，经过他一写，就充满了感情。这些文字们则都表现了动物们特有的感情世界。

程美玲：这个寒假，我读的是英国克莱儿·麦克福尔写的一本《摆渡人》。故事大概讲的是单亲女孩迪伦在一次火车事故中，不幸去世，崔斯坦作为迪伦的灵魂摆渡人，需要把迪伦送往天堂一样的地方。命运，从他们相遇的那刻开始，发生了无法预料的转变……

这是一个史诗般的动人故事，它令人激奋、恐惧、温暖，回归人性，引人深思。在现实生活中，有很多人认为"人不为己，天诛地灭"，但这种观点，从一开始就是错的。如今，人与人之间的冷漠愈加沉重，人性已不知所踪。中国历来是礼仪之邦，作为21世纪的中国人，应将人性发扬光大。

克莱儿在后记中写道："希望你们会喜欢我写的这个故事，我希望用它来传递真爱、勇气和直面自我的能量。"这就是人性啊。

二

最近几年，央视力推的寓教于乐的节目，比如《中国听写大会》《中国成语大会》《中国诗词大会》等，对推进全民阅读方面作出了很好的尝试，也收到了良好的效果。在《中国诗词大会》（第二季）上，观众们纷纷赞叹主持人董卿："没想到她的文化底蕴如此深厚。"

有心的观众，把董卿在《中国诗词大会》的一些表现辑录成文，在微信朋友圈里广为流传。本文且不惜篇幅援引如下。

第六场中，百人团中有选手用诗词来创作歌曲，一老一小倾情演绎。台下的董卿被时光交错的父女情所感动，随后便送上自己非常喜欢的一首叶赛宁的诗《我记得》：

> 当时的我是何等的温柔，我把花瓣洒在你的发间。当你离开，我的心不会变凉。想起你，就如同读到最心爱的文字，那般欢畅。

第八场中，百人团中有一位选手的父亲是盲人，从小父亲用口口相传的方式教他诗词。父亲自己也一直保持着阅读盲文书的习惯。董卿由此便想到了阿根廷著名作家博尔赫斯的经历，随口便念出了他的一首非常著名的诗：

> 上天给了我浩瀚的书海，和一双看不见的眼睛，即便如此，我依然暗暗设想，天堂应该是图书馆的模样。

第三场中，她注意到百人团中有一位年纪稍长的老大爷，穿着打扮与年轻选手人大相径庭。董卿了解后，说：

> 一位只读过四年书当了一辈子农民的大叔，那诗啊，就像那荒漠中的一点绿色，始终带给他一些希望，一些渴求，用有限的水去浇灌它，慢慢慢慢地破土，再生长，一直到今天。所以即便您答错了，那也是在我们现场最美丽的一个错误。

现场的董卿，正如网友发出的感叹："真是气质美如兰，一颦一笑、一字一句都散发着魅力！"

董卿为什么会有这样的高度吗？这跟她爱读书有很大关系。董卿曾说："假如我几天不读书，我会感觉像一个人几天不洗澡那样难受。"即便工作再忙，董卿每天都会保证一个小时的阅读时间，直到今天也是如此。她说："读书让人学会思考，让人能够沉静下来，享受一种灵魂深处的愉悦。"

她曾说，主持人是文人不是演员，不读书就像没有吃饱饭一样，精神上是饥饿的。

> 我始终相信我读过的所有书都不会白读，它总会在未来日子的某一个场合帮我表现得更出色，读书是可以给人以力量的，它更能给人快乐。

三

大概也是一种必然的规律吧。本班不喜欢课外阅读的学生，学习成绩一般不好（不仅是语文学科）；喜欢课外阅读的学生，不光是学习成绩不错，他们的行为习惯、耐力、责任感、生活态度等方面都明显优良一些。换一句话来说，喜欢课外阅读的人，他们身上的综合素质往往会更加优秀一些。

在当前教育环境下，说实在的，初中、高中对于学生的课外阅读都难有大作为。笔者也曾作过一些努力，比如动员全班学生购买《语文课程标准》要求阅读的名著，并要求他们利用寒暑假、周末进行阅读，甚至还要求他们保持"阅读痕迹"，这虽然取得了一定的成效，至少让更多的学生有买书、读书的行动，但是仍然有一部分学生只买不读，或者敷衍了事。为此，笔者一方面很欣慰，另一方面也很无奈。

学校作为有限，家庭却大有可为。上文提到的董卿，她的文学素养与家庭教育便密不可分。据了解，早在中学时，董卿就开始三五天读一本名著。每年寒暑假，母亲都会给董卿开列书单，基本都是《红楼梦》《基督山伯爵》《简·爱》《茶花女》等国内外名著。

笔者曾一度感言，中小学生在诸如音乐、舞蹈、美术、武术等特长培养，是一门选修课的话；那么，课外阅读则应该是所以儿童的共同选择，是他们的终身必修课。如果因为地域、经济、父母的精力等原因，音乐、舞蹈、美术、武术等特长无法给予培养，那么，阅读兴趣的培养则几乎是绝大多数父母可以承受、可以作为、可以收获的。

> 刘向说："书犹药也，善读之，可以医愚。"
> 诸葛亮说："非学无以广才，非志无以成学。"
> 颜真卿说："黑发不知勤学早，白首方悔读书迟。"
> 欧阳修说："立身以立学为先，立学以读书为本。"
> 于谦说："书卷多情似故人，晨昏忧乐每相亲。"
> "热爱书吧——这是知识的泉源！"（高尔基）
> 热爱书吧——"读书足以怡情，足以傅彩，足以长才。"（培根）

热爱书吧——"读书使人明智，读诗使人灵秀，数学使人周密，科学使人深刻，伦理学使人庄重，逻辑修辞之学使人善辩；但凡所学，皆成性格。"（培根）

热爱书吧——女人因读书而年轻，男人因读书而大气，孩子因读书而聪慧，家庭因读书而书香四溢。

说大课间

一

谈起大课间，柳浩伟喜笑颜开："大课间是我最喜欢的，因为它跟体育课一样，有三十分钟，而体育课也就四十分钟，所以没有两样。"

黄杏说："大课间，我喜欢想一些乱七八糟的东西，比如想着《三生三世十里桃花》有没有放完……"

朱文鑫说："下雨的时候，我们便在教室里和同学们说笑，十分快活。但有时觉得，大课间就像一块口香糖，品尝过甜味后，就没有什么可以品味的了。所以，大课间其实也很无聊。"

柳朝晖说："我是非常喜欢大课间的，整日沉浸在书本之中，不是一种好的生活方式；这样的人，只会成为书呆子；虽只有短短的半个小时，但它带给我们的快乐却是无穷的。"

二

从本校情况来看，学生在大课间大概也就那么几件事吧。

一是做操。一般学校，大课间都有一个规定动作：两操一舞。也就是广播体操、武术操和集体舞。但陈瑾说，做操，基本上所有人都不怎么认真地做，都只是摆摆样子而已。虽然大课间是用来愉悦身心的，但从大家的表情中，没有看到一丝的放松。

二是跑步。李景东则说："进了八（6）班后，大课间除了跑步就是跑步……我开始有一点讨厌大课间了，让我这个胖子去跑步，真是让人痛心。有人说跑步可以瘦身，可我在书上看到，跑五千米才瘦一斤，我就是怎么跑也只能瘦半斤，因为吃顿饭又长回来了啊！所以跑步让我悲哀至极，痛彻心扉。"

雷俊宏对于跑步是这样看的："现在在八（6）班，一到大课间就跑步，足足要绕篮球场跑 20 圈呢！不仅累，而且大腿还很痛。我完全是靠意志才跑完的。跑到一半时，只能命令我的肌肉重复着一遍又一遍地抬腿……"

陈瑾则说："冬天里，大课间都是在跑步，但我并不喜欢。但是，我知道跑步有很多好处，于是渐渐由不喜欢变成喜欢了。跑步可以锻炼身体，提高免疫力，可以让我们不畏风寒，奋发向上。"

三是打篮球、踢足球。吴自豪说："如果有那么三四个人，他们便开始打篮球。这时便有一些热爱篮球的人参与，他们十几人可算是打球打得特别好的。班上的男生女生总会有人下来看球的。可是现在分班了，有一部分同学都到八（6）班去了。"

四是集中训话。程曦梅说："我觉得集中一点儿也不好，因为星期五集中完了，就是历史课，历史老师也不算狠，只是我们如果书没背来的话，就可怕了。"

五是拔河比赛。柳欢回忆说："这种拔河比赛，是班级之间的比赛，每班各派 20 名同学上场，男生、女生各 10 人。在宽阔的足球场上，一年会进行一次。记得上次，我也在内。20 名同学团结一心，为班级争光。大家为集体荣誉而战，很开心。"

大家谈论最多的，还是吃零食。程曦梅说："每次大课间都有一群同学往店里跑，其中就有许多人是我班的。大家如饥饿的狼看见了羊一样。有一次，我和一群女生去了店里，店里有许多人，于是我们转身就回到教室了。"

涂欣欣对于带零食描述得很详细。"到小店里买点零食装回教室，是学校不允许的，所以我们几个就会把零食装在口袋里，一番调整，直到看不出口袋里装着零食。回班的路上还得七望八望的，在确定没有人检查才敢大大方方地上楼。一番心惊胆战后，零食终于成功带进了教室，然后就一边吃零食，一边看书，不过还是不能正大光明地拿出来吃。"

三

大课间活动的好处是多方面的，这里也作一些列举。1. 发展个性特长，如乒乓球、篮球、田径、校园舞、健美操等兴趣小组，让那些有特长的孩子能够尽情地张扬个性、展示才能；2. 增进师生友谊，在大课间活动过程中，教师和学生共同参与，可以营造一种平等和谐的师生关系；3. 提高适应能力，在大课间体育活动中，学生的团队精神、合作能力、交往能力等都可以得到提高；4. 助推学业发展，大课间体育活动的目的就是提高学生的身体素质，让学生以充沛的精力投入到紧张的学习中，正所谓"文武之道，一张一弛"；5. 消除职业倦怠，对于老师来说，参加"大课间活动"能更好地调节身心、消除职业倦怠，在一定程度上缓解工作压力。

　　显然，当前许多学校的大课间活动，尚且存在着诸多问题。产生这些问题，一方面是由于硬件的原因，比如师资、场地、器材等客观条件的限制；但更多的则是观念的原因，对大课间的意义和作用认识不深，甚至出现了利用大课间时间让学生读书、做题等现象。这是值得警醒的，更是应该尽快改变和完善的。同时，对于学生个体而言，也需要对大课间有足够的重视，尤其要摒弃一些陋习，增强自主发展意识。

说踢足球

> 足球走进校园，每个人脸上都多了一份朝气。
>
> 踢足球成了我们最开心的事情。
>
> 有时候会跑得气喘吁吁，我们却乐在其中。
>
> ——柳朝晖

一

"'嗨，传球！'每当大课间，这样的喊声总萦绕在耳边。许多同学都奔跑在绿茵场上。只要脚下踢着足球，大家的脸上便洋溢着笑容。"柳朝晖说，"自从足球走进校园，大家聊天的内容又多了一个话题——踢足球。课下都谈论'谁点球最准''谁守门最可靠'等问题。有些同学还预测下次的比赛哪一队会获胜。从此，枯燥的学习生活多了份生机。"

柳朝晖说，每当足球比赛时，操场的跑道上挤满了围观的人，大家都充满期待地望着，希望自己支持的那队能大获全胜。当进了一个球后，全场呼声连连，大家都拍手叫好，很是鼓舞士气。可只有短短的半个小时。随着上课铃声的敲响，大家都各回各的教室。获胜的那队没有奖杯，没有鲜花，但这些对于他们来说，并不重要，大家只需要快乐就行了。于是，一天一天，时光随着足球一起向前滚动着。

谈起这个话题，雷俊宏说："我们班踢足球应该是全校最差的吧。上个学期举行过足球联赛，我们班总是输，没有赢过一场。"

他说："我们班主任为了训练我们，每节体育课都要我们跑步，然后踢足球。记得有一次，他要我们整个场子跑，累得要死。那一次，好像每方都有 10 人，男生 6 个，女生 4 个。不过，女生好像没起到多大作用。当然我们也没多大作用，跑跑停停。就这样，便到了下课吃饭时间了……大课间，班主任也让我们踢足球，天天练。可能就是为了让我们班争口气吧。虽然我也踢，但我不爱踢，我认为篮球好玩，因为足球太累。"

二

黄杏也谈到了那次本班的足球比赛。"那次，我也参加了。我接了三次球，可是只踢到了一次。我们队的男生说我们女生踢得太不好，我们女生就怒气冲冲地踢了一球，此后他们再也没有说什么。比赛结束后，回到教室，他们又责备我们女生无能，还吵了起来。"

李景东对于那次本班比赛也有一些记忆。"我当后卫，准确地说，是'门神'。一人一边，球框是门，我们是守门员的保护神。对面的后卫截然不同，他们生龙活虎，一直都在跑动，而我们就是木头人。

"第一场比赛开始了，我们依然站在那儿，眼睛时刻看着球，球飞过来了，我便使了吃奶的劲，把球踢了回去。我们的前锋雷俊宏同志可真是好笑，把球踢到对方的球门边，又踢了回来，真是太好笑了。

"我们的队长石晨，一会儿说这个笨，一会儿说那个傻，结果呢？把球踢到自己的球门了。搞得我们笑得前翻后仰。简直是傻到家了，真无语。他顿时羞得面红耳赤，但有时也傻笑一下。"

三

陈瑾谈到了一次"足球精英赛"。

"那是去年夏天。先是各个班级比赛，再是全年级比赛，然后把各个班级的'精英'集中起来，说是去参加什么比赛。记得那时的足球赛，我们班级的排名是比较落后的，四班、五班的'精英'不光个子大，而且他们都是比较齐心协力的，很团结。不像我们班，一盘散沙。

"记得那个时候，我也是'精英'。我和班上的一些同学，还有其他班的同学一起组成一个小队准备去参加那个比赛，但最终我没去，至今不知道为什么。"

陈瑾说，踢足球，讲究一个"合作"，如果有人不齐心协力，这个队伍将会是一盘散沙；踢足球，可以锻炼身体，培养我们的合作能力，对我们以后的人生，也会有一定的影响。

类似的感受，柳雨也有。"我记得踢足球时，每个人都踢得不咋地，我也总是不听指挥，因为听不懂，不明白是什么意思。踢足球，需要的是团队合作，就像一棵树上的枝丫，不团结，容易折断。而我们踢足球，却是一盘散沙，这种感觉，我很不适应。"

同时，柳雨还有另一番感受："踢足球时，我总想象那颗球是最痛恨的人，尽自己的全力，球便会像流星一般的速度，冲向终点。说实话，我很讨厌这足球，它总是会让我将别人踢倒。看到有人倒地，我很是难过，所以我将决定，不会再踢足球。"

四

一向沉默寡言的柳瑾瑜，讲了一节体育课参加踢足球的情景，说："踢了很长的时间，球也没有进门，大家也没有输赢，但这节课我玩得很是开心。同学们一起踢足球，我也可以参与进去，真好！"

性格同样比较内向的杨敏谈起踢足球，却叹气了："唉，天气这么炎热，怎么踢得起来啊。我这有气无力的，浑身都软绵绵的，这哪是我踢足球呀？明明就是足球踢我好不好？"

杨敏说："踢足球对我来说，那就是跟魔鬼吃人差不多。许多人围着一个足球踢，我却连球边都碰不到一下，这还怎么踢呢？所以，每次老师让我们踢足球的时候，我都会主动要求退出比赛，因为这样不会被他人取笑，也不会拖队友的后腿。"

方浩嘉说："我天生身子就弱，不喜欢剧烈的运动，尤其是足球和羽毛球。但是，体育老师对我们管教得十分严格，每节体育课都要我们跑 1500 米。对我来说几乎就是不可能完成的。跑完之后，老师将我们召集起来，让我们踢足球。我不能再跑了，所以我选择当一名后卫。这样就可以稍微休息一下。哪知道我方太不给力了，人家都把球踢到家门口了。我必须要去保护球门，并抢到球，扭转局势……刚开始，我方连中两球，战绩辉煌，可是对方马上崛起了，对我方实施了大规模袭击……我方不可能赢了。但是输赢并不重要，重要的是体验这个过程。经过一个学期的训练，我变得更强大了。"

朱文鑫说，足球场是个流汗的好地方。他说："踢足球有很多道理，比如团队合作力量大；不畏惧一切，勇往直前；绕过拦在你面前的对手，不怕失败；一次一次地进攻，永不放弃。"

五

很幸运，本校成了第一批足球学校。而且，也很荣幸，本校女子足球队在黄冈市首届校园足球比赛中，获得了季军。

这不，近日正在对学校足球场进行升级改造，稍待时日，绿茵球场、塑胶跑道，将会美丽地展现在全体师生的面前。届时，足球运动将会更加如火如荼地在学校开展（注：塑胶跑道和绿茵场，2017 年秋季均已投入使用）。

显然，足球运动还是很受学生欢迎的。许多学生喜欢在球场上的那种酣畅淋漓的奔跑，喜欢那种你躲我闪的拦截，喜欢那种众志成城的集体荣誉感。想必，这就是一种足球精神吧。当然，肯定不仅仅这些。对于这些精神，参加过足球运动尤其是参加过足球比赛的学生，体验尤为深刻。这将有益于他们日后的成长。至少，在他们的记忆里，会留下一些或多或少、或深或浅的美好记忆。这种记忆，无论输赢，无关进球还是没有进球。参与了，便记下了。

然而，事物的发展总是会受到一些主客观条件的限制。比如，体育教师的缺乏，足球教练的缺乏，这是一块硬伤。没有专业教师、专业教练的指导，对于学生而言，无论是足球兴趣，还是足球技术，势必会大打折扣。同时，受当前教育体制的影响，分数、考绩始终横亘于教师和家长的心头。足球学校到底能让多少学生参与足球、体验足球？能挤出多少时间让学生去参与专业训练、参加足球比赛？这些问题，都是足球学校面临的现实问题。且看，参加了八年级培训班的学生，九年级的全体学生，大概基本与足球无缘了，至少与足球比赛绝缘了。而对于一些非足球学校，它们遇到的困难和瓶颈，自然会更多。

但是，笔者毫不怀疑，足球将会走进所有的校园，无论南北，无论城乡；笔者也完全相信，将会有越来越多的青少年参与足球运动，喜欢、热爱着足球运动。

这种判断，不光是因为国家的重视，人力和物力的投入，更因为足球运动本身的魅力。

说跑步

晨曦初现，同学们一个个精神抖擞；
五颜六色的衣服，把足球场围成了一道道流动的光圈。

——刘菁

一

"跑步对于大部分人来说是一件非常寻常的事情。但这件寻常的事情，是我们锻炼身体的最好方法。"这是聂振贤对跑步的看法。他还说，当我们第一次跑的时候会觉得距离很长，会很累，但经过多次的练习，跑 1000 米也很简单。

聂振贤回忆了测量 1000 米的经历。"我一开始跑得非常快。在前两圈，我都在第一位。后来，他们都开始冲刺，我却没有力气冲起来。在最后 150 米左右，喻金圣、殷文嘉、王杨，他们接连超过我，我最终以四分十秒的成绩跑到第四。"

聂振贤建议，跑步时不要一快一慢，匀速前进才是保持体力的最好办法。

殷文嘉说："跑步对我来说很重要！我喜欢跑步！我热爱跑步！但七年级以前，我从来没有参加过长跑活动，我不知自己这么有天赋。直到那一天——"秋季运动会，出于'仇恨'，我和我的'仇人'石晨（现在不是）扛了起来！他参加了一个 1500 米。老师说，每人可以报两个项目，我又报了一个 800 米，他也报了一个 800 米。两个都是长跑。我在运动会的那一天，对他说，看谁跑的名次好。他回答，谁怕谁，咱们骑驴看唱本吧。我心想，你跑不过我的。

"果然，在运动会上，当发令枪一响，我们就像脱笼之兽一样，飞快地跑了起来。开始时，我的位次比较落后，最后我一连超过了三人，拿到了第二名的好成绩。这时，我才知道我的运动天赋还是挺好的。我一定会让我的运动能力再提高一个档次。"

二

袁标航说："说起跑步，真是感慨万千。身为胖子，你懂得跑步是那种超越一切痛苦的一种痛苦吗？"

106

他说："跑步是我的弱项，每当看见跑道，便心生畏惧，怕自己又遭受痛苦。但老师的命令实在是不敢违抗呀！我只好提前多吸点空气，否则怕氧气供应不足了。一圈，我尚好，腿不酸，心跳不快，呼吸均匀；两圈，我呼吸频率明显加快，腿好像渐渐变酸了，成了我的负担；三圈，差不多就有 900 米了，我呼吸频率很快，嘴里发出'呼哧、呼哧'的声音，腿累得不得了；四圈，就是我的极限了，速度几乎为零，腿好像系了麻袋。"

袁标航感慨道："哎，跑步哇！等我多加练习，减轻体重，定会再来挑战你，突破我的极限。"

同样是小胖子的吴悠，讲述了小学六年级时的一个跑步故事。

"我是一个小胖子，平生最讨厌的就是跑步，不过有一次跑步让我感受到了友谊的美好和运动的快乐。

"我的体育老师是一个很严格的老师，他总是让我们跑步，又要规定时间，没有在规定的时间内跑完，就必须要接受惩罚。所以，他对我而言，简直就如一个大魔王一样。

"有一次，老师叫我们跑步，我'不负众望'地跑在队伍的最后。老师叫我快跑，蔡楠见我这样，便提出和我一起跑。我十分感动。蔡楠说，把你的感动化作体力吧，咱们跑起来。我点了点头，终于在蔡楠的陪伴下，我跑完了全程。我问他为什么要和我一起跑？他说，因为我们是兄弟呀，对不对？我听了这句话，更为感动。此时，跑步的劳累，已不知跑到哪儿去了。

"患难见真情，原来一件小事还能让我感受到兄弟的美好。跑步虽是小事，但因为有了友谊，它让我受益一辈子。"

三

柳宜君也坦言："其实我是一个身材略胖、赘肉较多的一个小女生。平生最爱的一件事就是吃东西。现在最烦恼的、最发愁的，是锻炼。对于瘦子，可能锻炼不算什么，因为他们可以轻而易举地完成。而对于像我这样的胖子，则是比登天还难。并且，跑步也是十分消耗体力的，胖子的体力，那可是经不起消耗的。每跑一步，每次身体移动一点点，那可要喘上半天的气。我终于明白了胖子的苦。所以，以后还是应该多多锻炼。"

冯晓萱的感受略有不同。"我的身体素质从小就很差，小学的运动会，我几乎没怎么参加，跑几十米肚子就开始痛。自从上了初中，跑步就免不了了。同学们都知道我怕累，因为我属于胖胖的那种女生。每次跑步完成，我觉得就好像缺氧了一样，腿也酸疼酸疼的，整个人都是软软的。跑步对我来说，就是一项艰巨的任务，总也逃脱不掉。

"慢慢地，经过一次次的锻炼，我从跑几十米就胃痛，到可以跑一千多米。虽然跑完一千多米也还是会有反应，但已经比刚开始要好得多。"

她还说："跑步让烦恼像汗水一样流去，我渐渐也喜欢上了跑步。跑步也可以减肥，对我真的是很好。我是那种喝口水就可能长胖的人，所以，我一定要把跑步坚持下去，锻炼身体。"

四

胖子怕跑步，瘦子也未必不怕。

刘进文就是这样的一个瘦子。他说："我最不喜欢跑步，叫我做其它任何运动都可以，唯独跑步，它总让人无法忍受。就包括电视里的跑步节目，我也立马把它关掉。日积月累，我对跑步产生了抱怨之情，我不喜欢关于跑步的任何东西。"

柳帆比较苗条，但说起跑步，也是叫苦不迭。她说："冬天里做早操，班主任怕我们冷，就让我们围着操场跑步。跑着跑着，似乎暖了许多，不过还是有人把手伸到口袋里，结果被班主任发现了。班主任把他狠狠地训了一顿。因为把手放进口袋里，如果摔了一跤，就没有支撑力，这样就摔得比较严重。想来想去，班主任也是为我们好。此后，我们班再也没有人敢把手放进口袋跑步了……每次班主任不看我们时，我们就减下速度，慢慢地走；等老师转过头来，我们就认真地跑，这样就不会太累。几乎每天都是这样，可是有些人以扫地或者上厕所为借口，不用去跑，老师也什么都没说，只剩下我们几个女生在跑。唉，这日子什么时候才能过去啊！"

对于吕阳这个偏瘦的家伙来说，跑步却是另一种感受。他讲了一个"夺命五圈"的故事。

"在八上，我班体育老师换成了班主任。我们到足球场集合。班主任缓慢地走过来，忽然大声说道：'女生跑四圈！男生跑五圈！'我听到之后，只有无奈和愤怒。五圈这么长！绕着足球场跑，那不累死了吗？

"之后，我只好启动好久都没发动的马达，缓慢地往前跑。因为头一次跑这么长的路程，我怕心脏承受不了。第一圈，还有气力跑；到了后几圈，跑得我满头大汗。我班男生几乎都跑不动了，女生直接就走起来。我看到还有半圈，就使劲往前跑，但也是缓慢地移动。

"跑完后，全班人几乎都累瘫了。坐在地上都起不来。原来我们缺少运动，耐力不行。但到了现在，我班学生一个一个都很会长跑。在运动会上，有人拿了第一。

"跑步是一项体能运动项目，我们也十分爱好跑步。希望我班同学和我能在跑道上跑出一片蓝天，炫耀大地！"

柳窈也有这样的感觉："七年级刚开学，女生绕大操场跑一圈，男生跑两圈。那时，我们体能太差吧，跑半圈就跑不动了。但咬牙也跑完了全程。没想到的是，班主任徐老师说，以后每个星期都加一圈，我顿时傻了，这该如何是好？

"可奇怪的是，我们虽然圈数一周周地增多，但我们跑的时候，气却不喘了，脸也不白了，一下子可以跑四五圈了。可以说，这就是老师训练出来的吧！

"宝剑锋从磨砺出，梅花香自苦寒来。辛苦过后，总是甘甜，跑步让我悟到了苦中有乐。"

他们的体悟这么丰富，笔者就不再啰嗦了。只想说一句：

奔跑吧，兄弟！

说爱好与特长

一

俗人，也要有爱好与特长。

这是涂欣欣说的。她还说：我似乎只在艺术方面懂点皮毛，体育好像也可以，但真正做起来，又不是很特殊。在班级举行的活动中，有关唱歌、跳舞两个方面的，我都会尽力去做。有一次在讲台上唱歌，我因紧张，双腿发抖，但我依旧坚持唱完了那首歌。当我听到老师、同学们的掌声时，我便又有了自信。我想把这一点特长继续发挥下去。

柳朝晖：不可游戏人生，但人生应有游戏。

"停！停！停！"每当我趴在电脑桌旁兴致勃勃地玩着游戏时，当我为精彩的操作而沾沾自喜时，爸爸总是走过来咆哮着。

我爸不同意我玩游戏，理由很简单，玩游戏就不能好好学习；想要学习成绩好，就不许玩游戏。于是，一到上学期间，我就和电脑说拜拜了。只有在寒暑假，我爸才能让我玩会儿，但玩的时间少得可怜。呜呼！

其实，我认为，游戏没有那么坏，娱乐一下，放松一下那沉浸在一堆数学题里头的大脑，邀上几个小伙伴，玩一局游戏，岂不乐哉？况且我玩的游戏都是需要动脑子、拼手速的。这也可以锻炼智力呀！越是排位连输时，越要锲而不舍，梅花香自苦寒来，这也可以磨炼意志呀！

不可游戏人生，但人生应有游戏。

李景东：它是我家的皇上。

我是一个心地善良的人，我的爱好是养小动物。

我最喜欢的小动物就是小狗了。它毛茸茸的，可爱极了。它那水汪汪的大眼睛，让人看了十分舒心。我痛恨那些偷狗的人，因为他们曾经害死了我的爱犬。

瞧，我家的皇上出来了。它可是非常挑剔的，如果没有好肉，它就看都不看一眼。有一回，奶奶到田里去做事，没时间来伺候它，而我在家也只是喝碗稀饭。我把稀饭给它吃，它嗅都不嗅。我拿它没办法，只好翻箱倒柜，好不容易在冰箱里找出两块冻肉。我用开水把肉泡软，然后再把它煮熟，再放到盆子里。可小狗还是不吃。我只好向邻居讨了一碗骨肉汤。它不情愿地吃了两口，就到外面晒太阳去了。

陈瑾：我能打赢比我大得多的成年人。

我的爱好和特长都是打羽毛球。我这身"本领"，是跟我外婆学的。以前，我经常到外婆家去，每次去都是为了学打羽毛球，然后跟她一较高下。也记不清了，后来是谁输谁赢。

我能打赢比我大得多的成年人。但仔细想来，那时也许是他们在让着我。不过，现在我真的能打赢他们。有时又很讨厌跟他们打。他们不是打"地球"，就是打球的姿势不对，等他们打个好球，天都黑了。

王杨：大约有两年的周末，我一直在看动漫。

我最大的爱好就是看动漫。大约有两年的周末，我一直在看动漫。恐怖片，我开始时最怕的，但是表哥叫我看了一下《潜伏》（不是中国电视剧），于是就被美国恐怖片吸引了。此后，我还看了《招魂》，以及《关灯以后》《觉醒》等片子。有时，一个动漫，要看五六个小时呢。

我的特长，大概是跑步。我应当是班上第一快。别人都说我跑步好厉害，但我真不知哪里厉害。上学期运动会时，我连奖都没有拿。

柳雨：作文里，蕴含着许多我不懂的道理。

在初中阶段，我异常地喜欢语文课中的写作。我总想以自己的方式来写作文，写出与众不同的好文章。这应当就是我的爱好吧。

虽说作文中，我常出错，甚至有时常常灵感全无，大脑一片空白。但我想，那应该就是我"晋级"的屏障吧。可惜，我只能摸到这屏障，而无法将它打破。

但我不是那种遇到困难就害怕的人。虽然我灵感全无，但只有响起音乐，我脑中的"线"就会全部连在一起，并相互交织。这时，我的灵感就填满脑袋，因而写出令人赞叹的作文。

我想，这就是我写作的特点，或许有时作文中会少写几个字，但是蕴含着许多我自己都不懂的道理，这应该就是我的特长吧。

程曦梅：加油，你是最棒的。

以前，我觉得自己根本没有特长。但从小学那次跳舞后，我对自己有了信心。

那次，音乐老师为我们这个年级组建了一个队，全是女生。我非常喜欢这样的活动，我尽自己最大的努力去学习。

后来，村里有了广场舞。虽说是广场舞，但也有许多我们这个年龄的孩子跟着跳。

但是，有一位大妈说我跳得不好看，接着又有好几人都这么说了。此时，我快要没信心了，许多人都在嘲笑我。

直到领舞的大姐姐对我说，加油，你是最棒的！这时，我才重回信心。

吴自豪：现在，我和爷爷下象棋，不分上下了。

小时候，我的学习成绩比较好。后来上了四年级，我就一直爱玩，成绩就越来越差。但是，只有一玩起来，我的脑子就特别好使。

我也有自己的课余爱好，那就是下象棋。我的爷爷也喜欢下象棋，而且技术很高。小时候，下象棋是乱下。刚开始，我总是输给了爷爷，可过了几个星期后，我把爷爷的棋术都学来了，还找到了他的弱点。后来，我终于有一局打败了爷爷。现在，我和爷爷下象棋，是我赢一局，他赢一局，不分上下了。

爸爸常说，如果我把玩的心思都放在学习上就好了。

柳瑾瑜：女孩子从小就要爱干净。

我的特长是做家务。妈妈在我小时候就跟我说，女孩子从小就要爱干净。但我很多事都做不到。妈妈说，就从扫地开始吧。

我听了妈妈的话，每天早上一起床就开始扫地。但是扫不干净，妈妈走到我旁边说，没关系，慢慢地来，慢慢地学。后来，我就可以扫地了，还能帮妈妈做许多家务。

杨敏：整体来说，我就是一个好吃懒做的人吧。

我最喜欢唱歌。每周星期五放学，一回家，我就会拿起手机进入全民 K 歌。在那里，你喜欢唱什么，就点什么，只要你唱得好听就行。还可以给人送花。

我的爱好，还有吃、睡、懒。说实话，我就是一只小馋猫。不管遇到什么食物，我都不会放过，我都会尽我所能把它吃光；我也是一直小睡猫，每天早晨不管睡到几点，我都不肯起床，一直要睡到饿得不行了为止；我还是一只小懒猫，连我的同桌朱文鑫都说我很懒，自己的垃圾总是让他丢。

整体来说，我就是一个好吃懒做的人吧。好在有一点爱唱歌的爱好。

二

爱好与特长：青春成长中的一抹亮色。

在外人看来，也许上述同学所谓的爱好与特长，并非真正的爱好与特长，只是相对他们自己而言，是喜欢了一些，是略胜一筹而已；甚至个别同学的爱好，并非优点，而是缺点。

然而，我们并不能因此而忽视它，更不能嘲讽、打击它。这些所谓的爱好与特长，恰恰是这些少男少女们青春成长中的一抹亮色。也正是有了这些亮色，他们才看到希望，并产生动力。

自知者明，自胜者强。看到自己的长处，并不断发展它；看到自己的弱点，便努力克服它。这样，不断完善自我，不断发展自我，有谁能保证，这些爱好和特长不能陪伴他们的一生？有谁能保证，这些爱好和特长，不能绽放出美丽的花朵呢？

俗人，也要有爱好和特长。

俗人，往往因为爱好和特长，而超凡脱俗。

说手机

一

张哲说，他与手机的关系，就是鱼与水的关系、人与空气的关系、植物与土壤的关系，是那样的密不可分。

他说："每个星期五回家以后，第一件事就是玩手机。手机一打开，点开'王者荣耀'，排位赛，秩序白银三,三颗星，一定争取在两个星期内'上黄金'。唉，黄金之路，可谓是比登天还难……我与手机的关系就是打排位，除了排位还是排位。"

——该如何评价人与手机的这种鱼水之情？

程珊珊说起了一次玩手机的经历。"夜深了，我正在高兴地捧着手机，玩着游戏，还时不时笑着说，'杀死了'。玩游戏正高兴的我，不知已经是晚上十一点了，也忘记了明天要上学。这时，游戏里的对手把我'杀死'了，我才想起来还有一大堆作业，不禁放下手机走到书桌旁，拿起笔写起那些讨厌的作业。过了好久，我心想，作业已经写了这么多了，应该可以玩游戏放松一下，心里想着，手也痒痒的，便又去玩了……"

——可以理解，但为此熬夜，为此耽搁作业，值得吗？

吕嘉豪说，只要到了暑假、寒假，就可以开心地玩手机了。"暑假的第一天，我开始疯狂地写作业，因为我想快点玩手机。但这种想法还是被爸爸知道了。他把手机拿去了，藏了起来，于是我和爸爸展开了'抢机大战'，我每次都可以找到手机。但爸爸最终修改了 wifi 密码，我只能到别人家去蹭网。这件事很快又被爸爸知道了，手机就被没收了，因为还有一周就要上学，我与手机就分开了。一直到寒假。"

——与其修改密码，不如适当引导。

胡培丰的手机却没有那么幸运。"这个手机是姐姐送给我的。自从有它的第一天，我就下载了几个好玩的游戏，比如'王者荣耀''天天酷跑'等。某一天，我在沙发上躺着打王者，刚打到一半，爸爸回来了，发现我正在玩游戏，并没有说什么，可是五个小时过去了，我还在津津有味地玩着。爸爸很生气，一把拿过我的手机，并且数落了我一顿，我很伤心。

"我顶嘴说，玩游戏有什么错，你平时不也是玩游戏吗？怎么来骂我？你自己怎么不反思一下？爸爸一听，还会顶嘴，当场就把手机摔成了碎片……"

——父母是孩子的第一任老师。

二

杨毅也玩"王者荣耀""天天酷跑"。他说："我盼望放暑假和放寒假，因为放假了，我就能和爸爸妈妈在一起了，他们的手机我也能玩了。因为家里没有wifi，便到别家玩，所以我总是被骂。有一次我没有连wifi，我把妈妈的手机流量都玩超了，把手机玩欠费了，妈妈几乎把我给骂死了……手机里面的游戏，可真是好玩，我总是想玩手机，看来我和手机有着不解之缘。"

——流量超了，损失不大；玩心大了，损害无穷。这样的不解之缘不要也罢。

鄢娟说："我可以说和手机已经形影不离了。每天晚上，我都要把手机捧在手上，把头蒙在被子里。每次，手机上都会出现一层水，这是我最不能忍受的时候……除了上学的时候，我才和手机依依惜别。我对手机的迷恋，直到去年，我才知道玩手机的危害有多大。"

她说："我感觉到，在看黑板的时候，渐渐变得模糊了。我想我可能是近视了。哎，现在戴着眼镜很不方便。妈妈说，眼镜戴多了，度数会上升。我只好每天上课戴，下课弄下来。每天这样，眼镜框都被我弄坏了。我想，我现在要控制自己，玩手机的时间要有节制了。"

——亡羊补牢，犹未晚矣。

石晨说："在我的世界里，手机占了很大的比重。放假时，我每天都是在打游戏中度过，充电的时候才写作业。其实，写作业只是个幌子，更多的时候是边玩边写，写出来的东西简直狗屁不是……手机就在旁边，我望着手机，又望着一堆作业，它们之间的较量，最终是手机败北了。这是迫于老师的情面和压力，我只好乖乖地去写作业。我的成绩时好时坏，当我远离手机时，我就会变得优秀。我对它可是又恨又爱，难舍难分。"

——人的成熟，说到底都是心理的成熟。

程佳燕说，有了手机之后，生活就丰富了，每天都是抱着手机写作业。"只要手机发出'叮咚'的声音，我就会马上放下手中的笔，打开手机，又聊了起来。这样一来，作业写得确实有一些慢，时间也确实有一些紧……"

——优秀始于反省。

李曦说，她最早开始玩手机是在小学五年级。那时她是个留守儿童，爸爸妈妈每次回家，就把手机给她玩。但每次都只能玩一小会儿，因为爸爸说怕耽误了学习。从那时开始，手机就留在了她的记忆里。

到了七年级，爸爸换了个手机，就把旧手机给了她。那时起，手机就成了她休闲娱乐最好的工具。现在到了八年级，手机就成了她生活的一部分，放假回家，就与手机为伴，和家人也很少说话了。

她说："一个星期六，爷爷奶奶不知怎么的，整天在我耳边唠叨，叫我少玩些手机，要把心思都放在学习上，还说如果再发现我一直玩手机的话，就把我的手机没收了。爷爷奶奶对我说的话，我想了一上午，觉得我是应该醒悟过来了，眼下学习最重要。于是，我与手机慢慢疏远了。"

李曦说："手机，对于我们中学生来说，是个敏感的字眼，它有利也有弊。我认为，我用手机弊大于利。"

——远了陋习，便趋利而避害。

三

柯岩说，她的手机，是爷爷在她生日那天送的。但第二年暑假，爷爷就去世了，从那以后，她就非常爱护这部手机。"但有一次，玩得正起劲，手一滑，手机掉进水井里，我心急得快要跳下去，可我没有跳。我突然心灰意冷，从此以后，我就再也没有手机了。"

她说："现在的一些同学，也同样沉迷在手机中，耽误了学业。我希望以后所有的家长，不要给自己的孩子买手机了。手机虽然可以解决一些问题，但也可以制造一些难题。沉迷网络游戏，害己。"

——"沉迷网络游戏，害己。"一语中的。

在石贤妹看来，手机是除了家人以外，最重要的东西。"因为，它跟我待在一起的时间，甚至比父母还要多。"

她说，刚开始的时候，只会玩一点小游戏，即是小游戏也玩得很开心。可时间一长，发现没什么好玩，就加入了聊天行列。每天都聊，连芝麻大的小事都说出来。即使这样，她也觉得手机离不开手。每次回家第一件事，就是拿起手机，然后再做作业。

"可现在，手机对我来说，已经不那么重要了。但我缺了它，也不好。尽管我不玩游戏，不爱聊天，但在有重要的事情时，可以及时知道。所以，手机还应该是要有的。我们还可以通过手机知道一些新闻……"

——手机与亲人，本无可比性。

程美玲说："手机，是人类智慧的结晶。但运用不当，有可能会产生一定的危害。我想，世界上有成千上万的青少年，因为手机网络而荒废了学业，甚至走向违法犯罪的道路。但是，手机运用得当了，也会有很多的益处。"

——智慧的结晶，还需智慧地运用。

手机的利与弊，这些学生其实大多能认识一些，只是一些学生不能控制住自己的玩心。笔者认为，这是非常正常的事情。处于青春期的少年，都有着强烈的好奇心与求知欲，对于这种集通讯、游戏、视频和智能电脑于一体的东西，自然是爱不释手。作为家庭和学校，不可能不让孩子触碰手机，也无法限制他们远离这个智能时代。所以，我们只有让他们更全面地了解手机的利与弊，合理疏导，并适当限制，才可能趋利去弊。

智能手机的好处不必多说，其弊端有人曾作如下梳理，供参考：

影响学习、影响他人和集体；谈情说爱的帮凶；考试作弊；攀比成风铺张浪费；手机管理引发新矛盾；手机辐射影响身体健康；侵犯他人隐私；手机陷阱；惹是生非；移动上网，防不胜防……

鉴于此，笔者有一个观点很鲜明，那就是寄宿制学校里，学生是千万不可带手机的，更别说智能手机了。

说上网

一

洪遇见讲述了他第一次去网吧的事情。他说："也不知道是七上还是七下，有一个朋友问我去网吧吗？我说无所谓。到了××网吧之后，看别人玩'穿越火线'这个游戏。然后到一超市买了40多元钱的零食，便边吃边玩，一直从上午玩到下午四点多……刚开始的时候，我是一个菜鸟，但玩了七八个月之后，我再也不'菜'了，有一次'杀'了52个敌人，自己才'死'一次……"

柳闻言说："网上，有很多的诱惑使我们荒废了学业。但在这里，我不想多讲，只想说一说我的第一次上网玩游戏。在一个星期日的下午，我在店里买东西吃，这时，我的一个朋友叫我和他去玩。我们来到一个网吧，付了15元钱，玩了三个小时。从此，我便一发不可收拾。每一个星期，我们都到网吧去，最后竟然经常旷课……"

杨毅说，他最早到网吧的时候，是小学四五年级时。"那天，我和几位朋友一同上街，这也是第一次和朋友上街的。平常我不敢上街，怕被爷爷、奶奶口中说的坏人抓去。是谁能给我这么的勇气呢？这肯定是网络游戏给的诱惑。当时，我迷上了一种枪战游戏——'逆战'，拿着枪，杀敌人，十分爽快。

"之后，我彻彻底底地迷上了'英雄联盟'。那时，一到星期六，我就跑到街上玩，上网上瘾了。真的让人无法自拔！

"可到了现在，我不再喜欢玩那些游戏。大概是篮球改变了我。在家里，我很喜欢看体育频道的NBA比赛，是篮球把我从网络游戏中救了回来。篮球是我现在最大的兴趣爱好。没有什么能和它相比。"

杨毅奉劝那些喜欢网络游戏的同龄人："沉迷网络游戏，有害无益。那样只会浪费你的青春，耽误你的学习。让我们远离网络游戏，回到现实生活里，做一个充满热血、充满活力的青少年吧！"

柳宜君说，上网也不是很有意思，不过就是玩玩游戏、看看电视剧，也就是肥皂剧而已。她还说，一般情况下，那都是成绩不好的同学，总做这些事；成绩好的同学，也就是上网查查资料，学习自己不知道的事，开阔开阔眼界。

刘进文说他从来都不上网，看到网吧就感到恶心，看到一些沉迷网络的人，很不理解；尤其是那些"破釜沉舟"买游戏道具的人，更是不可思议。

二

为什么要上网？聂振贤说，他有两个原因：一是玩游戏，二是搜索做不来的题目。

他说："一般，我是先把作业做完，才玩游戏。做作业，我是先把简单的题目做一下，再想一想难题。在二十分钟内想不出来的题，我就会用手机去拍照搜题。如果看得懂，并且题目一样，我就会把过程写下来；如果过程非常复杂，并且看不懂，我不会抄下来。作业做完后，我就和村庄里的小伙伴一起玩球球大作战。我经常和他们玩战队。我们总是在六支队伍中，排倒数第二或倒数第三。有时我们在一起玩自由战。"

聂振贤还给同龄人提出这样的建议："少上网，每天上网不超过两小时。不要沉迷在网络中。我们要做网络的主人，不做它的俘虏。"

杨驰喜欢上网的原因，和聂振贤差不多，也是喜欢玩游戏，用网络搜东西。他说："有的人还在网上搜作文，虽然我以前也搜过。但是，怎么能逃过老师的火眼金睛呢？毕竟是语文老师，一看这个句子，就知道不是我们写的。而且有时一些同学还搜到老师读过的文章，这就非常尴尬了。上网的好处很多，但坏处也不少。就像我，沉迷于游戏，导致我现在学习成绩下降了，而且还近视了。"

谈起上网玩游戏，袁标航说："我不得不说我是一名资深老玩家了。"

他说："我玩了各种各样的游戏，都是百玩不厌，但我最酷爱的是腾讯游戏。我最先接触的腾讯游戏是天天酷跑。里面精美的游戏人物，炫酷的坐骑，不一样的游戏风格，一下子就吸引了我。我便经常玩这个，时不时还跟 QQ 好友进行实时 PK。

"然后就是玩天天炫斗，里面又霸气的人物、超炫的技能，那种快感，使我成了天天炫斗的铁杆粉丝。每次周末回家，都要打一盘才爽。

"接着，我认识了英雄联盟。这个游戏很热，是体育竞技项目之一。里面有各种各样的人物，都有各自的属性。运用好它们的属性，不断加金币，出装备，你就可以大杀四方了。我现在在玩的是手游版英雄联盟——王者荣耀。内容跟英雄联盟差不多。"

袁标航还告诫大家："我在这里想说的是，游戏虽好，但是不能耽误学业。要在正确的时间、正确的场所玩。这样，它才会给你真正的快乐。"

三

吴悠说："别的同学上网都喜欢玩游戏，而我喜欢看小说，爱看玄幻类小说。别人一打开电脑，就是玩游戏什么的，在我看来，太无趣了。看看我，我已追上潮流，改看小说了。我自从看上了小说后，便一发而不可收了。

"我看小说，是哥哥推荐的。我当初不以为意，但现在已经沉迷其中，看得津津有味。一打开电脑，心里就想，看什么小说呢？是挑新的，还是继续看原来的？在上课的期间，我也在想；最可怕的是，我吃饭、睡觉都在想小说，这便导致我的成绩越来越差了。

"上网是一把双刃剑，它有好处，也有弊端，只要你利用好它，它会让你的成绩更上一层楼；利用不好，只会让你坠入'玩'的深渊里。"

冯晓萱上网，不喜欢玩游戏。她说："我之所以不喜欢玩游戏，是因为我觉得游戏这个东西，不是浪费钱财，就是浪费精力。"

她说："对于我这种不玩游戏的人来说，上网无非就是聊天、听歌、搜题目等。听歌，我的风格特别多变。韩文歌、英文歌什么的，我都听。虽然听不懂，但歌的旋律，会让我觉得很舒服。"

冯晓萱还说，随着社交软件的增多，网络上的骗子也就更多了。网络有利有弊。对一些控制能力强的人来说，利就大于弊；而对于一些控制能力差的人来说，网络就是一条歧路。

在冯畅看来，网络如一道黑暗的裂缝，只要稍稍迷了上去，可就难以从总逃出了。

他说："不知在小学几年级时，我迷上了网络游戏，整体脑子里就想着怎么玩。上课注意力大大降低了，老师也找过我交谈，可我还是无动于衷，直到爸爸、妈妈发觉。后来，他们禁止我玩电脑游戏。刚开始，我有点儿受不了，后来，慢慢地适应了没有网络的日子。"

四

关于上网的利弊，即便是寻常百姓也认识得比较充分；上面这些学生，也谈得不少。在这里，笔者只想说说他们没有说到的。

一些中小学生第一次走进网吧，大多情况下，都是在一些同学、朋友的邀请和带领下走进去的。没有这些同伴的带领，一般的孩子往往会对网吧怀有一些胆怯的心理。网吧上网，那种环境更让儿童少年毫无顾忌；尤其是看到一些所谓的网络高手，还会产生羡慕和敬佩之心，于是愈演愈烈，甚至是一发而不可收。

进入网吧的，以男孩子居多。像"英雄联盟"这类的游戏，大多以打打杀杀为主，这往往更容易刺激男孩子的争强好胜之心；说得好听一些，那是一种所谓的"英雄情怀"。再加之所谓的级别，引发他们不断沉湎其中。如果一些孩子进入游戏空间的年龄较小，分辨力和自制力较差，势必对其学业成绩造成更大的影响。从班上一些学习习惯较差、学习基础较弱的学生情况来看，他们便是如此。

从最近一两年来看，学生夜间翻墙上网的情况大幅度下降，到今日已基本绝迹了。这一方面是一些职能部门对网吧加强了管理，另一方面，也是学校对此管控得力。但笔者这里更想说的是，当前的智能手机，对学生走进网吧的行为给予了较大的反作用力。许多学生在周末、寒暑假，利用手机进行"手游"，让自己的网瘾得到了一定的满足，使得一些学生对于网络"至今已觉不新鲜"。

同时，一些沉迷网络的学生，要戒除网瘾的最好方法，那就是设法找到自己的另一个兴趣点，比如球类运动。在挥汗如雨的奔跑中，在旗鼓相当的 PK 中，在相互默契的配合中，网瘾便不知不觉地被运动所替代了。

笔者还想说的是，上网玩游戏，并不是成绩差的学生专利。或者说不是成绩差的学生才上网玩游戏。一些学生之所以成绩差，那是因为他们涉足网络游戏时间太早、陷入太深，因而严重地影响了学习习惯和学业成绩；而对于一些上网有节制的学生，他们的学业成绩照样优秀，甚至从网络中还获得了一定信息和正能量。像本班的袁标航、柳朝晖，便是大家公认的游戏高手，但是他们的学习成绩、行为习惯都是非常优秀的。当然，这里笔者必须指出的是，他们的最初上网，大多是在父母的提醒和监控之下。

第三辑　说师友

说国旗下讲话

一

老师问：国旗下讲话时，你在做什么？你如何看待每周一次的国旗下讲话？这些学生是这样回答的——

王杨：更多的时候，我是在装睡。

旗杆上飘扬的是五星红旗，旗杆下婆婆妈妈的是老师，他滔滔不绝地讲着；操场上的一些学生，各玩各的，一点也不用心听。国旗下的讲话，是多么的无聊。

每当星期一早读后，就要到操场上升国旗。平常都做操，所以这正是放松的时候，可以把早上没睡完的觉补上。

我没有到旗台上讲过话，于是每次都是听别人讲。有时无聊，有时有趣，我也不是经常听。更多的时候，我是在装睡。

我比较喜欢听一些名人小故事，还非常重视班级得奖，每次发奖时，我总是十分紧张。

虽然我没有在国旗下讲过话，但我也想讲。当我上台讲话的时候，应该是我成绩非常好的时候吧。

杨敏：我在想着怎么度过地理朝读。

国旗下讲话时，一些同学在下面交头接耳，做小动作，而我就在想着怎么度过地理朝读。每次到了升旗的那个时候，我们都会说一次"好烦哪，等一下又是地理朝读了"。再深深地叹一口气，然后才听某位同学演讲。

国旗下讲话，还有一点不好，那就是一直站着：站得我们的腿直发酸；还有人，就站在那里扭来扭去。

涂欣欣：每次听讲话，我总能学到许多有益的东西。

对于国旗下讲话，我的内心也很拒绝。平时，我似乎很大大咧咧，做起事来像个男生一样。但由于缺乏锻炼，如果让我面对全校近千名老师和同学，我觉得我会双脚发抖的。

自己虽然没有讲过，但听其他同学讲也是一种学习。他们会分享学习方法、学习经验，还有名人事迹、做人的道理等。

每次听讲话，我总能学到许多有益的东西，也能知道自己不足的地方。虽然只是短短的几分钟，却对自己的一生都有益。有些人听得不耐烦，有些人听得全神贯注，这也是会学习与不会学习的差距。

柳雨：每次，我都会幻想着自己变强站在高台上的样子。

别人在台上讲，我在台下偷笑；别人望着讲话的人，而我却望着蓝天白云。望着台上讲话的人，我真是羡慕嫉妒恨。

但是，我并不会因此而迷惘。我的目标并不是看别人有多强，而是要见证自己能变多强。可以说，我所希望的强者，都是通过自己的努力，不需要其它任何条件而独立变强。这便是我的目标。

对国旗下讲话，我并不感兴趣。每次，我都会幻想着自己变强站在高台上的样子。这就是我所谓的幼稚之处。

渐渐地，我懂得了许多。对于国旗下讲话的眷恋变得非常憧憬。看到别人居高临下俯瞰我们这些平庸的人，我感觉到自己的渺小。想到这，我感觉他们所讲的内容，我听不懂了。

我是成长了，还是堕落了？这是我初中的第一次觉悟。

虽然国旗下讲话的意思，我听不懂。但我相信，终有一天，那种居高临下的感觉也会自己找上门来。

陈瑾：她可是脱稿演讲的"开山鼻祖"啊！

几乎每次国旗下讲话的人，所讲的话语都是那么的令人乏味。虽然我身在这里，心却早已飞了。因为，那讲的确实不咋地。

直到我们八（1）班的一次脱稿演讲，才改变了这一局面。说到这，就不得不提到响当当的程美玲了。她可是脱稿演讲的"开山鼻祖"啊。之后，便偶尔也有脱稿演讲的。

当程美玲站在国旗下脱稿演讲时，几乎全场的人都惊呆了，一个个目瞪口呆的。她讲完之后，那掌声可谓是惊天动地。

说到韵味，那就得提到七年级的黄佳怡了。她讲话口齿清晰，节奏分明，韵味十足，那也可谓是朗诵界的高手了。

程曦梅：该你做的事情，你就要精益求精地做。

我一直认为，一些同学在国旗下讲的话只是在网上搜的，然后打印出来，或者抄下来；直到程美玲讲话后，我才改变了我的看法。

讲话的前一周，我看见程美玲在认真地写着她的手稿。她觉得自己的字有点不好，就重新抄了一遍。抄完后，她又在反复检查，一遍又一遍地，直到确认没有错别字和病句。后来，她能熟读，并且差不多能背来了。

程美玲在国旗下的讲话，是我觉得最好的。她让我学到：该你做的事情，你就要精益求精地做，即使你失败了，但也是用了心的。

二

国旗下讲话：没有故事莫开口。

一般学校，国旗下讲话包括两个环节，一是学生讲话，一是教师讲话。

显然，对于更多的孩子来说，更关注学生讲话。

因为讲话的学生，大多是那些品学兼优的人。也就是说，能走上旗台，其实是一种身份的象征。所以，难怪许多学生都很羡慕。

对于一些学生而言，为什么对教师（更多的是学校领导）讲话，不很待见呢？这也是与身份有关：讲话的教师，大多时候是居高临下的，是讲一些所谓的大道理，讲一些正确的废话。所以，这便难怪某些同学在你讲话时，人在曹营心在汉了。

无论是教师，还是学生，国旗下讲话（还应包括其它讲话）最好是学会讲好故事：从某种现象、某个事例出发，进而阐发一些道理。也就是说，要把你想要讲述的道理，通过故事的形式，让你的正能量得到软着陆。

当然，对于所有学生，特别是教师而言，国旗下讲话，作为听众，首先要端正态度，抱着一颗虔诚的心，去认真聆听。这是对讲话者的尊重，也是个人良好素质的具体体现。同时，也是在维护着国旗的尊严，维护着这种特定环境的庄严气氛。

说晚寝

一

"我们的寝室共有 12 个同学，我们互相打闹，互相玩笑，甚是有趣。在这间小屋里，12 个性格不同的人挤在一起，便难免偶尔有些纠纷，好在我们能用一颗包容的心去说服一时的怒气，并使它化为真诚的歉意，使彼此不再那样怒火中烧。

"生活在这样的环境里，至少有一点是可以肯定的，它让我感到了集体的温暖，也让我不再那样孤单。"

这是涂斐对于寝室的看法。

然而，在殷文嘉看来："一说到晚寝，我就害怕，我因晚寝不乖，被老师整了很多次。我每晚都说个不停，然后被值班老师给捉住了……"

刘进文说，在寝室里，他算是一个比较活跃的"滑头"。晚上本想大闹天宫，可老师们三番五次地来搅局。他说："在床上，总是痴痴地想着，要是我们学校的设施好一些，或许不会被察觉吧。门一关，窗一闭，隔音效果杠杠的，以后再也不用提心吊胆了，想怎么吵就怎么吵，除非有'内贼'通风报信。"

他说："这样的事情也时常发生，班主任总是在寝室里安排几个'亲信'，他们就像录音机一样。有一次，我在寝室里，吵得天花乱坠。因为老师们都去开会了，不在值班，所以我才这么放肆。我不管三七二十一，大声地谈论着某些老师的糗事。

"第二天早上，班主任说晚寝情况时，我得意洋洋，本以为天衣无缝，可是那只是我异想天开。天网恢恢，疏而不漏，还没三秒，我就被室友卖了，这也太坑了。以后，我可得注意点。"

吕阳说："晚寝，对于有些同学来说是夜间休息的地方，而对我班同学（包括我）来说就是玩。因为我班有某些学生十分兴奋，就像打了鸡血一样。我们也常常跟着哄起来。名字我就不提了……但我还是希望寝室更安静一些，这需要我们寝室内全体成员的嘴巴闭住才行……这个星期还不错，大家到了九年级熄灯时，就基本睡着了。"

柳闻言说："每到晚上，大家都很兴奋，都睡不着。每天晚寝总有几个在吵闹，把老师引来，还让我背黑锅。每天晚上吵闹的都是几个原人。我以前也跟他们一起吵，可现在改了，因为头天晚上吵闹，第二天会没精神，自然就听不好讲，还会让老师批评。"

二

杨驰介绍说："我的寝室是 C202，以前很少吵闹。现在班主任教八（6）班，很少来了，而且要等到九年级下自习的时候来，所以同学们总是在九年级下自习之前吵。这样，便很少被值班老师抓到，即使抓到了，也只是提醒我们别吵。但是星期二晚上就不行了。因为星期二是历史老师值日，而星期三又有历史课。如果被抓到了，老师提问你没有回答来，你就遭殃了。"

这样的说法，在女生那里得到印证。柳帆说："每到星期二的晚上，我们就不敢大声吵。我们都只能静静地看着窗外那圆圆的月亮……我们都不敢吭声。"

柳窈说，如果我们在吵闹，历史老师到了寝室外头，他的那个气呀，简直肺都快炸了。他叫那些吵闹的同学，一个个站在寝室外面，每人教训几句，才气愤愤地离开。

还有些女生，晚上很害怕，比如柳宜君就这样说道："天特别地黑，并且万一有一个人影从寝室后飞过……治疗害怕的有效方法就是睡觉，再说了，忙活了一整天，如果不睡觉，那么第二天就太累了。"

她说："在家晚寝时，如果要上厕所，是需要开灯的，而在学校就得畏手畏脚。我这人什么都不怕，可就是怕在学校晚寝。同时，在学校里，什么事情都得自己做：自己洗手脸，自己洗衣服，自己叠被子，自己收拾房间，这让我感到很孤独。我还担心，万一自己的东西被人偷了，那该怎么办？这也会让我在学校里过夜感到难过，在学校里真的是太痛苦了。"

对于晚寝，柳吉安则是另一番说法："到了寝室之后，各忙各的，你晾衣服，我晾袜子……等到了所有的事情都处理完了，灯也差不多快熄了。我们就赶快睡觉。可是，怎么睡都睡不着，毕竟，太早了，还不到九点。这时，每班的班主任都会来查寝，看你到底吵没吵，或者有没有吃东西。老师查寝，都会悄悄地来，悄悄地走。之后一会儿，值班的老师又来了，如果我们正在吵闹，就得被老师抓住。所以，晚寝时我们不能吵闹。但是，我们又憋不住，人长嘴，不就是为了说话吗？不过，到了不能说话的时候，我们还真的不说了。"

128

三

聂振贤把八（1）和刚成立的八（6）班晚寝情况进行了比较。他说，八（1）班，每天晚上一个寝室就有五六个人大声说话，只要寝室里非常吵，总会有人和值班老师说。八（6）班的晚寝时比较安静的，前两天，寝室里几乎是鸦雀无声；第三晚，寝室里说了一些话，但声音较小。每天晚上，都会有人在楼梯前的窗户看着老师，只要老师走向楼上，他们便冲入寝室，跑到床上假装睡觉。他建议，值日老师晚上九点左右去查寝，过一段时间再查一次。

对于晚寝，在教师宿舍里住的袁标航说，晚寝，最严重的问题当然是纪律问题了。一个寝室如果出了纪律问题，那么这个寝室的人都会睡不好觉，从而影响精神，第二天上课这个寝室的人便抬不起头来，昏昏欲睡，从而影响了上课效率，最终就是成绩下滑。在一个集体里，就要遵循这个集体的规则。

同样是在教师宿舍居住的冯畅说，每天回到宿舍后，都会利用点时间完成作业，有时会与父母交谈当天发生的趣事，也有时会早早地上床睡觉。可是，我们的晚寝时间并不是太充足，从晚上十点到早上六点，只有八个小时的时间，有时熬得晚，时间就更少了。

冯晓萱则说："对于我这样住在老师房间的学生，对寝室的生活有那么一点点向往，觉得一群人住在一起，一定会很好玩。我们这种住在老师房间的学生，晚寝相对来说，比较枯燥，比较无味。"

四

晚寝纪律，对于绝大多数寄宿制学校来说，都是一个让人头痛的问题。只是一些学校闷着不说而已。

十多人住在同一间大约三十平方米的寝室里，条件也比较简陋：没有独立的卫生间，又是上下铺，甚至有的床铺上还得挤两人，又都是单人床（90厘米宽），寝室里没有空调，夏天到了蚊子多（尽管都要求安上了蚊帐）。更难管理的是，住在里面的人，都是正处在青春期的懵懂少年。他们一边不满意晚寝纪律，又一边破坏着晚寝环境。这便是一个不大不小的难题。

想要寝室里一熄灯就没人吵闹，显然这是不实际的，也是不符合人性规律的。除非你采取非常措施，但一些所谓的非常措施，大多是不能推广的，甚至是违法的。所以，学校只能是尽最大可能地，让学生的吵闹，更少一些，更小一些。

学校里会想一些办法，尽可能地抑制这帮少年的兴奋之心。比如，班主任按时查寝，清点人数；安排值日学生，在熄灯之后的一段时间内维护纪律；安排教师住在值班室里，每晚不定期巡视，发现问题及时处理；寝室严禁零食，避免吃零食、闲聊、经常上厕所（这也为学生的口腔卫生、肠道健康提供了一些保证）；开展文明就寝班级评选，激发学生的凝聚力和羞耻心，等等。如此这般，都是为了在校住读学生能够踏踏实实地"睡个好觉"。

办法想了不少，人力投资不少，纪律也优化了不少，然而，这一切都是"永远在路上"。这得需要全体学生的共同努力，需要大家都能克制自己，能相互提醒，能切切实实地做个文明就寝学生。

说玩笑话

谈起这个话题，笔者很自然地想到了孔乙己。

> 孔乙己喝过半碗酒，涨红的脸色渐渐复了原，旁人便又问道，"孔乙己，你当真认识字么？"孔乙己看着问他的人，显出不屑置辩的神气。他们便接着说道，"你怎的连半个秀才也捞不到呢？"孔乙己立刻显出颓唐不安模样，脸上笼上了一层灰色，嘴里说些话；这回可是全是之乎者也之类，一些不懂了。在这时候，众人也都哄笑起来：店内外充满了快活的空气。

"旁人"的玩笑话，充满了冷嘲热讽，让孔乙己颓唐不安，最终谁也不知道他是死还是活。

本文的内容，与孔乙己没有半毛钱的关系，只是作个开场白，活跃一下气氛而已。但笔者想说的是，作为教师或家长，你关注过孩子们的玩笑话吗？他们的玩笑话里透露出哪些信息？

玩笑话里有友情

身材娇小、性格内向的杨敏，谈起这个话题时，说到了柳欢。她说，我们班有个柳欢，我们总是开她玩笑，只因她是个活泼开朗的女生。她很阳光，不在乎我们对她的讽刺、嘲笑，因为她的内心很坚强。我们叫她"胖子"，其实她也不胖，只是脸上比较饱满而已；我们叫她"蘑菇头"，其实她的头发是学生头；我们还叫她"胖妹"，这是我们班的吕阳说的。

显然，这些玩笑，这些绰号，其实毫无恶意，相反，其中透出浓浓的友情。同时，笔者想说的还有另外一点，那就是杨敏的这篇小作，我认为是她写的最流畅、最形象的一篇短文，这大概也与这种友情密不可分。你看，咱们的小朋友们，内心是多么的清澈透亮的。

玩笑话里有期待

柳浩伟说，我们的玩笑话说的都很无聊，比如总爱说，你什么东西掉了，你爸爸妈妈来了。这是我们无知呢，还是我们童心未泯呢？我们说玩笑话时，都是在寝室或教室，也总是为了逗别人和自己开心。但是说的人可能没什么，而听的人就变味了，很多同学为了一点点玩笑话就发生纠纷，打架斗殴的事情也时常发生。我们说玩笑话，还付出了很多代价：晚上说这说那，经常被老师抓个现形。我们的玩笑话，也就是家长和老师嘴里说的流氓话，真的不懂他们为什么这么说，大人的世界，我们真的搞不懂。

显然，柳浩伟的这番话里充满了期待，也就是期待多一些理解，少一些误会；多一些开心，少一些烦恼。这种理解，既有对同学的，也有对老师和家长的。少年如此，我们成年人又何尝不是这样呢？许多时候，我们不也是也常常因为一两句玩笑话而弄得面红耳赤，甚至是大打出手。当然，从老师和家长的角度，也期待孩子们多一些理解，比如，晚寝时候，夜深人静，你还能说说笑笑么？

玩笑话里有性格

有好几位同学都不约而同地说起了洪强。张溪说："我就只知道洪强爱开玩笑。无论是在寝室，还是在教室，他都会看着我们说话，然后再把他那招牌式的玩笑说出来。有一节课上，我们几个人开心地窃窃私语着。下课后，洪强对我们说：你们完了，你们上课在边说边笑，老师都看见了。后来，我们一心以为是真的。这时，他看见我们一脸难过的样子，他终于又说出了他那招牌式的话，'美牛，骗你的。'当时，我终于放松了下来。"

很少说话的程曦梅也说到了洪强。"有一次，一位同学去吃泡面，洪强那馋猫，一见那同学回来就对她说：'你这个好吃佬，去吃泡面也不叫我；不叫我也就算了，还不帮我带；不帮我带也就算了，还不给面我吃；不给面我吃也就算了，还不给汤我喝。'接着洪强一个鬼脸，把我们都逗笑了……"

洪强爱说笑话，不光在课外，就即便是在课堂，在晚寝熄灯后，也常常说过不停。这不，那次我们弄了一个"无人监考"，整个两小时也就他一人不时找一些学生说说笑笑。这是他故意违纪吗？一定不是，说惯了的嘴，是没法停下来的。事后，老师找他说了这个问题；在第二次无人监考之前，又没点名地指出这个问题，这两个小时里，他再也没有说笑了。

有时候，我们不要把学生固有的性格当作他故意违纪；如果给予一些提醒，往往可以收到一种比较理想的效果。

玩笑话里有调侃

涂欣欣讲了一件关于班主任的事。"这晚自习，老师在上面讲着，下面有几个人在小声地议论着什么。这时，窗户那边出现了一个身影，在窗外站着，望着教室内的情况。这时，几个调皮的家伙，便喊出声了，'猫头鹰来了，不要吵了！'下课后，我们又在说着，'这个猫头鹰可真可怕！'"

涂欣欣说，虽说给班主任起外号是个不好的事，可是这个比喻非常形象。晚上他总是从窗户外望着我们，衣服的颜色也是和月色融合在一起，被捉到的同学第二天就要受惩罚，所以我们都有所防备。起外号这个玩笑，是不很道德的事，小朋友们，请勿模仿。

其实，我们哪个老师没被人取个外号，有时很雅，有时很俗，有时可谓是别出心裁。比如，我曾经工作过的一个学校，原本有三位化学老师，学生分别按照年龄称呼为"化爷""化叔""化哥"。眼看这个称呼已经取到头了，这时又来了一个更年轻的化学老师，该叫他什么呢？学生们真有才，这位老师身材有点胖，于是学生们就称之为"化肥"。被称作"化肥"的老师，说起这个外号，他自己都笑得前俯后仰，拍案惊奇。笔者想说的是，只要你善待学生，那种外号其实都会很善意；即便不太善意，你一笑了之，便会换来学生的尊重。

雷俊宏也说，我们的玩笑话，大概就是取绰号了吧。他说，他的绰号蛮多的，比如雷州半岛、雷鱼、沸哥、龟等。他认为，外号习惯了就好了，一个人愿意动脑子给另一个人起外号，这不正证明感情深厚吗？——你看，咱们的学生比咱们有时还通透、还豁达。

玩笑话里有伤害

这里说的伤害，是来自一位老师的。

柳雨说："我没有朋友，只有作文纸和笔陪伴着我，于是我的玩笑话便在作文中。还记得那年，我六年级，因为我的作文写得半真半假，同学们笑了好几天。比如，有一次，我把表哥袁正写成了'圆正'，被我们的语文老师在全班学生面前批评我，说这是和尚的法号。还有一回，我把《少年闰土》中的一段话抄了过来，我获得了'怪才'之称。又一次全班大笑，只有我一个人用书将自己的头部遮住，面部像燃起烈焰一样，烧得我呼吸不得，恨不得钻进鼠洞永远不出来。全班同学持续地笑着，而我几乎要哭出来，当时很想将语文老师揍一顿出口恶气。"

他说："我只不过在那次作文中玩个笑话，反而自己成了笑话。从那次以后，我再也无法抬起头，也没有真正笑过。那六年级可算是熬过来的，也是从那以后，我也发誓不再说笑话。于是，我开始封闭着自己。"

柳雨的这个"笑话"，忽然让我沉重起来：在平时的教育教学中，我们的一句无意的话语，或是一直调侃，或是一顿牢骚，不知道伤害了多少学生的自尊心。在这里，作为老师的我，很虔诚地对我当下及以前的学生说一声，对不起！

同时，这也让我想到陶行知先生的一句名言："你的教鞭下有瓦特，你的冷眼里有牛顿，你的嘲笑中有爱迪生。"警醒吧，老师们！警醒吧，父母们！

玩笑话里有成长

朱文鑫说："我们的玩笑话，都是在给别人谈游戏。我们的玩笑话，好像太过于无聊，更多的是幼稚。"

王杨对于这个话题，就有比较清醒的认识。他说："开玩笑也有坏的一面，比如你给别一个绰号，这或许很伤人；开玩笑要有正确的方法，不要骂人，要创造快乐的班级。"

柳朝晖说得真好。他说："其实说到玩笑话，严格一点讲，不是很尊重人；但好处远比坏处多。你不妨想一想，如果每个人见面都要行礼，说话都中规中矩，是很符合书生气质，但我们同时也是孩子，这样未免太死气沉沉了吧？做什么事都没有了激情；相反，偶尔说几句玩笑话，能使气氛活跃些，让生活充满一些欢笑。"

柳朝晖还说："只要不过分，我是不介意别人拿我开玩笑的，有人说我比猪还胖，我笑笑说，那就按猪肉的价格，我至少可以多卖许多钱。这样大家都很开心，也促进了同学之间的友谊。"——你看，咱们得向孩子们学习了。

最后，只想说一句，玩笑话，别尖刻，别冷嘲热讽；伤了人，比刀子还厉害。那说不定会制造出第二个孔乙己。

说聊天

一

程佳燕说："由于现在跟八（6）班的同学们还不是很熟悉，所以我还是回忆以前与八（1）班同学闲聊的内容吧。

"一到下课，男女就自动分成两拨。'男生聊游戏，女生聊八卦'，这是'几千年'来一成不变的，大概这与男生天性'好玩'和女生生来就'好奇'有关吧。那我们又都聊了一些什么呢？且听我一一道来。

"男生们聊的内容，在我看来都极其低俗，像什么买了什么新的装备呀，又买了什么新的英雄啊，段位又升了或者是又降了啊。这些内容真的是太无聊了，一点新意都没有。

"女生聊的内容可就丰富了。我们啊，都在聊一些男女明星啊。什么谁谁谁又出了新专辑了啊，谁整容了啊，谁又比谁帅呀。凡此种种，我们可以聊一个大课间。不过，女生最喜欢聊的还是九年级的那些'俊男靓女'啦！嘿嘿，对着'俊男'犯花痴，何尝不是一种快乐呢！"

二

"男生聊游戏"，在许多男生那里得到了证实。

吕嘉豪说，一到下课，大部分同学都在谈论游戏怎么打或者游戏的人物哪个好之类的话题；一到体育，有很多同学都在说游戏，尤其是吴自豪和朱文鑫，说游戏说得快喘不过气来，这样，体育课就变成了闲聊课；一到饭后，只要老师没有来，就有很多同学又开始聊起游戏来，一些同学曾被班主任给捉住了。

柳振沪也这样说着。闲聊时，那当然是说游戏了，每一次在家玩游戏的时间过得非常地快，在学校又不时想着那没完的游戏，没事的时候就和同学们闲聊了起来。说游戏，那可是不分时间和地点的，哪怕是上课一想到有什么新花样儿，就忍不住地和旁边的人说上几句话。即使一句话已经说了几十遍，但还是要说，就好像不说自己就会忘了一样，毕竟五天对于我们来说是太长了。

张哲说，有一些同学在过道里谈游戏，他就会走过去聊上几句，有时聊得尽兴，情绪就会有些小激动，声音很大。当然，也有一些同学在谈笑时，会说出某某同学喜欢几班某某同学，还有某同学干了哪些坏事，都在那么说，而有些同学说话声音特别大，被隔壁的老师听到那就不好了。当然，聊得最多的就是游戏了，说自己的技术多么高，别人打不过……

石晨说："闲聊，说得好听就是闲聊，说得不好听就是吵闹。其实，我与绝大多数同学无话可说，因为我不知道对他们说什么。像我们班几个调皮鬼，我只会说，滚蛋，到一边去！我只会和我志同道合的朋友一起聊天，无所不谈，谈得最多的当然是游戏了……其次是聊女生，比如某某对某某有好感，但这个不好说，说多了泄露了，兄弟们会责怪我的。闲聊的内容，有时也会是某某同学做了哪些坏事。这些都会无情地揭露。"

三

对于女生而言，她们一般不喜欢男生聊游戏。程珊珊说："整天打打杀杀的，有时走到他们旁边时，竟常常听到他们说充 Q 币呢，一充就是好几百，都是为了买什么装备。反正，我对游戏不是很感兴趣，不喜欢和男生们聊天，倒是和女生聊得更投机。"

程珊珊说，平时，女生在一块聊天便会问，你喜欢哪类书籍、电影、音乐，还有谈的最多的是老师为什么总是布置那么多的作业，我们都做不完。"据我所知，现在他们都喜欢看什么小说、漫画，电影喜欢看喜剧，音乐则是最近比较流行的。但反正都不是我喜欢的。"

鄢娟说："在学校里，难免会无聊，在这种情况下，不能玩手机，就只有和同学聊聊天。我最喜欢闲聊。每次一下课，我就会和大家一起有说有笑的，我喜欢这种与朋友聊天时大笑的感觉。我们每次闲聊，大部分聊的都是关于电视里面的情节，聊那些悲欢离合的场面……"

石贤妹说："我们一聊明星，就停不下来，这是我们的共同话题。有时候我们也会聊到学习，但这是极少数，学习虽然对我们非常重要，但我们内心并不是学习，我们的内心是玩。"当然，石贤妹自己也认识到，聊天固然好，但是学习才是最重要的事。

柳妍妍说，我们同学一般都是在聊明星、老师之类。比如，今天我买到××的限量版海报啦！对待老师，同学们都非常亲切地赠送了一个称号。语文老师的，就不用告诉了。数学老师，不对，应该是班主任，胖胖的 O 型，喜欢小孩子，开朗，慈祥，每次都告诉我们怎么样去奋斗；但他也有凶神恶煞的一面，什么事都逃不过那犀利的眼睛，我们就尊称他"猫头鹰"。物理老师因为他的口头禅，我们给他起的外号"板栗"："么呢呀，不读书，就着一个板栗。"这时常会引得同学们笑得不亦乐乎。

李曦爆料，一下课同学喜欢聊某某同学喜欢某某班的某某，但她常和周围的几个人聊着老师拖堂的事情。比如，排在第一的是地理老师，第二名的是物理老师，最后一名的是政治、历史老师……一个老师拖几分钟，真不知以后我们会不会有所谓的"课间十分钟"呢？

女生们果然喜欢聊八卦。

四

"男生聊游戏，女生聊八卦"，程佳燕总结得很到位。

闲聊的话题，也就是大家最关心的话题。男生喜欢玩游戏，笔者在多篇文章里已谈到，但是没想到的是，他们的茶余饭后竟然会如此热衷。由此可见，一旦进入了游戏，便容易深陷其中而无法自拔。女生喜欢聊着所谓的八卦，其实就是一些明星、一些影视剧的话题。在笔者看来，女生的闲聊比男生的要广泛许多，或者说要有意思许多。当然，这仅是咱们成年人，或者说是笔者个人的一种想法而已。

网络游戏，是这个时代的产物；影视明星，是这个时代的宠儿。无怪乎这些少男少女们喜欢用这两个话题来打发时间，用来调节读书生活的枯燥，用来填充着精神生活的贫瘠。

对，精神生活的贫瘠，他们整天除了上课就是作业，周末除了作业就是游戏，这样的生活必然会让人倍感疲倦、单调和无聊。他们的生活里，没有书籍（不是语文、数学等书籍）的陶冶，没有所谓的情趣，没有亲近大自然的机会，如此这般，自然难怪他们的精神生活贫瘠了。

"谈笑有鸿儒，往来无白丁"，这是一个多么让人羡慕而又距离多么遥远的画面。

显然，我们在许多时候总喜欢愤青，喜欢指手画脚，而我们每一个人既是受害者，又是破坏者，但最缺乏的却是一种建设的态度和行为，缺乏一种从我做起、从小事做起的践行和坚守。

　　作为教师，作为学校，我们该如何引导学生有着更为丰富多彩的闲聊话题呢？或者说，如何来丰富学生的精神世界，如何来陶冶学生的情操呢？这是一个需要教师、学校深入思考的问题，也是需要每一个家长都认真思考的问题。

　　要说答案，其实倒也简单，那就是"读万卷书，行万里路"。

　　大概就是如此吧。

说互相命题

人生最快乐的事情，
就是有伙伴在一起。
一起做事，一起分享。
这种感觉，就叫作幸福。

——柳雨

一

互相命题，怎么回事？我们先听听冯晓萱的介绍。

在期中考试之前，老师就布置了一个神秘的任务——互相命题。那是一个晚自习，老师走进教室，在黑板上写下了几个大字："互相命题"。然后开讲了："今天的晚自习既不考试，也不写作文，我们来弄个新鲜的。马上就期中考试了，我们两两一组，给对方出一套卷子。"老师刚说完，就得到了全部同学赞同，教室顿时炸开了锅。

老师给我们讲完该怎么出卷子之后，我们便开始动手了，撕的撕，抄的抄。一晚上，我们便把卷子出好、互相交换了。同期中考试一样，马上就是期末考试了，我们又互相出了卷子。

互相命题，是语文老师的秘密武器。让我们每一次都大获全胜。

程美玲披露了一些细节。

"自从我们班成立了'三三小组'后，有关'三三小组'竞争的事就一浪接着一浪。这会儿，我们的语文老师让大家互相给'三三小组'竞争对手出一份试题。老师说，这样是为了让我们知己知彼，百战不殆。

"然而，出题并不容易。我们不但要从一堆试卷中选取合适的题目，而且要考虑试卷的难易度。

"做题也并不简单。有时，竞争对手为了难住你，故意出几个难题。当然，这也是为了提高对方的语文能力。

"尽管这次互相出题困难重重，但我还是很期待下一次。知己知彼，百战不殆。'"

李曦也正面评价了"三三小组"和出卷子。"自从'三三小组'游戏计划实施以来，我班同学的语文成绩提高了很多，真是可喜可贺。这些都归功于语文老师，没有他的妙招百出，怎么会有这些佳绩呢？"

"出题时，大家都是读书'破'万卷，这里一道题剪下来，那里一道题贴上去。一个晚自习时间，就出好了试卷。语文老师真是'技亦灵怪矣哉'啊！"

二

冯畅对班上的情景描述得很清晰。

"到了晚上，老师还没到教室来，大家都忙着出卷子。教室里尤其安静，连外面的脚步声都听得很清楚；大家都非常投入，老师来了我们都不知道。

"我们都非常宁静，沉着而又稳重地给对手出题。即使不知道自己的卷子花落谁家，也要认认真真地出好每一道题，给对手交上一份标准的卷子。

"时间过得真快，大多数同学已经大功告成，并且将卷子交给了对手。这天晚上，大家好像都忘了一切，只洋溢着快乐与幸福。

"老师让我们互相命题，是为了让我们掌握知识，更好地迎接期末考试。真是用心良苦啊！"

李景东讲的更有趣。

"呀！又找到一题，难死你。我只讲一个拼音题吧。因为这个拼音题，我花了十多分钟，我敢断定，上面的字她一个都不认识。

"我环顾了一遍，有人抓耳挠腮，有人恶笑不停。像吴悠的题目奇怪得不能再奇怪了，《假如快死了，你会怎么办》，这样的作文也可以写？如果是我，就只写两个字——凉拌。

"互相命题是一个重要的学习过程，出一道题比做一道题要好。爱迪生说过，发现一个问题比解决一个问题更重要。难道不是吗？"

喻金圣的体验不尽相同。

"在出第一题时，我把书东翻西翻，才把题目给出好。当时，我的手就感觉累了。我不想再出，但又看到我的朋友们都在忙个不停，我也继续写下去。把选择题出完，脑子简直要炸开了。现在我才明白老师当时出试卷时的辛苦，老师还要不断找资料。我的心里有些感激之情。

"等卷子出完后，我就交到别人手中，把他出的拿来，认真做每一道题。这就是对他辛苦劳作的最大尊重。

"无论做什么事，都要认真去做，尊重别人的劳动成果。只有尊重他人，才能赢得他人的尊重。"

三

杨毅的看法则完全不同。

"出卷子可麻烦了，要按照老师讲的格式，要写很多的字。我们出了两节自习，还不完整。出完后，还要做的，这就是周末的作业。有的人喜欢出卷子，真不知道他们是怎么想的，手不累吗？还要撕掉那些卷子，还满地都是垃圾。可以说，我很讨厌出卷子，很麻烦，还要那么多的工夫，感觉有点浪费时间。"

王杨也有类似的看法。"最开始我不知道互相命题是什么意思，于是我向人请教……老师，你能别出这么奇怪的问题吗？……老师，下次不要这么弄了，没有卷子就直说吧！"

吕佳伟则从两面看。"每次都把我们累得够呛，抄完之后，手会非常酸。刚好，这个星期三的晚上，我出了一张非常坑的试卷，因为选择题只要没看清楚一个字，就会全军覆没。所以，做我出的卷子，要把每个选项都看完才能做对，而我的竞争对手给我命的题，似乎也非常难做。坑是坑了一些，但我们可以从中获得快乐。"

四

显然，大多数学生认为互相命题是有助于学习的。同时，更多的学生也是喜欢这种学习方式的。

给学生弄这么一出，老师其实是出于以下一些考虑。

一是让学生知道"考什么""怎么考"。任何一个学科，都有一些基本要求，也就是我们常说的"课程标准"。一个学科，一个阶段或是一个学期，要掌握哪些知识，训练哪些能力，这些知识和能力在试卷上是如何呈现出来的，"我"还有哪些知识点没掌握，弄清楚了这些问题，从应考角度来看，自然是有益无害的。

二是让学生明晰"学什么""怎么学"。如果说，完全为了应考而采用这样的方式，那是一种很功利的做法；但从学生的"学"出发，通过这样的学习方式，可以更清晰地了解一个学科需要"学什么""怎么学"，则是一种值得持续给力的方式方法。我们可以把一张试卷，看作是一张地图；把各个知识点，看作是一个个景点；当我们手里拿着地图，到某一个地方去游历，我们的目标会更加清晰，游览线路也会趋于简洁合理。

三是培养学生"换个角度看问题"的思维方式。我们当前的学生，大多学习比较被动，一般都是被老师牵着鼻子走的。老师布置什么作业，学生就做什么；老师用了什么卷子，学生就考什么。这种被动地接受和应付，显然是无法培养学习创造性思维的。而这种互相命题，你出我做，我出他作，思维方式会发生很显著的变化。绝大多数乐此不疲，这是什么原因呢？这是一种"颠倒的思维"，给予了他们大脑的刺激，让他们从中获得一种主动学习的快乐。

四是增进学生之间的友谊。教育学，说到底是关系学。也就是学生在与教师的关系、与同学的关系、与自我的关系、与书本的关系处理中，获得知识，提高能力，增进友谊，体验幸福。无论是"两两搭档"，还是"三三循环"；无论是循规蹈矩，还是相互挖坑：在这种很切实的学习交往中，体验到一种源于学习而高于学习、源于竞争而精诚合作的幸福感。事实上，在我们班，在我们的课堂上，我们的师生关系、同学关系，都是非常融洽、非常和谐的。学生们的幸福指数普遍高于其他班级。这一点，笔者很欣慰。

当然，一些从小就懒惰成性、内心浮躁、基础过于薄弱的学生，他们可能更习惯于通常情况下的那种"灌输"的做法，或者说更喜欢那种不需要动脑动手的做法，因而不喜欢这种互相命题的方式；同时，每一次命题都需要较长的时间，给一些学生的耐心造成了一些挑战，会让他们感到不耐烦。

如果从人的生命成长角度出发，磨砺心志，挑战自我，又何尝不是一种教育、一种成长呢？

说"点朱砂"

点朱砂，又名朱砂开智。就是用朱砂为刚刚入学的孩子的额头正中点上红痣，这又称之为"开天眼"。"痣"通"智"，意为开启智慧，以此寄托美好的愿望，寓意着孩子从此眼明心明，好读书，读好书。

这是百度里关于朱砂启智的一段解释。

然而本文里的点朱砂，正如石贤妹所说的那样："此朱砂非彼朱砂，它不是一种痣，而是源于一场游戏。"

一

这里有李曦关于"点朱砂"的一些回忆。

"一节语文课上，语文老师兴致勃勃地走进教室，对我们说，昨晚我冥思苦想了一个晚上，想出了一个'三三游戏'。话音刚落，班上就炸开了锅，什么？游戏？太不可思议了，语文老师让我们玩游戏？'三三游戏'是什么东西？

"经过老师的一番说辞，大家似懂非懂地点了点头。简单地说，'三三游戏'就是根据各个同学期中考试的语文成绩，依次排成等级次序，三个人一组，在以后的考试中，三个人之间相互 PK，如果有哪两个人成绩相差三分以上，那个成绩较低的人就要被'点朱砂'了。

"同学们一听到'点朱砂'这三个字，一下子就崩溃了。人人都有爱美之心，如果被点朱砂，那就一天都要带着这颗'朱砂痣'，这可怎么见人哟！"

就程佳燕的理解，所谓点朱砂，就是在一些"不求上进"的学生额头上，点出一个醒目的"红痣"，以达到"启智"的作用。其实，它并非一种惩罚方法，而是一种激励大家勤奋学习的手段。

她说："咱们机灵又调皮的语文老师，又想出一种新方法来'整'我们。这种新方法就是'三三游戏'，朱砂启智。

"为了不在额头上留下一颗'红痣'，我们班的'同志们'都使出了九牛二虎之力，都不愿被比下去。

"月考成绩出来了，发试卷的时候，同学们都屏住呼吸，不仅认真听好自己的语文成绩，还认真听着对手的语文成绩，还不时拿出笔，在草稿纸上演算，生怕别人比自己高出三分以上。哎，多么残酷的'三三游戏'。

"语文老师笑眯眯地对大家说，下个星期，把自己用来点朱砂的工具带过来，让一些人接受惩罚。幸好这次考试我考得还不错，我就是帮别人点朱砂的那位。一回家，我就为了这事忙活开了。本来打算撕下一小撮对联，用水浸湿，便可以印下一个红印子。不过，后来我就放弃了，觉得还不如用红笔画来得快。

"点朱砂或许真的是像语文老师说的那样，真的可以'启智'呢！"

二

"老师，不要啊！我不想和他们一组，我要换组。一个是袁标航，一个是柳朝晖，我怎么可能会赢呢？"老师宣布这个游戏后，冯晓萱就在盘算着她的对手。她还描述了月考前后的一些心情。

"上周，我们刚举行了第三次月考。考前，我的心里一直在默念，这回一定要考好，不然就要被点朱砂了。带着这样的心情，我紧张地开始考试。做每一题都十分小心。慢慢地，时间一分一秒地过去了，抬头一看，只剩下三十五分钟了，而我的作文还没有写。我赶紧把作文乱画几下就草草结尾了。

"这次月考的成绩出来了，分数不尽如人意。但这个活动还必须继续下去，我也逃不过这一劫，比其他两个整整低了十多分。被点朱砂是逃不掉了。

"在下一个星期，我就要被其他的两个点朱砂了。他们会把一小块圆形红纸片贴在我的额头上。不过，我也明白了老师对我们的良苦用心。点朱砂，虽然是惩罚，但老师是为了我们好。点朱砂的真正意义是老师让我们进步，而不是刻意让我们出丑。我明天就要被点朱砂了，此时的心情真的好复杂。"

柳帆也描述了她考试时的情景："星期三的晚上考语文，一吃完饭，我赶紧跑到教室里复习，总怕自己会被点朱砂。考试铃响了，老师叫我们拉桌子。那时，我的手没有力气了，连一张课桌都抬不起来，只有一步一步地慢慢移……接过试卷，手一直在颤抖，总怕考差了，要被点个红点了。我吓得连古诗词默写都不敢写。明明平时都背熟了，可一到考试时就忘了，简直就是一窍不通……考试结束了，我无奈地回到寝室，跟她们对了答案，错了好多，这下惨了，肯定又没及格……到了第二天语文课，语文老师发卷子的时候，我们组的其他两个人都发到了，就我没有发。终于念到我的名字了，此时老师瞪了我一眼，我心以为我考得很差，最后，老师念我分数的时候，我惊呆了，74分！还好，我及格了，我不是最低的那一个。"

在柳雨的心里，点朱砂很"恐怖"。但他认为，我们小小年纪，啥也不懂，只会横冲直撞，恐惧却是最强动力。"我们这三人实力差距其实是非常大的，其中一人是语文科代表。那游戏只能最多相差三分，可我们一隔往往就是十多分。这游戏明显是弱肉强食、适者生存嘛。我们当然谁也不愿被点朱砂，都一个个奋力争先，力争突破语文分数中的那个理想数据。

"月考分数出来了，还算幸运，三人中我不是垫底，不过却与我们组的第一名相隔十多分，我还是败北了。我感觉到，'死神'即将来临了。班上的人，一个个似乎'犬齿锋利'的，像《精灵旅社》中的吸血鬼。我意识到，我做噩梦了，我使尽全力，却总是拍不醒……"

看得出，这个家伙平时在家没少玩游戏，说起话来，满口的"游戏行话"。他完全是用彼游戏来解释此游戏了。但他的感悟倒也有趣："早上的公鸡把我叫醒了，我明白了，人毕竟不是动物，只要不放弃，小小的老鼠也能打败大象。"

三

石贤妹说："那次考试结束后，对答案时发现选择题错了好几道，心想，这回要被点朱砂了，还好，我有刘海，不怕……这一回我逃过了，没有被点朱砂，下回也许就不会这么幸运了。这游戏有毒。但这个游戏明摆着，就是要让我们知道自己的不足，知道自己与别人的差距，让我们及时发现问题、改掉错误的。"

程美玲从不同角度谈了自己的看法："就我个人认为，这个游戏还是有所不足的。因为这个游戏中，三人小组的名次排列是按照期中考试语文分数来定的，或许会对某一些人不太公平，因为他的实力与对手相差太多了，根本没办法比。但是，不得不承认的是，通过这个游戏，我们的竞争力将会越来越强，我们也会不断地提高我们的语文成绩。这个游戏对于自尊心过强的我来说，有很大压力。但我还是很期待继续玩这种点朱砂游戏的。"

李景东又是另一种感受："当我看着我那少得可怜的分数时，我觉得自己特别傻。这么点分数也笑得出来？只为了不被点朱砂？这与一个懦夫有什么区别呢？我愧疚地低下了头，仿佛自己的额头已经有了朱砂，这朱砂是擦不掉的了。只有当自己努力后，这朱砂才会一点一点地消失的。"

殷文嘉继续发挥着他的小调皮。"点朱砂的目的是为了启智，就是一些智力不好的人，能得到开发。我的智商是250，难道还要启智吗？我这样说，是为了逗他们笑，果然，他们快要笑死了……我们的语文老师真是幽默，没有事就弄出一些新花样，我觉得好玩。最好玩的还是'三三游戏'。虽然只玩过一次，但我深深地喜欢上它，不能自拔，下一次我要赢！"

冯畅对点朱砂是这样看的："我渐渐明白了老师对我们的良苦用心，他想通过对大家自尊心的刺激，来唤醒我们热爱学习的心。如果我们体会不到，难道不是对老师的伤害吗？"

胡培丰的话，就验证了这一点："虽然我这一组的分数都比较低，但我居然还要被点朱砂。我真想找块豆腐撞死了，没脸见人了。"

刘菁说，很不情愿玩这种游戏。因为在脸上弄得奇怪，是女孩子最不喜欢的事。"但是，我也有收获，甚至比失去的还要多。点朱砂，只是给人一个提醒，让人记住下一次不要再错。印记可能会消失，但感受永远都在那里。"

陈瑾也有类似的看法："假如自己被点了朱砂，自己将会成为笑柄，觉得很没面子。但这也正如老师常说的那样，'越没有危机感的人，便越有危险；越有危机感的人，往往就越没危险。'"

杨毅说，这种游戏，有点残酷。一旦被点朱砂了，一天都不好意思出去吃饭、上厕所了。如果有人问起你头上为什么会有一个红点呢，你会觉得十分尴尬，又有点羞耻感。"点朱砂，我认为也有一些好处，让那些（比如我）不愿学习的人受到一点惩罚，好让我们长点记性，以后要努力学习，不许偷懒了。"

四

"三三游戏"，说得很明白，点朱砂本身就是一种游戏。

而这种游戏，竟然得到了几乎是本班全体学生的认同。这是出乎笔者意料的。尽管在班上笼统地问询时，他们会不约而同地说不好；然而，一旦实施了，他们又是普遍接受的，还是非常乐意的那种。

这是为什么呢？

显然，这首先就是游戏的魅力。对于喜欢折腾、喜欢刺激的少年而言，有哪个不喜欢游戏呢？而这种游戏，又不是一种"零和游戏"，不是那种此消彼长的输赢，而是一种同升共长的互赢。学生在这种游戏中得到了快乐。

这种快乐来自哪里呢？来自人人都有输的危机，个个都有赢的可能。通常情况下，考试成绩出来后，一些学校、一些教师都是按照从高分到低分进行排位的。而排位表上，领先的都是相当固定的那几个，垫底的也是大体不变的那几个。领先的，再差也差不到哪里，垫底的再好也好不到哪里。长此以往，几个领先的，往往会趾高气扬；几个落伍的，往往会垂头丧气。而我们的这种"三三游戏"，相互 PK 的是针尖对麦芒，棉絮对海绵：同一小组内，三人几乎都处在同一起跑线上。而且"三三小组"又是一种动态的，每一次考试结束之后，相互 PK 的成员又要重新洗牌。所以，这又给游戏增加了一种不确定性。说到底，这种竞争的快乐正是来自它的不确定性。

第二，这是"点朱砂"的趣味。朱砂启智，是我国传统的一种入学仪式。其目的是家长对孩子、老师对学生寄托一种美好愿望，也就是好读书，读好书。我们所玩的这种点朱砂，既是一种愿望，也是一种惩戒。这种愿望和惩戒，既有来自对手的，又有来自教师的，更多的则来自学生自我的。同时，它的影响并非单向的，而是一种双向的：这次，你点了对手的朱砂，下一次你也可能被对手去点了；这一次，你是被点朱砂的，下一次你也可能是去帮别人点的那一位。同时，这种"点"与"被点"，本身也是一种游戏。寄愿望于竞争，寓惩戒于游戏，自然大家都非常喜欢了。

当然，无论再好的游戏，它本身也仅仅是游戏，它始终无法替代严谨治学、刻苦求知。也就是说，当形式的东西太多了，往往会冲淡内容的主题。所以，游戏只能是适可而止，只能作为一种调节和激励。

同时，类似于上述游戏的做法，必须建立在良好的师生关系和融洽的生生关系基础之上。如果关系不融洽，相互不信任，不但收不到正面的、积极的效果，甚至适得其反也有可能。

另外，对于一些性格太内向、自尊心过强的学生，教师要做到心中有数，要做到明察秋毫。一旦发现苗头不好，就应当及时开导，或是迅速叫停，不要在结果方面过于较真。因为，它毕竟是游戏。

说异性交往

一

"娉娉袅袅十三余，豆蔻梢头二月初。"进入豆蔻年华和舞勺之年的少年们，是如何看待异性交往的呢？我们且听他们说——

柳雨：从一年级到八年级，我虽然也有同伴，有朋友，但我却从来没有正式与女生来往过。但不知为何，那一个女孩竟然让我改变了冷漠的内心。每一次与她说话，面部都有燃烧般的感觉——脸红。这种感觉，就像我写作文突然来一堆灵感时那样。我发现她与我读初中之前梦里的女孩感觉一样，不知不觉，那个女孩总是给我一种花儿开放般的感觉。

杨敏：从开学到现在，我交往最多的是杨毅。因为，我们是同桌。但彼此都在青春期，相互之间没有那么开放，彼此觉得有点尴尬。我认为，与异性交往，不要距离太近，不然会对他有一点爱慕之心。

张溪：我的同桌是一个长得比较高、稍稍有点胖的女生。我们平时不怎么说话，但是爱被她逗笑。她很少说话，声音也很小，我和她不算太投机。她留给我的印象就是这样。有人说，两个人在一起，时间长了，便会日久生情；但是，在初中我是不会谈恋爱的，不然就违背了我自己的规定。

陈瑾：在这个初中阶段，异性之间的交往便成了我们女生与男生之间的隔膜。与异性之间的交往太过密切，只会惹人非议；太过疏远，又失本性。苦恼，苦恼。

柳浩伟：小时候，我总是觉得和女生玩很丢脸，很不是男人。随着年龄的增长，而且到了青春期，我便由原来的远离异性，开始慢慢接近异性。其实，现在好多同学把异性交往弄混了，他们认为那是在"谈恋爱"。

从长时间的观察来看，柳雨、杨敏、张溪三人的性格相对内向一些，而陈瑾和柳浩伟的性格，则比较开朗。是不是性格开朗的孩子，在与异性交往时会觉得比较放松一些呢？答案应当是比较肯定的。

相形之下，柳雨则较为封闭，用他自己的话来说，"从小时候开始，我的性格越来越冷淡。在我家族中，我是最微弱、最卑微，同时也是最冷漠无情的冷血怪物"，同时，"这么多年，我一直活在别人的嘲笑与讽刺的话语中"，这便让他不光是异性交往有些困难，就即使都是男生的场合，他大多也会将自己排斥在人群之外。这样的性格，对他将来的群居生活、同伴合作及事业发展，都会产生一定的影响。很幸运的是，柳雨很坚韧，也较为乐观，他的脸上及举止方面并没有表现出自卑和玩世不恭。

二

我们再看看下面这些孩子怎么看待这个话题。

王杨：异性交往，这很正常呀！比如，和妈妈一起聊天说话，和姐姐一起做作业，和同学们一起玩耍，这都是异性交往，我就是这样理解的。但有些人，把异性交往当成男生和女生的约会；而有些人正和别人谈着所谓的"恋爱"，真不明白那些人为什么会为那些无聊的事而浪费时间。和异性交往，是一件很普通的事情，这还能使我们的友情加深呀。

涂欣欣：这个话题，你也许会想到那种关系，可我想说的只是单纯的友谊。班上男生占大半，而我就比较喜欢和男生一起说话，一起玩耍。比如石晨，长得傻傻贱贱的样子，发癫可以逗得周围大笑。每次跟他玩，都会有不一样的乐趣，他也很乐于助人，算是最好的"男闺蜜"吧。

冯晓萱：异性交往是学校生活必不可少的，因为有性别差异，便构成了这个美好的世界。在七年级时，男女自动分成两边，互不干扰。到了八年级后，像我这类比较疯疯癫癫、无所畏惧的女生，就开始和男生玩了。一到下课，教室里或者走廊里，总会有人疯打。这种情景，一般都是女生追着男生打。也有个别比较文静的男生，喜欢跟女生玩，比如说冯×，只要是男女分开活动，他都会跟我们玩。也许，这就是天性吧。我认为，异性之间的正常交往，有利于形成和谐融洽的班级气氛。

柳朝晖：说到异性交往，有些同学特别敏感。其实，异性交往能充实我们的的生活，使我们获得更加丰富的友谊。人各有所长，女生一般沉着、心细，这是我们需要学习的地方。在与异性交往的过程中，寻找差距，学习长处，能让我们获益不少。和异性交往，也是在锻炼自己。进入社会，你不可能只与男生（女生）打交道。有些同学害怕和女生交往，其实你不必担心，只要我们把自己的心态摆正，坦诚、友好地与异性交往，你就会发现，并没有你想象的那么难；还有一个好方法，你可以试着把她当成你的姐姐、妹妹甚至妈妈，或许你会胆大许多。

这群孩子，是不是比我们这些大人们看待问题还要全面呢？他们不光是能正确地看待异性交往，同时还能提出一些合理化的建议。这想必与良好的家庭教育以及自身的性格特点有着一定的联系。

在我的印象中，王杨也是比较内向的孩子，一张白皙的脸，很少表现出某种特别的神情；老师讲课或谈话时，他大多是习惯性地把眼睛睁得很大，表现出一种很典型的"冷眼旁观"的样子。他能这样看待异性交往，实在有些出乎我的意料。这样看来，对于这班孩子，或者说对于这个时代的这个年龄层次的孩子，在异性交往上，我们并不用过于担心。

三

但是，家庭和学校也不能过于乐观。到网上搜索，初中学生异性之间的约会、接吻，甚至发生激情犯罪的案例也并不少。

曾有这样的报道，比如16岁少年与13岁"女友"发生性关系，被判强奸罪；13岁的男孩看黄色影碟后，将邻家10岁的女孩强奸。

就即便是我们的身边，也偶尔可以听到类似的声音："某某是属于我的！""她是我的老婆（老公）！"夜间在校园的某个角落，也许还可以撞见一两回男女同学过于亲昵的场面。

这些虽然都属于个案，但也应当引起足够的重视。

这便要谈到青春期的教育问题。我认为，这方面的问题，我们应当从以下两个方面着手。

一是关于世界观、人生观和爱情观的。

尹建莉在《好妈妈胜过好老师》一书中所说的那样，在孩子成年之前，教育任务是树立孩子正确的世界观，培养自尊自爱的意识，养成善良、理解、豁达、勤劳的品行，使他成为一个生理、心理两方面都健康和谐发展的人。所有这一切，都是为他真正进入谈婚论嫁阶段做准备的。孩子将来成为怎样一个人，他将会以怎样的面貌去和异性相处，基本上都是这一阶段的教育决定的。

苏霍姆林斯基借用祖母所讲的童话，告诉女儿关于爱情有三个关键词：爱情，忠诚，心头的记忆。他告诉女儿，只有人懂得爱；只有在他善于像人那样去爱的时候，他才是一个真正的人。如果他不懂得爱，不能提到人性美的高度，那就是说他只是一个能够成为人的人，但是还没有成为真正的人。

抓住了世界观、人生观和爱情观这三个核心，便能站在一个很高的基点上来看待、来解决青春期问题。而且，这不光可以让孩子平安地度过青春期，这对于他们一生的发展，也是非常重要的。

另一个是关于青春期性教育的。

青春期，是性教育的一个关键时期。北京市燕都医院泌尿外科特聘专家马晓年教授认为，在此阶段，青少年应该了解生殖系统的解剖与生理功能，对自己身体出现的种种变化有正确认识；了解青春期保健知识，并了解某些生理现象的对策，特别是一些不应回避的问题，如月经、遗精。

马晓年教授说，人不仅是生物人，更是社会人，所以性教育不仅仅是讲授解剖和生理知识，还应包括性生理学、性心理学、性社会学和性伦理学等各个方面的内容。宣传科学的性知识，不仅不会给青少年造成伤害，反而能增强他们对社会上泛滥的不健康性知识的抵制能力。此外，青春期还应进行性道德和性法制知识的教育，可以防范性失误或性犯罪的发生。如果青春期的孩子一时不慎出现越轨行为，父母和教师也应该和风细雨，循循善诱，决不能简单粗暴。因为多数情况下，青春期的孩子发生性行为属于缺乏自控能力，而不能统统扣上道德败坏的帽子，要本着爱护、保护的精神，妥善处理。

"哪个少年不怀春，哪个少女不钟情。"正处于青春期的孩子，一方面对异性交往充满了渴望和憧憬，另一方面又是那么懵懂和羞涩。这也许正是这个生命节点上的精彩所在。

有句话说得好，"年少的感情像一片云，纯洁而飘渺，那是友情、是亲情，是走过共同岁月的默契，是彼此扶持的成长，但那不是爱"。正视它，顺应它，理性地对待它，必将收获青春的快乐和人生的幸福。

说同学

本文要谈的是关于"我与同学"的话题。

聂振贤说:"在体育课上,我和同学们在一起打篮球,会有欢笑、合作和竞争。我们分成两个队进行比赛。班上打篮球的大部分同学比我高10厘米以上,但他们的优势并不大。篮板只有石晨比我抢得多,就连比我高20厘米左右的袁标航和柳朝晖,也没有我会抢篮板。他们都说我是一只猴子。"

他说,同学是我们的开心果,会给我们带来无比的快乐;同学是我们的麻醉药,会给我们消去心头疼痛;同学们是我们的太阳,会给我们带来无限的温暖。

聂振贤为什么对同学们关系有这么好的感觉?大概与他有一定的兴趣爱好(比如打篮球)有着密切的关系。

雷俊宏说:"我和同学们的关系应该算不错吧,只是有一两个关系不好。关系好的,有好多。在食堂吃饭的时候,早上,我几乎不带碗,因为不用带。每次都是用别人的碗,别人的勺子。要粥有粥,要粉有粉,他们都给我吃,不嫌弃我。虽然,我现在和他们不是一个班的了,但情谊还是永在心中。"

雷俊宏左右逢源,应该与他的开朗性格密不可分。他在比较尴尬的时候,就来个"呵呵,呵呵"的笑声,甚至是自嘲。

冯畅的遭遇则不同。他说:"自从进了培训班后,我就很少与同学交谈,我与他们间似乎有一道门,怎么也无法打开它,这使我很苦恼。本来我在培训班同学中的朋友不多,原来在八(1)班的同学也渐渐地不理我了,我只好和几个玩得好的女生在一起谈谈生活琐事。其他大多数嫌我不合群,也没有什么和他们相同的兴趣爱好,这使我很难融入这群男学霸的队伍……但我并不会因为这样而去难过,我在女生的团队里很融洽,从来不会发生什么矛盾,有女生陪伴我,我也知足了。"

柳宜君说,她一直想交一个知心朋友,可是那好像是异想天开。"在我的经历中,都是被同学们骗钱、骗吃、骗喝、骗感情。因此,我也就不相信这个世界上会有真正的好朋友。"

性格内向，说话声音较小，这是冯畅和柳宜君两人的共同特点；同时，他们都没有比较明显的兴趣爱好。这自然会影响与同学间的交往。

柳吉安说，自己的性格和脾气，时好时坏，与同学之间的关系也是时好时坏的。

刘进文对自己的性格很清楚。"记得刚上初中时，我总喜欢打架，没事就找事，有时因为一点小事大打出手。反正，那时只要有人惹我，我总会先动手。也不知是哪里来的勇气，敢与比自己强大的同学们为敌。动起手来，敌强我弱，但我从不畏惧，'爱拼才会赢'嘛！打完被老师骂完后，我依旧义正辞严，硬要说我有理。强词夺理成了我最大的缺点之一，他们总是说不过我，之后就只能用武力来解决了。日复一日，我渐渐意识到这样没有什么好处，我得努力改掉这个坏习惯。幸运的是，到现在为止，我与同学们的关系还算融洽。虽然有时被他们的行为气到吐血，但更多的时候，被他们的话语逗得喜笑颜开。"

一个学生，如果对自己的性格有比较清晰的认知，同时还善于自我主动调控，往往便能与同学们相处得不错。

二

吕阳说："我们班的同学有点小调皮、小疯狂，但是这不能代表他们的内心想法。与同学们，我们都是互帮互助。最勤劳的是杨驰，有时候，我看到教室后面的垃圾桶满了，地上散落了垃圾，我便赶紧拿把扫帚过去，和杨驰一起倒垃圾，每次他都去了。我班还有两个任劳任怨的人，一个是朱文鑫，另一个是吴自豪；还有一个人性格十分独特，我感觉他实在没朋友了。因为他总和其他人作对，但他十分公平，为人和善。只不过喜欢打小报告，这让同学很烦他。他就是柳雨。"

吕阳还评价了自己："我的性格应该是那种比较好的，喜欢伸张正义，不和别人反目成仇，而是主动帮助别人。"

杨驰是这样评价自己的。"我与同学们的关系都很好，虽然有时有些小打小闹，但大部分都是闹着玩的，并没有打架。因为都是同学，打完架还经常见面，见到了就会很尴尬。有一次，我与一个同学因为闹着玩，玩着玩着就玩大了。一不小心用了力，他也用力，结果就打起来了。但是后来又和好了。朋友之间，并不需要道歉，以前的不愉快转眼间就忘了。"

柳窈说："我交朋友，不是看她的相貌，而是看她的品行。比如刘菁，班上的一些人讽刺她，远离她，但是我与她却很好，因为她善良；而另外的一个男生吕××，常常欺负别人，讥讽别人，自以为是，我就比较讨厌他。这就是我与同学的关系，我对同学的印象有好有坏，可能是我的特点吧。"

刘菁又是怎么评价柳窈的呢？"记得有一次，我的胃很不舒服。上课时突然发痛，也许是吃坏东西了。吃午饭时间到了，我便把卡放在抽屉里，想去上厕所。可没想到，吃饭时间过去了。我只好跑到教室。当我走回教室时，发现桌上放着一袋面包。旁边还放了一张纸条，上面写着：'以后不要吃坏肚子了，小傻瓜。'我笑了，清楚地知道这是谁写的。只有她——我的姐妹柳窈才会这样关心我呀！"

品行好，乐于助人，伸张正义，这往往能够赢得好的人缘。

三

"多少往事已成烟，唯有同窗欢笑，永恒不变。"人的一生中，除了亲情和爱情之外的最真挚的情感，大概就是同窗之情和战友之情了吧。拥有一些铁哥们的同窗之情，实在是人生的一大快事。这将是一个人终身的精神财富。

一个学生，如何才能赢得更多的同学的欢迎呢？在笔者看来，主要包括以下这些因素。

品行端正。无论是大人还是孩子，大多喜欢和道德品质优秀的人交往。这是人的一种天性。这也是人类文明不断延续和发展的根本所在。

性格开朗。性格开朗的人，他（她）往往和更多的人谈得来，同时还可以把他（她）的性格中乐观开朗的特质传递给他人。当然，性格内向的人也有他的优势所在，比如内秀深沉、思想缜密、情感丰富、沉稳老到、逻辑性强等。只要是发挥优势，照样可以赢得更多的人尊重。

能换位思考。站在他人的角度，为之喜，为之忧，为之分忧解愁。这样的人最容易让人感动不已。

能宽以待人。人人都有自己的毛病，人人都会发错误，如果能够宽容他人的一些毛病和错误，这样人往往能让人如饮甘露，如沐春风。

有爱好特长。物以类聚，人以群分。往往因为某种爱好特长，一些学生便自然而然地玩在了一起；就即便是发生了一些矛盾，他们往往也会很快被冲淡，被遗忘。

有反思意识。在与同学交往中,特别是与一些同学发生矛盾后,要学会及时反思自我,认清自己性格中不好的成分。然后有意识地自我调适,自我完善。

有适当距离。与同学交往,可以有自己的知心朋友,但都有保持适当的距离,这正如豪猪取暖一样,走得太近,往往会刺伤对方;同时,不能因为两人很要好,便受感情因素影响,当对方与其他同学发生矛盾时,便不分青红皂白地采取"一致对外"的做法,这样便会厚此薄彼,甚至是使矛盾升级。

毛泽东《沁园春·长沙》中有云:"恰同学少年,风华正茂;书生意气,挥斥方遒。指点江山,激扬文字,粪土当年万户侯。曾记否,到中流击水,浪遏飞舟?"希望正处于风华正茂的少年们,都有一个好的人际关系,都有一群志同道合、相互欣赏的好同学。

说座位

一

"一个人在班上的地位，主要看他的座位。"这是柳雨的看法。

他还说："我的位置非常特殊，周围都是高手，我和他们的成绩不在同一个等级。而我的位置后面的，除了那一个女孩，其余的我都能够轻易地踩在脚下。"他大概没想到，一个"踩"字道出了应试教育的残酷性。

"只有那一个女孩，她的成绩与我很相似，都是进进退退。她虽然座位在我的后面，但对于我来说，可能是一个威胁。"他的心里，一直都有这个小秘密。

"班上的座位又有调动，这次不知道她是在我前面，还是她在我的后面。未来是不可预测的。只有一个办法，那就是变强，变得更强，强到别人追不上的程度才行。我们的座位，将是我斗志的源泉，而现在，班上成绩好的都走了，登上巅峰应该不难，但对我来说却是很艰难。"好的座位，竟然成了他的学习动力。

"我仿佛预测了我的未来。我不能这样消沉，必须凭自己的力量，不断攀登，抵达我想要的目标。我们的座位就是最好的见证，不管是班上的优秀学生、科代表、班长，迟早我会超越他们的，我要变成一个真正的强者，我坚信我还能见到我梦中的那位女孩。因此，我必须努力，这座位就是我们变强的见证。"原来，想得到好座位，还因为了有个梦中女孩。

冯晓萱也认为，在班上座位就是地位。"大部分的班级，都是按照成绩来调换座位的。比如，年级第一这个宝座，一直由人称'铁娘子'的程蕾在霸占着，神圣不可侵犯。她不但是年级第一，而且总能比第二三名高出几十分。这是我最佩服的一点。我的成绩呢，时好时坏，当过年级第二，也考过第三十八，真希望有哪一天，我的成绩能稳定在年级前十。"

但冯晓萱认为，座位不对成绩起决定性作用，就算你坐在角落里，只要刻苦用功，你的成绩也可以好起来。

陈瑾最满意的座位，是坐在第二排的正中心位置。"那位置可真是'风水宝地'，是每个同学都争夺的'战略要地'。那儿不仅看黑板和电子白板很清楚，而且早晨的阳光和傍晚的霞光都照不到，不会反光。这也就是我对它满意的原因吧。"

柳朝晖的看法很直接。"一般的老师都是以成绩定座位的，面对这种情况，想让自己得到一个满意的座位，就必须刻苦一些。取得好成绩，座位就可能向前移；如果持续退步，你就只能和好座位告别了。"

柳朝晖还教你一招："还有一个特殊的方法，你的成绩不好，但很调皮，老师也喜欢你，可能会把你调到'学神'旁边，这时你就要珍惜机会了。认真学习，争取留在这里。"

二

以下是柳浩伟对座位的解读："我先来说说我的座位吧。我的座位，在最后一排，这是因为我成绩差。班主任一般情况是按成绩好坏和听不听讲的情况来分座位的。在我们班，你不听讲，可以；但不能分神，不能做其它的事，这还不就是让我们认真听讲吗？

"我们的座位，分为三个等级。一是优秀，二是合格，三是特殊人种。特殊人种就应该特殊对待。我们班还真有一个特殊人种，那就是殷××。班上为他定制了一个座位，第一排的第一个，那个座位一般人是根本坐不到的哦！班主任让他坐那里，他的成绩也小有提高，但他像有多动症似的，每分每秒都在动……我觉得班主任把我们每个月换一次位置就好了。"

事实上，班上的座位就是每个月换一次。吴自豪就证明了这一点。同时，他还说，班上的座位，并不是按照成绩的好坏来分的，而是先让上课经常不听讲、常常走神和爱做小动作的人坐第一排。从第二排开始，假如甲的数学差、英语好，而乙的英语好、数学差，便让甲乙两人坐一起。

吴自豪还说："我的座位，从七年级开学到现在，都是坐在两边，看黑板的反光太严重。说是不按成绩分，可与成绩的好坏也有关系。所以，我总是对自己说，只要成绩好了，我就一定会坐在中间的。可我的成绩却越来越差，所以位置也总是距离墙壁最近的。

"有的同学说，位置越好，成绩也就越好，可我感觉不是这样的。我们班上的柳窈就一直坐在第一排，可她上课爱吃东西，成绩也不咋的，所以位置的好坏并不能改变一个人的学习态度。"

涂欣欣认为，座位可以影响学习成绩。"有一次，我坐在讲台对面的位置，那一个月我的成绩升得很快。整日心惊胆战能不认真学习吗？坐在老师的眼底下，谁都会认真学习的。所以座位对学习有一定的影响，但不是决定性的因素，主要还是靠自己主动和努力。"

李景东也印证了涂欣欣的一些说法，但心态迥然不同。"好烦啊，老师能不能让我换一个座位，每天都坐在老师的眼皮子底下，让人害怕极了。每一次做作业都让我打寒战。你看一下别人，在那片幽静的空地上，无忧无虑；可我呢，老师拿着教鞭打我触手可及。所以，我在这个位置上也吃尽了苦头。也许有些人坐在后面觉得不公平，但只要你在前面坐半个月，你也许就会认为后面的生活有多么的美好，多么的舒心，多么的快乐。"

但坐在最后一排的同学会怎么想的呢？黄杏这样说道："我们在最后一排的同学都灰心丧气，都不愿意听讲，上课都在做自己的事，吃东西，写作业，开小差。"

三

作为一个教师，我对学生的座位是如何看法呢？且听我来讲一个"座位之变"的故事。

那是我之前在另一所学校里的故事。

秋季的时候，采用的是对面开席模式，每组 6 名学生，对面而坐。在这样的模式下，上课很开心，因为每组实力相当，所谓"组间同质，组内异质"，而且每周一轮换，换地方不换番号。这样的模式可以体现一种竞争，一种合作，也可体现一种公平。课堂氛围非常好，大家都有一种为团队争光的心理；即使是成绩差的那些小调皮们，也喜欢抓住出头露面机会，以此来显现自身价值。

但期末考试之前的两周，班主任把座位给变换了。形式上还是这种对面开席的模式，但把所谓的优势兵力给集中在中间两组，所谓黄金位置，想以此来冲击期末考试。这样的课，上得说不出的别扭，问题提出来，那些优势兵力们，你望着我，我望着你；那些靠边站的伙计们，对黄金位置充满期待，对自己却漠不关心。想冲击年级好名次，结果以失败告终。

春季学期一开始，一到教室，都是统一的面朝黑板，却无法春暖花开。优势兵力当然还是集中在中间的黄金地段。与班主任交涉，班主任说在第一周的周末按照期末考试成绩重新安排，于是我便有了一种期待。但一段时间后，班主任主动告诉我，说同学们还是喜欢现在的这种面向黑板的座位模式，更重要的是，班上科任教师除了我之外，其他老师都喜欢现在的这种统一坐向模式；同时班主任还说，继续采用分组形式，但成绩好的相对集中。

我很无奈。势单力薄的我，只能服从于大多数。

座位之变，说到底就是教育观念之间的冲突。

首先是公平与偏颇。在传统教育观念里，成绩好的就应当享受好座位待遇，成绩差的就只能享受冷板凳遭遇。这似乎也天经地义。尤其到了九年级下学期，面临中考了，必须考虑重点生了，说起来似乎更是无可非议了。

其次是合作与单打。座位调整之后，大家似乎一下子都成了自由人，除老师外，没有人提醒，没有人合作，没有人帮助。这大概也代表了许多人习惯思维，正如咱们的体育，凡是合作的项目，大多没有好名次。

第三是师本与生本。统一朝向，学习一律望着讲台，望着教师，教师上课起来轻松多了，可以照本宣科，一讲到底，而且只需关照着那黄金地段，学生必须围着教师转，这是以讲为主；对面开席，教师必须关注不同朝向、不同层次的学生，关注不同的思维方式，强调的是讨论与合作，教师必须围着学生转，这则是以学为主。

我们无法改变环境，但是我们可以改变心境，同样以一颗积极的、热忱的心态，去上课，去教育我们的学生；我们难以改变座位，但我们可以改变教法，课堂上我们可以通过不同层次的问题设计，来让全体学生积极参与；我们可以继续体现着公平、生本等教育观念；合作方面大概是要差许多的，但是可以通过其它方式（比如分层，比如一对一帮扶等）来弥补。

座位变了，不变的是将是我们的教育理念和我们的教学风格。

说培训班

一

每每到了春季，尚未开学，一些学校便策划八年级培训班的事情（九年级当然会更早）。培训班，其实就是把各班一些成绩较好的同学集中起来，学校重新组班。其目的，一方面是为了应对县一中的预录，另一方面让这些学生能有更好的学习环境，提前为中考作准备。

这种班级师资配置，大多相对优越，而且语文、数学、英语等学科，分别安排两位教师来执教。这些教师，也是原本就在八年级任教的。

在课程的设置上，大多会更偏重于语文、数学、英语、物理等学科，其它的学科课时会相应减少，甚至不开设。

学校这样的安排，可谓是用心良苦。在人力、物力、财力方面增加相应的负担。从应对县一中的预录以及中考所录取的重点数来看，大多会有一定的优势，至于在培训班里学生的感受、没有进入培训班学生的感受以及录取普高数这三个维度来衡量，又另当别论。

二

很巧合的是，这一学期，咱们的这个八（1）班，因为某些原因，选进培训班的学生最多，达到了 14 人。留在原班的 38 名学生的感受，在其它文章中已有所反映，本文主要听听进入培训班部分学生的各自心声。

陈瑾：几个月前，我离开了那个熟悉的八（1）班，来到了这个陌生的八（6）班。在这个班，我找不到以前与同学疯打的欢乐，也找不到同学之间那种熟悉的感觉。我感到孤独。

同学之间的交往，成了很大的问题。直到现在，我连有的同学名字都叫不来。他们在说话，自己也想说，却无从插嘴，不知该说什么，无法融入交谈，只能跟以前的几个故友交流了。

来到培训班，主要就是学习，学习上的压力让我早已忘却了其他。每天有百分之八十的时间，是在教室里待着，几乎都在动脑学习。每天要学习高难的知

160

识，做高难的题目，我感觉脑袋都要炸了。

不过，这些都是为了我们的未来作铺垫，为了能考上好的大学。

袁标航：在培训班，我结交了许多志同道合的伙伴。我们在学习上共同讨论问题，什么问题都可以迎刃而解。我感觉学习突然变得十分快乐。在体育课上，我们一起打篮球，挥洒着汗水，每个人脸上都洋溢着灿烂的笑容。我在培训班，既培训着智力，也培训着快乐。

雷俊宏：我在培训班的第一个星期，发现这个班真的好严肃，连下课都没人下位玩。但后来，我发现这一切都是假象，只不过是大家都不熟悉罢了。熟了之后，下课一直在疯打。

在培训班里，我的成绩几乎一直是在下降，而且还是直线的。有一段时间，我确实堕落了，但我终于又努力爬上了一点。直到快期末的时候，才好转一些。

冯晓萱：培训班，顾名思义，这个班里都是学霸。在这个班，我常常找不到自己的存在感，觉得我本不该进这个班。进了这个班后，压力总是很大……

上数学课，老师最喜欢问的一个问题是，这道题会做的举手。每当这时，我身旁同学的手总会齐刷刷地举起来，这和面对这些题目毫无头绪的我，形成了鲜明的对比。这时候，我就觉得自己好渺小，好渺小。

当然，在培训班也不能"两耳不闻窗外事，一心只读圣贤书"啊。下课，我们照样会在走廊疯，有时疯得过分了，还会把楼下九（4）班的班主任引上来。

在培训班，我各种各样的缺点都被暴露出来。各种各样的问题根源，都是一个字——懒。唉，俗话说啊，一懒毁所有，所以我该努力啦。

石贤妹：在培训班里，几乎没有什么时间可以玩，大部分都是在教室里学习。每天除了吃饭、做操、上厕所时，会走出教室门，其余的时间都待在教室里。大概是看到我们太累了，竟然还有两节体育课跟普通班一样，但每节体育课都非常无聊。一开始就是跳绳，跳完绳后自由活动。即便无聊，但毕竟比没有体育课要好。

程佳燕：我觉得现在适应了培训班的生活，感觉还不错。但终究还是少了往日的韵味。记得刚来培训班那段时间，一到下课就想着往八（1）班跑，就像刚嫁出去的女儿想娘家似的，似乎只有在八（1）班那块窄小的走廊才能笑出自己的声音，随心所欲，秀出自己的姿态。

作业一天天地多了起来，阻断了通往八（1）班的路。站在八（6）班的走廊，往八（1）班望去，有点远了，迈不动脚了。

我在培训班其实也挺好的，只是少了家的味道。

吴钩：进了培训班，意味着悲惨的学期开始了。开始我还不讨厌它，觉得和以前差不多，只是多上一节自习而已。可是最近居然要在县一中考什么试，考进了全县前120名，有可能提前进入一中。老师一听到这个消息，就像发"疯"了一样。

比如，把一些课都抽出来上主课，而且老师上课的进度快了将近一倍。以前的英语，是三个星期上两个单元，现在是两个星期上三个单元。简直是要人命啊。地理老师由于课被占了，心里不爽，还要占我们的体育课。他不爽，我们更加不爽了。

在培训班里，就是注定要与苦难作伴，与痛苦同行。在培训班里的，都是雄鹰，我相信我在培训班一定会石破天惊，遨游九重天的。

程美玲：在学校，无非就是学习和玩。只不过，在这里，老师们更加重视学与玩的高度结合。例如，在课堂上，我们只能专心地学习，不能玩，不能分散注意力。班主任会经常在教室外来回走动，防止有人不专心学习。下课后，我们可以抛开繁重的学习任务，尽情地玩耍。

在培训班里，学习异常艰苦，但我常常想到，能够学到更多的知识，即使这样，也值得。

三

显然，被选入培训班的学生，在同学之间的交往、班级环境的适应、课程的进度和难度的适应等方面，都有一个过程。因为性格的差异、学习习惯和学业成绩的不同，这种过程也会有着或大或小的区别。

同时，即便是被选入的学生中，也有最终仍然不能适应培训班的。从这个程度上来看，一些学生会因为进入培训班而进步得更快，也有一些学生因为进入培训班而犯下一种美丽的错误。

选优组班，从教学角度来看，其实便是分层教学。分层教学，一直是一个值得探讨的问题。华东师范大学钟启泉教授认为，"分层教学"有悖于教育公平。

他说，国际教育界早在二十世纪七八十年代曾对"分层教学"进行过专题研究，表明了"分层教学"的无效性与危险性：其一，"分层教学"并不有利于学生学力的提升，特别是对于"下位"学生而言。其二，以为"下位"水准的教学内容适合"下位"组的学生，或者以为周边都是"下位"的学生，所以能够安心地积极参与学习，乃是教师的偏见。其三，基于"分层教学"的学生之间的学力落差进一步加剧。（《读懂课堂》第44页）

这种对"下位"学生的影响，无数事例都证明了这一点。但"存在的便是合理的"，这乃是政绩观在作祟。学校更多的时候，把目光放在"上位"学生身上，希望有更多的学生考入重点学校。在这种思想的驱使下，便往往以牺牲"下位"学生为代价。

面对这种情况，教育行政部门往往睁只眼、闭只眼，明知这是违反有关法律法规的，但大多情况下，选择无视和不作为。说到底，也是为了区域高校的升学率（尤其是一本率），而保持一种默认。说得严重一些，便是帮凶。但大江南北，概莫能外，所以见怪不怪了。

说惩戒

好学生形象岂不是就会毁于一旦了？

在李曦的心中，虽然那一次不是第一次受罚，但那次会让她记住一辈子。

事情是这样发生的。那次朝读，语文老师突然来了个检查《阳光课堂》。那是周末的作业。

"我忘记了，带都没有带回去。我翻开自己的《阳光课堂》，我的天啊，怎么有这么多没做，这下我该怎么办啊？我还是班里的学习委员，没有带好头，我在老师眼里的好学生形象岂不是就会毁于一旦？没办法，我只好硬着头皮上了，反正这也怪我自己，我是自讨苦吃。

"之后，便是漫长的等待。仿佛每一分钟，都是一种煎熬。

"语文老师马上就要检查到我这了，我只好听天由命了。当语文老师看见我书上的那几页的时候，脸上出现了很疑惑的神情。他还看了看是不是我的书。语文老师这下彻底失望了。他只说了一句，'把椅子端到后面去写，什么时候写完什么时候再回到座位上。'

"我慢吞吞地端起椅子，全班同学都感到十分惊讶，甚至不相信我的作业没有做完。此时，我又悔又恨，低着头，伤心极了。"

李曦说，现在回想起当初的所作所为，依然是悔恨至极。要不是因为懒，因为心怀侥幸，也不会那样难堪。

有同窗相伴，也不觉有多难过了

柳妍妍和程曦梅读小学时就认识，而今仍然在同一个班级。柳妍妍说，上课说话也不是很多，但一起受罚的次数几乎数不胜数了。比如，一节语文课上，老师正在讲纪伯伦的《组歌》，两人又在窃窃私语了。

"柳妍妍，你把第一段读一下。"语文老师皱了皱眉头，随后又点起了程曦梅。

柳妍妍忘不了语文老师那幽默中又带着严厉的语言："你们俩就像《组歌》里的海岸跟海浪一样。"

她说:"我猛想到,第一段中有一句'我同海岸是一对情人',霎时,脸全红了……受罚时,虽然有些尴尬,不舒服,但是有同窗相伴,也不觉有多难过了。"

每人抱一桶矿泉水,做三十个下蹲

张哲的印象中,在学校里也没有怎么受罚,因为自己不爱疯。但有一天午睡结束之后,出去上厕所,等他回教室时,发现班上后门口有很多同学站在那里。

"我从那里过去,不知是谁把我的脚一绊,我便顺势往吴自豪身上一撞。之后,他就骂我,我打了他一下,他也打了我一下,之后便继续打了起来。

"不好!班主任出现了。班主任找我们过去,问怎么回事。我如实交代。班主任问吴自豪是不是这样,吴自豪也点了点头。"

班主任又问,这样很好玩吗?

张哲说,不,这一点都不好玩。因为下面就是惩戒了:每人抱着一桶矿泉水,做三十个下蹲。

"我们做完以后,感觉这双脚真的要废了,比那次徒步到红十五军基地参观后累多了,比来回两次还累。"

张哲说,保证以后再也不会打架了,要做一个更好的自我。

一次惩罚过后,便是一次成长

有一个暑假,柯岩到了温州,因为爸爸在那里。

到了没几天,爸爸就带她到书店买了一本《语文知识大全》。这也是爸爸看到柯岩的语文成绩较差,便让她背里面的一些重点内容,而且还要默写。

"有一次,我在学习的时间里玩了一会儿,被爸爸发现了。于是,他叫我把一些内容默写一遍,但我怎么都不会写。

"于是,爸爸发火了。他让我中午不许吃饭,还用竹竿把我的手心打了好几下。当时,真的好痛。

"爸爸严厉地说:不能哭,中午别吃饭了,给我背熟。由于被爸爸刚才的气势吓倒了,我一边抹着眼泪一边背。当时手心真是火辣辣的疼,那种疼,我这一辈子都不会忘记的。

"之后,爸爸一直在门后没走,而我却全然不知。爸爸在我大体背熟之后,温和地对我说:'女儿不要怪爸爸,我也是为了你好。好了,别背了,去吃饭吧！'吃饭时，爸爸给我夹了很多的菜，说了许多语重心长的话。"

柯岩说，一次惩罚，便是一次成熟；惩罚既让人难受，但更多的是受益。

没有惩戒的教育，是不完整的教育

"一个人如果一生没有犯几个错误，那么他的一生也必定是无趣的。"喻金圣说的这句话，还是挺深刻的。

我们可以回想一下，当年读书的时候，有谁没有犯错过，有谁没有被惩戒过？只是犯错有大小，受惩程度不同而已。

当下一些家长、一些媒体，对于教师给予学生的惩戒颇有争论。同时，一些学生"骄娇二气"太过严重，使得许多老师都不敢实施正常的教育惩戒了。显然，这既不利于维护正常的教学秩序，也不利于学生的健康成长。

没有惩戒的教育，是不完整的教育。

但如何有效地实施教育惩戒呢？

笔者认为，应当坚持"合法、合理、适时、适度"的八字原则。

所谓合法，也就是要遵守相关法律法规，比如《未成年人保护法》。

第十八条：学校应当尊重未成年学生受教育的权利，关心、爱护学生，对品行有缺点、学习有困难的学生，应当耐心教育、帮助，不得歧视，不得违反法律和国家规定开除未成年学生。

第二十一条：学校、幼儿园、托儿所的教职员工应当尊重未成年人的人格尊严，不得对未成年人实施体罚、变相体罚或者其他侮辱人格尊严的行为。

所谓合理，也就是合乎人之常情。人非圣贤，孰能无过？一些严厉的惩戒，应当是针对那些屡教不改的学生。

所谓适时，也就是要把握时机，实施惩戒应当选择在师生双方都心平气和的时候。

所谓适度，既体现在班纪班规的明文规定中，又体现在学生身心都能承受的范围内。

他们把砖块搬得一干二净

下面是一个真实案例，是笔者亲自实施的一次惩戒。

晚饭后，我信步走到校门口，门卫师傅告诉我，刚才有几名同学翻墙外出。

原来，学校前几天搞了个小维修，一些剩余的砖块便堆积在校门旁边、车棚后面的围墙脚下。那几个调皮的家伙，便正好利用这些砖块来垫脚，翻墙外出去"改善伙食"。

我来了个守株待兔的办法，在校门口等候着。不一会儿，只见本班三个同学从校外走来，门卫师傅指出刚才翻墙外出者就是他们。

我叫住了这三个调皮家伙。无须多问，他们便承认了翻墙事实。当然，我自然不会放过这个绝好的教育契机。

"翻墙外出干什么？"我明知故问。

"吃饭。"其中一个孩子慢吞吞地回答。

"翻墙为了好吃，有点意思哦。"我半开玩笑地说。

三个调皮家伙没有回答，却忍不住相继笑出声了。大概也觉得"翻墙为了好吃"，如果说出去，的确有些不好意思吧。

"你们有没有考虑到，下面这么高，崴了脚或是伤了其它地方，你们怎么办？"这是我最担心的事情，我自然要晓之以理。

他们又笑了，只是没有出声，我觉得有些疑惑。

"你们违纪了，总要得到一些惩罚，付出一些代价的，把这些砖块搬走如何？这样你们不觉得委屈吧？"我用半商量的语气说道。

"行！我们搬！"三个调皮家伙异口同声地回答。

于是，我和他们走到砖块堆积处。

这时，其中的一个孩子告诉我，他们翻上围墙后，便在上面往右走了几米，然后拐个弯，从校门旁边跳下，那里的高度只有一米五左右。原来，他们刚才发笑的原因是这个。

最近几天，一直阴雨连绵，气温也只有三五度的样子，砖块脏兮兮的，冷冰冰的。对于平时没怎么劳动的他们来说，每次只能端起四五块转，而且一边端着，还一边笑着说"砖好重啊"。

我便一直在校门旁转悠。转悠的目的有两个，一是担心他们生发出其他事端，二是等他们转头或出发时，好和他们聊上几句，不让他们太郁闷。

砖块距离目的地大概有 150 米，他们每人都搬运了五六趟，约莫半个小时。他们搬得挺干净，连较小的砖头也搬走了。来回途中有说有笑的，每次碰上我时，他们还和我寒暄几句。看来，他们真的乐意接受这种"惩罚"了。

其实，他们的内心不乏内疚与虔诚。

他们此后再没有干过类似的事情了。

说老师

对我们好一点

女生程佳燕这样建议我：

> 吴老师，我可得给你好好说说，别一下课就跟咱们八（1）班同学撇清关系。一下课就跟不认识我们似的。对待我们比对待其它班的还要严厉。我们八（一）班可能是吴老师捡来的。建议您：对我们好一点，不然你可能会"失去"我们。

听到这样的建议，作为语文老师的我，可谓是百感交集。她让我想起了许多。的确，下课铃一响，我便下课、离开教室；课余时间，除非是学校安排的"点"，其余的时段，我不进教室，更不会与学生闲聊；在饭堂、寝室值班，对于本班学生的要求会更加严格，比如饭堂门口以班为单位排队候餐，我不会"徇私情"先放行，有人插队我一定要拎出来；在教学楼后的空地上遇到同学们，我也没有同他们寒暄……

男生殷文嘉曾有过这样的一段表述：

> 成绩这东西，在老师眼里就是各位同学在老师心里的地位。成绩好的，在老师心里位置靠前；成绩差的，位置就靠后。可在我心里却不是这样，因为我们班的语文老师把班上所有人都视为平等，不管你成绩差还是有其它坏习惯，老师都平等对待。当然，我的语文成绩也只在八九十分中间转悠，从来没有超过，这都源于我的坏习惯：我总在上课发呆、分心、睡觉、吃手、翻东西……我的成绩才这样，语文老师却在上课时总是把心放在我身上，这么关心我。

殷文嘉的话，也很客观。这包括他的自我评价，也包括对我这位语文老师的评价。同时，在课余的时间里，我也几乎没有和他寒暄，也没有找他谈心。只

169

是，若在校园的某处，我和他相遇了，他总会在大老远就大声地喊我，我也会热情地回答；若是他有违纪行为，比如打饭插队、晚寝吵闹，我不但不会祖护于他，还会进行一些批评教育。

用世俗的观点来看，程佳燕相对优秀，殷文嘉相对顽皮。他们对于同一教师的我，看法似乎有很大差异。这也许是我对"优秀"学生会更严肃、更严格一些吧，也或许是我对女学生所保持的距离会更远一些吧。总之，这样的不同评价，很值得我反思的。

在这貌似对立的两种评价中，有一点却是相同的，那就是所有的学生都渴望得到老师的重视，都渴望能在上课之外与老师有一种情感上的沟通，都渴望老师认为"我很重要"。

严总要有个限度吧？

是的，"我很重要"，如果在一些学生的心里，他没有体会到这种"我很重要"，便会以某种形式来表达，比如摆出奇怪的姿态，做出异常的行为，当然也有一些比较理性的建议。这不，就有一些同学向其他科任教师提出建议了。

还是程佳燕。她向英语老师这样建议：

> 英语老师的一贯套路就是在快下课的时候，让我们读录音稿。如果只剩下 3 分钟了，他就告诉我们还有 5 分钟。这套路，就是想让我们听不见下课铃声，让我们一直读下去，然后趁机占用我们的课余时间。不管英语老师怎么玩套路，都斗不过我们。我们也只是敢怒不敢言罢了。我建议：英语老师不要再拖堂了。

一些学生对于地理老师的说辞颇多。在其它文章里已经有所表达。这里还是录用程美玲所反映的一条吧。

> 地理老师成天恐吓、要挟我们背书。可能用"恐吓""要挟"这两个词有些重了，但是他成天要求我们死记硬背，是铁一般的事实。
> 虽然他的教学结果有所成功，但我总想着，他能换一种教学方式，该有多好。

170

程美玲还向数学老师建议道：

> 我们班的数学老师，不会像地理老师那样严格苛刻地要求我们，有时候对我们还很好，甚至能看清我们内心想什么。
>
> 但有时，他又会"迁怒"于我们，太"感情用事"。有时候，我们真的看不清他是一个什么样的人，只能用"两面派"来形容他。
>
> 在这里，我想对各位老师说，"严师出高徒"，但"严"总要有个限度吧？

作为教师，你的"好"，你的"良苦用心"，对于八年级学生来说，他们大多都是可以体察到的。但是，能够体察，并不等于认同，也不等于领情。

咱们这些当老师的，如果完全站在分数、考绩的角度来严格要求、严厉教育，即便是很懂事的学生，他也是很难"心领神会"的。因为，许多时候，我们大多是从自我的角度出发，以"为你好"的名义，实施着苛严的"应试教育"。也许，我们考虑到他们的"未来"，但没有考虑他们的"当下"。

人，都是活在当下的，未成年人更是如此。

如果进一步追问，那种强压、硬灌、死磨式的教育，真的就有利于他们的"未来"吗？

答案，不能一概否定，也不能完全肯定。

但对于当前的教育，尤其是乡村教育而言，似乎又没有什么更可行的好办法。因为，于教师、于学生双方而言，带着感情式的苦磨，也许更合乎客观实际，更适合大多数。至少，目前如此。

所以，这也还只能是和学生多沟通，适当讲一些所谓的大道理；如果能现身说法，讲述自己的一些人生故事和切身体验，这样的效果一定会更好。

想着想着，就下课了

在学生心中，教师的一些不好，有时是一种不理解，或是一种不适应。那些东西，即便他们目前无法和你达成共识，但随着年龄的增长，他们会慢慢地"理解你"，至少可以"原谅你"。

然而，有一些情况，会让学生瞧不起你，也无法原谅你。比如一位同学，就这样评价某位老师：

> 即使他的知识是那么渊博，可他给我们上课时只是把知识点讲一遍，然后把书读一遍；最后，我们什么也没有理解，只能死记硬背。
>
> 他在讲题之前，根本就没有做过这道题，有时哪里卡住了，就丢下粉笔，慢慢地想，想着想着，就下课了。

学生是教师的镜子。你有什么样的面貌，就会在这面镜子里呈现出什么样的样子，你伪装不了，你忽悠不了，你也回避不了。

某一两位学生反映的意见，也许代表不了主流；如果有多一些学生反映我们的某个方面的问题，或许我们会觉得很委屈，"我的柔情，你永远不懂"。

这需要我们有一种胸怀，能接纳，能反思，能调适。

如果我们仍然一如既往地"我行我素"，恐怕会真的在某一天，在事实上和学生"撇清关系"，名副其实地"失去"学生了。

说班干

班干，这个词挺好玩的。可以将它理解为"班级骨干"，也就是你应当是学习成绩、组织能力在本班是佼佼者，或者在某些方面有一定的特长优势；还可以理解为"为班苦干"，也就是说，你应当具有奉献精神，乐意为班级承担相关事务。

咱们班这些班干们，又是如何理解自己的职责呢？

程佳燕：总是担心会被超越。

八（6）班真是各路英雄好汉云集的地方。在八（6）班，我也只是一个"吃瓜群众"，一官半职什么的还真是没有。所以啊，我就来说说在八（1）班当语文科代表的感受吧。

我还算是比较懒的，发作业什么的，我最不在行了。但语文科代表的职责，就是要负责收作业。哪些人作业没交，我也要一个个地清。不然，少了谁都不知道。不过，一个个地清，真的是非常费劲儿，而且还很浪费我的时间。

跟程美玲同桌的时候，我可就轻松多了。为什么呢？嘿嘿，因为我可以叫着程美玲跟我一起收作业。程美玲倒也是乐意帮忙。天真的程美玲就这样被我"骗"过来了。我不免有些小得意。

班干部就是要起带头作用的吧，成绩得够好吧！可是语文这科，谁能说得准呢？万一某个人作文突然写得非常好了呢？万一某个人作文又写得比较差了呢？这一切都是有可能的。所以，我总是担心会被超越。

哎，班干部不好当啊！

程美玲：能力越大，责任越大。

说实话，我不是一个合格的班干。在七年级做语文科代表期间，我从来没有主动地检查一次作业，总是在班主任说过之后，才开始拖拖拉拉地检查。这难道不是作为一名科代表的失职吗？

在做班干期间，我既有欢喜又有忧愁。俗话说，能力越大，责任越大，事实果然如此。在这期间，班上所有的课外活动由语文科代表全权负责，其中还不包括检查作业。

当上班干，是一件很光荣的事情，这应是老师和同学对你的认可与赞美。能力越大，责任越大，当班干算不上一件好事，也不是一件坏事。

吕嘉豪：你不带头，就不配做班干。

自从成立了八（6）班，我便成了班上的历史科代表。刚开始，我觉得很好，我认为只需要检查同学们的历史作业。后来，班主任说，当了科代表，你那一科必须是全班第一名。我大吃一惊。

上历史课的时候，历史老师点我回答问题，我只回答了一半，另一半回答不上来，便被历史老师用眼睛批评了一顿。然后，历史老师说，下节历史课默写。我心想，下节历史课，我必须回答上来。

历史课到来的头一天晚上，我把历史书带到寝室。到了晚上九点二十，我终于全部背熟了。第二天，历史老师叫我们拿张纸来默写，我是全班第一个写完的。

这件事下来，我明白了，做班干一定要积极带头，无论是学习还是其它方面，否则你就不配做班干。

程珊珊：他们根本没有在乎我的存在。

正是星期一，我值日。每每饭后，同学们便聊得热火朝天，在座位上坐着的我不知所措，便喊了一声，叫他们别吵。可是他们不但不听，嘴里还说："哟，值日了不起啊，那班务日志已经把我记那么多了，我也不在乎了。"说完后，便转身给了我一个蔑视的表情。

我顿时感觉心碎了一样，他们根本没有在乎我的存在。顿时，我心里冲上一股怒火，在燃烧着，但还是被我心中的冷静给浇灭了。

从此，我便再也没有管过他们了，而他们却一副嬉皮笑脸地对我笑。我心里真是不舒服。

这就是我做班干的情景。虽然大家有点爱吵闹，但跟他们交往中，我也知道了友谊是美好的。

石贤妹：我不是一个称职的宣传委员。

在班上，我最不想当的就是班干。当了班干就意味着责任重大，什么与学习有关的事，你都要带好头；什么都要尽量做到最好，让班级整体好。

班干又是我想当的，因为班干一般只有好学生才能胜任。但老师更喜欢让成绩好的当班干，似乎并没有去考虑他们的道德是否优秀。

在班上，我并没有担任重要的职务，只不过当了个宣传委员。可就是这个宣传委员让我苦恼。平常就是每个星期写广播稿，每个月办一次黑板报。写广播稿我会，但办黑板报我不会。每回我都是请别人来帮忙，这样才能完成。

我觉得我不是一个称职的宣传委员。我这个宣传委员太失败了。

石晨：所谓的优势，只是一种自以为是。

当班干，看似一件很光荣的事，但是没有做好，不仅受到讥笑，还会受到批评。

这学期，我顺理成章地当上了地理科代表。说实话，这下够我受的了。且莫说在全班考第一，一不小心还会被打入万丈悬崖。

同时，仗着是科代表，我上课时不认真听讲，作业也没以前认真了，做题目也敷衍了事，导致成绩直线下降。

看来，我并没有比别人有多大优势，如果有，那只是一种自以为是罢了。

二

当班干与上进不上进是否有必然联系？

从上面几个学生的自我表述，可见当个班干，既可能是好事，也可能是坏事。

好处，可以得到别人的一种肯定，可以催人奋进，可以培养多方面的能力（比如待人接物、处理矛盾等），可以增强主人公意识等；

坏处，可能会让人飘飘然，可能因为班级事务而影响学习，也可能因为某件事没有做好而影响人的情绪等。

当个班干，既可能让你奋发向上，也可能让你萎靡不振。

但如果进一步追问，当班干与上进不上进有必然联系吗？其实也未必。关键在于一个学生心中是否有梦想，并为着梦想是否能坚持不懈。

最后，借用一首《当干部就应该能吃亏》的歌曲，来作为本文的结尾。

当干部就应该能吃亏，能吃亏自然就少是非；

当干部就应该肯吃亏，肯吃亏才能有权威；

当干部就应该常吃亏，常吃亏，才可能有所作为；

当干部就应该多吃亏，多吃亏才可能有人跟随；

能吃亏肯吃亏不怕吃亏，工作才能往前推；

常吃亏多吃亏不怕吃亏，在人前你才能吐气扬眉……

第四辑　说家庭

说家庭

一

"幸福的家庭都是相似的，不幸的家庭各有各的不幸。"家庭是孩子的第一所学校，也是人生永远的大后方。这群乡村少年们，生活在怎样的家庭里？他们的心境又是如何呢？

吕阳：我想把它尘封在内心深处。

我的家庭并不美好。我是单亲家庭，爸妈离婚了。我的心情十分不好。

没有了妈妈，我的性格也比较内向，不太愿意主动与别人交往。但我相信，与人交往应当还是可以的。

我的心里总是乱七八糟的，这件事我也不会主动提起。我想把它尘封在内心深处，渐渐淡忘。

但我会认真学习的，等长大了，要好好回报父母。

程佳燕：我也只是轻轻地"嗯"了一声。

唉，论起家庭来，我也是单亲家庭。

"世上只有妈妈好，有妈的孩子像块宝"，是的呀，我有一个妈妈伴着我。可是，我却没有了爸爸。

我也不记得他们是什么时候离的婚。记得有这么一段时间，也不知道是谁跟我说，"都是你这个祸害，让你妈离婚"。那时候，我也只能低着头，由着他们去说。

然后，有一段时间，我就跟着我妈。她在哪里工作，我就在哪里住下，就在哪里读书。每换一个学校，在开学时，妈妈都会跟我说："如果别人问你有没有爸爸，你就说'有'！听见没？"我也只是轻轻地"嗯"了一声，便背着书包离开了。

程曦梅：读八上时，妈妈终于回来了。

我自幼在外公家长大，所以对他们有一定的好感。

我家有爸爸、妈妈、姐姐、我和弟弟。我和姐姐的感情很好。姐姐读大学了，我们一年最多也就见两次面。所以，我很想念她，总是催她回家。

因为怕同学们瞧不起我，所以我没有和同学们说起我的家。

我读七下时，舅娘生了一个小弟弟。从那以后，我就在二姨家住。我的一举一动，他们都看在眼里。只要我有一丁点的错误，他们就打电话给我爸妈。他们恨不得早点将我和弟弟从他们家赶出去。

我讨厌这种生活，爸妈给了很多钱给他们。我便故意犯错误。一直到我读八上时，妈妈终于回来了，在家照顾我和弟弟。

冯晓萱：要是哪一天真正自由了，也会不习惯的。

我的一家是当今中国无数家庭中普普通通的一个。一个和睦的充满幸福与温馨的三口之家：爸爸，妈妈，我。

爸爸多年来一直都待在学校。从一个小学教师一步一步地做到了中学校长。在我的记忆中，爸爸每天都是繁忙的。所以，我的小学时光，都是妈妈陪在我身边。

妈妈在中医院里当护士长，和爸爸差不多，她也是从小护士一步一步地做到了护士长。我的小学时光，有四分之一是在医院里玩过来的。

在这样的一个家庭里，作为独生子女的我（现在有了一个小妹妹），真的很烦。或许有了兄弟姐妹，爸爸妈妈就不会把我管得那么严了。比起约束，每个人都喜欢自由，都有追逐自己的权利。但是要是哪一天我真正自由了，我也会不习惯的。

袁标航：大家都有一个共同的目标。

我的家里，有爷爷、奶奶两位老年人，有爸爸、妈妈两位中年人，还有我这样的少年人（现在还有一个小弟弟）。每一个人都是这个大机器上的零件，缺少一个，机器就不能正常运转。

爷爷、奶奶主要责任就是养好孙子辈的人，还有养好自己，不让儿子辈的人担心。而爸爸、妈妈的责任可就大了，不仅要挣钱养家，还要尊老爱幼，身上的负担可不轻。

我呢，只需要好好学习，天天向上，尊敬长辈，让父母感到高兴，不担心我就行了。有时，我也需要帮父母分担一下家务事。

爷爷、奶奶的心境应该是最好的了。他们身无大任，每天可以放松身心，有什么大麻烦可愁呢？

爸爸、妈妈跟我们的心境都一样，他们工作愁，我的学习愁。不过，都有一个共同的目标，便是希望家庭幸福，生活美满。

二

在这个班上，单亲家庭的比例超过了 20%。

笔者作了一个调查，本班 52 人中，有 11 名学生生活在单亲家庭里。也就是说，单亲家庭的比例超过了 20%。

生活在单亲家庭里的孩子，大多比较沮丧，比如："家境贫困""非常惋惜""心情很不好，觉得好困难，需要安慰""心里好难过，总被别人嘲笑，感觉好孤独""无母亲，心情空虚无比""我很想念妈妈，每次看到别人和爸妈在一起时，我会很伤心""不相信事实"。

关于"家境与心境"这个话题，选"较好"的 13 人，选"不好"的 10 人，选"一般"的 29 人。

大体来看，这些同学心态还是不错。比如柳欢说，家境不是很好，但这不重要；刘进文说，爸妈负担重，但一家人相亲相爱；李曦说，无论家境如何，都要努力学习；吴悠说，只要天天开心，家境一般又有什么呢；程佳燕说，家庭条件不好，但仍是有爱的；刘菁说，只要家人在身边，哪里都是家；等等。

关于这个话题，笔者只想从学校教育的角度，简要地说说自己的观点。作为教师，尤其是班主任，有一个最重要的功课必须做好。那就是，深入了解学生的家庭情况。一个孩子的性格不好，学习成绩不好，行为习惯不好，乃至道德品质不好，往往都与他（她）的家庭背景有着很大的联系。

教育要想不犯错误或少犯错误，要想切切实实地做到教书育人，必须要清清楚楚地知道：学生是从怎样的家庭里"走"出来的，是怎么"走"到今天的。

家庭，是教育的逻辑起点。

说劳动

一

当下乡村的孩子，他们会不会做点农活呢？在做家务方面又会如何呢？学校里安排打扫卫生，他们又会怎么想呢？

雷俊宏：不好玩。

在七下时，有一次老师安排同学们坐汽车去养马村。大家都以为是去玩，结果是拿着扫帚和铲子去扫地。

到了村子，也只好老老实实地干活了。这个村子不大，在山脚下。村子前有一个小池塘，我们就从池塘边开始打扫。

虽然食品袋不多，但其他的垃圾就多了。我们一块一块地扫，一趟一趟地扔……打扫完了，我们就在大树旁坐着，等车子。本来以为要劳动一天，没想到，还不到一上午就结束了。

这就是我第一次参加劳动实践吧。不好玩。

陈瑾：心中有了一种小小的成就感。

说实话，我并不喜欢劳动，觉得劳动又累又脏。

记得那一次，老师叫我们打扫教室卫生，说是有领导要来检查。我本来是不愿意做的。但老师一再要求，说什么人手不够。没办法，我只好参与其中。

我负责擦窗户玻璃。那窗户好像几百年没擦过似的。而且连个抹布都没有，我只能用报纸擦。一擦，报纸都变黑了。

刚开始，觉得这是一件很脏的活儿，可后来，慢慢觉得不那么讨厌了，觉得很开心。因为，我看着自己所擦的玻璃干净透明，心中有了一种小小的成就感。

柳欢：我原以为做点家务是很轻松的。

说起劳动，让我想起了除夕的前两天。妈妈让我下楼打扫卫生，还要做饭。我问为什么，妈妈答道："你都这么大了，该学会做事了。我像你这么大，还要洗衣服呢。"

妈妈出去了，我先是把房间打扫了一遍，正准备拖地时，发现地上有弟弟吃的零食袋。那时，我好想把弟弟骂一顿，但我忍住了。

我装作没事的样子，捡起垃圾袋。之后又开始擦桌子，擦玻璃。此时，我已经很累了，但我又看到弟弟们踩的脚印。我的火一下子蹿了上来，再也控制不住自己的情绪，冲着他们大喊一声："给我出去！"

　　我又把房间重新打扫了一遍，已经十一点半了。天啊，我还要做饭呢。心想，妈妈怎么还不回来。我很烦了，却又无奈，便把火气发泄到饭碗和盆子身上……

　　我想起之前，自己像弟弟一样，不但不做事，还会往地上扔垃圾，还天真地以为，做点家务是很轻松的，家庭主妇做这些也是应该的。没想到这才一小会儿，自己就累趴了。

　　这是我在劳动后的收获。没有体验，就不知道事情的难度。

　　吴自豪：我最不喜欢萝卜丝的那个味。

　　我是一个不爱劳动的人。家里的一些家务，我也很少做。只是有时把自己搞脏的地方扫一下就完了。

　　那天上午，奶奶拿了一些菜，去小山坡。我想，正好也没有什么事做，便和奶奶一起上山晒菜。

　　开始晒时，我才发现那些菜是萝卜丝。我最不喜欢萝卜丝的那个味。可我又不好丢下奶奶一个人，便留了下来，帮奶奶搭把手。

　　奶奶叫我把萝卜丝晒在有阳光而无灰土的地方。但我有时还是把它们放在了灰土上，被奶奶批评了好几句。

　　之后，又往家里往返了几趟，终于把所有的萝卜丝都晾晒完了。几乎忙活了一上午。

　　原来，劳动是这么累。以后，我该放勤快一些了，让家人少忙一些。

　　吴悠：不是太咸，就是太淡了。

　　我是个胖子，十分讨厌劳动。

　　有一个暑假，我到武汉大姑家去玩。大姑中午做的饭菜，我嫌不好吃。大姑说，她小时候有多么苦，什么菜都没得吃。大姑还说，晚餐让我自己做。我说，自己做就自己做，谁怕谁呢。

　　傍晚时，我开始做晚饭。我决定做我最喜欢的土豆丝和番茄炒蛋，外加一个蛋汤。

　　我像模像样地做了起来，倒油，点火，倒土豆丝，放孜然粉，又舀了一大勺盐，还给了一勺酱油……

这样折腾之后，土豆丝全身都是黑的。

番茄蛋炒出来后，蛋是焦的，番茄是一大片一大片的。

蛋汤是清汤，里面只有蛋。

晚饭时，我吃了菜：不是太咸，就是太淡了。一点也不好吃。

我明白了，原来做饭也这么辛苦。这次劳动实践，简直太有意义了。

二

"乡村""农业"两种资源，被白白地浪费。

不光是以上这几位学生，包括其他所有学生，几乎都没参加田地里的生产劳动。这一方面是社会进步，实行了机械耕种收割；另一方面也是父母以及爷爷奶奶们，不让孩子们去做农活。

这对于这些孩子的生命成长而言，其实并非好事。作为一个乡村的儿童，农活不做，生产不懂，五谷不分，"乡村""农业"这两个大好的教育资源，便被白白地浪费了。

笔者之所以感到遗憾，并非希望乡村孩子都去学习种田，以便将来从事农业生产；只是从教育的角度出发，从个体成长的角度出发，让儿童多一些生命体验，在具体的生产劳动中，能切实感受到"谁知盘中餐，粒粒皆辛苦"，认识到"土地是人类生存之本"，欣赏到"劳动是天底下最美的一种姿态"，体悟到"人与自然和谐统一"的快慰。

不认识庄稼，说什么热爱乡村？

不喜欢劳动，哪会有事业的成功？

不能够吃苦耐劳，又哪来美好的生活？

说兄弟姐妹

一

乡村里，这个年龄层次的孩子，独生子女并不多。如果父母是财政供给人员，比如公务员、教师，孩子往往就没有亲生的兄弟姐妹了。独生子女与非独生子女，他们的生活体验会有哪些区别呢？这对他们的成长又会有哪些影响呢？

柳朝晖：作为独生子，我并不孤单。

我爸妈，就生了我一个孩子。我是独生子。在家中，不仅是我的爸妈，爷爷奶奶也多给了我一份爱。但是，并没有溺爱。

爸爸赏罚分明，我做得好时，他会称赞；但如果因态度不认真而导致考试失利，他会骂我，让我吸取教训。爸爸是一个老师，但没有在学习上过分帮助我，而是让我自己去学，久而久之，我养成了独立思考的习惯。

妈妈格外地照顾我，但也注重让我养成一些生活习惯，洗衣服、叠被子这些事让我自己做。这便提高了我的动手能力。

其实，作为独生子，我并不孤单。我有堂弟和堂妹，并且堂弟就是我邻居，大家经常一起玩耍，高兴得很。

再者说，无论是不是独生子女，健康快乐地度过每一天，也是对父母最好的回报。

吴悠：表姐和表哥，待我十分的好。

我是一个独生子，但我有一群表姐和表哥，他们待我十分的好。

对我最好的，非表哥鹏哥莫属了。他从小就跟我玩，不像别人一样约束我。和鹏哥在一起，是我最快乐的时候。我想干什么就干什么。尽管我那时很幼稚，但他非常有耐心，不会因为我的幼稚而嫌麻烦。

表姐中，霞姐对我最好。她来到我家时，总是给我买东西吃。我要吃什么菜，霞姐就会给我做。但有时她会很严厉，我有些不能吃的东西，她坚决不让我吃。尽管我非常生气，但我非常感谢她。

这些就是我的兄弟姐妹。他们爱我，我一定会更爱他们。

石贤妹：接到礼物的那一刻，我是高兴的。

我是家里的第二个孩子。我有一个哥哥，他比我大八岁。我跟他的名字，只有一字之差。虽然我们身上流着同样的血脉，但我俩的性格恰恰相反。

他对我来说，可以说是不存在。我对他来说，也是如此。我有时常想，既然如此，我们俩为什么会出现在同一个家庭呢？

然而，有一个生日，却改变了我的看法。过生日那天，他竟然买了个小熊送给我。当时，我很吃惊，不知道他为什么送给我礼物。我心想，我过生日没必要这样呀，就和平常一样就行了，而且我并不喜欢小熊。但是，接到礼物的那一刻，我还是很高兴的。

吴自豪：我们一家人，都很喜欢妹妹。

我的兄弟姐妹并不多，只有一个妹妹。此外，堂弟和堂妹也没有几个。

妹妹今年已经六岁了。她的个子比其他的同龄人要略高一些。她十分的活泼，胆子也很大，经常一个人往外面跑，到外面玩；过马路的时候不看车，所以经常被开车的人骂。

自从有了妹妹，我们家就十分的热闹。她经常逗我们开心。她喜欢要钱，这是爷爷在她小的时候，总是给她钱，让她养成了这个习惯。

她的性格很好，不自私，爱说话，喜欢和别的小朋友交往。

我们一家人，都很喜欢妹妹。

雷俊宏：我觉得有个哥哥挺好的。

我的哥哥长得不怎么高，有点瘦。他比我大两岁半，对我挺好的。

每次他买东西吃，一定少不了给我的。我在家里有一个习惯，下午喜欢吃泡面。但有一次在店里，我的钱不见了，他恰好在场，便给我把钱付了。

当然，有好也有坏。小时候，我和他经常打架。大多情况下，我没输，他也没赢，算是两败俱伤。

记得最凶的一次，他把秤柄往我一挥，我用手一挡，秤柄断了。然后，我准备用旁边的水壶砸他时，奶奶来了，阻止了我。

我觉得有个哥哥挺好的，现在我们俩再也不打架了。

陈瑾：我和弟弟都懂得让步了。

我有个弟弟。他比我小两岁，属猴。他比较活泼，整天笑嘻嘻的。

我和弟弟的关系，时亲时疏。我有时觉得他很乖，有时又觉得他太讨厌了。也正是因为我和他这样，经常会给家中带来"阴转多云"。

那一次，我们都还小，因为一个苹果，我们彼此互相争吵，谁都不让一步。后来，奶奶过来帮他，我一生气，把苹果往地上一摔，谁都别想吃了。弟弟哭了起来，奶奶拿起棍子，向我打来。

我以前总和弟弟打架，不过现在我们都懂事了，都懂得让步了。

张峰：姐姐经常对我说，外面打工很辛苦。

我有一个姐姐，还有一个妹妹和一个弟弟。虽然妹妹和弟弟同我不是亲兄妹的，但我们的关系还不错。

我的姐姐是亲姐，她对我很好，平常什么事都让着我。因为她前几年不想读书，就和爸妈又哭又闹。最终，姐姐出去打工了，每年只有暑假和过年回来几天，其余的时间都在工作。

姐姐经常对我说，外面打工很辛苦。她叫我要认真读书，不要出去打工。打工很累，而且挣钱又少；好好读书，以后工作好找，而且挣钱又多，又不累。

二

共享与体贴，争夺与打闹，既是快乐的源泉，也是成长的需要。

独生子女，说是不孤独，其实很孤单。因为在家里，他们没有同辈的玩伴，没有名副其实的平等交流。这对于他们性格的形成，以及在与同伴相处方面，都会有一定的影响。比如，如何争取，如何妥协，如何合作，他们都会先天地缺少实际的场景与自然的资源。再加之，如果父母及祖父母的溺爱，骄娇二气便会逐渐地养成。

相形之下，非独生子女们，往往会生活得更加开心一些，尤其是在家里，可以与兄弟姐妹们共享与体贴，争夺与打闹。他们的童年，会更加丰富多彩一些。他们在社会化进程方面，大多也会比较顺利一些。需要注意的是，一些家庭至今仍有重男轻女的思想观念，或是在俩兄弟、俩兄妹中疼爱一个、疏远一个，这对孩子中的任何一人来说，都不会是福音，而只会是祸端。

独生子女们，往往会把同龄的堂兄弟、堂姐妹、表兄弟、表姐妹视为更加亲密的伙伴，在逢时过节、周末、寒暑假相处在一起时，会表现得尤为开心。从这个角度来看，作为独生子女的父母们，应当多创造一些这样的机会，这不仅是为了增进孩子们之间的情感，同时也是为孩子们创造一些开心成长的机会。这会让孩子的童年多一些美好的回忆。

说父母

一

在中国式家庭里，大多情况下，是父母对孩子说教得多，要求得多，而父母却很少去和孩子谈心，更别说倾听孩子的建议了。

其实，作为进入青春期的孩子，对自己，对父母，乃至对于这个世界，都会有独到的看法。

吴自豪：虽然您并不是我们的亲妈。

敬爱的爸爸妈妈，你们好！今天，我想让你们多了解并理解如今的我。

如今的我，性格与以前大不相同，我也希望你们的教育方式有所改变。

爸爸，您一年四季只回家两次。您回家的时间本来就短，所以，我希望你在家的这段日子里，可以多陪陪我们，多带我们到外面玩玩。

妈妈，虽然您并不是我们的亲妈，可我知道您对我们也不差。但我想对您说，有时妹妹犯了点小错误，您不必骂她。您可以告诉她，哪些是对的，哪些是错的。

虽然我的毛病也不少，但我会努力去改，也希望你们能调整一下你们的教育方式。

黄杏：爸爸不要那么大脾气。

最近，爸爸不知怎么了，总是为了一些鸡毛蒜皮的小事大发雷霆，甚至张口骂人。起先，我和妹妹觉得没什么。可后来，爸爸变本加厉，遇到什么不愉快的事，便拿我和妹妹出气。我和妹妹每次遇到这种情况，都忍着。可我们看在眼里，痛在心里。

昨天，我本可以开开心心地休息一天。没想到晚上，我和妹妹却受到了爸爸"无休止的折磨"。晚饭后，我坐在沙发上看童话书。这时，爸爸又冲着我大吼起来："看书看书，一吃完饭就看这些！"说完，他又朝我瞪了一眼，之后便气呼呼地上了楼。

过了一会儿，我也上楼，打开了电视，看起了我并不爱看的电视节目。过了一会儿，爸爸又不让我看电视。

这天晚上，我非常伤心地哭了。我希望爸爸不要那么大脾气。虽然家里的日子不好过，但也要尽量开心一些。

涂欣欣：你们在训斥时，我感到心痛。

我知道，我做错了事是不对的。但你们训斥我，打骂我，我觉得这样的教育方法也是不对的。你们在训斥时，我感到心痛。我也知道你们是爱我，可这种方法不好。

我衷心希望，当我们做了错事时，不要打我们，要帮我们找找错的原因，然后帮着我们改正；当我们考试考得不好的时候，不要总是又打又骂。这样的方式，只会让我们和你们的感情越来越淡，要鼓励我们，给我们信心。

我希望父母能改正一下教育方法，让我们能健康快乐地成长。

柳浩伟：别放纵自己，也别放纵我。

爸爸和妈妈，从小家里都很穷，读不起书，都只有小学文化程度。他们把希望寄托在我的身上，希望我好好读书，长大后有一份好工作。

但是，爸爸就知道打牌、抽烟，其它什么也不做。有时心情不好，还拿我出气。虽然是这样，但我一直很爱他，毕竟我是他儿子，我的生命是他给的。但我希望爸爸不要抽烟，也不要把时间浪费在打牌上。抽烟有害健康，打牌消磨意志。爸爸，好吗？

妈妈曾教过我认字，教过我数数，但一直放纵着我。我要什么，她都买给我，我现在觉得这样不对。她太放纵我了，太溺爱我了。我希望妈妈对我该严的时候要严一些。

聂振贤：你们一年中，有多长时间与我们在一起？

爸爸，请您不要吸烟，好吗？香烟盒上清楚地写着："吸烟有害健康，尽早戒烟有益健康。"有人说，把烟里的有害成分，一起注入牛的体内，牛会死的。吸烟对肺不好，吸多了会得肺病。肺病到了晚期就治不好了。请您不要吸烟了。

爸爸，妈妈，请你们都不要打麻将。长期打麻将，不活动，也可能会生病的。每到过年时，你们几乎都在打麻将。每当弟弟不想你们出去打麻将，你们就拿出手机给他玩。你们知道，这样对双方都不好。弟弟玩手机，眼睛总是离得那么近，这样会近视的。

你们一年中，有多少时间与我们在一起？

雷俊宏：我真的希望爸爸别用老套的方法教育我。

188

我希望爸爸以后不要老是管我的学习了。我自己会学的，别总是叫我学、学、学。

昨天，爸爸对我说，这些卷子怎么只考七八十分？我说，难，这卷子真的难。他说，难，就不能多想吗？我说，你能，你做。没想到，他竟然说，是你读书，还是我读书？我一下子噎了下去。

爸爸，你太不理解我了，你的方法太老套了，只知道叫我学。考虑过我的感受吗？

是的，我是喜欢玩，但我知道什么时候学，什么时候玩。我会控制自己的。

我真的希望，你以后别用老套的方法教育我。我受不了。

胡培丰：别总是拿别人家的孩子跟我比。

爸爸，妈妈，是你们给了我生命，是你们抚育我成长，是你们为我支起一片蔚蓝的天空。

你们一个温和，一个严厉。但对我来说，你们温和时太温和，严厉时太严厉，常常会因为我犯下的一个小错误而批评我好长时间。每当我没有考好时，你们总是说，你看人家谁谁谁考得多好。你们总是拿我和别人家的孩子比。

还有，我本来就是一个倔强的人，而你们却总是让我做一些我不喜欢的事情。我不想惹你们生气，我不想和你们对着干。

不管怎么样，你们都是爱我的，大爱无言，至情无声。爸爸，妈妈，我会用我的一生来报答你们对我的爱。

柳朝晖：关在笼里的鸟儿飞不高。

爱，筑起一座城堡，为年幼的我遮风挡雨。我想要一片树叶，你们却给了我一片枫林。

我喜欢出去玩，并且希望摆脱家长的束缚。但爷爷、奶奶、爸爸，就是不放心。其实，在班上有一半的同学都单独出去玩过，并且我对县城很熟悉，又不会乱跑。我一直对他们说没事，但他们总抱着"喝水也会呛着"的心态。我知道，他们对我好，但我承受不起这份爱。

关在笼里的鸟儿飞不高！开放一点，其实大家都能开心。所以，在将来我一定要多出去走走，多出去看看。安全和自由之间的冲突其实并不大。

吴悠：妈妈，别倒数三个数了。

书上都说，父爱十分的严格，母爱十分的温柔，但我不这样觉得。

我的妈妈，性格暴躁，脾气不好。如果她不让你做，而你做了，她就会暴跳如雷，把你数落一顿。如果她叫你做事，你不做，那就对不起了，她将会使用所有母亲都常用的方法，倒数三个数，表情还十分的怪。我往往没有撑到最后就屈服了。有时也撑到最后，可是结果，我被她用衣架连抽十下，想想就觉得可怕。所以，我建议妈妈，能像书上说的，温柔一点，该有多好。

我爸呢，大多情况下都十分的温柔，对我很好。我想要买什么，我爸都给我买，只是在学习上不怎么管我。但在考试考差时就会管。所以，我建议爸爸在平时多管管我的学习。

二

你想让孩子成为什么样的人，首先你自己要成为什么样的人。

一千个家庭，就有一千种教育方法。

家庭教育，似乎并没有什么现成的公式可以套用。那种说是拿来可以现炒现卖的，其实往往是一种忽悠；或者套用起来，会让父母和孩子都倍受煎熬。

但成功的家庭教育，至少有两点是相同的。

一是，父母和孩子，成为一种朋友式的关系。高兴的，失落的，成功的，失败的，都愿意和对方倾诉。

二是，身教重于言传。也就是当下流行的说法：你想让孩子成为什么样的人，首先你自己要成为什么样的人。

至于，是严格一点还是宽松一点，是管教多些还是放任多些，则由父母与孩子一起去把握。

说爷爷奶奶或外公外婆

一

冯晓萱：跑慢点，当心摔着！

奶奶这个词，已经有好几个月没有从我口里叫出了。这个词，在我的世界里渐渐陌生。几个月前，奶奶去世了。我们的心里都很舍不得啊。

爷爷奶奶辛苦一生，年老了又经常患病，一生什么福也没有享。

从小我就很少陪伴他们，有时候回老家也只是吃个饭就走，并没有留下来。记得那时，我们每次回老家，爷爷奶奶都站在门口望着我们回来。

"跑慢点，当心摔着！"奶奶微笑地望着幼小的我，喊着。

顽皮的我，蹒跚着，最终还是摔倒了，摔得好疼好疼。我放声大哭，好像责怪奶奶似的。

"不哭啊，不哭，都怪奶奶不好。"奶奶心痛地看着我那被擦破了皮的小手，好像捧着碰坏的珍珠似的，轻轻地吹着。

鄢娟：对爷爷的想念，无穷尽。

就在今年四月的时候，爷爷离开了我们，去了另一个世界。

爷爷的葬礼上，来了很多人。我眼看爷爷被抬上了那辆车，顿时泪流满面，不由自主地回想起以前和爷爷度过的那些时光。

夏天的傍晚，爷爷总会端一个躺椅在外面乘凉。我便像一只小猫一样依偎在爷爷身旁。爷爷拿着一个蒲扇，不时地给我赶蚊子。清爽的晚风从身旁吹过，田野里的蛙叫声十分活跃。就这样，我在爷爷的怀里睡着了。

自从爷爷走后，奶奶的心情就很不好，常常一个人坐在那里发呆。一直到现在，奶奶才从悲伤中走了出来。

我对爷爷的想念，无穷尽。

袁标航：奶奶叫"周弟"，爷爷叫"新华"。

我的奶奶，出生在抗美援朝那年，应该是很独特的一年吧！因为当时依然受着重男轻女思想的影响，我奶奶取名为"周娣"，谐音为"周弟"，也就是希望能带一连串的男孩子来。结果，后来奶奶真的有了一连串的弟弟。

奶奶在当时也算是一个知识分子，因为她是一名教师。她这么大年龄了，我猜她已经是桃李满天下了。

我的爷爷，比我奶奶晚三年出生，名叫"新华"，意为"振兴中华"。果然，他以后成了一名好男儿，因为他去当兵了，并且在1998年抗洪时期立下了大功。不错吧！

我的爷爷奶奶，一个视我掌上明珠，一个陪伴我长大，我以后要好好孝敬他们。

张哲：奶奶爱唠叨，但我从来不讨厌她。

我的爷爷已年过七旬，可是还像小孩子似的那么爱玩。

一天，我和表弟下象棋。玩得正带劲时，爷爷走了过来。他正愁没人陪他玩呢！他对弟弟说："你这盘棋快输了，让我来帮你赢。"

奶奶说，你别惹他们了，快去买瓶可乐回来。爷爷这才很不情愿地出去了。

我的奶奶今年刚好七十岁。她个子矮小，总喜欢穿一件棕色的外套。腰上总是系着一条蓝色的围裙。

奶奶爱唠叨，但我从来不讨厌她。有一次，奶奶出去买东西，稍稍回来晚了点，爷爷说了她几句，奶奶就不厌其烦地开始"念经"了。

吕阳：爷爷奶奶是一对为人着想的好夫妻。

我的爷爷奶奶，岁数都很大。尤其是爷爷，满头的白发，满脸的皱纹。

奶奶虽然已经六十五岁了，但到目前为止，她的头上，连一根白头发都没看到。但皱纹还是很多的。

我爷爷，对我很好。他是一名医生，在街上一个小诊所里打工。他每次回来，都会带东西给我。我叫他出去替我买东西，他都记着。他回来时总是说："我东西忘买了，老了没记性。"可到最后他又说："买了，骗你的。"可见他有点老顽童。

我的爷爷奶奶，性格都很好，对我也非常好。他们是对为人着想的好夫妻。

程佳燕：大概外婆就是这么朴实的一个人。

我的外公外婆，都有七十多岁了。

外公头顶都秃了，只有两边有稀稀疏疏的几根白发。我想，这大概就是所谓的"聪明绝顶"吧。外公却告诉我说，那是他小时候坐在门槛上吃饭的时候，挂在门上的镰刀，被他不小心碰到掉了下来，削掉了他大部分的头皮。以至于此后再也没有长过头发。

后来，外公为了让头发重新长出来，吃了一种药。结果，不但没长出头发，反而弄掉了许多牙齿。

我的外婆，不知道是什么原因，瞎了一只眼。每当我打扫卫生没扫干净的时候，妈妈总是说，你也和你外婆一样有只眼睛看不见吗？即便外婆在旁边听见了，她也只是被逗得大笑，丝毫没有生气的样子。

唉，大概外婆就是这么朴实的一个人吧。

朱文鑫：菜园里的菜全是纯天然、无公害的绿色食品。

爷爷奶奶，都很和蔼，很朴素。我很喜欢他们。

爷爷奶奶的门口有一片菜园，花花绿绿，不亚于一个美丽的花园。春天，菜园里一片美好的场景，蜜蜂在园里采蜜，蝴蝶在飞舞，既温暖，又美丽。

夏天，西瓜成熟了，我和妹妹在田间吃西瓜。西瓜红红的汁液，浸湿了我们的衣服。衣服也红红的。

菜园里的菜全是纯天然、无公害的绿色食品，味道也就没得说了。

这菜园是爷爷奶奶种的，渗透了他们的心血。

柳宜君：我们当涌泉相报。

在我孩提时代，曾生过一场大病。在那时，我根本起不来床，整天都在床上躺着。

可是，爸妈都不在家，全在外面打工。奶奶就每天把饭菜端到床边，一口一口地喂我。

而爷爷呢，他也忙得不亦乐乎。一方面要去给我找药方，另一方面又要干农活。

他们俩，有时很幽默，时不时开个玩笑，逗得我捧腹大笑。但有一点，只要我没考好，他们就会狠狠地数落我，让我泪流满面。

爷爷奶奶是我们的亲人，对我们可是关怀备至啊！我们当涌泉相报。

二

爷爷奶奶，无法替代爸爸妈妈。

完全可以看得出，这个时代的乡村孩子，对爷爷奶奶（外公外婆）都有着深厚的感情。孩子们，并没有因为隔代，而与爷爷奶奶产生情感上的隔阂；没有因为爷爷奶奶的某些缺陷，而嫌弃他们；相反，他们对爷爷奶奶（外公外婆）有时更加依恋。留守儿童，单亲孩子，更是如此。

爷爷奶奶（外公外婆）对自己的孙儿孙女，在生活方面大多可以体贴入微，可以关怀备至，这也是孩子们产生依恋的原因所在。

但由于爷爷奶奶们的教育观念大多较为保守，文化知识也较为缺乏，对孙儿孙女往往是疼爱有加，而管教不足。这使得许多孩子，从小养成了一些陋习。

许多孩子的父母，因为生活的原因，在孩子还小的时候就外出打工，只在过年的时候，才和孩子们团聚几天。因而，许多孩子对自己的父母，会有或多或少的疏离之感。

照管孩子，不能完全依赖爷爷奶奶（外公外婆）。

陪伴，是最长情的爱。

在孩子的一路成长中，爸爸妈妈不能缺位。

说过年

"二十四，打扬疵；二十五，打豆腐；二十六，办爆竹……"按照本地习俗，腊月二十四小年一到，就意味着过年了。这个"年"，一直要延续到正月十五，甚至还有这样的一种说法："拜年拜到土地会，越拜越有味。"当然，随着生活节奏的逐步加快，交通工具的日益现代化，正月初六之后，几乎就很少有拜年的了。

言归正传，在八年级这帮少男少女的眼里，"年"又是怎样的呢？他们在过年期间主要做些什么呢？

一

程美玲首先说到了小年。"到了腊月二十四，人们就开始筹备年货，这天好像是孩子年。听大人说，这天所有的孩子都必须听大人的话。可我并不这么认为。孩子年，不就是孩子的节日吗？应该是大人们尽可能地听取孩子的话吧。"

程佳燕说，又大了一岁，过年真是越来越无聊了；鞭炮声从早响到晚，一大早，就开始"扰人清梦"。

石晨则说，说起春节，有太多的话想说，但在这里长话短说。过年，父母都回来了，带回许多好吃的，但这不重要，重要的是我们的腰包都鼓满了。我们有了钱可以随意挥霍，买炮放，邀上三两个伙伴一起玩炮，听着噼里啪啦的炮声真过瘾。

李曦说，快过年了，同学们异常兴奋，寒假作业都扔到一边，每天与手机、电脑作伴，玩得不亦乐乎。她还说："每年过年，我总是不会亏待自己。今年，我是在街上的新家过年，爷爷奶奶也来了，一家人团团圆圆地吃着年夜饭。"

柳振沪认为，过年最高兴的就是父母可以回来。他认为拜年并不好玩，抢红包才是最开心的。

柯岩则说，谈起过年，那有趣的当然多了去了。贴对联、穿新衣、吃年饭，这些都是除夕那天当做的事。"但我认为，这次过年大失年味。都说全家人在一起，哎，我家却有一人在南方没回来，这让我有什么心思过年啊！"

看来，家人团聚，有压岁钱，可以玩手机、抢红包，这是这群小子过年的关键词。当然，还有看春晚，拜年，男孩子玩爆竹，等等。

二

"春晚可以不看，但不能少了压岁钱。吃完饭后，我在数着压岁钱，一百、二百、三百……哈哈，有两千多！"张哲说，他笑了一晚上。

吕嘉豪说，他也收到了两千元压岁钱，觉得太多了，快要笑得合不拢嘴了。

石贤妹也很开心。"最开心的事莫过于收压岁钱。我的压岁钱又过千了。一般父母会把压岁钱收去，而我的父母却留给我。我把这钱作为平时上学的零用钱，这样，这钱才用到了正处。"

谈到压岁钱，程佳燕则笑不出来。"最让我生气的还是我那点少得可怜的压岁钱。除夕夜，妈妈有点羞涩地给我一个红包，我打开一看，哟呵，六百元！我兴奋得睡不着觉。哪晓得，大年初一的一大早，妈妈就叫我把压岁钱放到她房间里去。还说什么怕我哥偷偷拿去用了。而后，她又补充了一句，你最好把钱放在我的包里。这句话，差点儿没让我吐血。我的压岁钱呀，我感觉心痛到无法呼吸。"话是这么说的，其实程佳燕很理解妈妈的。因为，懂事，乐观，一向是她的个性。

三

玩手机，打游戏，是他们过年的一个重头戏。

"春晚开始了，看了十多分钟，这也太无聊了。算了，还是打游戏吧。哎，太气人了，打了一晚上，结果从'黄金五'掉到了'白银二'。算一算，输了七八场了。"这是张哲年夜饭后的活动。

余晖也是这么说的："我把年夜饭吃完后，就把爸爸的手机拿来，跑到同村伙伴家，五人一起打'王者荣耀'。我们有说有笑的……"

石晨说，最开心的事就是和'死党'一起行走"天涯"。"我们随便捡一个棍子就是宝剑，我们幻想自己是盖世英雄，还模仿电影中打斗的场景。四处'行侠仗义'，其实就是四处乱搞……沉浸在游戏中，我已经忘了我是个初二学生。"

玩游戏，也不光是男孩子的专利。程珊珊说起了她大年三十日的一些故事。"一大早，厨房里便忙得不可开交了。有洗碗的声音，有炒菜的声音，而我呢？却自由自在地跑到电脑旁，坐下来玩我的游戏。玩得正起兴，快要冲到第一的时候，'咔嚓'一声，电脑黑了。仔细一查，原来是二姐看我不爽，把电源给关了，我生气地冲着她大吼起来……"

四

谈起看春晚，石贤妹是这样说的："春晚大多数是老艺人，也有'小鲜肉'，这样组成的节目才有味道。春晚我看的并不多，只看到十点就没看了，要不然，年初一就起不了床了。"

鄢娟则说："今年的春晚，我等了一个晚上，就为了等我的一个偶像——鹿×。仿佛只有看到他出场，这一个晚上的等待才值了。"

李曦看春晚的经历有点与众不同。"今天春晚，听班里的一些同学说会有很多明星登台，大家都很期待。可是我家的电视看不了春晚，我只好玩手机了。一打开手机，QQ里都是在进行抢红包大战，我也只好无聊地加入其中。差不多过了半个多小时，已经十一点了，我们抢红包大战暂时平息了。这时候，我突然想到了手机上好像可以直播，于是我连忙打开另一个手机，开始看春晚。春晚好像没有之前那么有趣了，此时QQ群里正聊得不亦乐乎，我便一边看手机直播的春晚，一边QQ聊天，到了凌晨才睡着。"

张哲对于春晚的说法又不同。"爸爸打电话来了，叫我回家看春晚。我也没办法，也只好无奈地回家了。回家到了十一点半，看了半个小时春晚。什么东西，浪费了我一次打'王者'的机会，唉！"

五

关于拜年，石贤妹说的是大年初一本村里的拜年。"今年的大年初一，我是在家里看电视，几年前的我也出去拜年，因为到了每家说一些吉利的话，别人就会递上一根烟。几句话就能换来一根烟，想想还是挺划算的。今年在家里待着，我帮妈妈递烟给小朋友，而小朋友拿到了烟会很高兴。"

柯岩说的也是大年初一。"在一家门前，我大摔一跤，双腿跪在地上。那家主人大概是听见了我的叫声，出门来看，开玩笑地说：'小姑娘，你这礼我可受不得。这大年初一的，就有人行跪拜礼拜年，这让我受宠若惊，呵呵！'我赶快起来。扭头就走。现在想起来都有点尴尬呢！"

柳振沪在前面就说了拜年不好玩。原来，今年过年，他到外婆家去了。"外婆的家在河南，我也就去过两三次而已。去的时候坐了六七个小时的车子，而外婆的家又在平顶山，那边也没有朋友，所以到了那里，很无聊。不过，到了那边，我的爸妈不会让我写作业，所以我也有了一点窃喜。"

喻金圣的感受，或许有一定的代表性。他说的不是外出拜年。而是因为拜年，舅舅来了。"我这时，心中有些高兴，但同时又有些害怕。因为到吃饭的时候，他又会说起我的学习成绩。

"吃饭时，舅舅坐在上座。爸爸跟他聊得十分愉快。我便赶紧吃，吃完开溜，免得又要听他说成绩。不出所料，在我还没吃完时，他们便说起了我的成绩这方面的事。问我这科怎样那科怎样。我都听得烦死了。跟他说完，他便叫我继续努力。"

六

谈起过年，这帮孩子还有许多话要说。比如程美玲说，一家人围着小方桌，吃着年夜饭，说着祝福语，我想，这就是最正宗的年味吧；程佳燕说，什么大年初一、初二不能用刀子呀，不能把垃圾扔了呀，就这些"破习俗"，净给人添麻烦；柳妍妍说，过年了，上交的手机也回来了，有家人的陪伴，晚上不会再为黑暗的夜晚而迟迟不敢入睡了；石晨说，"黄鹤一去不复返"，年悄然被送走了，亲人也即将远去，心中别有一般滋味……

作为孩子的父亲，作为学生的教师，对于过年，想说的有许多，但在这里，我只想说两点。

一是，大人们应当教给孩子们一些必要的礼仪，和过年时应当遵守的一些"规矩"。比如，给长辈拜年时，应当清楚、响亮地称呼长辈，送上祝福；家里有客人来了，应当走出房门，大大方方地迎接客人，端茶送水；说话时，要力求文明得体，尽可能地回避一些所谓不吉利的话语；在吃喝玩乐的同时，还应力所能及地做一些家务事；等等。如此这般，不光是因为春节，还是教育孩子懂规矩、讲文明的好时机。这对于孩子待人接物能力的提高，都是非常有好处的。

二是，家长可以陪伴孩子看一些寓教于乐的节目。春晚，其中的文化因子很多；像 2017 年春节期间，央视一套播出的"中国诗词大会"，如果有家长的陪伴欣赏，孩子从中获得的便不光是古典诗词了；还会有家人的交流，亲情的温馨——这类节目，如果家里有一种小气候，是完全可以打败玩游戏和抢红包的。这是笔者的亲身体验，也是切实的教育心得。

说寒假作业

寒假作业，其实根本在于考察你在家做作业的态度。

我觉得无论是在学校里还是在家里，都要保持一贯的严谨和认真。

这样方得学习真谛。

——袁标航

一

谈起寒假作业，本班学生刘进文出口成章："没有作业就没有伤害，没有作文就少些无奈。"他说："寒假作业这个调皮鬼，每当我玩游戏的时候，总有人叫我作业，像是它唤过来的。要我说，暑假这么长，做些作业没什么大不了；但寒假这么短，玩的时间都不充足，哪有心思做作业？家人催我做作业的话语，我都写成诗了。"诗句如下：

细娃细娃你别忙，放下游戏才正常。

春暖花开好天气，拿起作业莫彷徨。

柳宜君是这样看待寒假作业的："我每当翻起寒假作业时，总如胸口压了一座大山一样，喘不过气来。一翻开作业，就会产生一种想玩的欲望。不仅如此，每天看到空白页时，便心如刀绞。究竟是玩儿还是学习？这在我心里一直是个问题。"

柳闻言说，一到寒假，便一直沉浸在玩手机游戏的快乐之中，直到开学前几天，才想到了自己没做作业，于是便开始起早摸黑地赶作业。为了赶时间，字迹都很潦草。终于，所有的作业还是给做完了。但到了开学的那一天，他一直心惊肉跳，生怕字没写好而被挨训。

杨驰的情况也比较类似。"我的寒假作业都是后几天写完的，那时都是每天开着灯，从上午写到零点，简直又累又损伤眼睛，但有什么办法呢？……到了开学前一天，我终于把寒假作业做完了，心里压着的一块大石头终于放下了！"

殷文嘉说得很坦诚："寒假作业,我都是抄答案的。因为那样速度最快,所以在学校里就抄完了四本,而且都是好抄的四本。一放假,我一直在玩,到了最后的几天把剩下的三本给抢完了。于是,便高高兴兴地又打起了游戏。等到开学的那天早晨,床铺已经铺好了,忽然有人问,你们的作文写完了吗? 我才想到,我根本不记得作文的事情。最后在语文老师的催促下,我才把作文给补了起来……"

洪遇见则这样评价自己:"我的寒假作业,上面的字太丑了,连我自己都看不下去。"

二

聂振贤说得更直接:"寒假作业对于我们来说,不抄答案是做不完的。如果你在培训班,你的作业便更多更难。

"在放寒假的第一天,我就开始了自己的作业之旅。每天每本都做一点。但做了几天,我便不耐烦了,就开始抄答案。几乎每天抄完一本。渐渐地离春节越来越近,我的作业量也越来越少了。

"春节前后,我休息了八九天。之后,又开始了新的作业旅程。做历史寒假作业时,我做得头昏脑涨。还有三分之一的题目做不来,我就用手机拍照搜题。最后写的是语文作业,有几篇作文是我在网上搜过之后,找到灵感才写下来的。最后一篇作文,我的题目抄错了,在班上的 QQ 群里看了看消息,才发现这个错误的。这一天恰好是中国的传统节日——元宵节。在这天下午,我才把寒假作业做完。"

冯畅描述了他做寒假作业的一段情景:"时光一天天过去,堆在桌上的作业丝毫未减,而寒假所剩无几了。最后一个星期,我抛下 QQ 与微博,心想与作业决一死战。那几天,我一路披荆斩棘,作业也剩下得并不多了。可是,只有最后一天了,这一张卷子成了我最大的难题……"

袁标航的寒假作业处理方法,与许多人相反。"家里人说,要在年前把作业完成,所以时间很紧迫。但放寒假,我又想放松放松,玩下游戏,所以,我在发寒假作业时,就快马加鞭地赶进度了。

"寒假刚放几天,我便玩游戏。玩得正起劲,可想到荒废的寒假作业,我不忍心一味地玩手机,便给自己定了一个计划:上午做作业,下午玩游戏。就算腾出了时间，可我作业的进程还是很慢，而年味又越来越重了，我便痛下决心，上午不见手机一面。但新的问题又出现了，我的作业上面字迹潦草……"

三

柳窈对于寒假作业有自己的个性化认识："寒假是美好的，作业是悲催的，但是现实是残酷的。要想拥有美好的明天，就必须接受现实。"

吕阳做寒假作业的心理很矛盾："我十分纠结。虽然有的有答案，但还是不想看。只抄不动脑，对自己的成绩提高会有影响。但我还是控制不住，把答案给翻了翻。但也不是全部抄下去的。"

吕阳认为，寒假作业是把"双刃剑"。好处是能加强巩固自己的知识，坏处是如果你控制不了自己的话，去抄答案，一定会走火入魔。所以，希望自己能拒绝答案，把知识真正记入脑子里。

李景东说得很形象。"做作业与吸烟一样。烟盒上写了吸烟有害健康，提早戒烟有益健康，但为什么要卖烟呢？在寒假作业的封面上也写了快乐寒假，如果不发寒假作业，那才是真正的快乐呀！一本，两本，三本，不！一共有八本，还有一些杂七杂八的，让人悲哀。但是如果你一直抱着这个思想去看待，就不会有收获。

"我开始写第一个字，写完第一篇作文，做完第一本书，就感觉有了成就感。字也比较端正，不会随心所欲……其实，寒假作业的作用也是不小的，它可以让你复习一遍上学时的学习内容。不然，一个寒假后，知识得不到巩固，早就忘得一干二净，就跟没学一样。用吴老师的话说，那是浪费光阴，浪费纸张，浪费笔墨，这是不划算的。"

吴悠与李景东的想法，有许多相似之处。"寒假本是快乐的，可多了两个字，立马就让我的心情从山顶坠到了深渊，那两个字就是'作业'。

"寒假的时候，早上起来听那清脆的鸟鸣，看那高挺的大树，白白的云朵，呼吸清新的空气，心情大好。可爸爸一声'做寒假作业了'，让我的表情瞬间僵硬了，我只好弱弱地回答了一声'哦'。

"坐在书桌前，看着那'战场'，心想，又要'浴血奋战'了，我开始'上了战场'，'拼杀'了好一阵，我终于做完了。我的手似抽筋了一般，十分的痛。我感觉头是空的，手是断的，身体是麻木的。但我做完了寒假作业后，我又感觉赢得了整个世界，心情又好了起来……"

四

刘菁的寒假计划很周详。"在放假以前，我就安排好寒假的计划了：每天早上七点起床，梳洗好后开始晨跑运动。晨跑时，早上的鸟鸣声清脆入耳；在两旁树木中穿梭，手抚着青草，难道不是很幸福的事情吗？说来也奇怪，这个寒假并没有一点寒意，只是与春天相比，没有鲜花而已。运动之后，我便开始写我的寒假作业……"

冯晓萱对寒假作业的认识不同一般。她说："不管是寒假还是暑假，作业这个累赘就一直压在我们身上。班上很多同学都在放假之前就把作业做完了，与他们不同的我，却在寒假之前一笔没动，我自己决定吧：如果在上学的时候就把作业做完了，那寒假我们又干什么呢？

"寒假作业不过就是学校不想让我们在寒假里疯玩。寒假疯玩，会导致收假后一个个同学都像智商变低了一样。而布置一定作业呢，让我们把寒假过得很充实，不浪费太多的时间。

"在寒假的时候，我用年前的十多天时间，做完了八本寒假作业和六篇作文，用年后的时间做完了培训班的作业，并且预习了一个相对八上来说更难的物理。这些，就是我与寒假作业的故事。寒假作业让寒假变得充实，变得美满。"

同样是寒假作业，刘菁和冯晓萱的心态就非常好。下面这三名同学的观点，则更值得借鉴了。

聂振贤说："我觉得，寒假作业对于喜欢玩耍的同学来说，是一种约束。"

吴悠说："寒假作业与我有着很复杂的关系：是战友，是老师，是快乐的敌人，也是做完之后所赢得的整个世界。"

袁标航说："寒假作业，其实根本在于考察你在家做作业的态度。我觉得无论是在学校里还是在家里，都要保持一贯的严谨和认真。这样方得学习真谛。"

说看电视

互联网在不断渗透，手机的功能在日益强大，网络游戏在风靡全球，在这种背景下，中学生又是如何看待电视节目呢？

我们且听他们说——

吃着零食，看着电视

冯晓萱：在这个网络普及的时代，好像电视都没有太多人看了。其实，电视上播放的又和网络上的有什么不一样呢？

小孩子爱看动画片，这是天性，是无法改变的；像我们这种花季雨季里的少男少女，喜欢看的就是一些娱乐节目，男孩子喜欢看综艺、游戏，女孩子喜欢看连续剧和综艺；而一些戏剧类节目就适合于老年人了。

看电视的时候，当然要舒舒服服的，左手一杯饮料，右手一包零食，瘫坐在沙发上。那时候便会觉得多么惬意：没有了作业，没有了爸妈的训斥。

——看动画片，看综艺，吃着零食，在一定程度上代表了女孩子看电视的习惯。只是，冯晓萱对网络电视有了一点认识，这比许多同龄孩子多了一些理性的东西。

柳宜君：说起电视，那可是我的最爱。每个星期，一放学回家，我第一件事就是打开电视，搜寻我喜爱的节目。我那专注的目光，一定会让你回味无穷。每当看到自己喜爱的节目时，我就会喜笑颜开。只要一看到自己喜欢看的电视，我就巴不得天天看，不想上学，只想放假。电视对于我的吸引力，实在太大了。

我也知道那不是长久之计，但我也只能努力压制我对看电视的欲望，慢慢地专注于学习。可是，那对我来说，实在比登天还难，一想到那，我就倍感压力。

——柳宜君坦言，吃零食、玩游戏、看电视，是她的三大爱好。当看电视和吃零食结合在一起时，那就是爱中之最了。如何克制住这些嗜好，是她面临的一个大难题。显然，仅仅依靠她个人的力量，是有难度的，这需要家人的积极介入，进行适当的行为干预。

柳窈的话，就证实了这一点。她每次丢下作业、打开电视时，妈妈总会问她作业做完了没有，告诉她看电视要适度，甚至在她离不开电视时还拔下电源。柳窈说："渐渐地，我的自制力提升了许多，妈妈也不用再管我了，我看电视的次数也少了许多。"

同时，也需要自己刻意地转移兴趣，比如阅读，用其它的兴趣爱好来替代那三大爱好。这正如一位禅师说的那样，要想地里不长草，最好的办法，就是种上庄稼。

平生三大爱好

吴悠：我是个电视控。平生三大爱好：看小说，看电视，玩游戏。我把电视里我爱看的频道都熟记于心了。

我最爱看的是电竞频道。那个频道专播游戏，那相当于电视版的游戏攻略，不用花钱就可以看到了。

我还看喜剧节目。每次看时，我都会笑到流泪。可是我爸爸说，他们都是一些神经病，但我就是喜欢看那个。

我也爱看动画片，特别是日本动漫片，如《火影忍者》《航海王》《怪盗基德》等。看着看着，我有时竟然忘了还有学习这玩意儿。

看电视有诸多坏处，比如，可以让我们的眼睛近视，让我们只知道玩，学习成绩下降，所以还是要少看一些才行。

——难怪这家伙时不时呵呵笑的，笑得小眼睛眯成一条缝，原来他喜欢看喜剧节目。喜欢看喜剧节目的人，一般比较乐观。他还知道看电视需要节制一些，那玩游戏是不是也要节制一些呢？

杨驰：看电视算是我最喜欢的事情中排第三。因为前一二是玩手机和玩电脑。它们是不可取代的。

但是我觉得电视不怎么好看。所以，我看电视一般是看那些游戏类节目。因为我本身就是非常喜欢玩游戏的。看到那些玩游戏的大神们秀操作，心里很爽，而且还可以看到那些搞笑的操作，这会让人开怀大笑。

我还喜欢看电影。因为电视剧中间还要插广告，刚看到精彩部分就有广告，看得人很不爽。而电影一部一到两个小时，中间没有太多广告，看得让人舒服。

看电视，我不会像玩电脑那样玩很久，因为电视不好看的多，而且没有好看的电影。好看的电影早就被我看完了，无聊的时候一天两三部，不无聊的时候一天一部，反正，我看电视必须要看电影。

——对于学生而言，看电视连续剧显然不太合适，除非放寒假或暑假。适当地看一些电影和游戏类节目，是不会让人上瘾的。但又玩手机，又玩电脑，又看电视，你的作业哪有工夫去做呢？

体育、游戏和科教频道

聂振贤：我喜欢看三种不同类型的电视节目。一是文学类，比如"中国诗词大会"；二是综艺类，比如"王牌对王牌"；三是体育类，比如篮球比赛。

我看文学类节目，是从七年级那次语文晚自习开始的。语文老师给我们看"中国诗词大会"，从此我就爱上了这个节目。每当看这个节目时，如有选手答错了，我都为之惋惜。

我看综艺类的节目，是一次在朋友家玩，无意中看到了这个类型的节目。这类节目，非常好笑。

我看体育类的节目，是在2016年里约奥运会开始的。从此，我就爱上了体育。我从这里学到了简简单单的两个字：坚持。

我认为，看一些好的电视节目，是有利于成长的。

刘进文：说到电视节目，我最喜欢的是科教频道。有一次，看《地理·中国》的乐山大佛，我不禁遐想，这样宏伟的建筑是如何建成的。最难以忘怀的节目有两个，一个是"荒野求生"，一个是"中国诗词大会"。最具特色的是后者。电视显示题目，我也在猜想，有些诗我都见过，也会背，但大多忘得差不多了。对于那些没见过的诗词，我就积累下来，至少也要记得个大概吧！节目的主持人和嘉宾，都是最具代表性的，这又为这节目添了几分色彩。

——孩子看电视，大人的引导，是很有必要的。一个晚自习，让他爱上了这种益智类节目，太值得了。央视推出的"中国听写大会""中国成语大会""中国诗词大会"，确实很有创意：寓教于乐，老少咸宜。

如果在周末或其它节假日，父母能陪同孩子一起观看"中国诗词大会""朗读者""最强大脑""一站到底"等一些益智类节目，既可陶冶情操，又可丰富知识，还能交融情感，这可谓是一举多得的家庭生活方式。

吕阳：我喜欢看游戏竞技、湖南卫视、浙江卫视、东方卫视，但我最爱的还是体育频道。因为我喜欢看球，尤其是篮球。当今篮球在世界上发展得很快。现在最大的篮球赛事当属美国 NBA。因为美国篮球文化十分特别，来自世界各地的球员都可以参加 NBA 选秀。所以，美国篮球文化别具一格。

在游戏竞技里，我喜欢看一些刺激的游戏，这会让人很爽快，尤其是枪战，打得十分激烈，让人目不转睛的，这会给人一些快感。

在音乐频道里，歌曲会安抚人心，激励人们。我不知道老师听说过"爵士乐"没有。这种音乐带给人们心灵上的安抚以及快感的节奏，实在是无与伦比。

还有一些真人秀节目，比如"真正男子汉""越野千里""我们十七岁""极限挑战"等，这些我都喜欢。在这里面，我最喜欢的是"真正男子汉"。因为这是我们中国军人很有意义的国防类型节目。这种节目带给了我们中国军人的意志，激动人心。

我们看电视就要看有意义的节目。这些节目会启发我们，使我们能够正确地看待人生，同时还能让我们获得很多知识。

——吕阳看电视，很能代表男生的一些特点：篮球，刺激的游戏，真正的男子汉，还包括爵士乐。同时，正如他自己所说的那样，看电视就要看有意义的节目。阳光，开朗，打球敢拼敢打，待人接物有绅士风度，吕阳也是一个"真正的男子汉"。是因为有了这样的性格，才会去选择这样的电视节目；还是因为这些节目潜移默化的影响，让他这种"男子汉"性格日益鲜明？大概他自己也说不清楚。

我们需要正确地看电视

袁标航：看电视是人们最普通不过的行为，但电视里的内容鱼龙混杂。所以，我们需要正确地看电视，才能体会到其中的益处。

当你疲惫不堪的时候，我们可以看一些喜剧来放松身心，愉悦自己的心情，使自己的精神世界变得充足，你就不会那么累了。

但你愤怒的时候，你可以看一些哲理片，它将会告诉你该怎么做，以至于你不会冲动地解决你所愤怒的事情。

当你无聊时，你可以看一部电视连续剧，它能带走你那无聊的时间，让你度过这一天。

——这小子的话，是不是一定正确，这个恐怕要因人而异。但是，我不得不佩服他能够如此有条理地进行理性分析。这样的分析，对于那些电视控来说，无疑是有好处的，即便你不太支持他的一些主张。

其实，还有许多中学生并不喜欢看电视。比如冯畅说，现在看电视，已经很老土了；现在有网络，难道还需要去看电视么？洪遇见说，从寒假到现在，他就没有看过一次电视，而更多的空闲时间里，是在玩"王者荣耀"。柳闻言说，他原来喜欢看《西游记》，但看到唐僧误会了孙悟空三次后，从此就不想看电视了。涂斐说，放假在家，每天只看一小时电视，甚至片刻也不看。

综上所述，当下的大多中学生，对于看电视都有比较理智的认识，真正为电视而疯狂的孩子并不多。在这方面，只要父母或其他监护人，能不时地予以提醒和引导，绝大多数孩子是能够控制住自己的，同时还能根据自己的喜好，去选择一些有利于青春成长的节目来观看的。

说身体

2017年8月份，网上发布了一份《广州中小学生体质健康状况堪忧，重度近视率近五成》报道。

报道称，广州中小学生重度近视率达到49.8%。800米跑，还未到终点，就有几名学生瘫坐地上，喘气干呕；引体向上，有的还没向上就掉了下来；站队列，不到二十分钟，竟然就有学生倒下去；仰卧起坐，有的小胖墩躺得下去，坐不起来……

广州市教育部门相关调查显示，2016学年，广州市中小学生体质健康状况优秀率只有2.6%，良好率17%，不及格率达16.2%；总体肺活量不及格率为20.5%。

中小学生体质健康状况令人担忧，不光是广州市，全国几乎所有地区都面临着这方面的问题。

咱们班的学生，他们又是如何评价自己的身体呢?

我必须好好吃饭

谈及身体，李曦说，在小学的时候，因为挑食，身体并不是很好，也没有很胖。可是到了初中，再不好吃的饭菜也要吃下去，毕竟这是在学校里。

她说，不知什么原因，好像与小学相比变胖了，而小学比自己胖的同学比她瘦了。"可能是因为营养不均衡吧。我每次放假回家，奶奶都会煮一些大鱼大肉给我吃。可是到了学校，那就完全不一样了，每天都是白菜豆腐，有时一餐只吃一两口饭。

"记得有一天早晨，我觉得学校的包子不是很好吃，便不吃了。然后一上午肚子饿得疼，听课都停不下去了。"

她认为，自己的身体并不是很好，现在体重已经过百斤了，为了自己的身体，必须要好好吃饭，这样才能好好学习，天天向上。

"我必须好好吃饭"，这句话很朴实，也很有道理，所谓"人是铁，饭是钢，一顿不吃饿得慌"。要想身体好，首先是吃好饭。但是有些孩子爱挑食，一些饭菜不合口味，就干脆不吃，结果把身体饿出了毛病；有一些同学，一到放学时间，就跑到超市里，去买一些零食吃，因为零食的口味很重，导致后来老觉得饭菜清淡无味，便形成了一种恶性循环。

书包一天天重起来

程美玲没有直接谈身体，而是谈起了课业，谈起了休息。

她说，书包一天天重了，黑眼圈也一天天深了。"哎，周公又要邀约了，老是睡眠不足。尽管我现在年纪轻轻，可我却感觉自己整天像个年过七旬的老人。早上还没有完全睡醒，我们就要一口气跑二十圈；跑完之后，我们都累得气喘吁吁。这还没完，一到体育课，就要练习跳绳，两分钟 360 个，是不是疯啦？"

她说，每天睡觉醒来，总感觉没睡够；每天早上起床，总要在床上赖会儿再起。"哎，每天三点一线，背着重书包，早出晚归，多无奈啊！"

程美玲，瘦长瘦长的个子，白白净净的脸庞，说话声音比较尖细，但学习很用功，有一股不服输的劲儿。她是不是有点营养不足？或者说，能量的吸收与付出不成比例？总之，该注意自己的身体了。

她也道出了另一个问题，课业的问题。初中学生的课业负担普遍较重，而且她又进入了培训班，加之理科学习起来相对吃力。学习压力大，睡眠时间不够，睡眠质量又不高，所以就老是有一种力不从心的感觉。

手一下子骨折了

胡培丰说，他的身上受过很多次伤，有大伤，有小伤，其中有一次受伤刻骨铭心。

"有一次，在家里玩溜冰的时候，一不小心，身体失去平衡，摔了一跤。我猛地用手往地面一支撑，不知道是骨质脆弱，还是冲击力太大，手一下子骨折了。我吓坏了，不知道怎么办，只好坐在楼上的地板上哭着。这时，奶奶喊了我一声。我立即跑下楼，把手放在背后。一个同伴把我受伤的情况告诉奶奶，奶奶当时惊呆了，问我怎么回事，我如实地说了一遍……住进了医院，似乎也没什么大事。但是让骨头复位，可是钻心的痛。"

青少年运动受伤的事情，时有发生。有的是因为体育锻炼，比如打球、练单双杠；有的是因为追打，摔倒或碰撞导致受伤。这些意外伤害，时有发生。

这其实是个两难的问题，青少年不运动，行吗？显然是不利于身体发育，不利于青春成长；但剧烈的运动，尤其是一些对抗性运动，受伤概率便高了起来。

一些学校，为了防止学生意外伤害，便尽可能地减少运动，比如单杠、双杠不向学生开放。一些家长也是如此。这显然有点因噎废食。

其实，可以换一个角度看问题，热爱运动的孩子，他们的骨骼和肌肉会发育得更好，身体的柔软度和协调性会更强。这样，在遭遇一些意外事件时，他们往往能更加灵活地应对，更加坚韧地面对。他们免于伤害或减轻伤害的能力会更强。

但需要注意的是，运动要适度、适量。过量的运动，对有一些孩子可能会有损伤，会疲劳过度，肌肉韧带拉伤，增加心脏负担。

我要努力去改变这一切

石晨说，他从小体质就弱，不管做什么事，做一会便会累得不行。尤其是长跑时，这一点会表现得尤为突出。

"或许这一点让我不喜欢跑步，因为我受不了那种痛和累。平时在家里，我大门不出，二门不迈，很少运动。一上体育课，老师说跑步的时候，我就特烦，不是因为跑不动，而是跑完之后就直接累倒在地。

"还有，我十分不喜欢吃蔬菜，导致我营养不良，经常生病。我的身体似乎有很多毛病，比如贫血。打球时，曾经突然眼前一黑，晃荡一声，倒在地上，我当时还没有反应过来。集合时，时间长了，我也有一种站不稳的感觉。父亲买了很多补品，试图改变这一现状，但是无济于事。"

石晨表示，他要去改变，努力去改变这一状况，让自己做个健康的人，不为跑步而忧愁，为了后世子孙也要去改变。

石晨的状况，让人担忧。没有一个健康的身体，没有一种坚强的意志，如何面对当前的课业与运动？如何面对以后的工作和生活？

就我看来，其实这种状况，应当与他自小的饮食习惯、生活习惯有一定的关联。他的身材，虽不强壮，但也不瘦弱，更说不上弱不禁风。只是不喜欢运动，不喜欢吃苦耐劳，这实际上与家庭的娇惯有很大的关系。

好在，他自己有了一定的认识。如果真的下定了决心，努力改变不良习惯，坚持运动，保持营养平衡，他的体质一定会越来越好的。

未来建设者的体质健康如何保证?

文章开头的那份报道，应当真实可信。在其它一些调查报告中，也反映了类似的情况。但在近视率和肥胖率方面，当前乡村学校明显低于上述比率。这与地区生活水平以及学生从小用眼习惯有一定的关系。但是，农村中小学生的体质健康也必须引起高度重视。

上述报道称，2017年，广州市将全面提升学生体质体能工作列为年度十件民生大事之一。广州市教育局制订《广州市全面提升学生体质体能工作方案》，实施"小学兴趣化、初中多样化、高中专项化"体育课程改革，确保全市所有学校开齐开足体育课程，采取推广体能训练课程、举办中学生冬季长跑活动等措施。

同时，广州市教育局还编修《广州地区学生膳食营养实践指导》，指导全市中小学校和学生供餐单位制定膳食营养食谱，实施农村义务教育阶段学生营养改善试点工作，改善农村学生营养状况。

然而，从本地区实际情况来看，体育师资严重不足，导致体育课上得不专业，甚至不能保证应有的课时；一些学校兴建了崭新的塑胶跑道和标准的足球场，也因为师资的原因，足球课无法落实；初中学生在校住读，早晨早起、晚上晚睡的现象较为普遍，学习时间过长，课业负担较为严重；一些学生，主食不吃，零食当饭，导致营养不良；一些家长，尤其是一些祖父祖母，孩子放假在家时，生物钟严重紊乱，他们不闻不问，或无可奈何。

等等的一些问题，需要政府投入，需要部门监管，需要学校教育，需要家长监护：唯有如此，学生的体质才能得以保证，国家的未来建设者们才会有健康的体魄和坚强的意志。

说留守（上）

写出下面这些文字，我的心情是五味杂陈的。

在我的心目中，这些孩子大多活泼可爱，但同时也顽劣任性；他们都能对我敞开心扉，然而，我又无法给予他们真正的帮助；把这些文字呈现出来，或许可以引来一些关注，然而，又能解决什么问题呢？即便这些孩子的父母们能亲眼看到本文，但他们又会去改变什么呢？

但是，我必须如实地记录着，还必须把它真实地表达出来。

我的回答只有"嗯"

"父母在外务工，儿女留在家中"，这是本班石晨同学对中国农村留守家庭的一种概括。很准确，也很顺溜。然而看似轻描淡写的 12 个字，其背后则是酸楚和无奈。

石晨说，在外务工父母不仅要干活，还要担心在家乡的儿女。一般情况下，留守孩子都是由爷爷奶奶照看。但爷爷奶奶年事已高，只能照管你的吃喝，其它的无暇顾及。"我的父母也都外出，我则由舅妈照顾。由于从小我只怕我的父亲，他一走，我就可以肆无忌惮地为所欲为了。"

他说，尽管父母每个星期都要打两次电话，都是叮嘱他要好好学习，但他只是"哦哦"地点了点头。

他说，一个人如果懂得自律，学习成绩将会大为改观。同时，即使没有别人督促，能够独立自主地去学习，管得住自己就不会出现一些无法无天的情况了。"尽管我七上时努力学习了，为后段打下了一些基础，可是谁叫我是个不懂珍惜的人呢？少了父母的管束，生活的确自由了许多，也有许多空闲时间。但上课时，经常分神想着其它的事情，导致成绩直线下降。"

柳振沪的话语，也许会更令人深思。他说："因为父母一年几乎没有回来几次，所以我和他们并没有说多少话。他们一般就只有过年回来，有时偶尔也会回来看一下，但回来住的时间非常短。我也知道，他们回来也是为了我。"

柳振沪说："我和他们也没有什么话多说的，每一次打电话叫我接电话时，我不会叫爸爸、妈妈，而是'嗯'。他们每一次和我说的话，似乎也没什么可以说的，几乎每一次都问，你吃饭了吗？我的回答也只有'嗯'。我也不想挂他们的电话，但说来说去都是一样的，还不如不说。所以，每一次接电话还没说两下，我就给爷爷奶奶了。每一次团聚，是高兴；每一次分离，是不舍。分分合合，什么时候才可以到头？"

今天怎么问起我的成绩？

"嗯"的回话，有许多同学都是这样。比如程珊珊。

程珊珊说："生活上父母很少关心我，有时也只是打个电话问问而已。别人问我，你爸爸打电话回来没，我总是'嗯'了一声。"

她说："每当夜色来临时，独自坐在窗边的我，便会想起儿时的一个故事。那时，我上三年级，很不懂事。有一次，妈妈抽空回来一次，我非常高兴。妈妈终于可以回来看我了，却没想到一场暴风雨来了。

"晚上，妈妈吃完饭，来到房间，我真是高兴坏了。但妈妈看到了桌上有一张试卷，而且是我的刚及格的试卷。妈妈随手拿了起来，说，考这么低，上课没听讲吧？我只是选择了沉默：父母以前从来不管我的成绩，今天怎么问起来了？爸爸也来到房间，也知道了情形，便叫妈妈出去。但妈妈丝毫没有要走的意思，反而拿起卷子就对我大声地喊着：连基础都没打好，你以后还怎么考试？在家里还说别让我担心……

"听到这话，我心都凉了，气不打一处来，只好捂着脸站起来，以擦鼻涕为借口用纸巾轻拭了一下眼泪。接着便回应了一句：你什么时候管过我？这一次回来了，就假装管我，有意思吗？你打你的工，我读我的书，不用你管！

"说完，我便把自己锁在房子里，没开灯，大哭了一场。第二天，爸妈走了，我没有去送他们。只是又感到伤心了。"

类似的经历，吴自豪也有。

吴自豪说："我们这一代孩子大多是爷爷奶奶带大的，可是爷爷奶奶怎么可能管好我们呢？留守儿童在进初中以前，大多数都是混过来的，我就是这样。反正父母不管我，无论考什么分数都没关系，所以小学的每一天都在玩。"

他说："父母一年四季在外奔波，只有过年的时候才回来住十几二十天的。平日只在电话中与我们说几句，自然就没有什么感情了。我们不知道该怎么与他们相处，所以就很少与他们相处了。

"父母平时打电话，一定要问我在校的成绩什么样了，有没有提升，反正大部分都是关于学习的。如果学习不好，等父母回来了，还要被训斥几顿。我这就感到奇怪了，明明平时都不管，可这个时候却摆出一副十分关心的样子。就算这样，等训完了，又是管都不管的样子。说实在，这一点，父母比老师差多了。"

吴自豪说，与父母的感情，似乎越来越疏远了。

杨敏的话语同样值得深思。她说："作为父母，不是应该多陪陪孩子吗？就知道在外头忙来忙去，都快把我们忘了。记得每次我和妈妈吵架时，爸爸都会来劝阻我，还每次都说，女儿呀，你都长这么大了，还要像小孩子一样要我们陪你么？爸爸妈妈现在要挣钱养家，你就稍微懂点事，不要再淘气了。"

她说："我心想，那你们想想，是多陪陪孩子重要，还是挣钱重要？在你们的眼里，我们只是你们的花钱工具，从来不把我们放在眼里。有本事，你们就一直去挣钱吧，不要再理我们好了。从此以后，你打你的工，我上我的学，这总行了吧。"

说留守（下）

只有我最差，因为没爸爸

不知道是地域的原因，还是一种小概率的现象，总之，本班来自单亲家庭的学生比例似乎有点高。这些孩子，他们的内心世界又是怎样的呢？

王杨说："我出生在一个农民家庭，爸爸早就去世了。我有许多亲戚朋友，有几个哥哥姐姐，所有的亲戚里面就算我最小，也就只有我和表哥没有考大学，所以我们俩必须努力学习。主要是，只有我最差，因为没爸爸。家里只有妈妈一个人撑着家。所有亲戚都指望我能考上大学，多挣钱，可是现在……但比小学好多了。小学数学不好，现在有了一些进步；现在主要是英语，一点也不好，这是我学习的最大烦恼。"

王杨认为，一些同学成绩不好，主要是因为懒。懒惰，让他们不想学习。有的人认为长大后打工没什么大不了的，只是搬几块砖、做几面墙，以为就这么轻松。我妈妈是个做衣服的，每天都要做到晚上九点。你以为打工很轻松，就不努力学习吗？现在，不想努力的同学，就只能将来"你打你的工，我读我的书"了。

也许，单亲家庭的孩子，往往成熟得会比较早一些。

吕阳好有一比："父亲在外打工赚钱，我在学校用心读书，就等于形成了'前店后厂'的合作模式。父亲在外打工十分辛苦，如果我在学校混日子，这样的确有些不像话。所以，我和爸爸要联合起来，一起努力奋斗，这样，'前店后厂'才会永远地保持下去。"

他说："回到现实中来，在学校我有一点贪玩，如果我还这样下去的话，那就要吃苦了。语文老师也说过，如果你现在肯吃苦，好好学习，长大后就能过好日子；相反，如果你现在贪玩，不学习，长大就会吃苦。这是个'因果关系'。下学期就是九年级了，如果还没有觉醒，那就只有自食其果、自讨苦吃了。我们只有父子兵联合起来，才能共同创造美好生活。但重点还是放在我身上，我只有刻苦学习，才能让家更美好。所以，从今天开始，我要尽到我应尽的责任，不让爸爸失望。"

柳雨的感受更为强烈。他说："家里只有我和爸爸两人，要想翻身，我必须要读出书来。我和爸爸分工好了，你打你的工，我读我的书。等到我学业有成，我们就不会再遭到别人冷眼了。我必须要考上高中，我没有退路；我还要考上大学，这样才不至于去做那些又累又危险的工作。正是这样，我才有了动力，我不光是为自己而读书，我还要回报爸爸，回报爱护我们父子的人。这就是我读书的道，这就是我选择的路。"

成熟，在刘菁身上也得到了体现。

她说："我的爸爸长期在外地打工，只有过年时才回来与我和爷爷奶奶团聚。虽然只有短短的几天，但我依然与他很亲。'海内存知己，天涯若比邻'，这句诗一直激励着我，仿佛爸爸每时每刻真的就在隔壁。我从来没有怪爸爸不陪我的想法，因为我知道，他打工是为了家人的生活。如果他不打工的话，那我就无法上学。因此，我只能在心里悄悄地重复着那句诗。"

她说："思念，是在乎一个人的表现。爸爸总是给我打电话，他是一个不太说话的人，但从他的句句话里，我却听到无限的思念。他总嘱咐我好好学习，注意身体；我总告诉他，多吃好的，注意休息。深深的父女之情把两地紧紧相连。老爸在外地工作，我在学校学习，我要更加努力，不让爸爸辛苦工作白费了。"

你打你的工吧，我读我的书

"我真的不希望你们这么拼命地做事。"这是涂欣欣的心声。但这种心声里，包含着多种意味。

涂欣欣说："父母一年三百六十天是在外打工赚钱，平时也是依靠电话向家中问候，每天早出晚归，很累，我知道。这样拼命的目的我也知道。可我真不希望你们要这么拼命地做事，你们的忙碌使得你们显得憔悴了许多，老了许多。

"这一天，爸爸又一次起得很早，听到声响，我也就起来了。刚下楼，爸爸已经准备出发了。我叫住了爸爸。他望了我一眼，说了句：我要去做事了，你中午自己在家里做饭。我看着爸爸远走的背影很失落，好不容易从深圳回来了，却还是要出去做事，而且一天都没休息过……"

她说："我想的也不多，只是希望你在暑假可以回来，但不是整天做事。而是抽出几天时间好好陪我过个快乐的暑假。在外，也希望父母不要太拼命了，注意自己的身体，多给自己放几天假放松下。上学、放学，我也希望你来接送，多问一点我的感受，想要的真的不多，希望有一天能实现。"

……

你打你的工：你活得不轻松。家里上有老，下有小；你却四处漂泊，有时还夫妻分离，天各一方。过了元宵节，你便背起行囊；腊月直到小年，你才准备归程。最放心不下的孩子，不仅仅是读书，还包括他（她）的安全，他（她）的健康，他（她）的成长成才。你打你的工，是叫你放心，还是让你揪心？

我读我的书：我学得好辛苦。从小学一年级开始，家里就没人督促我做作业，且别说给我买书，陪我看书；更别说，让我也像城里的孩子那样，学一点才艺，培养一点特长。爷爷奶奶，能让我不饿着，不冻着，但也会给我惯着，让我懒着。我的拼音没学好，我又怎么能学好英语？我的算术没学好，我又怎么学代数和几何？我读我的书，其实，有许多书，我根本读不来。好的习惯没养成，坏的习惯倒不少；小学基础没打牢，初中再累也难学好。

路在何方？

这个部分，似乎有些离题。然而，谈起留守儿童，如果避而不谈下面这两个问题，便又觉得意犹未尽。

乡村儿童的出路在哪里？我们总说，别让孩子输在起跑线上，然而，乡村儿童的起跑线，却落后得很远很远。

乡村儿童的出路在哪里？唯一出路，也许就是吃苦耐劳，勤劳肯干。然而，当下的许多留守儿童，最缺乏的，偏偏就是这八个字！作业不愿写，家务不愿做，又哪来的吃苦耐劳和勤劳肯干？

也许，其中有一些孩子通过家庭的教育和个人的努力，最终能考取不错的大学，找一份体面的工作；但更多的孩子将来所走的路，将会更加艰辛，更加坎坷。

一些性格内向、性情腼腆的孩子，也许比那些生性顽劣，但善于交际、做事勤快的孩子，将来还要艰辛。

乡村教育的希望在哪里？平均分在及格左右徘徊的乡村小学，又怎么与平均分在八九十分的城里学校相比？城区学校，不断扩张；乡村学校，逐渐萎缩。城里招收教师，通过考试把那些年轻有为、年富力强的教师招揽过去；乡村学校，留得住教师的人，留不住教师的心。城区学校，师资配备齐全；乡村学校，艺术教师奇缺无比（比如，本校这个学年，便没有了专职的体育教师、音乐教师和美术教师）。

乡村学校的希望在哪里？没有了家庭教育的孩子，如何优化他们的品行？如何养成他们的习惯？如何提高他们的成绩？

大概唯一的希望，就是老师们敬岗爱业，苦磨硬干，通过题山题海、多做多讲来提高升学率。尽管应试教育被骂得体无完肤，但乡村学校，除了应试，也许别无选择。

最佳的方案，还是孩子的父母们能回来。从小学开始，便多多陪伴，好好栽培。

然而，鱼和熊掌，不可兼得。大多家长，便舍了孩子，而外出挣钱。

钱是多挣了一些，孩子却耽误了一生。

你打你的工吧，钱多钱少，能挣就好；

我读我的书吧，学好学坏，唯有无奈。

说暑假（上）

夏日炎炎，在大海边，金黄的沙滩，湛蓝的海水，多美！多浪漫！

——柯岩

世界那么大，我想去看看

怎样过暑假？我们看看柯岩是如何畅想的——

暑假到了，我们又可以好好地闹一回了。可以出去玩玩，看看美丽的世界，去见见世面。

听爸爸说，他的一个朋友，姓张（我叫她燕姨），她要去杭州，打算带我一起去。爸爸、妈妈都同意了。我一听到这个消息，高兴得不得了。因为，每次和燕姨在一起，我都非常开心。

有时候，晚上我在想，杭州到底是什么样。我曾在脑海里想象了一下，繁华美丽。有高楼大厦，各式各样的建筑映入眼帘。我还没去那，就可以感受到那里的美了。

等等，我想到了，我要去海边玩一下。想想穿着白色的纱裙，光脚走在沙滩上，多舒服呀！

还有，像我这种吃货，是免不了大吃一顿的。我要把杭州的美食吃个遍。到时候，小肚子呀，一定吃得圆圆的，就像把一个大西瓜放了进去。

殷文嘉认为，暑假是孩子们的天堂，是最快乐的天堂。

即将到来的暑假，不知点燃了多少男孩的心。

他说：即将到来的暑假，我很兴奋，因为暑假，爸爸、妈妈就把我接到深圳去玩，而且我哥哥姐姐都在那里打工，所以去了之后，就可以一起玩了。光是想想，人就很兴奋。

我已度过了十三个夏季，但说起暑假，我都不知道自己过去的暑假两个月都做了什么。这一个暑假，我要和父母一起做事，吃一下苦头，尝一尝滋味，体验一下打工的艰辛。

以前的暑假，我整天都在玩，偶尔帮父母做一点儿事，比如洗菜、洗碗、扫地之类的轻型工作，那样根本体验不了打工者的辛苦。我在读书时总是说读书累、打工好，这一次，我就要看一看到底是打工好，还是读书好。

我非常期待这一个暑假，因为这是我锻炼的一个好机会，在挫折中成长，才是真正的成长。也许在以后的日子里，我会认真对待每一天，不再混日子。我要做最好的我自己。

张溪遇到了一个两难的问题。

他说：在前几个星期，爸爸就打电话来问我，这个暑假是补课还是到工地上去。这个问题，到现在对我来说真的有些困难。我要去工地的话，就要一个人坐车过去，说实在的，我一个人坐车是有点怕的。还有一个选择就是去补课，可是有哪个同学自愿去补课的呢？除非有小伙伴陪我一起去补，要不对于补课这个选项，我是真的选择不了。

是去工地，还是去补课，这个选择真让人头痛。我想一个人在家里，可是爸爸又不同意。这样看来，我好像只好选择去工地了。

只不过是换个地方学习罢了

对于暑假，吴自豪慨叹，本来这两个月可以好好地玩上一玩，可就是那些补习班和家教拿走了许多人玩的权利。

一放假，父母先是问问我们考得怎么样，然后就直接给我们报了个培训班，压根就不考虑我们的意见。我们的整个暑假都被安排好了，就像有些同学说的那样：我只不过是换个地方学习罢了。

父母把我们的暑假安排好了，我也早已把这个暑假安排好了：三十天内存好500元钱，三十天内做完暑假作业；这个暑假学好自己的英语。

吴自豪还讲述了暑假来临的那天和家人发生的一场"战争"。他说：因为我认识到家人对我的思想教育有问题，他们好像就是看不得我在玩，时刻批评我，指责我。爸爸说我的成绩下滑了很多，但他不是在教育或鼓励我认真学习，而是一直说一些让我失望的话。我不一定可以说服他们，但我会努力学习，让他们知道，在我的身上还可以看到希望。

吕佳伟希望暑假来得更慢一些。

他说：在我得知暑假要培训的事之后，我就想时间过得慢一点，因为暑假培训的科目里有英语一科。这是我最担忧的事情。但我每次想到英语培训早晚都是要来的，所以，我觉得躲是躲不过去的，只能等到英语的"洗礼"了。

我还仔细地想了一想，觉得暑假不能天天玩手机，应该学一点知识，这样才不会让自己产生老是退步的感觉。

刘进文很期盼暑假。

他说，要好好利用这个暑假。我知道那将会是异常艰苦的。毕竟是我妈亲自辅导。虽说我妈没读几年书，但她在学习方面似乎比谁都清楚。即使她教不了我，她也会拿起手机在网上寻求答案。

有一点要注意：在学习期间，我不许碰手机，手机只许她管理。这样可以更好地为我的学习发挥作用。这一系列的计划，都是她反复斟酌出来的。她把这称之为"家教"。

妈妈这样煞费苦心地为我提供学习的"无机养料"，我只能坦然接受。这个暑假，的确有些特殊而精巧绝伦，但这总比我整天无所事事要好！我期盼暑假快点到来，快点到来。

柳浩伟说，一到暑假，就特别单调。

每天的安排都是：起床－吃饭－玩手机－吃饭－玩手机－吃饭－洗澡－睡觉。一天又一天，就这样地过去了。

这几天，我明白了一个道理，人的寿命是有限的，这样浪费时间就是浪费生命。我为何不从现在就开始做些有意义的事呢？

这个暑假，就不说学习了吧，因为我真的学不会。我要往我的爱好方面发展，到了以后，也不至于成为找不到工作的那种人。这个暑假，我要去跆拳道培训班报名，每天练完了，便开始游泳。这样起码不用在家整天盯着手机吧！

这个暑假，我想完完全全地做一个全新的自我，变得成熟，更加完善。这有可能会成为一个最充实、最有意义的暑假呢。

我相信，一切都有可能。

说暑假（下）

一个暑假的到来，表明又长大了一点

在王杨看来，暑假就是磨砺。

他说，只要想到暑假，就一万个不愿意。没有人能知道我的悲惨境遇。还不如一直上学呢！只要一接近放假，我就会想到以前的那些黑历史。

到了假期，我记得在姑姑家就要做事。虽说是帮忙，但这也太累了。你知道电视天线那个"锅"吗？我姑姑家那个东西，可是我装的。很累人，一次就一箱，每次都要弄得手抽筋。手上全是黑的和一些被尖锐的东西扎的伤口，但有电视看，就知足了。

暑假最让我难过的，是要学修车。我姑舅说要教我修车，于是我从上次放假就开始了给新进的车，装车厢、保险杠和反光镜。工作量很大。我最怕路人看到我就说，这么小的孩子就修车啊！于是，我总是很平静地说我是来帮忙的。

开始学修车时很不情愿，但看到姑姑的儿子，也就是我在读大学的表哥也在帮忙。那时，我便没想这想那了。

柳雨说，这个暑假，我应该又是自己一个人度过，又是没有同伴的两个月。不过值得高兴的是，自己一个人生活也挺好，离长大又近了一步。想起平时，我寄宿在别人家里，总是闯祸，挨了不少骂，还受到了一些威胁。

现在的我，不一样了，已经开始独立生活。只在别人家里吃饭，其余的就是自己照顾自己，没有别人的责骂和冷眼，也不会损坏别人的东西。

记得老师曾说过，一个暑假的到来，表明又长大了一点。而这个暑假，我决定做一件不一样的事情，体会成长的快乐，学得更多，看得更远。

我不会孤独，我可以像田园诗人一样，在田野里吟诗，在星空下畅想。

刘菁说，奶奶和我谈心时，聊到了暑假的安排。因为奶奶要去大爸家照顾小妹妹，没有太多时间回来陪我。她又想我的暑假能过得开心点，问我想不想去大爸家。我立即摇头，因为我受不了大爸家那种严肃的气氛。在家里，虽然条件不好，但我喜欢自由的感觉，喜欢一望无际的田野和芳香四溢的鲜花。

可我也想体验城里的生活。正好，奶奶也提出去新家住，我和奶奶真是心连心啊。我高兴得欢呼起来，从小就有的公主梦，终于要实现了。

暑假也不完全住在城里，大概会有二三十天在家里陪爷爷。爷爷记性不好，奶奶担心把他带到县城会走失，而且爷爷本来就喜欢乡下生活。

这个暑假，会有很多快乐。愿假期间的我，能独立，能成长，成为一个不怕困难的女孩。

人生最大的对手，是自己的内心

吕阳说，面对暑假的诱惑，我似乎会疯狂地玩，而不是努力地做作业。但我要克制自己，跟自己的惰性和玩性作对。但这似乎有点难。大家也知道，在人生中，最大的敌人与对手，就是自己的内心。你如果战胜了自己，你很有可能在学习上会成为一个天才。这是多么不可思议呀！

我不能这样混下去。暑假的时候，还是要抓紧时间记英语单词，每天记10个，六十天就记住了600个。暑假时间，我不能浪费，而要珍惜，为九年级打下一个坚实的基础。

朱文鑫说，我有一个暑假计划，规划好暑假应该怎样做作业，怎样玩，最主要的是规定休息时间。玩得太久，对自己不好。暑假的气温普遍较高，一不小心发烧了，就浪费了一天时间。这时间可是很宝贵的，毕竟想用这个时间好好放松一下，因为考试让人紧张，让我很担忧。哎，考试过后真累。

暑假最重要的就是对这个学期的学习，作一个总结，作一下反思。

柳瑾瑜说，在这个暑假里，我会去姑姑家里看看她。有很长时间没有看见她了，我非常想念她。我从小就在她的家里长大。我还会去打一个月的暑假工，这样，爸爸和妈妈也就不用给我钱了，我要帮他们减轻一些负担。有时间，我要和同学们在一起玩，我会把他们记在心里，因为到了九年级，也许不会在一个班级，一个寝室了。

涂欣欣说，我会尽早地做完暑假作业，没事就出去放松一下。看看漫画，看看小说。以前很少看这些，现在可以尝试一下，尽量让自己的生活丰富一些。不能只宠着手机和电脑，玩多了也会厌烦。还不如找点有新意的事做呢。

我也想妈妈能多给我一定自由，老是待在家里，人怎么受得了？不管怎样，尽量让暑假过得有意义点。

说心里话，放假并不是那么好。村里也没有几个同龄人，于是我便有放假想上学、上学想放假的矛盾心理。哎！放假便是分离时。

"四个亲近"，过好暑假

家庭背景不一样，比如单亲的，留守的，父母都在身边的，孩子的暑假便不一样；学习习惯不一样，比如习惯好的和习惯差的，基础好的和基础差的，孩子的暑假便不一样；城里的和乡下的，孩子们的暑假便会有更多的不一样。

如何让孩子过好暑假？只要上网一搜索，便可以找到一大把，不外乎制订计划、劳逸结合、补好功课等。但笔者认为，只要把握了"四个亲近"的基本原则，孩子的暑假一定会有较大收获。

一是亲近家人。亲近家人，这一点必须排在首位，尤其是对于一些留守家庭。平时没有亲人的陪伴，或许有各自原因，各种无奈。但到了暑假，所有的原因和无奈，都只会成为一种并不光鲜的托词。作为父母，如果孩子不能独自去你打工的地方，你就要抽出一点时间，回家把孩子接过去。即便是住在工棚里，也要让孩子跟你有个亲近的机会，哪怕时间比较短暂（事实上，许多家长都是这么做的）。

二是亲近自然。大自然是最好的教科书。一方面，亲近大自然，可以认识一些花草树木，了解一些虫鱼鸟兽；另一方面，还可以在亲近大自然的过程中，调适心情，缓解情绪。城区的孩子，应回到乡下，看一看田野，看一看庄稼，如果能打个赤脚，下到泥田里，适当做一点农活，这样的暑假一定会有别样的感受。乡下的孩子，有空也应多到田野、山坡溜达溜达。不要生活在乡下，却不知节令和农事。

三是亲近书本。亲近书本，首先是阅读名著，有人说，一个人的成长史，就是他的阅读史。一个青少年，没有被几本名著俘虏过，他的内心大多是比较苍白的。如果能做到手不释卷，且不说能多增长一些知识，就是他将来的人生境界都会高远许多的。其次才是做好暑假作业。这一点，对于大多孩子来说不是难事，许多孩子在放假前夕完成得差不多了。再就是有针对性地弥补缺漏，比如一些孩子的数学、英语、物理比较薄弱，可以利用暑假，好好的补一补（不一定要参加所谓的培训班）。

四是亲近健康。说亲近健康，也许有点牵强。但我想说的是，应当坚持比较理性、比较健康的生活方式。比如，按时作息，合理膳食，安全出行，防止溺水，健康交往等。暑假，往往总会有一些地方、一些孩子乐极生悲，造成不可挽回的伤害，这要引起家长的特别关注，更要严加防范。

说家庭教育

一

人们都说，家庭是孩子的第一所学校，父母是孩子的第一任老师。

这样的道理，对于乡村的许多父母来说，并不是大家都懂。

或者，即便心里懂得，但由于个人的文化程度、性格修养以及家庭环境等原因，并没有履行好自己的职责。

就家庭教育这个话题，我们听听这群乡村少年怎么说。

石晨：我集结了他们的缺点。

我的爸爸，几乎就是一个文盲，认识的字少之又少。在我咿呀学语的时候，他已经把他的毕生所学教给了我。当我上学后，他所能做到的，只有端茶送水。

他是一个普通的工人，脾气很不好，有事没事就说我，一天到晚叽叽喳喳。我不喜欢这种人。

还有，只要我犯了事，他就揍我。我知道他没读多少书，他希望我努力学习，成为一个有用的人。可我的心思不在那，没办法。

我每天都气他。他叫我干什么，我就偏不干。

妈妈的文化水平比我爸高许多。我看书时，她大多在我身边，尽管她有许多字不认识。但她一如既往地给我陪学。

妈妈从来不打我，也不骂我。她只是叮嘱我努力学习。在我被爸爸打骂时，她总是挺身而出，保护着我。

自从妈妈回来，我的生活就变了样。但我爸说，等妈妈走后，要好好收拾我。过几天，我的好日子就到头了。

我是一个性情高傲、沾沾自喜的人。从小抱着高人一等的想法，现在想想，我并没有什么值得我骄傲的。

我集结了他们的缺点。我发现我有时变得非常坏，有时又变得比较正常。我严重地怀疑，我是不是精神分裂了。

柳雨：维持到现在，全都依赖于收养我的大妈。

我出生在一个单亲家庭里，上一代人的战争牵连到我身上。

我总算是从他们的战争中得到解脱了。

人们常说，父母是最辛苦的人，但我才是最悲惨的。

我不知道倾向哪边，我只能选择中立，两边都不倾向。

我能够维持到现在，全都依赖于收养我的大妈。我所受到的家庭教育，都是从大妈那里获得的。父母给我的教育，可以说都是歪理。我很讨厌这种状况。

爸爸总是以不让我上学来威胁我。他表面很慈祥，在别人面前摆出一副老实巴交的样子。但对我总是撒谎，总是忽悠我，答应我的事总是没有实现。这让我很困扰，不晓得该怎么办。

我需要隐私空间，可是他却偏偏要来霸占。不知不觉中，我对他有了反感。我开始厌恶这个世界。我不想与任何人说话，不想看任何人。我把自己封闭起来了。我不知如何是好，但爸爸就偏偏要来火上浇油。

我很烦。没人知道我的感受，我似乎被遗忘在这个世界里。我所受的家庭教育也许不比别人少，但我却没尊严地撑到了现在。

王杨：那一天很难过，但就是哭不出来。

我的爸爸是一个工人。每天为这个家操劳不停，十分辛苦。在我读小学时，他就去世了。

在爸爸去世的前一天晚上，我和哥哥们玩游戏。爸爸打电话和姑姑说一些事，并让我接电话。我当时玩得太开心了，于是没有接，电话就挂了。

但到第二天，大人把我从学校接回家。此时，我接受的，是一个噩耗：爸爸去世了。

那一天，我很难过，但就是哭不出来。

妈妈是一个做衣服的。自从爸爸出事后，妈妈就成了全家的顶梁柱，家里的一切都由她支撑着。她很努力，很辛苦，我一直被妈妈感动着。

我常常懊悔无比：如果在那天晚上，我接了爸爸的电话，爸爸也许就不会去世了。现在，我必须好好听妈妈的话。

平时在家，妈妈常叫我到山上去砍树。把树拖回来，我累得全身是汗，便不时发点小脾气。此时，妈妈便跟我说，劳动最光荣。妈妈叫我砍树，大概是让我知道生活的辛苦吧。

我英语不好，妈妈叫姐姐教我读单词。一个一个地读着，一个一个地听写着，我的英语逐渐有了进步，我也逐渐多了一些信心：学好英语也不是想象的那么难。

奶奶常常对我说，要好好学习，考上好的大学。她还经常把我和隔壁家的儿子作比较，叫我要用心。我也想呀，道理我也懂，但就是不知道怎样才能让自己的学习更好。奶奶的话虽然唠叨，但我不厌烦。

程美玲：爷爷给我讲邯郸学步的故事。

"少壮不努力，老大徒伤悲"，是爷爷在年轻时读书的座右铭。这也是爷爷对我们的训诫。

爷爷也算得上是一位老师。他曾教过一两年书，只是因为生病，便辞去工作，在家休养。

我出生在异乡，两岁半才回来。那也是我和爷爷相处的一段时光。第一次见到爷爷的时候，我已经学会了走路，还会咿呀地学人说话。

爷爷总是板着脸看着我，不时捋一捋他那长长的胡须。我也照样学样。不料，爷爷特别生气，还用戒尺打了我的手心。又辣又疼，这可是在冬天！他一边打，一边嚷嚷道："玉不琢，不成器！"

这些事情，我大都早已淡忘。这些都是听我妈妈说起的。至今，妈妈还很气愤。

但我仍清楚地记得，爷爷上午打了我之后，下午就把我叫到他房间里问话，并给我讲了一个故事——邯郸学步。至今我才明白，爷爷是不希望我成为邯郸那样的人啊！

吕嘉豪：爸爸把手指指向那个塑料袋。

父母对我的教育，有温柔的告诫，有严格的警示，有细心的指导，还有耐心的教导。这些教育，都是我打开社会之门的钥匙。

有一天，爸爸送我去上学，我买了一份早餐，边走边吃。当我把面包从塑料袋里取出时，爸爸用提示的眼光扫视我的手，眼神最后落定在那个塑料袋上。

我不明白这是什么意思，就继续完成接下来的动作：随手扔掉塑料袋。

爸爸突然把脚步放慢，又有警示的眼神提示我。我还不明白为什么。

于是，爸爸把手指指向那个塑料袋。这时，我才反应过来：自己乱扔垃圾了。

我爸爸对我教育方式，大多是无声的，沉默的。正是因为这样的教育，让我改正错误的机会有很多。

父母给我不好的教育也有，比如溺爱，不让我干任何家务等。

228

冯畅：既严厉，又温柔。

虽有学校老师的栽培，但更需要家庭对我们的教育。他们付出这么多，不过只是想让我们更加文明，更加用功，更加优秀。

"这题都做不来，上课到底干什么去了？你怎么回事？……"妈妈这样严厉地训斥着我，这是因为一道容易的题目我做不来。此时，妈妈摆出的，是一副充满杀气的脸。

我心想，做不来就做不来嘛，这不过是一道小题，丢不了多少分，有什么值得被骂的。

我一肚子埋怨，低着头，不敢直视她的眼睛。事后，妈妈悄悄地对我说："这虽然是个小题目，但也体现了你的学习态度。你应谨慎并认真，明白了吗？"她虽严厉，却有时也和蔼温柔。

这就是我受到的家庭教育，刚柔相济，洋溢着满满的幸福。

李曦：爱，就是让你自立自强。

一千个家庭，就有一千种家教方式。家长为了孩子的成长，大费脑筋，花招百出。

小时候，爷爷就总是和我说，村里的谁考上了一类大学，叫我要好好学习，争取也考一所好大学。我点了点头，非常肯定地说："爷爷，你放心吧，我一定会好好学习的，绝不会给你丢脸。"

慢慢地，我到了小学五年级，爸爸妈妈就总是和我说，一定要认真学习。如果考试考得好的话，爸妈就会多给我一些零用钱；可如果考得不好，爸妈也只是会说我两句，然后叫我加油。

现在到了初中，爸妈不管我的学习了，只是在生活方面叮嘱我。也许他们是想培养我自觉学习和自立生活的能力吧。

爱，就是让你自立自强。这是家庭教育给我最深的感受。

二

身教重于言传，过程决定结果。

中华民族，自古以来就流传着许多好的家教典故，比如孟母三迁、曾子杀猪、岳母刺字。

还有许多精辟的对联，都可以作为家教的座右铭，比如——

"咬完几句有用书，可充饮食；养成数竿新生竹，直似儿孙。"（郑板桥）

"粗衣淡饭好些茶，这个福老夫享了！齐家治国平天下，此等事儿曹任之。"
（林则徐）

"宁为真白丁；不做俊秀才。"（陶行知）

"欲除烦恼须无我；历尽艰难好做人。"（冯玉祥）

为孩子成人成才，创造好的学习环境，以身示范，帮助孩子树立远大志向，是成功的家庭教育通常的做法。

然而，在21世纪的今天，又有另一种做法——当前，有许多父母刚把孩子一生下，便双双外出打工，从此大人与小孩天各一方。

对，留守家庭，留守儿童。这种现象在农村地区尤为普遍。

而且，这些父母们都有一个很冠冕堂皇的理由：为了孩子将来能过上好一点日子。

没有当下，哪有将来？没有过程，哪里结果？

家庭教育方面，可讲的道理实在太多太多，但归纳起来，也就两句。

一句是，身教重于言传；一句是，过程决定结果。

没有无缘无故的爱，也没有无缘无故的恨；没有无缘无故的优秀，也没有无缘无故的顽劣。

第五辑　说成长

说期末考试

一

　　"期末来临，表明一年即将过去，我们将迎来新年；也表明我们马上将要迎来一个月的长假——寒假。期末考试总是几家欢喜几家愁。考好了，新年就会非常的开心；考差了，新年就会非常的烦恼。

　　"快要期末考试了，由于寒假作业发了下来，班上的一半同学都在抄寒假作业。还有一部分同学不仅上课抄，而且半夜里还打着手电在被窝里抄。就连班上数一数二的袁某某也在抄着寒假作业。他们抄寒假作业，是为了寒假能在家开开心心地玩着游戏，过年时没有作业的烦恼。

　　"快要期末考试了，在一节历史课上，洪强玩手机被老师捉到了，他的手机变成了班上的公用电话；程佳燕和涂欣欣下课玩手机，也被老师知道了；元旦那个星期，班上有石贤妹、殷文嘉、洪强、李曦、柳浩伟等人都带手机了。

　　"快要期末考试了，我非常紧张。因为我的总分对手有雷俊宏和陈瑾，语文单科对手有柳雨和程珊珊。

　　"快要期末考试了，我的建议是抓紧时间复习吧。"

　　以上便是聂振贤在秋季期末考试之前的所观所感。

　　柳妍妍说起这个话题，便打开了话匣子。"临近期末，我相信大家都想拿个满意的分数回家过年，我也不例外。期末复习，我可不是临时抱佛脚呵。其实我语文功底还是不错的，那些笑我不会超过九十分的人等着瞧吧！我会超过你们的，那是一定的。

　　"在期末考试的前一个星期，我们所期待的寒假作业发下来了。在我看来，这是一场斗争，是牵涉到寒假作业完成后的那份自由美好的斗争。第一回合，我向生物发出挑战，瞬间就秒杀了；第二回合，我向英语发出挑战，那简直是一个光速呀，快得不能再快了；接着，我又向思想品德发出挑战，正在加载中……

　　"不管怎么说，期末还是挺紧张的。我最不擅长的科目是数学、物理和历史，我担心我的肩上会勒得通红通红的……"

二

柯岩又是如何看待期末考试的呢？她说："记得七下的期末考试，我大跌了一跤，让我整个暑假都不开心。现在我不会再像以前那样，如果再没考好的话，'点朱砂'就要轮到我了。班主任说，没考好，你明年就得受惩了。这对我们来说，简直就是噩梦。"

鄢娟则是这样说的："回想起以前，对时间不是怎么重视。一到重要的考试前，就变得慌慌张张，不知该从哪里下手。"

柳梦君是这样描述这几天的。"在这几天里，大家都十分紧张，紧张地进入备考状态。神经紧绷，丝毫不敢松懈。大家都是捧着一本书，在用心苦读，我也一句一顿地读着。人人都快疯了，有些人，都忙得没时间吃饭了。但也有人，为了吃零食，忙得不亦乐乎；还有人为了玩，也忙得不亦乐乎。总之，个个都是疯狂。真是有趣。"

杨敏对于期末是这样评价的："每天做得最多的事就是'读书'，读得我们口干舌燥，快烦死了。做得最多的第二件事就是'抢寒假作业'。期末考试，这是太可怕了。又要办考场，又要拉开桌子，不能像平时一样跟同学们有说有笑了，期末考试太麻烦了。要像平时一样测试，感觉还好；可是现在是期末考试，不得不害怕啊，怎么办呢？"

吕阳也有类似的看法。"每次上课时，老师都叫我们复习，自己读书。我总感觉书都读烂了，人都读死了。太累了。在老师的催命下，心里更加慌张，怕考砸了。老师会把我打得落花流水。我实在不敢想象。哎，该来的还是要来的。不过，也有好的一面，考完了，就放寒假了。想想都刺激。"

三

程曦梅是如何看待复习的呢？"正在准备考试的我们，天天早起读书。先说语文吧，语文老师对我们可好了，用上课时间给我们默写名句；数学、物理等科目，有很多试卷，做也做不完。

"我们不仅在学校要复习，回家也要复习。妈妈看到我一整天没有出门，就对我说：孩子，一整天呆在家里呀，这样会弄坏身体的，出去玩会吧。我没有说话，只是一味地写作业。作业写完了，我把电视打开，刚好看到电视里一个女孩问，怎样才能使成绩好呢？一个成绩特别好的男孩说，只要该学习时学习，该玩时玩。我恍然大悟，便关掉电视，去玩了。"

刘进文也较为详细地讲述了他的见闻和行动。"星期五，老师在大课间时，告诉我们考试的时间，同学们有的震悚，有的窃喜，有的发呆，有的在准备。

"星期六，我在家里徘徊了许久，看着桌上的手机，再看看书包里的作业：到底是做会儿作业，还是打会儿游戏呢？最后在家人的提醒下，我战胜了诱惑。

"我赶紧跑到书桌前做作业。一小时，两小时……时间越来越紧，马上要来临的'恶魔'，仿佛派出了它的几个'爪牙'。我不紧不慢，认真地写完物理作业；与此同时，家人也将那几个'小喽啰'藏了起来……"

四

袁标航的心态不错。"一个学期进入尾声了，期末考试肯定是不可缺少的。快要期末考试了，应该把平常的玩心收起来，认真复习，不能想到放假就很激动，你要知道前面还有个考试呢；应该给自己定一个年级目标，并且努力在期末考试中实现它。这样，你的寒假才会充实、快乐。要不然，就感觉心里有一件事没有放下；我们应该暗暗记下自己的竞争对手，并发愤图强，争取在这次期末考试中超越他；我们应该放松心态，期末考试虽然在我们八年级上学期是很重要的，但在人的一生中又算得什么呢？所以，我们要以平常心对待和期待，正所谓'回首向来萧瑟处，归去，也无风雨也无晴'。"

程佳燕谈起期末考试，角度与其他同学不一样。"哎，这个学期过得真快，一转眼，期末考试就挥动它黑色的大翅膀来到了我们的身边。期末考试一来，许多老师都打开了话匣子。语文老师说，同学们，期末考试的成绩决定谁被'点朱砂'，迎接'开门红'；数学老师说，这次考试如果谁计算题做错了，就给我抄50道题；英语老师说，完形填空要反复核；物理老师说，光学作图题错了，别怪我不客气；副科老师都说，审题要仔细，不该丢的分数千万别丢，该背的东西给我背熟。哎，快要期末考试了，各科老师们真是有话说。"

五

笔者针对期末考试，在本班作了一个问卷调查。52名同学中，15人说"盼望"，27人说"害怕"，10人说"一般"。显然，害怕期末考试的学生超过了半数。

为什么会有许多人害怕期末考试呢？想必最重要的原因是，担心考不好。一旦没考好，老师的批评，家长的责骂，同学的冷眼，都会如期而至。当然，害怕期末考试，还因为需要整天的"读书"，读得口干舌燥，天昏地黑；还因为太多的作业，卷子满天飞，做也做不完。

为什么又有一些同学盼望考试呢？是不是盼望考试的都是成绩较好的同学呢？盼望期末考试的原因有多样，一是考完了，就放假了，过年了；二是希望通过考试来验证这个学期或者最近一个阶段的学习情况；三是期中或月考成绩不理想，希望期末考试"一雪前耻"，重拾信心；四是期待在期末考试中继续保持辉煌，保持荣耀。盼望期末考试，与成绩好坏关系不大，大家都期望放假，只是玩心较大的同学更希望能在寒假（暑假）中不受拘束地玩耍、游戏。当然，还有一些同学因为父母常年在外，年底了，父母也快回来，一家人可以团聚了。

期末复习，老师们用得最多的方法，就是让学生读书，文科更是如此。而这也是学生最害怕的。试想一下，从早到晚，或者说连续"读"几节课，这种情景，想想也真是可怕的。

不"读"行吗？自然不能一概而论，该读的必须读，该记的必须记。

老师们有没有相对好的一些办法呢？应当是有的，比如一节课当中，前半节就读吧，后半节就可以抽查（比如演板），这样复习的效果，也许可以事半功倍。

期末考试之前的班级班风值得关注。我们这里有一句俗语："前紧，中松，后空"。就拿一个学期而言，可能刚开学的一段时间，老师和学生心中的弦都会蹦得很紧，期望有一个好的开头，有一个明显的进步；随着时间的推移，这根弦，便慢慢地放松了；到了期末，一些教师疲惫了，一些学生的陋习也开始无所顾忌地表现出来了。同时，也由于临近期末，或是迎接元旦，班上组织一些文艺活动，也使得一些学生开始"疯狂"起来了。所以，在期末之际，班主任要有一种预见性，提前做好引导，并约法三章，以防患未然。

抄寒假作业的现象，也应当加以疏导和控制。少年都要一颗玩心，在放假前把寒假作业"抄"完，放假后便"万事大吉"了。这种想法可以理解，但应当予以提醒和制止。

期末复习，应当以"梳理教材""强化训练""加强识记"这几个关键词，来实现巩固知识、提高能力、考出佳绩的目标。显然，"抄"寒假作业是无法服务于这种目标的。何况，仅仅是"抢"时间，"抄"答案，又有什么用呢？整个寒假（暑假）不做一些适当的作业，一心去玩，功课怎么办呢？收假后，又怎么收心呢？

想说的还有一些，比如考试压力的问题，复习心态的问题，这都是老生常谈的问题，也是很难真正解决的问题，在这里就不费笔墨了。

说开学

开学以来

我们先来看看柳雨是怎么看待"开学以来"话题的。

打开封闭的自我。一个漫长的寒假，经历了许多事情，我也将自己封闭在荒无人烟的世界里，迷失了自我。到了开学当天，岩石般封闭的我稍微恢复了一点意志。

这一天，学校里人如海一般，多得让人眼花缭乱。车子在一个地方停留，如梦初醒的我回过神来。对着旁边这位，也就是我的父亲，我还是像在我封闭自己的时候，一副不知天高地厚的样子。

我越来越讨厌他，但这次让我很惊讶。他说了许多实话，没有一句假话的实诚，将我震惊了。他以往总是打击我，以不让我上学这个说词来刺激我。我总是无条件地中计。面对多次重复的东西，我厌倦了。

这一天开始，我的初中生活过去了一半。但我觉得好像过去了几千年那么久。

我一个人总是独来独往，不想与任何人交流，因为我还在封闭自己。我重新回到教室，拿到了开学以来的第一张卷子。做着几何时，我便开始想，一般的题目，意义都在一个点上，轮到我为什么琢磨不出来呢？

不一会，老师让我去搬书，而我一次性将那些三种书一起搬上来。有个老师说我不行，但有个老师以相信我的语气，说我的力气大。这是我开学以来得到的第一个鼓励。

我感觉很充实，我岩石般封闭的心灵似乎打开了。我也渐渐恢复斗志。周末回到家中，与父亲谈话后才知道，他话中有话，好让我的斗志彻底地燃烧起来。

剩下残兵败将的集体。第二周，精力旺盛的我在星期天下午来到班上。我忽然发现，教室的地上空了一大块。后来才知道，一部分人都到八（6）班去了。这也让我空荡了。当我再次听到班主任不再教我们数学时，我的斗志，燃烧的斗志好像被浇上了水。

我心情低落，说好的，我要让班主任对我刮目相看，并让他亲眼见证，让他惊讶的。可惜这行不通，对于我来说，这是开学以来的一场悲剧。

第二天上课时，班上读书几乎是悄无声息的。班上只剩下三十多个人，大多是成绩中等偏下的学生。对于我来说好像很容易站在巅峰。可经过一些事后，才知道自己的不足。

还好，班主任没换。这是开学以来的幸运。

红脸的夜晚。第二个星期三晚上，语文老师让我们写作文。这是开学以来第一篇大作。我很热血，斗志又重新燃烧，灵感又开始迸发出来。但写到一半时，大脑一片空白。我的面部火焰似的燃烧，这是我开学以来第一次红脸，感觉却很好。

自开学以来，我已经找准了新的航标，就等着飞去广阔的世界，这是新的自我。这是我开学以来的第一声感慨。

自我觉醒

过了一个寒假，学生们给了我一个感觉：他们忽然长大了。这种长大，体现在许多学生的自我反思、自我觉醒和自我完善上。上面，柳雨的作文里就体现了这一点。而这些在其他许多同学的文中也得到了或多或少的体现。

我们看看刘进文的转折——

后来打听才知道，他们已经搬到了培训班，我内心茫然。不知怎的，身边少了什么，导致我的心里开始空荡荡的。

我亲爱的同学，我亲爱的伙伴，离开了我们之后，你还会记得我吗？可能在之后的某一天会忘却我们吧。

星期一上课，我整个人都不好了，不在状态，无精打采的，不适应缺失之后的八（1）班。

心里暗暗地疼，我之后向班主任提出进八（6）班的申请。虽然是短短的几个字，但足以表达我的失落和我的向往。老师告诉我情况后，我打消了这个念头。

我觉得还是在八（1）班实在，安心于这儿的学习吧。

看看朱文鑫的适应——

我们的老师也变了，数学老师由徐老师变成了柳老师，我们有点儿不适应柳老师的讲课速度。柳老师讲课有点慢，让我们上课时常常有点无所事事。

老师变了或者没变，都是一样学，不存在换了老师，换了教学方法，就学不了。那是一种失败者的借口。如果经历一次失败就放弃的话，就别提想要成功了。

看看柳浩伟的进步——

剩下的我们还是留在八（1）班。不过这样也好，这给我们成绩不太好的人留了一条活路。

开学以来的这两个星期，最起码，我的数学略有进步，以前的二三十分、三四十分，现在呢？63 分了，而且听讲也认真了许多。除了语文课的文言文，其它的都还好吧。

……

我觉得，人最臭的地方不是手也不是脚，是嘴！我这张嘴就是没停过。这个学期也不例外。我这张嘴总给我惹是生非。我就比如说，晚上在寝室里吵闹，白天在课堂上说话，可以说是从早说到晚，根本停不下来。所以，我从下星期开始不说话。这虽然有些底气不足，但能少说就尽量少说。

看看柳宜君的感悟——

开学，就意味着结束假期，开始学习。在一个班级中也有一些人仍是持浮躁之态，用好玩之心，做自由之事。可也有积极上进的人，天天用心读书，用心背书，为自己的前途打好基础。

说来也奇怪，这几天总是持续下雨，天气酷寒无比。还有一次晚上出现了闪电，大家都心想：要是停电就好了，不用上晚自习了。你说上天的这一次闪电意味着什么？有许多人认为那意味着上天为我们鸣不平，凭啥那么早就上学，应该再多放几天假，起码让我们过足了放假的瘾啊！

……

通过那闪电，我认为更加提醒了我们，时光如梭，一不留神就会从我们身旁溜过，让我们措手不及。所以，我们更应在读书这条路上，加紧步伐，追赶时间的脚步，不错过任何一刻、任何一秒。

看看吕阳的气势——

八（6）班是培训班，只有每班成绩好的同学才能进去。自从成立了八（6）班，我们班的人才大量流失，人数也由 52 人变成了 38 人。以前，我班基本上在八年级排第一。而现在成绩好的都走了，一些好同学也走了。说实话，我真的有些舍不得。

但我们坚强，相信自己的能力，让以前威震四方的八（1）班重整旗鼓，在此力挽狂澜，重回霸主地位。

现在的八（1）班得靠我们，我们要发奋图强，让以前八（1）班的光芒再次照亮我们。希望我班同学争口气，不让以前的八（1）班丢脸，而是大放光彩，让人目瞪口呆，不得不服。

写作之思

八年级下学期，组班培训，这是一些学校许多年以前应对重点高中自主招生所留下的产物。既然存在，自然有其合理的一面；既然风行，自然有其必然的道理。但对此，笔者不想多说。

笔者在本文里，倒是想针对写作训练谈一谈个人意见。

在这个留在八（1）的学生队伍里，说实在的，原本没有几个会写作文的，也没几个喜欢写作文的。然而，经过了一年半，特别是元旦之后写作训练策略的调整，无论是已经到培训班的 14 人，还是留在这里的 38 人，除了一两个因为基础实在太差无法动笔外，其余的所有同学，都越来越喜欢写作了，而且还写得有模有样、有声有色。同时，更让人欣喜的是，通过这种生活化的写作训练，他们的自我反思、自我觉醒的意识也明显增强了。

这让我越来越觉得，学生不会作文，不喜欢作文，往往是因为我们的作文训练方式出了问题：让学生无话可说，让学生无病呻吟，让学生陷入八股，让学生讨厌作文……

我们该让学生平时练笔写什么呢？写熟悉的人，熟悉的事，熟悉的景；表达真实的情感，真实的思想，真实的觉醒……正所谓，生活才是作文的源头活水；当然，教师的、家长的榜样作用也必然是写作的持续动力。

写作的目的是为了什么？为了表达，文从字顺地表达，这是毋庸置疑的。从更深一些层次来理解，则是为了发现，为了完善。也就是为了发现自我，为了完善自我。说得更清楚一些，就是在写作的过程中，不断发现自身的优点和不足，不断完善自我的人生观、世界观和价值观。如果从这个角度来认识写作，我们的作文方向也许会悄然地发生着一些变化。

当代著名作家曹文轩说，写好文章是美德。为什么这么说呢，他说："如果你想做一个完善的人、完美的人、完整的人，那么你就应该知道他们的内涵是什么。完善、完美、完整的人有一个非常重要的指标，那就是你要写文章，而且要写一手好文章。"

对于一个中学生而言，怎样才能写出一篇漂亮的文章呢？曹文轩说，写作最重要、最宝贵的资源就是你自己，走过童年、少年，你已经是世界上富有的人了，富有到足以对付老师出的各种作文题。因为每个人的经历都是独特的，而写作就是要写独特的经验。

曹文轩还说，我们要永远记住，一天二十四小时，只要这个世界是运动的，就每时每刻都在发生着事情。所以这些故事，都可以成为我们写作的材料。

说疯狂

疯狂是一种忘我的境界

冯畅说，人难免会有疯狂，在别人眼里，那是神经病，可自己却认为，那无疑是一天中最快乐的时光。

"在寒假的时候，我经常与同学们在 QQ 群里打 QQ 电话，聊聊天，说说话。这都是很开心的。但我们有时疯得自己都忘记是谁了，那就是在 Q 群里唱歌。唱着唱着，就到深夜了。我每次都只当着一个小小的听众。听着那些'歌星'们引吭高歌。

"我们一群人在群里，你一言我一语，去上个厕所，回来发现已经有好几百条信息。那时，我们似乎达到了忘我的境界。只知道聊天，把其他的什么都抛到九霄云外去了。"

忘我的境界，也就是全身心地投入。这是一种疯狂。

聂振贤说，他最疯狂的一次，爱国精神不断增加。

"在 2016 年里约奥运会开幕式开始后，我一直在关注着中国的奥运健儿们。晚上看到十一点后才去睡觉。早上六点就起来看奥运会。

"在游泳方面，我关注孙杨。他得到了一块金牌，一块银牌。金牌来自自由 200 米泳。他前 100 米紧紧跟在前三名的后面。100 米后开始发力，到 150 米时，稳定在前三，继续冲刺；最终得到了一块金牌。在 400 米自由泳的他，与金牌失之交臂，拱手相让给澳大利亚人。

"在羽毛球方面，我关注林丹。前几轮横扫对手，最终进入半决赛，与老对手李宗伟对阵，但最终与决赛无缘。

"我的爱国精神在这疯狂的夏季爆发了。"

体育，追星，爱国，这几个词组合在一起，不疯狂才怪呢。

这不，柳窈就为追星而疯狂。"我最崇拜的一个明星是鹿 ×，每次他新出了专辑，拍了电视剧时，我都会想方设法地来观看，我常常为他而疯狂。"

冯晓萱说，她最疯狂的时候，当属逛街。

"女孩子逛街前，是要准备很久的，将长长的黑发洗干净，扎个可爱的小马

242

尾或是自然披下。挑出一套最满意的衣服，带上钱包去逛街。女孩子逛街最有趣，三五成群，肩并肩，手拉手。逛街无非就是买买买，吃吃吃。左手一杯草莓奶昔，右手一杯双皮奶，吃得津津有味，无所畏惧……我最疯狂的时候，便是逛街的时候了。因为，生活在花季的女孩，想干什么就干什么。"

打扮，逛街，购物，吃零食，这是青春少女的疯狂。

疯狂之后是清醒

柳窈还说，她最疯狂的时候，往往都是压力很大的时候。"我要疯了。面对着眼前那堆积如山的作业，我多想做个梦，将它在梦里搞定啊！但是梦境是美好的，现实却是残酷的。我只好埋头苦做起来。"

作业的多与少，其实取决于自己的心态；如果有计划地完成，就不会疯狂了。

刘菁说，她喜欢文静，在家有空时也就跳跳绳，跑跑步；最疯狂的一次，是和姐妹们一起唱歌。"屋子里飘来阵阵音乐声，飘进了每个人的心里。就连晚上进入梦乡，好像我们还在疯狂，快乐还在心里徘徊……"

文静、内向的女孩，其实并没有真正的疯狂。

刘进文说，他只有在打架的时候才会疯狂；吕阳说，他最疯狂的时候，是玩鞭炮；洪遇见、柳闻言、涂斐等人说，他最疯狂的时候，是玩游戏。

杨驰讲述了他一次玩游戏的经历。

"一个星期五，一放学，我就飞快地跑回家，放下书包，就玩起游戏来。快到吃饭时，爷爷见我迟迟不出来，就跑来叫。我却一直没听见，直到爷爷上楼来拉我下去。

"吃完饭，我又接着玩。爷爷叫我别玩太晚了，要早点睡觉。然而我一直玩，一直玩到快一点了……我最疯狂的时候，就是玩游戏，有时为了玩游戏，我甚至可以忘掉写作业，忘掉吃饭，忘掉洗澡，忘掉一切与游戏无关的事情。"

打架、玩鞭炮、玩游戏、打球，这是许多男孩子的共性，也是大家最容易疯狂的时候。但不得不说，打架是要禁止的；玩鞭炮要注意安全；玩游戏要适可而止；打球，该打就打，该疯就疯吧。

疯狂之后是清醒，能有一个正确的自我认知，是一种成长的表现。当然，最重要的还是自我完善。知错能改，善莫大焉。

人不疯狂枉少年

人不疯狂枉少年。少年时代，本就应当任性一些，想玩就玩，想说就说，想唱就唱，别追求所谓的"少年老成"。正如歌曲《我多想唱》里写的那样：

我想唱歌我就唱

唱起歌来心情多么舒畅

歌唱吧，青年朋友们

因为生活应该是这样

一张一弛是文武之道

莫把自己弄得总是那样紧张

只要心情快活精力充沛

学的知识就会永记不忘

疯狂，本是一个贬义词。《现代汉语词典》解释为："发疯。比喻猖狂：打退敌人的疯狂进攻。"随着时间的推移，这个词义逐渐有了一些扩展，如"360百科"解释为："指的是一种精神状态，或者说是一种情绪的激昂程度。"也就是说，"疯狂"一词，已经是一个中性词了。

其实，一些学生对于"疯狂"的认识，本就非常中肯了。我们不妨看看袁标航怎么说。

袁标航说，疯狂的原因有很多种，有激动地疯狂，也有冲动地疯狂。疯狂有好有坏，这取决于你疯狂时的心理。

"为好的东西而疯狂，就会有好的结果。例如为学习而疯狂，每天遨游在知识的海洋里，不知疲倦，你就会对学习有更深的体会，从而提高你的学习效率和学习成绩。还有为国家荣誉而疯狂。比如中国队在国外有一场篮球赛，你会不分昼夜地看直播，为中国队加油，你会发现你的爱国精神在逐渐增长，你一定会成为一个好公民。

"为坏的东西而疯狂，就会有坏的结果。比如为了自己的愤怒而疯狂，发展到大打出手，不仅自己和对方受伤，而且还要受到老师的批评；还有为了网络游戏而疯狂，荒废了学业。对待一些事情只想到用暴力来解决，这样的疯狂，最后你不仅是社会的负担，而且还会走上犯罪的道路。

"对待疯狂，我们一定要以良好的心态、正确的方法来对待，这样，才能变魔鬼为天使。"

看来，人不疯狂枉少年，还得补充一句，损人害己莫疯狂。

说乐事

一

关于"心中的乐事"这一话题，同学们有如下这些答案：

和爸爸、妈妈一起爬山。"爸爸说，我们不走大路，走小路，这样才会更有趣。的确，小路人少，更适合我们。就这样，我们顺着小路往上爬，可脚下都是石头和树叶，一不小心还会摔倒。但是，我们最后还是到达了山顶。山顶上有青青的小草，野花到处都是。我从山顶往下看，马路细得像条线，汽车像个黑点点，人就更不用说了。"

过生日。"去年生日一大早，我就起床了。因为爸爸那天要去叔爷爷家，虽然不在家中陪，但那天只有我一个人在家，终于可以无忧无虑地玩上一整个上午了。下午，我们全家都上街去玩，在街上，爸爸妈妈尽可能地满足了我的要求。"

帮妈妈做事。"记得那一个星期六，阳光明媚的，我突然脑海中蹦出一个念头：帮妈妈洗头。妈妈听了之后，受宠若惊，但一个劲地摇头。妈妈还是拗不过我，最终还是同意了。此后，我主动地帮妈妈做家务，看见妈妈脸上洋溢着幸福的笑容，我也笑了。"

和表哥、表妹玩。"只要一过完年，爸妈就要出去打工了，家里就只有我和爷爷、奶奶、妹妹。一年也只有两三次机会和表哥、表妹玩，跟他们玩，我就感觉自己很快乐。离开了枯燥的学校，不用每天起那么早，每天睡那么早。在表妹家里也很好玩，她家的周围有很多的朋友，每天玩的都不一样。"

吃东西。"妈妈说我打小就很贪吃，只要是能吃的东西，在我的手里都'活'不过三秒。外婆说多吃是福，我从小就跟着外婆，外婆说我两三岁的时候也曾'圆'过，可是后来不知怎么的，就瘦了下来。我苦练了一个暑假的厨艺，结果并不是很理想，不过没关系，大不了就让妈妈做给我吃，而且，我还有一个疼我的外婆嘛！"

玩手机。"我的乐事就是玩。在以前，我每个星期回家都玩不了手机，都只能看无聊的电视，或看几本破书，或写写作业。每个星期都是这样。而今年，我星期六日，都有手机玩了。这又使我充满活力。"

四大乐事。"我有四大乐事：吃，睡，追剧，看书。虽说前三种是平庸至极的行为，但我的第四种爱好却是不平庸的。一个人沉浸在书中，没有吵闹，没有打搅，就是那种在自己的世界一样，不得不说，书香是很美丽的。"

平静的读书生活。"我自言自语地说，整个星期都风平浪静；在班上，我不会吸引很多人的眼球；今天是星期五，'光头强'居然没有找我麻烦。"

校外活动。"星期二晚上，每个人都对明天的扫墓有点兴奋。因为明天的历史课不用上了，就开心了起来。星期三早上，他们很早就起来了，吵得我睡不着觉。我没有办法，只得起来了。一看手表，才5：50。"

考试考好了。"我最快乐的事，是成绩能迅速上升。然而成绩只能慢慢地向上升，有时还会下降，但是在七年级下半个学期我办到了。第一次月考，考得不是很好，所以我就下定决心，一定要把数学学好。期中考试成绩出来了，我考得比较好，这件事让我感到很快乐。"

帮助别人。"一次，我和表姐去逛街。上公交的时候，车上的人不是很多，我和表姐找了空位坐了下来。到了第三站，车上的人差不多挤满了，此时又上来了两个老人。表姐连忙站起来给他们让座，而我还像个木头一样呆呆地坐着，犹豫着。也就这一瞬间之后，我站起身来，给另一位老人让座。这时，那两个老人说我和表姐真懂事，夸我们两个。我的心里乐滋滋的，有一种说不出来的感觉。原来，帮助别人的时候，才是最能体现自我价值的时候，帮助别人，快乐自己！"

二

不难看出，这个年龄层次的孩子，他们的快乐首先来自家人的陪伴。尤其是那些留守儿童，他们巴不得天天有父母在身边：可以交流，可以撒娇，可以不孤独，可以满足一些并不奢侈的要求。

吃零食，追剧，玩游戏，这也是快乐的几个源头。这种快乐，很寻常，也很正常，既说不上好，也说不上不好。但如果一旦上瘾，沉溺其中，好事就变成了坏事，乐事就变成恶习。

校外活动，几乎是当代学生最盼望的。"暮春者，春服既成，冠者五六人，童子六七人，浴乎沂，风乎舞雩，咏而归。"是多么令人羡慕的一个场景啊。但大多学校，出于安全考虑，便取消了一切形式的校外活动。虽说因噎废食，得不偿失，但在一些学校看来，这是一种自我保护的无奈之举。

考试考好了，自然快乐，这也是众多学生最渴望的快乐之一。但客观地说，能享受这种快乐的机会并不是太多。一个班上只有一个第一（并列除外），一个年级只有一个第一，竞争有快乐，但竞争更残酷。"不比智力比努力，不比起点比进步"，貌似很有道理，但在应试教育越发激烈的当下，这种快乐大多是一种画饼充饥。一次次的考试排位，让更多的学生几乎都处于一种麻木状态。

助人为乐，是一种值得大力倡导的行为。这种行为，得到快乐的是双方，也就是帮助者和被助者，都能获得一种心灵的慰藉。虽说社会上也有一些心怀不轨之人，让帮助者在"扶与不扶"之间难以抉择，但雷锋精神永不过时。"只要人人都献出一点爱，世界将变成美好的人间。"你，我，都应当常怀感恩之心，常做益人之事。

康德说，快乐是我们的需求得到了满足。也就是说，当我们的生理或心理的某种需求得到了一定的满足，我们便快乐了。其中，心理得到满足，比如得到他人的承认、表扬、赞美，这种快乐会更加持久，更加深刻。

美国一位叫舒勒的博士在他的《快乐的态度》一书中揭开了永远快乐的秘诀。我们不妨借鉴一下，至少让自己更明白一些。

1. 没有人是完美的，必须承认自己的弱点，并乐意接受别人的建议、帮助和忠告；2. 从挫折中吸取教训；3. 生活必须诚实和富于正义感；4. 能屈能伸；5. 热心帮助别人；6. 要人待你好，你必须先对他人好；7. 坚守信念；8. 保持心境开朗。

说说谎

这是一次关于说谎的对话。这样的对话，有一定的难度。这正如朱文鑫所说的那样，谁愿意将自己的谎言告诉别人，将自己的秘密告知他人呢？难以启口啊！

然而，我们班的孩子，却愿意敞开心扉。这不能不说是一个不大不小的突破。就包括朱文鑫自己，也公开了这样的一个秘密。

朱文鑫说："读小学时，有一次，我去同学家玩，看见了一本我很喜欢的书，我便向他借这本书。他也很爽快地答应了。这本书是新买的，他很爱惜，保存得很好。我星期六一直在看，看了一下午，觉得看累了，便停了下来，准备出去玩一会。一回来，发现书不见了。我很着急，于是对他说，这本书再多借我几天。后来，此事便不了了之。上初中时，我告诉了他，他的表现让我意外，他说，一本书没了可以再买，友情没了可买不到了。"

一

涂欣欣说谎，是关于手机的。

"记得那个星期，我把手机带到了学校，还没玩到星期三就被班上的柳 × 给举报了。当时我那个心情啊，恨不得把他给打一顿。紧接着班主任把我叫了出去，让我把手机拿出来。我想到同学们之前跟我说的，老师问，你就极力说没带，老师不会把你怎么样的。我于是就一直说没带。我把头一直低着，不敢看班主任，生怕他一下子看透了我的内心。由于证据不足，班主任让我先回去了。

"随后的几天，我心神不定，生怕一个动作、一句话就让班主任给察觉了。但星期五那天，手机还是让班主任看到了，我也被调到了最后一排。班主任说，他最讨厌撒谎的人……"

程曦梅也谈到了那次手机的事情。

她说："因为我的贪玩，我把手机带到了学校。有一次，看到涂欣欣在玩手机，我也拿出来玩。结果也被人举报了。我开始有点恨举报人，但后来不了。因为我觉得他也是为了我和涂欣欣的好。后来，班主任把我叫了出去，问我有没有带手机。那时我有点害怕，此时此刻，我的心里有一个坏念头，阻止自己承认。

"我撒谎了，而且还是和涂欣欣一起。我有很多次想和班主任道歉，只是不敢，没信心。对不起，老师！我知道错了，现在我把手机给别人了，希望她能利用好它。"

二

雷俊宏的谎言，或许更有代表性。他说："我的谎言最多的就是关于作业的，从小就开始为作业撒谎。上五六年级的时候，奶奶每天下午在我放学后要出去玩耍时都会问我，作业做完了吗？而我每次都是一笔未动，留到晚上做。有一次我让同学帮我做，结果被组长发现了，我还死不承认；还有几次，作业没做，跟组长说没带来，也糊弄过去了。上初中后，每次父母问我作业做完没，我都说做完了，但实际上，星期日每次到学校后我都特别忙……"

方浩嘉也坦言："我不是一个诚实的孩子，再加上我很懒。周末在家中，我经常不写完作业，而是带到学校抄现成的答案。因为时间有点紧，所以，字就写得很丑。但是由于某些题目都错得一样，老师便开始怀疑了。

"一次，英语老师把我和某同学叫了出去。老师说，这次你们有互相抄袭的嫌疑，你们看，错的题几乎一模一样。我沉默不语，但另一个人谎报了情况。他说，我们都是用手机搜的答案。我也吞吞吐吐地说，是的。但事实上，是他把答案交给我，然后我拿来抄的。我心中十分地忐忑不安。老师对我们说，以后不能再用手机找答案了，如有下次，一律严惩不贷。我偷着乐，回到了教室，以为骗过了老师。"

柳浩伟讲的是七年级的一次撒谎经历。"星期五，语文课下课了。老师布置了假期作业，一篇周记，练习册学到哪做到哪。我说，这么点作业，我只要半个小时就可以做得完。星期天在家中玩'英雄联盟'，我早已把对老师的诺言和作业抛到了脑后。星期一上学来，语文老师让大家把周记交上去，把练习册铺在桌面上。这时我才会想起还有作业要做，我心急如焚，直冒冷汗。我呆住了一大半天。老师轻轻地问我，作业呢？我吞吞吐吐地说，我的作业没带来。老师似乎知道了我没做，为了保全我的面子，他没有说出来……从那次以后，我再也没有撒过谎了。"

三

杨敏的谎言,是关于考试分数的。"记得那次,是我们期中考试。我的数学成绩不好,只考了三十多分。因为怕家长伤心、责备,所以我就撒了一个谎,我把别人的试卷改成我的,这样,我就不会让家人伤心了。记得还有一次,也是考试,试卷发下来之后,我自己偷偷把分数给改了,为的也是让家人开心。"杨敏认为,这些都是善意的谎言。但真的是善意的吗?

柳雨认为,谎言这种虚伪的东西不应该在他的世界中存在。但是,第一次说谎竟然是非常离谱、非常可笑的事情。他说:"记得我曾信心满满地对父亲说,我上学时为了变强,以后守护好家人,那时父亲才叫个激动。结果,一次又一次的失败,我基本忘记了这个承诺,我开始自暴自弃,越来越冷血……也许这是我第一次撒谎,不知这个谎言会持续到什么时候。"

吴自豪说,谎言并不可怕,不承认自己做错了事才可怕。

"那是七年级时的一个夜晚,大家都在寝室里吃零食。吃完了,满满一地的零食袋。我拿起扫帚开始扫地,还把垃圾给倒了。然后觉得很渴,便拿出一瓶核桃露,喝完后随手一扔。心想,饮料瓶被老师发现了,应该也没什么吧。过了一会,班主任来到了我们的寝室,一眼就看到了我扔的那个核桃露瓶。问是谁扔的,当时我看到老师的火气有点大,有点害怕,便没有说出是我扔的。老师又问了一遍,还说,现在快点站出来,等我查出来就没有这么好。我心想,反正也没有人知道是我扔的,还不如不说。可第二天早上,便有人举报了,我被老师批评了一顿……说谎的感觉真不好,生怕被人发现了。"

陈瑾说,生活之中,谎言随处可见,谎言也分善意的谎言和恶意的谎言。"我觉得自己的谎言,有一半时善意的,有一半时恶意。善意的谎言,在家里较多些;恶意的谎言,在学校较多些。善意的谎言,是为了不让家里人担心;恶意的谎言,则是为了不挨批评。但无论是善意的谎言,还是恶意的谎言,我觉得都是不诚实的表现。因为,谎言就像一把利刃,推进你所欺骗的那个人的心里,无论怎样弥补,他都会留下伤疤的。"

四

这一个年龄层次的学生,撒谎较多的,是因为作业没完成,是因为成绩不理想，是因为玩游戏上了瘾，是因为做了违纪的事情。

想想也正常，我们哪个人在成长道路上，在这样的青葱岁月里，没有撒过谎呢？我还经常和一些学生半开玩笑地说，你们所用的这些招数，老师当年也都用过了。

所以，无论是家长还是教师，都不能把孩子撒谎的事情无限放大，比如说他的品质有问题，说他的素质太低。

新浪网有一篇《透视中学生说谎原因》的文章。文章里，心理咨询师李玉梅对于孩子经常撒谎的问题，道出了几点原因。

首先，因为有些学习成绩不好的孩子在学校和家庭长期得不到老师和家长的信任，伤了孩子的自尊心，孩子便渐渐地学会用撒谎来平衡自己。

其次，某些孩子说谎是为了达到一种目的，例如上网等。

再次，孩子经常说谎也有可能是品质出了问题，但这与家庭环境有很大关系，有些家长平时在打电话、交际中说一些谎言，孩子无意间就会模仿。

最后，有少数孩子是出现了心理问题，这需要借助心理辅导来解决。

笔者更想从人的需求角度来看待这个问题。美国心理学家亚伯拉罕·马斯洛在1943年在《人类激励理论》论文中所提出，人类需求就像阶梯一样从低到高按层次分为五种，分别是：生理需求、安全需求、社交需求、尊重需求和自我实现需求。许多孩子的撒谎，其实都是因为安全需求和尊重需求而导致的。比如，做了错事而害怕受到惩罚，于是便撒谎了；考了低分而怕别人看不起，于是便撒谎了。

同时，我认为家长和老师要特别反思自身的问题。比如，家长是不是自己什么时候说话没算数，而给孩子当了反面教材？是不是有时所提的要求过高，而孩子很难达到要求？是不是把孩子犯下的一些小错不当一回事，或者大动干戈、上纲上线？

再比如，教师是不是周末布置的作业太多，让学生难以完成？或者只布置不检查，而让一些学生觉得有机可乘？是不是因为过于严肃而让学生敬而远之，不敢敞开心扉？是不是因为过于松懈而让学生丧失了敬畏之心？

因此，无论是家长还是教师，一方面对于孩子有说谎苗头要及时发现，尽早疏导；另一方面，作为家长、作为教师，事事处处都应当做好学生的榜样，言必信，行必果。我们的祖宗不是留下了一个曾子杀猪而取信于子的故事么？

说吃零食

这是两位同学对于零食的比喻：

"零食，我每天都要吃。不吃会受不了，就像老鼠晚上要磨牙，就像我们每年都要过年，就像每天都要上学一样。"

"说到吃零食，那我可是名副其实的小馋猫。只要是能吃的东西，我通通都能够吃下去。零食对于我来说，就像猫爱吃鱼一样，就像鱼爱吃蚯蚓一样。"

男生爱打球，女生爱吃零食

柳欢说，一般女孩子喜欢吃零食多一点。因为男生爱打球，女生爱吃零食。

她说："不知为什么，我父母都不怎么喜欢吃东西，也反对我吃零食，但我却偷偷地吃。在学校里，老师和校长都说吃零食就等于吃垃圾，说那些零食有多么不卫生，对身体有多么不好，但我觉得吃零食像是大人喝酒、抽烟一样戒不掉。学校老师禁止讲零食带到教室和寝室，但很多人都偷偷地带进去，像是与老师对战一样。"

她还说，有些人不爱护环境，把零食袋丢在地上、草丛里、床头上，这些都是不文明行为。"我认为，这不应该是一个初中生该做的事。虽然我喜欢吃零食，但我不会把垃圾丢在地上。"

涂欣欣说："我也喜欢吃零食，原来吃完了也会随手一丢，但现在不丢了。一方面是受老师的影响，另一方面也是自己的主动改正。有些事情做多了，便会成为习惯。"

杨敏说："对于零食，我可是无所不吃。为了吃零食，我可以大下血本。只要有零食吃，让我做什么都可以。不过，我可不像我班的柳××，她又胖又圆，又爱吃零食，就连我们的班主任都对她的贪吃无语了，因为她太能吃了。每次课余的时间，都可以看见她往店里跑，我们对她无言以对。我们班的刘×也非常贪吃，每天晚上就像老鼠一样总是吃个不停。连上课都吃，我们的班主任也都捉到她好几次了……吃零食对我来说最重要，但是我规定自己每天只能吃两元钱的东西。"

黄杏说，在家里，和妹妹一起吃零食，这样就没有人发现，连爸爸也不知道。在学校里，夜晚买一些东西躲到被窝里吃，这是一件很快乐的事。他对吃零食的看法是，吃出了美味，吃出了拉肚子。吃零食，虽然可以暂时得到一张满足，但让你的胃不舒服。

柳瑾瑜说，在小学时，每天只有一块钱，每天只能吃一点点零食；上了初中，一个星期有一百元钱（包括伙食费）。刚上初中时，一个星期只买几次零食，后来，因为有了很多朋友，就每天都买很多的零食。

程曦梅说，她以前非常爱吃零食，每次下课就往店里跑，但现在不了。因为已经从中吸取了教训。"一次，我吃了一包辣皮，之后，晚上、早上、中午都拉肚子。此后，我一个星期只会到店里去一次。"

陈瑾说："我对零食情有独钟。也可能是因为它的价格便宜。如今它已经完全融入我的生活。我爱吃零食，但我更爱吃健康的零食。零食就像是潜伏在人体的一颗定时炸弹，时间长了，积累的有害物质便越来越多了。最终只会一触即发，让我们濒临死亡。太可怕了，从现在开始，我要禁止小嘴巴再嘟嘟的了。"

零食是最失败的一种发明

朱文鑫说，吃零食是一件很平常的事，但也有很多的欢乐。一个人买一点，之后分着吃，就可以只花一点钱而可以品尝到多种零食了，是不是很好呢？

方浩嘉讲了一次带零食到教室里吃的经历。"一次，我将零食带进了教室，但这是学校不允许的事，所以我要在上课前解决掉它们。为了提高效率，我多叫了几个人来一起吃。吃得整个教室都是零食的味道。老师进来了，闻到了这种味道，问谁带了零食进教室。全班同学沉默不语，老师便愤怒地吼着，还顺着气味走了过来。我将食品袋塞进了同桌的抽屉里，这才躲过了一劫……吃零食真是一件既愉快又可怕的事啊！"

吴自豪谈了自己吃零食的感受。"每次吃零食，肚子总是十分的痛，而且自己身上的钱越来越少。我有好几次没吃零食，就是因为身上没有钱。吃零食，既危害身体，又浪费钱，所以我们要少吃零食，最好是不吃，那样既可以保护自己的身体健康，又可以省钱了。"

柳雨说，他有一个好习惯，不爱吃零食，能很好地控制那种食欲。但是，有一个晚上，失眠了，而房间里正好有一大包零食。于是，"我一边吃着零食，一边看着电视，像个神仙一般自在……我吃着零食，一直吃到牙齿酸了才停下来。我竟做了我不该做的事情。不过，我知道吃零食只是为了寻求一时的快乐，所以我不会经常吃。"

雷俊宏讲了他对于零食的态度转变过程。"我以前是挺爱吃零食的，但零食是垃圾食品，吃多了会致命的。以前，我是有钱必用，必须买吃的。但现在觉得一点都不好。于是，我坚持少吃零食。"

他还说，我觉得零食是最失败的一种发明，虽然零食不贵，但一些零食的制作过程太恐怖，有的东西竟然还是用地沟油做的。零食害人太多，让小孩们不吃饭，长不了身体，还会让他们得病，多么危险的一种东西。呼吁人们，少吃零食，多吃饭，多吃水果。

对自己要狠一点

每晚下自习的铃声一响，几乎是所有学生都直奔校园超市。那时，超市里可谓是水泄不通；超市外面，大家一边吃着零食，一边闲聊着。有同学说，这是学校生活里最快乐的时光。为了防止意外发生，学校还专门安排了两名教师值班呢。

不光是下自习时段，还包括课间时间、饭前饭后，甚至体育课上和早起时间，一些学生也常常跑到超市买零食吃。

目前，本地中小学校的超市，基本都由某公司在经营着。也就是说，学校与超市之间并没有利益关联。所以，学校教师谈不上鼓励到超市里去消费。相反地，为了保证学生的身体健康和校园环境的优化，学校还经常性地引导学生少吃零食，不吃零食，还提出禁止学生将零食带进教室和寝室。但是，这样的倡导和禁止，所起到的作用也是非常有限的。吃零食几乎成了一些学生每天必不可少的功课。

中学生为什么如此钟情于吃零食呢？想必主要是两个方面的原因。

一是生理需要。比如，下晚自习一般要到晚八点以后，九年级则会到晚九点、十点以后。这时，正在长身体的学生，还真的是饿了；尤其是冬天，更是"饥寒交迫"，吃点东西，好填填肚子，暖暖身子。

二是心理需要。这是主要原因。这里有零食的美味对你产生的一种诱惑，有添加剂让你所产生的一种依赖，有无聊时光的一种寄托，有学习压力下的一种释放，还有朋友之间你请我、我请你的一种友谊，等等。

经常吃零食，对身体有哪些害处呢？

一是影响肠胃功能。经常吃零食会加重肠胃的负担，使肠胃总是处于工作状态，没有时间休息一下。这样会慢慢减弱消化器官正常工作的能力，导致以后可能会出现肠胃消化不良。

二是影响味觉功能。零食中酸、甜、咸各种味道都很重，长期吃零食会导致我们味觉变得迟钝，到后来一般的饮食根本就不能引起我们食欲。没有食欲，将会直接导致营养不良，影响我们的生长发育。

三是影响消化功能。经常吃零食还会影响到人的消化吸收。因为零食里面含有大量的色素、防腐剂和添加剂这些对消化吸收有害的物质，长期的影响下就会破坏我们人体正常消化吸收的能力。

此外，一些学生晚寝时，躲在被窝里吃零食，吃完后又没刷牙，自然会对口腔、对牙齿非常不好。同时，还会对晚寝纪律、寝室卫生等方面造成很大的影响。

所以，零食这个东西，不说不吃，但必须少吃，不可上瘾。

又该如何改变吃零食的坏习惯呢？

这又得从生理和心理两方面着手。生理上，当然就是要吃饱饭，用主食占据自己的肠胃，用水果适度补充；心理上，可以常常想到吃零食的坏处，想想一些零食里面的有害物质，想想一些黑心商家的恶心制作，同时对自己要狠一点——远离零食，远离诱惑。

说消费

关于个人的消费，这群八年级学生，大多是每周 80-100 元不等。其用途大多是吃饭和买零食。

但一旦深入下去，会有一些特别的孩子，他们的讲述，会让你别有一番滋味在心头。

虽然不吃早餐，但我并不觉得饿

"人生最快乐的时光，莫过于吃零食。"这是黄杏的开场白。

也许你会感觉有些奇怪。但听完她的故事后，大概你是会不足为怪的。

"读四年级时，爸爸每天给我两块钱。其中的一块钱，用来买零食，另一元钱在校外买点早餐。但这零食和早餐并不是在早晨吃，我每天都不吃早餐，把它们留到中午吃。虽然不吃早餐，但我并不觉得饿。五年级、六年级，依旧如此。

"到了初中，读七年级时，我的消费会多一些，除了吃饭外，我每周会有 10 元的零花钱。其中的两块，用来搭车回家，其余的部分留给妹妹用。

"可到了八年级，我的零花钱就少了许多，每周只有六块钱。我受不了。为什么呢？我总用不够。爸爸跟我说，因为你们常把钱乱用，所以才给你们一点点钱。要不，就会像以前一样给多一点。"

黄杏说，这是她消费的忧愁。此外，她还会觉得消费方面有差距。

"我妹妹跟我大不相同，相比之下，她比我'富'很多。她读小学一年级时，每天有两块钱，可以在家吃早饭，平常还能找爸爸要一点钱。二、三年级也是如此。但她到了四年级，就有了三块钱，但也和我当初一样，也不能在家吃早餐了。

"五年级时，她现在每天有了四块钱。我常抱怨，为什么妹妹比我和弟弟那时会多一些呢？我常想，是不是因为她比我多一点小聪明，会哄爸爸开心？

"爸爸说，妹妹太可怜了，你作为姐姐的要多让着她。所以，我就让，就忍。但爸爸就疼到她现在养成了许多坏习惯。

"虽然我不够聪明，也不是很勤奋，但我相信只要有一双手，就能创造一片天地。不能说我现在不聪明，就不能帮助别人；也不能说我不够勤奋，就成了懒人。每个人都有属于自己的成功，但我的成功不是成绩和聪明上的。"

我不该这么挥霍

张溪认为，在八年级里，与七年级的消费没有什么较大变化。但是自我认为，在学校里，平时用钱也很可怕。

他说："比如在上个星期，我有 40 多块零用钱，星期一还有 40，星期二就只有 30，星期三就只有 20，星期四就只有几块了，星期五只剩下最后的一块了。所以说，在这个学期里，我的开支是非常大的。和过去相比的话，能用'可怕'来形容了。

"过去能留一些钱在身上，现在连一块都没有了。为什么最近几天我用钱那么快呢？我自己认为，是在学校里饭没吃饱，容易饿，所以就要去店里消费，买吃的。这就是我消费的大体情况。"

柳浩伟说，他现在包括吃饭在内，每个星期也只有 100 块钱了。因为妈妈说，给多了，怕他拿去乱花，怕他学坏，所以一直控制着他的消费。但去年的情形不一样。

"去年时，我每个星期都有 200 多块钱。这也是只有我二姨才给得出。每个星期一放假，我就上街去玩，这让我变得十分挥霍。那时真的是觉得反正这钱也不是我找的，随便花！

"但现在，我觉得每一分钱都是爸爸妈妈用生命换来的，我不该这么挥霍。每个星期，拿着妈妈给的生活费，她还送我到学校里来，我真的觉得很对不起她，我觉得我这就是花钱买日子'混'。所以，请同学们不要像我一样，最后都是会后悔的。"

柳浩伟还说，珍惜钱财，也是在珍爱生命。

这也算是为父母分担一点吧

王杨先开了个玩笑："你问我的消费情况，可是在侵犯隐私权呵。"

他说，他的每个星期的消费是这样的："每次只有 100 元，先充卡 50 元，预定是星期三用完，因为这样就不会一个劲地刷面包吃。这样有很好的控制作用。到了星期三就再充 20 元。有时也偶尔一下子充 80 元的。

"我每次把剩下的钱留下来买东西。比如，我没杯子，就总是买绿茶（一种饮料）喝。原因是便宜，又没糖。我才不吃店里的一些垃圾食品。就这样，一个星期的钱就用完了。

"我觉得这样很好，每餐饭都吃了，不会饿肚子；还有余钱，不会让自己渴着。我没有储钱的习惯，要不会被老师或家长怀疑的。"

涂欣欣说，跟班上许多人相比，在学校里的消费，她算是比较少的人。但以前，情况就不一样了。

"以前，每个星期的消费，现在想想都比较可怕，一下课就喜欢去店里买零食，每次都觉得吃不够，零花钱用得很快，星期五放假回家还得挨骂，父母说我零花钱用得太干净了。

"现在吧，或许是比以前大了一点，加上懂得的东西也多了，都没怎么去店里了。看到辣条什么的，都不想买了。有时肚子饿了，没办法才买点吃，很少买。

"其实，也算是晓得了父母赚钱的不易，吃多了垃圾食品对身体也不好。一个星期少吃几包就可以省好几块钱，坚持下去，节省好几百块也不是不可能，给自己买点学习用品什么的，这也算是为父母分担一点吧！"

我宁愿停在静止状态

谈及消费，最让人感到不是滋味的，是柳雨的话。虽然没有代表性，但值得更多的人一起来关注。

"消费时人是快乐的，消费后人是苦恼的。别人消费着金钱，而我消费的是我的时间。可以说，这十多年来，我是虚度过来的：要朋友没有朋友，要成绩也没有成绩，我还有什么资格消费呢？

"我消费的金钱比别人少许多，但我消费的时间是别人的好几倍。虚度光阴时，我是快乐的；虚度光阴后，我是悲伤的。谁让我自卑呢？

"上课时，有的同学在打瞌睡，我认真地听着讲。但结果是，打瞌睡的人，考试分数是我可望而不可即的天文数字。我痛恨这个结果。这对于我来说，不是消费，而是浪费。

"时间一点一点地消耗，我是越来越麻木。所以，我讨厌消费，不管是什么，消费无异于是另一种浪费。消费时，那些一大堆东西都是不需要的，换句话说，消费毫无意义，只是在某一时间、某一空间上的快乐。那是虚假的，只是昙花一现的一瞬间。

"我的消费更惨淡，时间上的消费，岁月上的消费，还有等级上的消费，因此，我宁愿停在静止状态，也不愿消费。"

作为老师的我，不知道柳雨的表述是不是偷换了概念，也不知道他所说的消费是属于物质的还是属于精神的，更不知道能用什么好办法来解决他的问题。

但有一点，我是坚信的，他思想的深刻性，超过了许多同龄人，甚至超越了许多成年人。我曾在一次作文评讲时，很认真地说，柳雨也许可以成为哲学家。

然而，在现实面前，这是好事还是坏事？

说心事

最大的心事就是考试的名次总是不稳定

本文的关键词是"心事"。

这正如冯畅所说的那样，心事，就是秘密；既是秘密，就不愿与人分享。但闷在心里，又让人很烦恼。

冯畅说："我的心事有许多，比如，在与同学交流中，不能大胆说出自己的想法；在回答老师问题时，不能大声地回答；在身体方面，我的体重常常不如我的心意等等。

"但是，我最大的心事就是考试的名次总是不稳定。其它的一些小事，我还不是太在意，而我的成绩是我最关心的事情。毕竟这关系到我的未来。每次考试，我总有发挥不好的科目，不是这科考砸了，就是那科不理想。我有时考得不错，但有时又跌到十万八千里去了。

"每次考差了，总少不了老师的责骂。可我也不想这样呀，为什么老天要如此玩弄于我呢？唉，只好这样走下去了，我实在没有什么可行的好办法了。"

类似的问题，也是柳宜君、柳吉安、杨驰等人的心事。

柳宜君说："我的心事是考试，几乎每个星期一晚上都要考数学，而现在的数学可是越来越难。而我又不喜欢现在的老师讲课方式，你说，我现在该怎么办？"

柳吉安说："还有一两个星期就要期中考试了。但是，我一到考场，以前会背的，会做的，几乎都忘记了。紧张的我们，生怕考不出自己理想的成绩。如果哪一科没考好，哪一科老师就会来找我们'算账'。我的心事有很多，但是这个比较重要一些。"

杨驰说："我唯一的担忧的就是我的成绩。因为我的成绩很不稳定，好的话，可以考一百多分；要是坏的话，就及不了格。我父母每个星期都会打电话问我成绩怎么样，我都会如实回答的。如果成绩不好的话，将来就很难有什么出息，就很难赚到钱，要不就是像我父母一样到外面去打工。"

他还说："因为我姐没有读书，所以全家人就指望我能读出书来。父母对我很好；爷爷奶奶也是的，很少骂我，会尽量满足我。如果我成绩不好，我就会觉得很对不起他们。"

三月不减肥，五月徒伤悲

担心成绩不好，是一种心事，但并非所谓的秘密。

袁标航的心事，能算秘密吗？

袁标航说："我的心事，便是自己的体重了。我已经有了大于130的体重了，比我们班的一些瘦子的两倍还重。可以说，是一个胖子了。

"作为一个胖子，很烦的便是晨跑了。当开始跑的时候，我的眼前仿佛就是一片沙漠，而我却已经困在了里面。对生活已经没有希望了，取而代之的是绝望。跑完之后，我总是气喘吁吁的，很久才平复下来。有一次，老师看到我这样，还跟我开了个玩笑说，三月不减肥，五月徒伤悲呀！

"作为一个胖子，还很烦的便是买衣服了。当挑选衣服时，看到自己喜欢的衣服，最尴尬的，便是服务员说，这件衣服没码了。这时，我只能又去看其它衣服了……

"这个心事在我心里缠绕很久了，可怎么也消除不了。莫非这件事会成为我心里永久的阴霾？不，只是我没有找到方法而已。我相信，世上无难事，只要肯攀登。"

袁标航的心事，对于体重偏重的人来说，大概都有类似的烦恼。这其实也并非秘密，因为寻常人都可以想象得到。

殷文嘉的心事，也许才能够称得上是"心事"，是"秘密"。

殷文嘉说："今天晚上，我在想着我的心事。我的心事，是在那一天，我爱慕上了一个女孩。她很可爱，也很美，可我最爱慕她的品质。她为人正直、善良，喜欢小宠物，我也喜欢小宠物。我们有了共同点，渐渐地就聊上了。从此她成了我的心事，日日夜夜地想着她，我不知为她有了多少不眠之夜。她的笑容，她的一举一动，都在我心里面回放着……"

进入青春期的少男少女，暗恋着某女孩某男孩，能够坦然讲出，是需要很大勇气的。

他的这一番话，这也解开了我心头的一个谜团：他上课时常常走神，呆呆静坐着，若有所思，或者常常打瞌睡。

这样的心事，自然不止殷文嘉一个人有，在其它的一些文章里，其实也谈到了。

这么好的家庭，为什么就变得支离破碎了

吕阳说，每个人都有不可告人的事情，这是他们内心的伤口，难以愈合。

他一开口，我就沉默了。

吕阳说："我五岁时，爸妈离婚了。那时，我还不懂离婚是什么意思。从那时开始，我就是个单亲孩子了。一般的家庭，都是母亲抚养孩子，而我，是爸爸照顾的。母亲消失了。

"那时，奶奶告诉我，爸妈都好着呢，没什么事。大概是怕我知道真相后嚎啕大哭吧……我想念妈妈。

"过了一年，他们还是没有复婚。直到我七岁时，我才知道爸妈真的离婚了。知道真相的我，无比伤心。刚开始，妈妈还偶尔回来看过我。到了现在，她就消失在我的视线里。

"我多么希望他们复婚啊！这么好的家庭，为什么就变得支离破碎了，这让人难以相信。现在的我，已经迷糊了。因为从七岁到现在，妈妈一直都没有出现过，只在以前打了几次电话回来问我。我现在连她的脸是什么样子的，都记不清楚了。

"有情人终成眷属。而人们往往会在爱情里犯下错误，导致一个家庭分散。这是多么无奈的事呀！"

爸妈的离婚，妈妈的出走，谁能体会一个孩子从幼年就开始的伤痛？而这种伤痛，往往又是难以言表的。

这便是吕阳的一个心事，一个深重的心事。

同样是单亲家庭的刘菁，有一个心事希望得到老师的理解。

"做初中学生，作业真是太多太多。好不容易有个休假，却总是被作业占领。唉，这也并不是我真正的心事。我真正的心事是陪伴家人的时间太少了。每天都是作业在脑海里旋转，无法可想。

"这一点我不怕，重要的是和家人聊天太少了。我害怕有一天，我会被这个温暖的家所'隔离'。

"布置作业，每个老师都好像只在乎自己的那科，所以就会让我们痛苦不已。

老师们不知道，在学校里许多天，家人都在做事，我总想给家人帮忙，减轻爷爷奶奶的负担。爷爷奶奶、爸爸妈妈，他们总有一天会离开我们的。我只希望能抽出点时间陪陪他们，和他们说说话。老师，你们能理解吗？"

如何让"心事"不成为"烦心事"

一千个少年，便有千万种心事。有的心事，还很奇怪，比如柳闻言，因为和一个同学结下梁子，动不动就打架，但很希望能和同学做朋友；柳帆，因为一个夏天的晚上西瓜吃多了，而尿床，这便成了一个难以启齿的话题；洪遇见，网卡里没钱了，不能玩 QQ 和游戏了，希望姐姐回来；刘进文，因为钓鱼，被妈妈臭骂了一顿，而且没有得到妈妈的原谅，但又不知道怎么与妈妈解释；柳窈，与同桌的关系处理不好，又不知咋办，这便是她的心事……

在我们成年人看来，有些事情，也就是一个小麻烦，很快就能过去的，但对于一些孩子来说，却是一个"心事"，耿耿于怀，挥之不去。这大概就是成长的烦恼吧。

但是，也有一些事情，放在我们成年人这里，也挺麻烦，比如袁标航所说的肥胖的问题，吕阳所说的父母离婚的问题，这些问题一方面靠自己的恒心，靠自我的调整，另一方面得需要家人的特别关注、精心呵护。好在，这两个孩子都很阳光，大概这与上述两方面的努力是密不可分的。

如何让"心事"不成为"烦心事"，让生活更快乐，让人生更幸福呢？

冰心说得好："爱在右，同情在左，走在生命路的两旁，随时撒种，随时开花，将这一径长途，点缀得香花弥漫，使穿枝拂叶的行人，踏着荆棘，不觉得痛苦，有泪可落，也不是悲凉。"只要我们心中充满着爱、善良、怜悯、热情等美好的元素，烦心的时刻便很难挤进我们的心田，相反，快乐和幸福则常常与我们相伴。

她还说："一道小河／平平荡荡的流将下去，只经过平沙万里——自由的，沉寂的，它没有快乐的声音。／一道小河／曲曲折折的流将下去，只经过高山深谷——险阻的，挫折的，它也没有快乐的声音。"快乐来自哪里？来自跨越了险阻、经受了挫折之后的自我欣赏、自我陶醉。眼前的一些小心事、小郁闷，从生命成长的角度看，它们都只是通往快乐和幸福的铺路石。

民国时期著名教育家经亨颐的"勤慎诚恕"四字箴言，对我们很有借鉴意义。"勤慎诚恕",讲的都是做人、做事、做学问的道理。也就是对待学习、生活,要勤劳、勤奋、节俭;说话做事要慎思、慎言、慎行;对人、对事、对国家要诚实、忠诚;与人相处要宽容、诚信、严己恕人。勤,让我们充实;慎,让我们谦卑;诚,让我们坦荡;恕,让我们大度。一个人果真如此,焉有不快乐之理?

当然,"勤慎诚恕"四字箴言,自然不光是对未成年人说的。我们这些做父母的、做教师的,应该首先做到,或者说,都应当用一辈子的时间去践行,去完善。

李贺诗云:"少年心事当拿云,谁念幽寒坐呜呃。"正处于青春年少大好时光,本应当壮志凌云,我们怎能一蹶不振呢?老是唉声叹气的,有谁会来怜惜你呢?

说违纪

本文是关于违纪方面的交流。这群孩子为何会违纪？这与性格有什么关系？他们又是如何评价自己违纪的？

我丢尽了面子，但我不怪任何人

殷文嘉坦言："我是一个好动的人，没事就弄一下花花草草，或者捉弄一下同学，来逗别的同学笑。所以，我经常违纪，老师也总是给我灌心灵鸡汤，我都烦死了。

"我最烦的是晚寝吵闹。我白天活跃，晚上更活跃。我白天活跃违纪了，老师可以原谅，但是晚上我总是吵，打扰了别人休息，因此我别老师骂过多次。

"有一次，是非常严重的违纪，因为我经不住诱惑，晚上和几个九年级同学翻墙出去上网了。结果回来时，被寝室的其他人发现，举报给了老师。老师先把我骂了一顿，然后就打电话把我妈叫到学校来。我妈听了立即骑车来到学校，让我跪下受罚。受罚，我心甘情愿，谁叫我晚上翻墙出去上网呢？我丢尽了面子，但我不怪任何人。这一次让我懂了，这样的违纪是不行的。"

洪遇见也承认自己是一个晚上爱吵闹的人。"我在刚刚进入中学的几个月里，养成了一个坏毛病，晚上在寝室里吵闹。我几乎每天都吵。一直到了八年级才懂了一些事，我知道要把这个毛病改掉，可是毛病已经长成了参天大树，我想改却改不了……"

吕阳的违纪，是一次和某同学打架。"在小学，我就很喜欢与别人打架，曾被老师批评了很多次。到了初中，我不想惹是生非。但有一次在食堂里，我原本在洗碗，这时我的后脑勺突然被人用碗敲了一下。当时，我的脾气就上来了。我回过头一看，竟然是我班同学，我便警告了他一句。结果，他还打我，之后，我就大动干戈，把他揍了一顿。回到教室后，老师把我们痛骂了一顿。我觉得我错了，但是他先动手。最终，在老师的劝导下，晚上在寝室里，我们互相道歉，从此和好了。这好像就是不打不相识啊！"

刘进文所说的违纪，是打破了寝室的玻璃。"对于这次违纪，我感慨万分。我也曾想过改掉活泼的习惯，但这是我的本性，怎么能说改就改呢？"

柳闻言很坦诚："我在学校已经快待了两年了，我好事从来没有做过，但是坏事却做了一大堆，比如上课吃东西、晚寝吵闹等。我犯下的错，不说几千次，至少有几百次吧。"

冯畅说起了一次撕书。"有个同学举报我阅读课上撕书，这本来就是事实。老师把我叫到办公室，我无言以对，毕竟这是我犯下的错，我只能承认……违纪并不可怕，可怕的是不敢去面对，去承认。只要改正错误，那就没什么了。"

袁标航这样评价自己："我是一个比较没有自制力的人，所以我的违纪并不是很少。但幸好，我违的都是小纪。我违纪最普遍的，就是说闲话。当我的脑子里一想到一个话题，我就迫不及待地想跟别人说，不管我处于什么环境下。还有一个很普遍的，就是与人疯打。每当下课，我就与别人闹了起来。一会儿追逐别人，一会儿别人追逐我。从教室外疯到教室内，从下课疯到上课。虽然，我不会再像七年级一样，但违纪的次数却没有减少。我会一步步成熟自己，变成一个少违纪、多做事的人。"

《中小学生守则》，是为实现学生知行合一

学生违纪，顾名思义，就是学生违反了校纪校规。校纪校规，比较共性的是《中小学生守则》《中（小）学生日常行为规范》。比如《中小学生守则》（2015 版）：

1. 爱党爱国爱人民。了解党史国情，珍视国家荣誉，热爱祖国热爱人民，热爱中国共产党。

2. 勤学多问肯钻研。上课专心听讲，积极发表见解，乐于科学探索，养成阅读习惯。

3. 勤劳笃行乐奉献。自己事自己做，主动分担家务，参与劳动实践，热心志愿服务。

4. 明礼守法讲美德。遵守国法校纪，自觉礼让排队，保持公共卫生，爱护公共财物。

5. 孝亲尊师善待人。孝父母敬师长，爱集体助同学，虚心接受批评，学会合作共处。

6. 诚实守信有担当。保持言行一致，不说谎不作弊，借东西及时还，做到知错就改。

7. 自强自律健身心。坚持锻炼身体，乐观开朗向上，不吸烟不喝酒，文明绿色上网。

8. 珍爱生命保安全。红灯停绿灯行，防溺水不玩火，会自护懂求救，坚决远离毒品。

9. 勤俭节约护家园。不比吃喝穿戴，爱惜花草树木，节粮节水节电，低碳环保生活。

教育部相关负责人表示，2015 版的《中小学生守则》主要突出时代性，围绕社会主义核心价值观。同时体现规律性，遵循中小学生认知规律和语言特点，充分体现以学生为本的教育理念。此外，还兼顾操作性，补充了一些更具操作性、学生可以做到的具体行为规范内容，如主动分担家务、自觉礼让排队等，有利于将有关要求真正落到实处，实现学生知行合一。

显然，《中小学生守则》重在引导，也就是说，体现的是"应该怎么去做"（当然里面也包括一些否定句，比如"不说谎不作弊""不吸烟不喝酒""防溺水不玩火""不比吃喝穿戴"）；而一般的校纪校规，往往采用的是"不能做什么"的表述方式，主要从上课、晚寝、考试、师生关系等方面进行约束，设计得会更加具体、更为细致。

过去的荣誉和耻辱，只能说明过去

一些学生的违纪，往往是由于性格和习惯使然。比如上文提到的殷文嘉、洪遇见等人。他们明知一些做法是违反校纪校规的，但控制不住自己；一些学生的违纪，完全属于偶然，比如吕阳的打架、冯畅的撕书等。大多情况下，学生对自己的违纪和毛病，都有比较理性的认识，包括能虚心接受来自学校和家庭方面的惩戒。

另外，一些学生经常性违纪，甚至打架斗殴、翻墙上网、盗窃财物等，这往往也与其生长环境有着必然的联系，尤其是家庭方面的。所谓，一个问题学生的背后，大多有一个问题家庭。从这个角度来说，教师应当给予理解，给予帮助，甚至原谅二次或多次犯错，而不是简单粗暴，以"素质差""品质差"来戴帽子。

是不是循规蹈矩、恪守校纪校规，就是所谓的好学生呢？反过头来说，是不是经常违纪的学生，将来就一定是个坏人呢？

美国有一个叫菲拉的女教师给班上 26 名学生出了一道选择题。说有三个候选人，他们分别是：

A. 笃信巫医和占卜，有两个情妇，有多年的吸烟史，而且嗜酒如命。

B. 曾经两次被赶出办公室，每天要到中午才起床，每晚要喝大约一公升白兰地，而且读大学时有过吸食鸦片的记录。

C. 曾是国家的战斗英雄，一直保持素食习惯，热爱艺术，不吸烟，偶尔喝点酒，但大多只是喝一点啤酒，年轻时从未做过违法的事。

菲拉给孩子们的问题是："如果我告诉你们，在这 3 个人中，有一位会成为众人敬仰的伟人，你们认为会是谁？猜想一下，这 3 个人将来各自会是怎样的命运？"

对于第一个问题，孩子们都选择了 C；对于第二个问题，大家的推论也几乎一致：A 和 B 将来的命运肯定不妙，要么成为罪犯，要么就是需要社会照顾的废物。而 C 呢，一定是一个品德高尚的人，注定会成为精英。

然而，菲拉的答案却让人大吃一惊："孩子们，我知道你们一定会认为只有最后一个会成为众人敬仰的伟人，可是，你们错了。这 3 个人大家都很熟悉，他们是二战时期 3 个著名人物，A 是富兰克林·罗斯福，身残志坚，连任四届美国总统；B 是温斯顿·丘吉尔，英国历史上最著名的首相；C 是阿道夫·希特勒，一个夺去了几千万无辜生命的法西斯恶魔。"

孩子们都惊呆了，他们简直不敢相信自己的耳朵。

"孩子们，"菲拉接着说，"你们的人生才刚刚开始，过去的荣誉和耻辱，只能说明过去，真正能代表一个人一生的，是他现在和将来的所作所为。每个人都不是完人，连伟人也会有过错。从过去的阴影里走出来吧，从现在开始，努力做自己一生中最想做的事情，你们都将成为了不起的人才……"

正是菲拉的这一番话，改变了 26 个孩子一生的命运。事实上，当代许多精英，往往都是学生时代"很俏皮"的家伙，而许多墨守成规的学生，其中不乏泛泛之辈。虽然这不是整齐划一的答案，但应当是一个大概率的比例。

因此，对于学生的违纪，我们要以"爱的教育"来感化他们，当然也包括适度的惩戒。但惩戒必须遵循一定的原则，也就是"合法合理，适时适度"。

说脾气

一

古希腊特尔斐神庙前竖立着一块巨大的石碑，上面刻着一句象征人类最高智慧的神谕："认识你自己！"

老子的《道德经》里说："知人者智，自知者明。"

了解自己，完善自己，这是人类一个永恒的命题。

石晨：我的脾气很倔

我的脾气很倔。当别人把我惹怒了，我会不依不饶地纠缠下去，必须让他给我认错，要不然我是不会放过他的。

即便他认错了，我心里还是想着，如何去把他搞垮。

我有时心胸狭窄，有时心胸却很宽广，我似乎有点人格分裂。

有时我很坏，老师说什么不要干，我偏要干。明知山有虎，偏向虎山行，我很喜欢和别人对着干。

有时我很犟，自认为自己都是对的，别人都是错的；别人不从，我就威逼利诱。发怒起来，我就想把别人痛扁一顿，不计后果。

我的脾气很差，我不希望发脾气，我努力去克制自己，因为我不想伤害我周围的人。

杨毅：我一生气，别人一定会被我打。

有点小脾气也是正常的，谁还没有一点小脾气呢？我总是和柳×、洪×发我的小脾气，因为基本上都是他们惹怒了我。

柳××喜欢骂人。柳××一骂我，我就想打他，不过他基本不还手。

洪×喜欢"骗吃骗喝"。他平日里总是"兄弟，兄弟"，你不给他东西吃，他就说"断了，断了"，然后就开始骂人。这时，我就忍不住要动手了。

程佳燕：我有点焦虑

记得一个大清早，我准备起床，结果发现我的袜子不见了。于是，我就把床上翻了个底朝天。

没有找到，我又只好下床找。离开了被窝，我就冷。下床时，膝盖还撞到了床头柜上，又疼又烦。我气不打一处来，又用脚踢了椅子一下，椅子也应声倒地。我又猛地把被子往上一扯，还是找不到。我又气愤得把被子扔下了床。我心烦意乱，急得直想哭。我又随手拿起一个枕头，朝地上扔下，仿佛只有这样，心里才会好受一点。

柳妍妍：别拿吃的来惹我。

自我认为，我的脾气不差。我不是那种一言不合就打架的孩子。但是，我的小脾气，主要表现在"吃"上。

我可谓是吃货中的骨灰级别。每个星期六，我都要去离家近的一些超市去暴食一顿，花费 20～40 元左右。有一句话简直太说到我的心坎上了："身体是铁，零食是钢，饮料不喝饿得慌。"

记得有一次，一位同学拿吃的来挑逗我，我把她打得哭到了办公室，她向老师告状。可见，我对"吃"是多么热爱呀！

我知道我要努力去改变这一坏脾气，但吃归吃，个性也是不可缺少的！

鄢娟：我对表妹大吼了几声。

我的心情，就和天上的云朵一样，阴晴不定。

上个星期，我去外公家，去祭奠我的外婆。我怕无聊，就带了一本《海底两万里》。

祭奠结束，我们回到外公家。我发现电视里也没有什么好看的，而妈妈又让我少玩点手机，我便从袋子里拿出《海底两万里》。

当我看得津津有味时，表妹突然过来，拿着一包辣条问我要不。但我没听到，她便把头低下来，看我在看什么。此时，辣条从天而降，全撒在我的书上了。顿时，我火冒三丈，对她大吼了几声。虽然，我知道她不是故意的。表妹一肚子委屈，大哭起来。

这就是我对待自己喜爱的东西，对别大发雷霆的事。

吕嘉豪：妈妈说了三句话。

我认为，我的脾气不是很好，因为我太喜欢发火了。我想改变这种脾气，但是"江山易改，本性难移"。我想了很多的办法，但是始终没有真正改变。

我向妈妈请教，妈妈说了三句话："一等人，有本事，没脾气；二等人，有本事，有脾气；三等人，没本事，有脾气。"

有一次看电视时，我发现电视剧里的长官对士兵也说了上面的三句话。

后来，我明白了，发脾气要有真本事，否则就不配乱发脾气。

柯岩：我有公主病。

说起我的小脾气，我就真有点不好意思。从小时候开始，我就有点公主病。爷爷奶奶太疼我了，真的是捧在手中怕摔了，衔在嘴里怕化了。

上小学时，我特别傲慢，从不把别人放在眼里。当时，在我心里，我永远高人一等。我总看不起别人，总用轻视的眼光去看待别人。

慢慢地，我明白，我是如此的愚蠢。没有谁是最好的，没有谁至高无上，没有谁可以看不起别人。每个人都是平等的，每个人都同样需要尊重别人和被别人尊重。

长大后，我遇上了一个让我特别敬佩的班主任。他曾说，很多人都认为自己做的一切都是对的，别人都是错的。他一直认为是别人对不起他，可自己从不反思自己有没有对不起别人……这些话，让我很有感触。我想，只要我努力去改，一定能改掉自己的公主病。

二

心理健康，不容忽视。

客观地说，这一班孩子，还真的只有一些小脾气，并没有那种特别犟、特别奇葩的家伙，大多都是温驯的小绵羊。这是他们自身的幸运，也是家长和教师的幸运。

虽然，心理健康逐渐受到了世人的关注，但仍然时有一些孩子突然爆发的问题，让人防不胜防。比如，我一个朋友的孩子，从小学到高二一直被认为是"乖乖儿"。到了高三的某一天，突然不想上学了。虽然经过家长和老师的一些开导，几天后，他去了学校。但到了高三下学期，这个孩子就彻底地逃学了。整天只知道在家里上网玩游戏，不交流，不见人。这样的孩子，实在让家长操碎了心！

什么是心理健康？卢家楣等教授在《心理学》一书中提出了心理健康的七条标准：1. 智力状况正常；2. 情绪、情感稳定乐观；3. 意志坚定，能够自制；4. 人际关系协调和谐；5. 具有适度的反应力；6. 自我悦纳；7. 心理行为符合年龄特征。

心理不健康的人又有哪些症状呢？孙云晓研究员认为，心理不健康有十大症状：1. 抑郁，俗称"忧郁"；2. 多疑；3. 情绪波动；4. 容易冲动、过激；5. 自卑；6. 孤独；7. 依赖；8. 焦虑；9. 自我中心；10. 嫉妒。

一个人性格的形成，一方面由于遗传基因，另一方面则因为生活环境（包括教育环境、工作环境等）。大多情况下，后者的影响更大，尤其是家庭环境的影响。

下面这一组排比句，就很全面地揭示了这种影响。

　　如果一个人生活在批评之中，他就学会了谴责；如果一个人生活在敌意之中，他就学会了争斗；如果一个人生活在恐惧之中，他就学会了忧虑；如果一个人生活在怜悯之中，他就学会了自责；如果一个人生活在讽刺之中，他就学会了害羞；如果一个人生活在耻辱之中，他就学会了负罪感；

　　如果一个人生活在鼓励之中，他就学会了自信；如果一个人生活在忍耐之中，他就学会了耐心；如果一个人生活在表扬之中，他就学会了感激；如果一个人生活在接受之中，他就学会了爱；如果一个人生活在认可之中，他就学会了自爱；如果一个人生活在分享之中，他就学会了慷慨；

　　如果一个人生活在真诚之中，他就会了头脑平静地生活；如果一个人生活在承认之中，他就学会了要有一个目标；如果一个人生活在诚实和正直之中，他就学会了真理和公正；如果一个人生活在安全之中，他就学会了相信自己和周围的人；如果一个人生活在友爱之中，他就学会了这世界是生活的好地方。

说糗事

一

糗事，指的是令人尴尬、无可奈何、避之唯恐不及的事情。

然而，一些糗事，常常令人回味，令人陶醉，甚至忍俊不禁。

陈瑾：用锤子将鸡蛋砸开。

糗事，当然是童年时期最多了。因为那个时期的我们，什么也不懂，呆呆傻傻的。

记得小时候，我一不小心把买的小鸭子给踩死了。为了毁尸灭迹，我将小鸭子的尸体埋在后山的土里，还给它立个"碑"，并骗奶奶说，小鸭子被黄鼠狼给叼走了。

小时候，奶奶叫我打鸡蛋。我不知道打鸡蛋是什么意思，以为是用锤子将鸡蛋砸开。我便傻傻地将锤子拿来，将鸡蛋放在地上，然后用锤子一砸——蛋清、蛋黄溅得到处都是。

自己做饭，我把糖当作盐，把老抽当作醋，把辣椒酱和番茄酱一并放到锅里，最后弄出来的东西，简直成了"毒药"。

翻开童年的"日记本"，回忆童年的糗事，那可真是叫人哭一阵、笑一阵啊！

涂欣欣：把粉笔偷点来。

有时候，我很无聊，把粉笔偷点来和同桌一起弄成粉末。五颜六色的粉笔末混合在一起，组成渐变色，很漂亮。

接下来的事，就非常尴尬了。突然的一阵"风"吹散了粉笔末。我转身一看，刚好看见打完喷嚏的同学在揉着鼻子。无奈的我只好收拾残局。紧接着，老师把我叫了出去，还说，如果再次把粉笔乱搞，抓到一次，罚款十元。

我跟同桌说，以后怎么会被抓到呢。没办法，我有一颗童真的心。不过想想玩粉笔，还真是有点无聊，我毕竟不是小学生。我们俩无奈地笑了。

玩粉笔、玩墨水什么的事情，我做得最多，被老师发现时也是最尴尬的。即便如此，我还是不能停下"创造"的脚步。

程曦梅：好想挖一个大坑，躲进去。

就在这个学期的某一天，我和班上的一位同学鄢娟，两人一手提着热水瓶，一手拿着饭碗，像往常一样地走向教室。

路上，偶遇地理老师。他叫我帮他把一件物品送到他的宿舍去，而他帮我把热水瓶提到教室。

地理老师曾带着我去过他的房间，可是我已模糊不记得了。他走了，鄢娟也走了。我在教室宿舍的楼上楼下跑了两趟。无意间闯入数学老师的房间。当时数学老师在吃饭，我一下子不知所措了，感到非常尴尬。

我问，地理老师的房间在哪儿。数学老师说，应该不在这边。

我又楼上楼下跑了一趟，还是没找到地理老师的房间。我只好回到了教室，着急得快哭了起来。因为我没有信守承诺。

一件糗事，往往使人难堪，感到丢脸，感到无地自容。我当时好想挖一个大坑，躲进去。

杨敏：被物理老师磕了两个"板栗"。

我记得星期三有一节数学课，数学老师让我们做作业。可是黑板上的字太小了，我看不清楚。数学老师看见我坐在那里，便说了一句："我七分钟之前看见你写了这几个字；七分钟之后，看见你还是这几个字，你倒是快写啊！"

我听了之后，面红耳赤，全班同学都在嘲笑我。这次，我可糗大了呀。

还记得有一次，我们去阅览室上阅读课。因为跑得太急，我便摔了一跤，这又被同学们笑话了一顿。谁叫自己跑得太快，而地板又太光滑了呢？这又糗了一回。

还有一次，我上物理课时没听讲，被老师发现了。老师点我去演板，我根本就不会做，结果被物理老师磕了两个"板栗"。那时，我又出糗了。

柳朝晖：教室里只有我一个人在读，在吼。

这件事发生在一节历史课上。大家上历史课前都很紧张，以至于大课间不敢多玩，就跑回来背书。如果课前没有记熟，如果又正好被抽查到了，那就要挨板子了。

幸好老师没有点我。老师习惯把课文分几小节齐读，或点一个人读。我翻开课本，埋头看书。

隐约之间，只听老师说了一句："把这一节读一下。"

我立马开始读起来，吼了好几嗓子，此时却发现不对劲了。

教室里只有我一个人在读，在吼。我望望大家，大家都满脸疑惑地望着我。我一下子脸红了。只见有一位同学站起来了，我此时才知道老师竟是点人读，但点的人不是我。

老师和蔼地看着我，也忍不住笑了笑。

我也在座位上傻傻地笑着。

柳雨：看动画片，狠狠地哭泣。

我是一个爱好动画片的幼稚少年。

因为，看动画片能给我带来情感的触动；因为，我从小到大都是独自一人，没有朋友，一直都是孤单的；因为，我身上的负能量实在太大，我似乎就是冷血动物一个，每次看到死去的东西，我便快乐无比。

那些普通的人，即便是好人，只要他们拥有我所没有的东西，我便会在背地里恶狠狠地诅咒他们一百次。

这才是我真正的面貌。

为了不让负面情感继续影响我的大脑，我只能通过看动画片来调整。不知不觉，动画片里的人物，给予了我许多正能量。

虽然，这还不足以抵挡我身体中的负面能量，但我在这过程中不断地成长，以至现在的我拥有了远大的理想。

尽管我还是感受不到那些"情"的含义，那些笑与泪的意义。但也就是动画片里的那些幼稚的善良，与不可能的"漂亮话"，让我走到了八年级。

也正是因为这些，有一回，我终于在动画片时，狠狠地哭泣了一回，而且还是在大人们面前。

这可把大人们都吓坏了，他们都以为我中邪了：跑去找那些道士来，结果闹出了老多笑话。

我想，这应该就是我的糗事吧。我终于感动了一回，哭泣了一回，而且是在大人们面前狠狠地哭了一回。

二

与人分享糗事，是心理健康的一种表现，也是挑战自我、调适自我、提升自我的一种突破，还是袒露心声、增进友谊的一个好办法。

你不觉得，上面的这些朋友把心中的糗事给倾吐了出来，是多么轻松、多么惬意的一件事吗？

既然这样，那就动手写下你的那些糗事吧——这不但不会让你继续糗着，反而会让你拥有一个美丽的好心情哦！

说缺点

一

金无足赤，人无完人。对自己的缺点若能及时发现、客观正视、不断改正，这样的人必将日臻至善；若能着力补进，缺点也许能够转化为一种优势。

冯晓萱：刚跑几十米，肚子就痛了。

我这个人啊，虽然说有优点，但是缺点也是一抓一大把，比如说，"好吃懒做"，我最"擅长"。

九年级就要体育中考了，而我的体育，唉，小学六年，我一次运动会都没有参加，每一次都是写稿子的。但了初中，也是一样。体育一年不如一年，稿子倒是越写越好了。

来到初中的第一个冬天，每天早操，我们不做操，而是跑步。想想第一次跑步，我才刚刚跑了几十米，肚子就开始痛，便只好难为情地跟在队伍后面慢慢走。

慢慢地，经过一次又一次的锻炼，到了八年级，我竟然也能跑 1200 米了。尽管跑完步还是会满脸通红，嘴唇发紫，眼前突然一黑，但是我还是坚持下来了。

这些缺点，就像一个个敌人，每时每刻都在和我作斗争，可我会将它们一个又一个地击倒。

吴悠：急急忙忙端起碗。

我是一个十分爱玩的人，可以不用休息一直玩。我爸爸笑道："如果你学习也像你贪玩那样认真的话，年级前十名就不是问题了。"但我当作耳边风，根本没听进去。

一次在看电视的时候，爸爸喊我吃饭，我急急忙忙端起碗，大把大把地夹菜，心里十分焦急，生怕少了看电视的时间。夹完菜后，我立即跑到了电视机前，津津有味地看了起来，仿佛到了天堂一般。

有一次，看电视看到了忘记做作业。上学那天，我当天早上四点钟起床，开始狂补模式；到了七点多钟，我终于把作业给抄完了。费了我九牛二虎之力，当天，手痛得要命。

冯畅：喜欢和女生说话。

说到缺点，我想到很多，比如说话声音小，不敢大胆发言，体重不正常等等。可我最大的缺点，就是喜欢和女生说话。

每次，我和几位女生聊起天时，总有无数的共同语言。可一和男生聊起来，就什么也说不出来了。

我感觉和男生们在一起，总有点不合群，想必是兴趣爱好不同吧。我喜欢宅，他们喜欢运动，导致我们之间总少不了一种无形的距离。我总感觉许多男生像个木板，什么都不知道一样。

这种行为，无疑会受到男生们的排斥和嘲讽。但是，我不是不想和男生相处呀！我做不到呀！

这是我的缺点，让我很苦恼。我真的不知道应该怎么办。

柳宜君：喜欢小肚鸡肠。

我最大的缺点，就是小心眼，非常在意别人对自己说的每一句话。

有一次，爸爸给哥哥买东西，没有给我买。我就找哥哥要，可哥哥就是不给。我一连好几天就没理他。

虽然我知道这么小心眼不是什么好事，可是我就是那么喜欢小肚鸡肠的。看不得别人比我好。不管是吃什么，玩什么，穿什么，我都不想让别人高我一等。

不过，我现在也在努力地改正缺点，尽力地克制自己，不让自己的小心眼膨胀，要让自己更大度一些。

杨驰：最讨厌自己爱骂人。

我有很多缺点，但我最讨厌的一个缺点，是骂人。这个缺点，我也不知道怎么有的，可能是我以前有一段时间心情不好，然后就总是骂别人，时间长了，就有了这个坏习惯。

以前，是别人骂了我，或者是他不小心撞到我、踩到我的脚，我才会骂他。但现在，我时不时就会骂别人一句。即使别人没有对我做什么事情；或是我打了别人，撞到了别人，我也会骂他。反正我现在十句话里差不多有五句脏话。

还好，这是在学校，以后要是到了社会上，乱说话就非常不好了。如果是无意中惹到了一个势力比较大的人，也许小命都危险了；即便不至于此，我也会成为一个不受欢迎的人。所以，我正在努力改正这个缺点，怕它让我讨人嫌，更怕它害我丢了小命。

刘菁：胆小，怕黑。

我最大的缺点就是胆小。什么蜘蛛啊，老鼠啊，蛇啊，都是我害怕的对象。

我家在农村，所以会经常碰到蜘蛛、老鼠一类的东西。我不敢在楼下睡觉。

我最怕黑。虽然我房间里很温馨，但也免不了晚上对黑的恐惧，总要有个人陪我睡，或自己点灯睡觉。我也尝试过一个人黑着灯睡，可晚上总是睡不着，没办法。

我也很想让自己的勇气增倍。但我知道，这需要自己更加努力，努力克服恐惧的心理。我一定会在某一天勇敢地打败胆小和怕黑的毛病。

袁标航：有的缺点就如藏在山洞里的金子

我的一大缺点就是嘴皮子多，因此招来了许多麻烦，很是苦恼。但"选择逃避不如选择面对"，为此，我想出了各种改进方法。

我想，嘴皮子多是说闲话，我能不能将说闲话的性质改变一下呢？经过几日，我便得出了答案："说高雅的话，也是说话，但与说闲话给人带来的感受却截然不同。"于是，我买来一本《语言艺术》的书，回家仔细琢磨书中的内容。我相信，终有一日，我可以修成正果。

我的第二个缺点就是冲动。我知道这也不好，但我又开始琢磨着，并将它换了一个概念，叫"做事高调，做人低调"。这样，不仅可以使自己事半功倍，还可以赢得一个"谦虚"的好名声。

有缺点，不一定是坏事，有的缺点就如藏在山洞里的金子，只要你肯挖掘，它一定会在你面前闪闪发光。

二

假、丑、恶，好比身上的毒瘤。

我们欣喜地看到，这些小家伙们能理性地对待自己的缺点：不回避，不狡辩，不任性。同时，更令人高兴的是袁标航，很成熟、很有个性地化缺点为优点。这是非常难得的。

有些缺点，是越少越好，比如懒惰、妒忌、不文明等。因为人一懒惰，便一事无成；嫉妒是幸运的敌人，妒忌心太强，便失去了友谊，也失去了善良；文明是一种美德，也是一种底线。

什么样的缺点，是真正的缺点呢？简单地说，就是假、丑、恶。这些缺点，就好比是身上的毒瘤，处理得越早越好。

除此之外的缺点，其实是一种短板。比如一些同学所谈及的急躁、胆小、怕黑、成绩不好等。这些缺点，大多可以通过自己的努力克服掉，甚至将它转化为一种强项，或者正好利用这个缺点来优化其它方面的素养。

比如怕跑步，正好利用跑步来磨砺自己的意志；贪玩，爱看电视，可以尝试在玩耍中运用课本上学到的知识；喜欢和女生说话，也许可以凭借这个"缺点"，既了解男生，也了解女生，这可是作家和心理学家的潜质呵……

再不信？那请欣赏下面这个脍炙人口的故事：

美国前总统林肯天生说话有口吃，可是他自从立志要做律师之后，深深了解了口才的重要，从此每天到海边对着大海练习演讲。经过千万遍的练习，林肯不仅成为一位名声斐然的律师，而且踏入政界，成为美国有史以来最为人怀念的一位总统。

现在大家提到林肯，只记得他留下脍炙人口的葛底斯堡演讲词（葛底斯堡是美国宾夕法尼亚州南部的一个自治村镇。林肯总统曾在此发表具有历史意义的演说，提出"民有、民治、民享"口号），却绝少有人记得，他曾患有口吃，说话比一般人都差劲。

说青春期

一

资料反映，青春期是青少年发育成长的重要阶段，是由儿童到成人的过渡时期；在这个过渡时期内，由于神经系统和内分泌的影响，人体的外部形态、身体机能、心理、智力、思想、感情、意志、行为等方面都比儿童时期有明显的发展。比如身高、体重迅速增加，全身各个部分都发生巨大变化，整个肌体渐渐成熟。

这群八年级学生，他们是如何看待自己的青春期呢？

对于张哲来说，青春期是身体疯长。

"过年时，亲戚都来了。一见到我就说，张哲长得好快，比去年长了好多。我自己也没觉得长了多少。于是我把七年级发的蓝色校服一穿，小了很多。除了身高突增之外，我还出现了喉结，胡子也开始浓密起来了。星期五晚上洗澡时，对着镜子，看到自己的喉结和胡子，似乎有点莫名其妙。"

对于程珊珊来说，青春期的脾气更火爆。

"最近，我总是情绪不好，搞不好就发脾气，对人忽冷忽热。那天，我早起便出去锻炼了一下，房间的门并没有带上。妈妈做好早餐后，便到房间叫我吃饭。等我回来后，我发现桌上的日记被人动了，妈妈一定看了我的日记。我便和妈妈大吵一顿，最后气得早饭也没吃，还跑了出去。一直到中午时，我的气才消，便又向妈妈道歉。

"还有，上体育课时，我也因为一些鸡毛蒜皮的小事，和同学争吵好半天。一节课四十分钟，就这样争吵过去了。

"也许这就是青春期吧，脾气总是很暴躁。常常因为一点小事就不舒服，特别在意自己的日记。"

对于程佳燕来说，青春期是"令人头疼"。

"生物课，我学得最好的，是关于青春期的那一章。其它的，我依旧是一知半解，只有青春期的这一章，我才懂得透彻。

"书上说，青春期脸上是会长痘痘的。哎呀，也不知道是上天眷顾我还是怎样，我的脸上居然还没有长痘痘。看到同龄人脸上的痘子，我不免有些'幸灾乐祸'。

"青春期也不知道是怎么的，脾气特别火爆。有一点小事没处理好就忍不住要皱眉头；一些大点事没处理好，就会拍桌子，踢椅子，大声嚷嚷。而且，耐心也特别差。这真是令人头疼的青春期。"

对于石贤妹来说，青春期是变化。

"在青春期的我，真的变了好多。感觉自己更加喜欢买东西，虽然我不喜欢逛街，但是我会借助手机去网购；我更加沉迷手机、电脑，我喜欢坐在电脑前看电视，周末在家里，我除了做作业，就是看电视。"

对于李曦来说，青春期是迷茫。

"大多数人的青春期都是从初中生活开始的，生物书上说，青春期是智力发展的黄金时期，最显著的特征就是身高、体重突增。可是，我现在已经是初二了，为什么我的身高变化没有那么明显呢？室友都快比我高出一个头了，而我怎么就长不高呢？可是我的体重……这让我很是迷茫。

"在学校里，晚上下自习的时候，总能够看到一些少男少女勾勾搭搭，我真的想不通，他们这样做有什么意思？简直就是不学无术，成天想着一些与学习无关的事。

"青春期，对于我来说，好像真的没有什么特别之处，更多了的反而是迷茫。"

对于吕嘉豪来说，青春期是逆反心理。

"上品德课时，老师说，在我们初中阶段，最容易产生一种逆反心理。刚开始，我认为自己没有这种心理，但是到了八年级上学期时，我发现我常常和父母对着干。这使我渐渐认识到自己有了逆反心理了。

"八下，我想压制这种逆反心理，但是这种压制并没有使我的逆反心理消失，反而有上升趋势。到了后来，父母也尽量减少对我的吼叫，我的逆反心理慢慢减弱了。

"我也明白了一个道理，处在青春期的我们，要多接受父母和老师的教育，这样才能使自己走正路，不走邪路。"

对于喻金圣来说，青春期是苦乐交织。

"我好几次都被老师批评指责，不是因为考试，就是因为玩手机。这使我非常苦恼，以致好多次我都不想读书了。但是一想到与同学们快乐相处的日子，又让我忘记伤痛，让我快乐起来，让我又有了读下去的信念。

"在这时期，我懂得了许多道理，我得到了健康快乐的成长，我明白了时间的可贵，明白了友谊的美好。"

对于程美玲来说，青春期是奋斗。

"古人说，花有重开日，人无再少年。谁又没有拥有过青春？青春是非常美妙的，可以让人斗志昂扬，也可以让人一蹶不振。处在青春期的我，充满斗志，想与命运抗争。也许等我年过古稀之后，看到这样的青春，会感叹道，年轻真好……既然上天注定了总有一些人要成功，那么这其中为什么没有我呢？"

……

二

笔者认为，一个少年，意识到自己进入了青春期，在身高猛长、生理发生变化、产生逆反心理等一些特别时段，能理智地看待自己的这些变化，这是一种很有价值的成长。也正是这种意识，让一个孩子从迷茫走向清醒，从懵懂走向成熟。

但是，许多时候，作为家长、作为教师的我们，并没有完全觉察，或者在一些节骨眼上没有理解青春期，没有控制好自己的情绪，没有给他们给予一种正确的引领和指导。比如，只知道施压，而不知道疏导；只知道训斥，而没有去身教；只知道急切，而不知道等待；只知道自以为是，而不知道换位思考；等等。

从这个角度来看，我们这些成年人的成长，并没有跟上这些孩子成长的步伐和节奏；从这个角度来看，我们唯有终身成长，才能适应孩子们的不断成长。

孩子在青春期，大人在成长期。

这才是沧桑正道。

说近视

一

人们常说，眼睛是心灵的窗户；人们常说，这个世界不是缺少美，而是缺少一双发现美的眼睛；人们常说，黑夜给了我一双黑色的眼睛，而我却用它来寻找光明；人们常说，爱护地球就要像爱护我们的眼睛一样——然而，对于眼睛，我们真的非常爱护吗？

柳梦君：我十分恐惧体检。

哎呦！说起我的眼睛，那可是太悲哀了。每次听到"体检"这两个字，我都想躲起来。因为，我怕我的视力一降再降。

原来，我的视力可是 1.0 呢；读五年级时检测后，说是 0.8；读六年级时，再测就是 0.6；慢慢地，视力在下降，一步一步地下降。因此，我害怕体检又把我的视力"测"低了。所以，我十分惧怕"体检"。

再加上，我又喜欢看电视剧。这又导致我的视力直线下降。但是，我又控制不了自己。

现在，考试又是大多在晚上，但我晚上视力不好，有些夜盲。因此，每考一次试，我就感觉视力更差了。

对于眼睛，我现在更多的是愧疚，愧疚自己没有好好保护这双明亮的眼睛。所以，我现在要少用眼，尽量减少眼的疲劳。

柳吉安：我第一次做了这么猛的决定。

说起我的眼睛，哎，烦！奇怪啦，我的眼睛近视了！

真不知为何，我的眼睛居然近视了。

本想去配一副眼镜，可是戴眼镜，度数会一点一点地随着时间而增加的。

哎！这也是个令人懊恼的事情啊。

我心想，到底是配还是不配眼镜呢？如果配，度数会逐渐上升；如果不配，远处的东西，包括黑板，我都看不清楚了。

我决定了，配吧，还是去配吧。

我第一次做了这么猛的决定。

到眼镜店里，先查度数，一检查，我的眼睛已经近视了一百七十多度。左眼一百七，右眼一百七十五。没检查，不知道；一检查，吓一跳。

最终，我还是配了一副眼镜。现在已经戴了一年多了，眼睛近视的度数一定又上升了吧。

杨驰：我发现眼球变形了。

我的眼睛不是很好使，那是因为我从小就喜欢看电视，而且还离电视很近。每次看完电视后，就会感觉头很昏。我尝试着离远点，但电视就看不清楚了。再之后，就一直离电视更近。

到了大一点，我又喜欢上了玩电脑。当时因为家里没有买电脑，所以就喜欢出去上网。一天 10 块钱网费，有一个暑假去网吧有三十多天，花了我 300 多块。这够我买很多东西了。后来，家里买电脑了，我发誓再也不去网吧了。

到了初中，由于实在是看不清楚了，我就和爸妈说了。他们帮我到街上配了一副眼镜。戴上眼镜之后，看东西是清楚多了。但后来，我发现眼球变形了。我这才知道，眼镜戴多了会这样。但我离不开眼镜了，它让我看世界清晰了，但也给我增加了无尽的烦恼。

柳闻言：我不能吃冒气的饭菜。

在我很小的时候，我不知道爱护我的眼睛。

读小学时，每天回家，一放下书本，我就去玩电脑了。一有空，就对着电脑屏幕。

不知何时开始，我的眼睛渐渐有些迷迷糊糊的了。远处的东西看不清楚。随后，我被妈妈带着去眼镜店戴回了一位朋友——眼镜。

自从戴上眼镜之后，很多事不能去做了。比如，我不能吃冒气的饭菜；不能打篮球，我只能看着别人玩了。我真的很烦。

如果再给我一次机会，我一定会爱护好自己的眼睛。

袁标航：摘下眼镜后，就像变傻了一样。

眼睛的问题，一直困扰着我。因为我是个近视眼，是一个 300 度的近视眼！

我的眼睛本来就小，只能靠眼镜来"放大"自己的眼睛。要不然，直接就是眯着眼，整天像个没睡醒的样子。

为了我的眼睛，我可是作出过很大的牺牲的。例如，我本来每天可以看三个小时的电视，现在只能看一个小时；原本每天可以玩两个小时的游戏，但现在只能玩半个小时；还有妈妈的唠叨，她要我时刻眺望远方，做作业时把头抬起来，等等。

近视眼有时也是个麻烦事，比如别人总是开玩笑，拿走你的眼镜。还有摘下眼镜后，就像变傻了一样。

眼睛太重要了。让我们多加保护自己的眼睛，不要让更多的人变成"小四眼"。

吴悠：眼睛被伤害，就相当于心灵被破坏了。

我是个近视眼，将近500度。别人都说我是"四眼仔"。我十分生气，但又能怎么办呢，我的眼睛？

我是一个很爱看电视的人，而且离电视还特别近。老爸每次都提醒我离电视远点，我却只当耳边风，一点也不在乎。这才导致了我的眼睛近视了500多度。

在小学里，班上患近视的只有几个人。由于我长得胖，戴上眼镜的样子很搞笑，所以他们都在笑话我。每次一见到我就说："四眼小胖，你好啊！"说完之后，又哈哈大笑，他们还说："你这么胖，加上眼镜，你知道你自己如同一个马戏团里的小丑吗？哈哈哈！"我十分的恼火，可又有什么办法呢？我自己都认为自己是个小丑。

眼睛是心灵的窗户，眼睛被伤害，就相当于心灵被破坏了。所以，大家一定要保护好自己的眼睛。如果能重来，我一定会好好保护我的眼睛。

二

如果能重来，此物绝不戴。这几乎是那些患近视的人们同一心声，少年儿童更是如此。

每次谈及这个话题，我的眼前总浮现出这样的画面：一个才读小学一二年级的儿童，早早地戴上近视镜；一个读到中学的少年，镜片老厚老厚的；一个并非脑力劳动者的中年人，眼球已经凸起得异常厉害。

每每想到此处，我既深感庆幸，又不乏几分心痛。

导致近视的原因有很多，比如用眼距离过近，用眼时间过长，照明光线过强或过弱，还有遗传等原因。随着电子产品的普及，更日益加大了对青少年视力的损伤。

读完此文，作为少年儿童的你，能从中受到什么启发呢？

作为父母的你，又可以为孩子的眼睛健康做一些怎样的事情呢？

作为教师的你，又如何做一些减少对学生眼睛伤害的行为呢？

说优秀

何谓优秀？突出、非常好的意思。

这种解释，其实有些固化。它是一种同类的横向比较。比如一个班级的学生，成绩、品质、特长等。这种比较，其实就是一种"定量"的竞争。

有些先天的东西，比如长相；或者有些基础性东西，比如学业：你想在短期内甚至较长的时间里，从不出色变成出色，从很一般变成很优秀，这是很困难的，甚至是永远无法改变的。

如果从另一个角度，从自我的、纵向的角度出发，今天习惯好了一些，行为优化了一些，学习用功了一些，课业进步了一些，这便更容易让人看到优秀的一种可能，逐渐成为一个更加优秀的自我。

在个过程中，一方面需要内在的力量，比如内省、追求；另一方面需要外在的力量，比如鼓励、约束。当这两种力量达到一种和谐的状态时，人，便会越发优秀。

大人如此，孩子亦然。

最优秀的我自己，就是不断超越我自己

"作最好的文，写最好的字，做最优秀的我自己。"李曦回忆说，"还在八（1）的时候，吴老师让我们写了一个《三最集》。我认为这本《三最集》是非常有意义的，这将成为我记忆中的一枚珍宝。

"'作最好的文，写最好的字'，这两项我差不多已经做到了，可是'最优秀的我自己'，这似乎看起来有些不太可能。

"人无完人，这句话想必人人皆知。但是，我们还是要不断地完善自己，尽管做不到最好，也要做到更好。

"'择其善者而从之，其不善者而改之。'这也是完善自己的方式。在学习过程中，我总会遇到许多高手，而此时我应该做的，就是虚心请教，提升自己。

"现在我正在所谓的培训班，当然得更加刻苦。为了做最优秀的我自己，我必须完善自己。初心不改，方得始终。"

程佳燕针对这个话题，是这样看的：

"嘿嘿，其实吧，我可以厚着脸皮说，我已经很优秀了嘛！但是吧，离这个'最'字，还是有一个提升空间的。

"记得有一次读报时，新班主任语重心长地对我们说，其实你们已经足够优秀了，你们现在所缺失的，就是'钉子精神'，要不停地钻。等到钉子生锈了，恐怕就钻不动了。

"回忆班主任说的话，又结合这个话题，我稍微思考了一下，最优秀的我自己，是什么样子呢？或许，最优秀的我自己，就是在考场上正常发挥，考出令自己无悔的分数；或许，最优秀的我自己，就是有一份勇气，它能使我不断向前，战胜困苦，战胜挫折；或许，做最优秀的我自己，就是有一份担当，敢于面对，敢于承担。说到底，做最优秀的我自己，就是不断超越我自己。"

超越自我，胡培丰也是这样想的。"做最优秀的自己，要超越自己，还有付出比别人更多的努力。"

他说："从前，我有一个坏毛病，写作业总是拖。今天要写完的作业，拖到明天再做。到了第二天，也不想做，又拖到下一个明天。到了上学的那天，我总被老师点名批评。

"我总想改变这一点，但结果变得更加严重。我知道，我只有改正这个毛病，才能改变自己的命运。

"改正这个毛病有点难，我必须一点一点地改。不管遇到任何困难，我都要勇往直前，不退后。现在，我已经改变了许多，但周末在家里，还有作文和卷子不想动，总要留到学校来做。"

优秀，也可以认为是一种成长，一种成熟

陈瑾的话，让人既感到几分敬佩，又有几分悲壮。

"培训班，在人们的眼中，就是学霸聚集的地方，同时也成了人们的向往之地。班里的龙争虎斗是非常激烈的，有的一下子鲤鱼跳龙门，有的也一下子虎落平阳。期中考试之后，我就成了班上的倒数，被调到了最后一排，还要写检讨。"

"没有比较，就没有伤害。跟他们一比之后，觉得自己很笨，自卑心愈发加重了。下个星期就月考了，希望能考出理想的分数，一雪前耻。

"虽然我没有聪慧的大脑，但至少我还有一颗坚强的心。天才等于百分之

九十九的汗水加百分之一的灵感，我相信我一定会有所改观的。我想，我只要不放弃，我就是最好的我自己。"

身材娇小、性格内向的杨敏，她是这样认为的："在别人的眼中，我是最差的；在我自己的心中，我是最优秀的。家长总以为，自己的孩子都是最棒的，而在我们自己的心中，是有说不完的缺点的。"

她说："这个学期，觉得自己优秀了一些，感觉自己有进步了。这就是我对自己的评价。比如，我做饭挺好吃的，这就是一个例子。

"记得那次语文考试，我考了 96 分，老师还当着大家的面大声地念了一下我的分数。可是一些同学不相信我的实力，都说我是抄的，于是我便把他们讽刺我的事告诉了老师。老师说我语文成绩一向中等，不可能抄别人的。老师还说我最近的表现不错。但老师一转身，他们又来讽刺我，嘲笑我，说我是假优秀。我伤心痛哭回到家之后，把这件事跟奶奶说了。奶奶说，这没什么，只要在自己的心中做最优秀的自己就好了。我似乎从中得到了一点安慰了。"

关于成绩，涂欣欣又是另一种看法。"优秀，普遍都是认为成绩优秀。这也是我之前的看法，但事实证明，成绩优秀不代表自己整个人就是优秀的。

"以前，我一直想让自己成绩优秀，但很长时间，成绩没什么变化，行为习惯倒是变坏了许多。什么寝室吵闹啊，还有一些小打架，我也在场。总是带头做些违纪的事情，感觉跟老师作对挺爽的。

"在家里，我也是很叛逆的，总是对妈妈大喊大叫，自己也不做家务。一年比一年大了，我也该懂事了，不能还像三四岁的小孩子那样。虽然人不可能是完美的，但可以是更加优秀的。而优秀也不仅仅是成绩好，在道德品质和行为习惯方面的优秀，也是非常重要的。

"真的，即使你有再优秀的成绩，而没有一个很好、很优秀的品质，也是难以在社会上立足的。优秀，也可以认为是一种成长，一种成熟，所以，我想我也需要更成熟一些。"

塑造最优秀的自己，最重要的是有一颗优秀的心

"何以解忧？唯有最优。"刘进文说，"我尝试着做最优秀的我自己，可每次都弄巧成拙。在运动会上，我主动地报了一个 1500 米的长跑，感觉自己的体能还不错，应该没问题吧。谁知，发令枪响了两秒，我才开始跑，我看着前面的同

学离我越来越远了。渐渐地，我开始觉得自己的选择是多么的愚蠢。这下，脸可丢大了。

"当我跑完第三圈时，我感觉呼吸困难，心跳加速。我真的想中途放弃，我对自己说，算了吧，有报 1500 米的勇气，已经不错了。

"我减慢速度，静下心来……没错，该做选择了，不能犹豫。突然，我们班的同学们跑过来为我鼓劲，我顿时感到无比快乐，似乎体力倍增了。我鼓足勇气，奋力向前追赶……

"虽然没有拿到名次，但我坚持到底了，我更优秀了。"

黄杏谈的是元旦晚会上的一次经历。

"记得班级元旦晚会上，每个人都准备了自己的节目。我本以为可以发挥自身的特长，可不曾想，一上台，我就发音不准。一位和我合唱的人，我们一开始就没有合在一起。别人都说我们五音不全。

"虽然我唱得不怎么好听，但也终于把这首歌唱完了。其实，我非常喜欢唱歌，我认为只有歌声才能展现出我的优点。可是我不善于表现，因为只有在没人的时候，我才敢唱歌。

"人生处处是惊喜。但只有你把握了，那才叫惊喜；没有把握好，那就叫惊吓。我认为，做最优秀的自己，就是把自己内心的潜力发挥出来。每个人都有属于自己的潜力，每个人都可以更加优秀。"

刘菁是这样看的。

"现在的我，并不是我心中最美丽的自己。但我的心里，一直住着一位与自己不一样的甚至更优秀的公主。我一直认为，优秀就是完美，误以为自己可以成为一个完美的人。可后来才明白，世上任何有生命、无生命的物体，都是不完美的。我开始感觉自己的想法有多么可爱，但这可视为自我成长的过程。优秀并不代表完美，而是心中所追求，而又向那目标不断努力的自己。

"塑造最优秀的自己，最重要的是有一颗优秀的心。它需要具有善良友爱的人间真情，和坚持不懈的坚定意念。这样，你才能找到心中另一个自己，让那个最优秀的自己成为现实。"

"想要你的孩子成为什么样的人，首先是你自己要成为这样的人。"这句话，是很有道理的，做家长的，就应当做好孩子的榜样；做教师的，就应当做好学生的榜样。

没有无缘无故的优秀，也没有无缘无故的顽劣。优秀和顽劣，也都是有因果关系的。

试想一下，作为父母的，好吃懒做、不思进取、丢三落四，你怎么可能去要求你的孩子做事勤快、积极进取、严谨认真呢？

试想一下，作为老师的，我们自己不阅读、不学习，我们自己在课堂上端着手机、烟雾缭绕，又怎么可能去要求我们的学生热爱学习、遵守纪律呢？

许多时候，家长认为把孩子送到了学校，每月每周支付了一定的生活费，就以为万事大吉了；许多时候，教师常常埋怨现在的孩子，都是没家教的，只是"生"，而没有"育"。我也常常这样发牢骚。

但是，我们更需要的，不是推卸，而是承担；不是埋怨，而是建设。

这种承担和建设，应当是积极面对当下这种惨淡的现实，应当是积极地自我反思、自我改良、自我完善，应当是建立在"育人"基础之上的，而不仅仅是分数。

第六辑 说远方

说学校

学校在你眼中的样子，即是你在学校里的样子。

——题记

在这里感受着大自然的美好

"我眼中的学校是个什么样子？"

袁标航说，苦竹中学是一所环境优美的学校，是一所历史悠久、文化底蕴丰富的学校。

这个观点得到了许多同学的印证。

吕阳说，我们这个苦竹中学，正方是横山公路，车声喧哗、热闹；后面是崇山峻岭，听着鸟语，闻着花香：一前一后，一动一静。我们的学校可不比城市里的差，因为这里有大自然的气息，而城市的学校，虽然建筑比较完善，但在车声喧哗的地方上课，无法安心。在这里，中午休息时，听着鸟叫；晚上睡觉时，听着虫鸣和蛙声：这让人十分容易入睡。在这个充满大自然气息的学校，能让人与大自然有着亲密的接触，感受着大自然的美好。

吴悠说，每天早上一开房门，就可以听到鸟儿欢乐的叫声，鸣声嘤嘤，和谐动听，像是给人送来祝福，希望今天行好运，有个好心情；一出门，就可以看到小草、小花、樟树林，还有林荫道。学校绿草如茵，是一个知识的天堂，是一个成功路上的奠基石。

柳窈说，原来一直以为这个学校不咋地，普普通通的，但一节阅读课改变了她对学校的看法。那是语文老师别出心裁地带着同学们参观校园，她这才发现了学校的美。这不光是绿树成荫，而且还能经常看到小松鼠，真是个美丽可爱的地方。

刘菁最喜欢图书馆。图书馆，在她的眼里，是一个美妙的乐园，在那里不仅可以获得丰富的知识，还可以滋润心灵。同时，学校不仅有着美丽的环境，还有友善、文雅的师生。同学们遇到认识的人，都会礼貌地打招呼；有人遇到麻烦，他们不会去嘲笑，而是尽力帮助，这也是他们最美的品德。

柳吉安说，校园中心位置的"翱翔"雕塑，就是鄢良博士捐赠的。鄢良博士给我们树立了一个热爱学习、积极进取、乐于回报的好榜样。

既让人恐惧，又让人觉得温柔

杨驰说，他眼中的学校不是很好，因为它已经存在了很多年，有些地方有些破旧。比如阅览室窗户边的护栏，已经生了一层一层的铁锈；还有教学楼，有些地方已经很破了，下雨天，一些地方还漏雨，搞得那里有一大滩水。学校的房屋不是很好，但是学校的教学环境是很好的，学校的老师们大部分都是很负责任的。

柳闻言说，在学校里就像被什么东西给囚禁了似的。这种感觉很压抑，像鸟儿无法睁开自己的双翼一样，无法自由自在地翱翔。不过，学校是学习知识的地方，在这里可以博览群书，可以学到知识，所以，学校既是地狱，也是天堂。

冯畅也有这种感觉。每天老师不断地给我们施压，我们真的很累，而且我们真的扛不住这比山还重的压力。我们只会喘不过气来，从而对学校和学习更加的疏远，更加的厌倦。

但冯畅还说，哪个人没有承担过这些呢？哪个成功人士的背后，不是压力和汗水呢？他们都可以做得到，而我们为什么就做不到呢？我难道就比别人差吗？不，别人的努力，只是我们看不见罢了。

"想到这些，我的想法发生了翻天覆地的变化。我相信，只要好好学习，不放弃，我一定可以更加优秀。

"我眼中的学校，既让人恐惧，又让人觉得温柔。它就像我们青春路上的一盏不灭的明灯，为我照亮前方的路。"

刘进文有些困惑。他说："学校就像牢笼一样，读书人永远被关在里面。为什么又说不能囚禁读书人，这难道不矛盾吗？但后来，我终于明白，读书人可以在学校无拘无束地享受学习的快乐。这就是所谓的'不囚禁'。这真是大彻大悟呀！"

刘进文还谈起了星期三家长送饭的情景："下课铃响后，大家兴冲冲地走出教室，跑到家长跟前，看着提篮里的饭菜，一种说不出的幸福洋溢在心头。我是多么羡慕，我嫉妒他（她）的饭菜比我好，凭什么？但当家长问起成绩怎么样时，我又拿什么资本来回答呢？这饭，我开始觉得有点儿吃不起！"

学生对学校的看法大约有三种

柳浩伟的看法是这样的："其实，我眼中的学校和老师很简单，一没有体罚，二没有谩骂。学校的生活条件什么的，我自己感觉无所谓，最主要的是吃好、喝好、玩好、睡好、学好。有这些就足够了。"

洪遇见认为，学生对学校的看法大约只有三种。一种是像在家里一样幸福，因为这种学生热爱学习，把老师看成是自己的亲人；二种是把学校看成是同学的家，这种人把老师看成了和家长一样的人，把学习看成是帮自己和父母学；第三种人是把学校看成是公共的地方，自己想做什么事就做什么事，这样的学生把学校大约看成自己可以横行霸道的地方，不尊重老师，只关心自己以及和自己玩得好的同学。

他说，他就是第二种人。因为在比较小的时候，每天都坐在教室里发呆。到了六年级，才想去学习，但前五年学的东西都不懂，只在六年级学习也没用。一个小学下来，只把汉字记了一点。

柳宜君认为，学校是美丽的，也有许多瑕疵，需要改进。比如一些女生，每天都说着不文明的话，做着不文明的事，而他们的学习成绩也不好，老师也管不住她们。她说，学校不应该被不纯洁的东西所侵犯。

殷文嘉说，在他的眼里，学校既不是天堂，也不是地狱。原因是，学校有时很好，因为有朋友玩；不好是作业没写完，又要被教训。学校环境比较好，友伴又多，有时还能沉浸在上课的乐趣之中；学校还是一个能让你认识到自己错误的地方；老师不光教我们学习知识，还教我们做人，教我们如何结交益友、远离损友。他说，学校将是他记忆深处最美的地方，他爱校园。

学生到学校来，更多的是为了寻找同伴

对于学生而言，他们关注的既有物的东西，比如校园环境、建筑设施、吃的饭菜、住的床铺。但更多的是关注人：同学之间的相处是否友好，有没有安全感，有没有性情相投的伙伴；老师是否理解他（她）、尊重他（她）、宽容他（他）。当然，他们关注最多的还是学习成绩：学习成绩好，往往比较快乐一些；相反，会比较郁闷一些。

从一定程度上来看，学校在一个学生眼中的样子，其实也是他（她）在学校

296

里的样子。

一般而言，在学校比较快乐的学生，在他的眼里，学校会比较美好一些；相反，那些比较郁闷的学生，在他的眼里，学校丑陋的东西会比较多一些。

有人说，教育学其实就是关系学，学生到学校来，更多的是为了寻找同伴，这是很有见地的。

但现实教育环境下，大多学校更多的关注是放在升学率上，而忽视了学生的"生活状况"。

陶行知在《我之学校观》一文中的一些观点，是值得教师特别是校长们常常温习的。

　　　学校以生活为中心，那以学生全人、全校、全天的生活为中心的，才算是活学校；

　　　学校是师生共同生活的处所，他们必须共甘苦；

　　　康健是生活的出发点，亦就是学校教育的出发点；

　　　生活之发荣滋长须有吸收滋养料的容量，学校教职员必须虚心，学而不厌；

　　　学校生活是社会生活的起点。远处着眼，近处着手，改造社会环境要从改造学校环境做起……

说校外所闻

男神和女神的号叫

每当学生党跨出学校大门，我听到的必定是来自所谓男神和女神的号叫。

男：又可以回家打《王者荣耀》了，约吗？

女：我的快递应该到了，你能陪我去拿吗？

唉！看，我在笑。我只想对他说，放下吧；对她说，收手吧。

他告诉我，这已经成了习惯，习惯成自然。

她告诉我，这已经成了病，相思成病。

看，我又笑了，你们这也太过了。

男：听说《王者荣耀》又出了新皮肤，超炫酷，我必须充钱买了，首周还有折扣呢。

女：听说"五一"京东各大网店又做活动，低至一折。我必须多买点，机不可失，时不再来。

校外几乎只能听到这些。

我并不认为他们是谈恋爱的

在校外，我听得最多的是，谁和谁是男女朋友，或者是他们发展到什么程度，甚至做了什么事。都传得沸沸扬扬的，听到后有时还吓了一跳。

我虽然听到他们这么说，但我并不认为他们是谈恋爱的。他们这么无聊的八卦同学，早上聊，中午聊，就连有时候睡觉也要聊，真的是有点儿疯狂了。

不过，在学校谈恋爱已经很正常了，毕竟小学就见多了这种关系的人。不过他们有时聊的也不都是真的，其中难免有一些添油加醋，甚至是谣言。

只要我们不做违背道德的事，自然就没有什么关于你的谣言了。这些八卦同学也没有什么可以聊的话题了。

我深信世界是很美好的

八年级上学期时，我听说有人在校外进行抢劫，把我们班的两位同学的钱给敲诈去了。

第一次听到这个消息的时候，我顿时十分震惊。因为我从来没有发现抢劫事件离我们如此之近。我有点难以接受，因为我深信世界是很美好的，那些假丑恶的事件从来都不会发生。

之后，全校人都知道了这件事，老师还叫我们上学、放学路上小心一点。

过了几个月，那几个抢劫的人被绳之以法。我不禁心中大喜。这让我了解"法网恢恢，疏而不漏"这句话的含义。

一些人的良心都不知去哪了

前几个月，我听说，在某眼镜店前发生了一件事。两个老人正在耍杂技赚点钱。当其中的一位去找一个女人要钱时，女人不给。这位老人一直要，好像是惹火了那位女人。

那女人打电话叫来了两三个强壮的男人。

那几个男人就开始打那两位老人。其中的一位老人被打得浑身是血。这引起了很多人围观。但是，围观的人却没一个上前制止。

真不懂这些围观的人是怎么想的，一个老人，被打成这样，要是他们是你的父母的话，你会怎么办？我就不信你只在旁边看着。如果是我，我阻止不了，但我可以报警呀，一些人的良心都不知到哪里去了。

要发地震了？

昨天，我听一些人说，要发地震了。

村里的人都急了，都不知所措。

据说，发了地震，人们都要到棚子里去。我半信半疑。

晚上，一些人拿着被子，一些人带着吃的，打着手电，跑到田野里……大家折腾了两个多钟头。

突然，村长在广播里喊话，说没有地震，大家不要相信谣言……

马上就有高铁了

厉害了，我的黄梅！竟然这么快就有了高铁！想想原来，出门旅游就只能坐那种绿皮火车。我永远忘不了上一次去深圳旅游坐了十七八个小时。到了深圳，喷喷喷，难过得连觉都睡不着。当然也可以坐汽车去九江或者武汉，从那里坐高铁。高铁可比那种绿皮火车舒服多了。记得有一次去上海，坐的是高铁，又舒服，又快捷，多希望能快点建起来。

听爸爸说，图书馆也开张了，爸爸要在暑假带我去办一张借书卡。又宽敞又明亮的图书馆，拉上闺蜜看一上午，多好哇。在小学六年级的时候，我们都喜欢看书，总是结伴去图书馆借书。她最喜欢的作家是三毛吧。

啦啦啦，黄梅要发展得越来越好了呢。

……

听说的，说出来的，其实也就是他们所关注的

上面这些，便是一些学生围绕"在校外我听说"这个话题的发言。

听说的，说出来的，其实也就是他们所关注的。

从这些发言中，我们可以看到，这些孩子所关注的东西，有网络游戏，有网上购物，有所谓早恋，有社会上一些丑恶现象，有本地重大事件，等等。

当然，他们所关注的东西，远远不止这些。

从他们的发言中，我们可以欣喜地看到，这个年龄的孩子，真善美是他们的主流价值观；对于所听说的话题，能保持一定的怀疑态度；对未来充满着期待。

乡村的孩子，接触外面的世界相对狭窄；听说的、眼见的东西，相比城里的会更简单，也更淳朴一些。

这对他们的成长，是有利还是不利？

说校外所见

一

学校，是一个小社会；社会，是一所大学校。

有人说，一些学生在学校里学到的一些规矩，比如，讲卫生、守秩序等，一出了校门，便被推翻了。

这便使得这些未成年的孩子，很迷惑，很彷徨；久而久之，也便见怪不怪、习以为常了。

当然，出了校门，也能看到许多富有正能量的场景，受到一些潜移默化的教育，使之净化心灵，滋补灵魂。

由此看来，一人一事，一景一物，均为教材。

下面请看这群少男少女，怎么看，怎么说。

李曦：学校，这个神圣的名词，是知识的殿堂。可是，在校外，便是截然不同的景象。

星期五下午放学的时候，我走出校门，一派"繁荣昌盛"的景象。真可谓是门庭若市，车水马龙，有来接孩子放学的家长们，有卖烧烤的，有卖冰糖葫芦的，还有卖玩具的……

再看看，一眼望去，那些麻木排成整齐的一条长龙。麻木司机还在拉客，叫喊声此起彼伏，和菜市场有得一拼了。

回家的路上，我坐在妈妈的车上。突然，一辆麻木疾驰而去。我定睛一看，吓倒我了：车里挤满了人，还有一个人半个身子在车外，那得多危险啊！

如今，社会越来越重视学生的上下学安全，我希望有朝一日，学校门口的那些麻木能全部消失。

程珊珊：有的同学一走出校门，家长们就生怕自己的孩子累着了，马上过去帮他们卸下书包，提到自己的手上。还有些父母，一见面就问，累不累，饿不饿。

门口呢，大大小小的人们，都围在卖烧烤的旁边。乌烟瘴气的，但为了吃烧烤，便顾不得这些。吃完了后，那烧烤棍子、袋子便随手扔到地上，只顾着自己的享受和自己的方便。

从这些，我看到了父母的溺爱，看到了一些同学的素质。刚出校门就如此，我真是想不通。我希望他们的这些不好的习惯，早点改正。

石贤妹：出了校门，我看见有些九年级的学生在抽烟。抽烟可不是我们这年纪该做的事情。我们现在正是长身体的时候，抽烟会损害我们的健康。我们不应该接触。烟闻起来，就让人呛着，更何况抽呢？抽一口咳一口，还不如不抽，难受的还是自己。抽烟多危害健康，要趁早戒烟。以后烟瘾大了，更难戒了。我们是来学习的，不应该把自己的青春就这样浪费掉。

鄢娟：下午放学时，我坐在妈妈的车后。突然，我看到一个人，皮肤黝黑，两只瘦到只剩下骨头的手，背有点驼，看起来四十几岁的样子，正在弯腰捡地上的碎玻璃和一些垃圾。每个星期都是这样。

一次，我和小伙伴去苦竹玩，我有点急事，匆匆忙忙地跑去那里。突然，我被一块石头绊着，摔了一跤。手掌和膝盖上擦破了一点皮。那个人看见了，连忙把我扶起来。正好，我把心里疑问都说了出来。他也一一为我解答。原来，去年他的孩子在街道上追猫咪玩，一不小心出了车祸，失去了性命。所以，他每天一有时间，就到这里来捡一些碎玻璃之类的。

就是这样一个不起眼的人，在背后一直默默地帮路人做好事。我很感动，也很伤感。

聂振贤：某个暑假，有一群人来到了我们的村庄。

他们拍摄了我们村里最大的一棵樟树。我和我们的伙伴们也去看了看。

他们拍摄了"岳震岳霆墓"。拍摄时，还请来了村中的一位老干部来讲述这座墓的一些故事。

他们还拍摄了饮马井。据说，当年岳家军在我们村中住了三十多年，马喝的水，都来自这口井。饮马井因此而得名。

有一天，有两位会画画的人，来到我们村。他们画了两棵一百多年的大树。一位画得好的人，对一位画得差的人说，你画得真好。

此后，我更加热爱我们的村庄。

……

二

提出"亲眼所见"这个话题来交流，目的在于引导学生观察社会，思考人生。"两耳不闻窗外事，一心只读圣贤书"，这样的读书方式，早已不属于这个时代的读书郎。

校外的世界，形形色色，五彩斑斓。然而对于乡村儿童来说，他们眼里的世界，仍然是很简单的，是很贫乏的。

周日下午来校；周一至周五除了书本，就是题目；周五下午放学，或接送，或步行，或乘车回家。他们的生活，从家庭到学校，从学校到家庭，两点一线，周而复始。

回家后，大多父母会因为安全考量，把孩子束缚在家里；其实，光是作业也够他们忙碌大半个周末了。

在家的生活，也是作业、游戏、电视、睡觉，四位一体。

这样的生活，便难怪乎他们眼里的世界，是单调的，是干瘪的。

或许，也正是在这样的背景下，这群乡村少年，始终保持着一双明净的眼睛，一颗素朴的心灵。

这对于他们的成长而言，是有利还是不利，恐怕难以说得清、道得明。

但是，身为父母的人们，无论你的子女是否在你身边，是否与你同行，你都得注意一下自己的言行：你的言行，很有可能成为别人的孩子，甚至是你自己孩子贬抑的对象。

同时，也别忘了时时处处，教育自己的孩子要养成良好的习惯。

这才是真正的素质教育。

说眼中的世界

一

对于乡村少年而言，他们大多时间是在学校读书，或在家里待着。因而，他们的视野还很狭小。然而，在这有限的空间内，他们对于这个世界、这个社会，仍有诸多看法和想法。

也许，我们一不小心就躺枪了。不信，你看他们说了些什么。

涂欣欣：这个社会，总体来说是很团结、很温暖的，像一个家一样。只是有那么一小部分的人，偏偏要成为另类。

就拿我们这个县城来说吧。一个不很大的地方，不算很发达。有一天，在公共汽车上，人特别的多。我扶着柱子左倒右晃的，多么希望有一个位置啊！这时，上来了一位老爷爷，他艰难地上了车子。车上的许多年轻人都在玩着手机，似乎没人发现他的存在，更没有一个人愿意让出自己的位置。

我希望这个社会能够尊老爱幼，大家要有一颗助人为乐的善心。

柳欢：有一次，在某个大城市的一辆公交上，一个二十多岁的年轻女子，长得很漂亮，坐姿也很优雅。在旁边，一位中年妇女，带着一个孩子，母子俩都站着。一个刹车，那位中年妇女摔倒在车上，小孩的脚一不小心踩到那位年轻女子的鞋子。中年妇女连声说"对不起"。年轻女子皱了皱眉头，把头歪向车窗，说"真晦气"。

这时，车上的另一位年轻男子起身，扶起了那位妇女，还把位置让给了她。

这个社会，有不文明的人，也有讲文明的人。我建议大家多做一些好事，让社会变得更美好。

王杨：对于我们的社会，我最迫切的建议，就是希望人们更加文明、和谐。如果没有那些品质坏的人，社会就不会发生这么多的悲剧。看看城市里的那些人，有的整天抽烟、喝酒，多影响人；网吧晚上直接停了算了；还有那些夜店，就连初中生都来了，不让人变坏就怪了。

柳雨：我对这个社会的建议，首先是搞好治安。就算是我们农村，也不是很太平。比如，有的家里被人偷了，有的被人诈骗了，有的被人吓唬、欺负。

还有人总是将狗放出，每次回家走夜路，我必须要经过那里，总会受到惊吓，我非常讨厌这种感觉。我同他们说理，却被骂了一顿。这真是有苦说不出。

第二点建议，就是希望庄稼、蔬菜，别打那么多的农药。农作物会沾染上毒药，有时小溪小河里，甚至是水井里，也会有残余的药物。要是药多了，会让我们赔上性命；即便没有如此，但长期食用或接触，也会影响人们的健康。

杨敏：我给社会的建议，就是环保。我们能为环保做些什么呢？对，将废品进行二次利用，让它重新变成有价值的东西。

我们在小饭馆吃饭，常常会遇到一次性筷子。用完一次就扔，多不环保呀！喝完一瓶饮料，空塑料瓶子，我们也可以拿来装东西，或者做成富有创意的工艺品。

吴自豪：关于环保，我也有话要说。请开办工厂的老板们，尽量把工厂建在离街道、离河水远一点的地方，尽量不使用污染天空的燃料。如果天空变得黑暗了，那就是你们的"功劳"。

给路边小摊们的建议：烧烤虽然好吃，但也要讲究方法，不要用那些老式的烧烤机，要用现代的电子烧烤机，那样就可以减少对环境的污染。

保护环境，不仅仅是别人的事，也是我们的事，每个人都开始保护环境，天空一定变得更蓝。

程美玲：在农村，垃圾随处可见，池塘成了"满江红"。一些人常常破口大骂，在公众场合随意吸烟，随地吐痰。人们的素质似乎并没有提高。

我想对村委会说，要禁止把生活废水排入池塘，垃圾要集中填埋或焚烧；我还想对有关单位的人士说，大力推广各种文明行为，杜绝各种不良行为，要名副其实地"讲文明，树新风"。

柳瑾瑜：有人骑的摩托，一点火就开始冒着黑烟。他们骑着这种车子跑来跑去，黑烟到处乱飘，有时还漂到我们的鼻子里；有人喝酒后，还开小车、骑摩托，经常有人发生交通事故。我建议大家，那种冒黑烟的摩托就别骑了，酒后不要开车了。大家多步行，多骑自行车吧，又环保，又安全，该多好。

柳朝晖：我想到了一部电影。说的是中俄两国警官在一起追逃犯。下午六点到了，正在进行的跟踪行动突然被取消。理由非常简单，因为下班时间到了。我不禁捧腹大笑，但心情忽然沉重起来。在我们社会上，这种情况屡见不鲜。

这种苛刻的上下班的把握，把工作看成一种负担，把早到、晚归看作吃亏。

为什么敬业奉献的美德，会被个人利益扫得一干二净了呢？

这和家长从小的教育有着密不可分的关系。妈妈们常说，"把自己的事做好就行""别吃哑巴亏"。听妈妈话的孩子，便记得一清二楚。他们认为，工作只是为了挣钱，劳碌仅仅为了养家。其它一切便熟视无睹。

这类问题，要靠人们强化各自的责任意识，努力去做到最好，并怀有一份关爱之心。这样，社会才能更加美好。

李景东：老师是辛勤的园丁，我们是花园里的花朵。老师给我们传授知识，让我们在知识的海洋里沐浴；老师教给我们做人做事的道理，让我们茁壮成长。

老师这个职业，应该是无比崇高的，但很多人认为当老师很清闲。其实不是，老师一天的大部分时间都在工作。备课、批改作业，是很累的。老师和我们一样，天蒙蒙亮就起床，到了深夜才去睡觉。

所以，我建议社会应该更重视教师。

二

"两耳不闻窗外事，一心只读圣贤书。"这是老祖宗传下的话语。目的是教育子孙，心无旁骛，好好读书，求取功名，光宗耀祖。

老祖宗还说："读万卷书，行万里路。"也就是要子孙们，既要从书本中获取前人的经验，还要关注世界，了解社会，在观察、思考、实践中学到活的知识。

显然，后一句比前一句更有时代意义。

没有接触社会，没有问题意识，那样的读书人，必然是书呆子。

环保，文明，是这群孩子建议中的关键词。这也就是他们对于当前的生活现状表示不满。

造成这种现状的原因会有许多，但说到底还是"人"的原因。说得更彻底一些，就是"你"和"我"的原因。

所以，作为一个社会人，作为一个各种社会关系中的一员，创业谋生，待人接物，都应当用好我们的两只眼睛：

一只眼看自己，一只眼看他人；

一只眼看脚下，一只眼看星空；

一只眼看当下，一只眼看未来；

一只眼看物质，一只眼看精神。

说家乡

一

故乡，村庄，无论你年有多长，无论你走出多远，那里永远是我们梦魂牵绕的地方。

因为，那里生长着我们的血脉，那里留残着童年的梦。

当然，这是成年人，尤其是离开家乡、离开村庄的游子们的念想。

对于正处于青春期的少男少女们来说，对于仍然生活在村庄里的他们来说，村庄又是一幅怎样的图景？

聂振贤：精忠岳飞，忠义养马。

我们的村庄名叫养马。养马村位于苦竹乡的边界，有着悠久的历史，被誉为"最美乡村"。

我们的村庄本不叫养马村。之所以后来改名，是因为岳家军在我们村中养过很多马。岳家军是一支纪律严明的队伍，他们在我们村中住了三十多年。岳飞的两个儿子——岳震和岳霆隐居在我们村附近，死后葬在这里。他们的合墓，名叫"岳震岳霆墓"。岳家军为我们的祖先教了一套武功，名叫岳家拳。

在我们读七年级的一天上午，七（1）班和七（2）班的同学，坐着车，拿着扫帚，来到我们村中打扫。我和同学们在村里劳动了两三个小时。

养马村中，有一块黄色的大石头，上面刻着八个大字："精忠岳飞，忠义养马"。远远地望着，很有气派。

李景东：李塘有着抗日故事。

李塘，一个"塘"字就知道我们村多塘。有塘必有水，有水必有鱼，所以我们村的人们经常吃鱼。

听爷爷说，我们村在抗战时期发生过很多次与日军的战斗。爷爷说，他小时候，祖坟山上全是战壕，往土里一抓就有很多蛋壳。当时有许多人在山上捡弹壳，然后拿去卖钱；有的人捡到了枪，卖给国家，一块钱一把呢。

我们村，在抗战时期被弄得面目全非，自然也死了许多人。村里还有一些八九十岁的革命老爷爷、老奶奶，仍然健在。

有的老人说我们从祖先是李世民，还有的小孩也跟着瞎说，说李白是他的太爷爷。这是多么好笑的事情。

村里还有一个祖祠堂，叫李氏祠。我们的村庄，有自己的特色，有自己的故事。

陈瑾：垂钓，耕种，采茶。

弹子岭，哈哈，听起这个名字就感觉很搞笑的吧。

上了岭，进入路口，便可以看见一个大鱼塘，有许多人为了消磨时间在此垂钓。鱼塘右岸，是一条狭长的小道，人们往来穿梭。往前走，左边是农田，右边是山川。不时，你还可以看到人们在田里耕种，在山上采茶，悠然自得。接着往前走，是由水泥铺成的小道，左边是溪流，右边是人家，不亦乐乎。

我家背靠大山，那是我儿时的游乐场；前面种着各种各样的果树，那是我儿时的小卖铺。

儿时的村庄，景色优美，溪水清澈见底，树木郁郁葱葱。而现在的村庄，却已经"脱胎换骨"。虽然景色还是那样的美，但溪水早已浑浊，成了人们的垃圾场。如果不是靠大山的树木来改善环境，这里早已成为又一个"城市"了。

我希望我们的村庄成为一个天堂，而不是又一个"城市"。

柳朝晖：村内有一口大塘。

我的村庄，叫作柳塘村。它位于一个群山环抱的地方。村里的人，大多姓柳，加之村内有一口大塘，所以就叫"柳塘"。

村里如今已新建了许多的房屋，但还有一些旧土屋仍然保留着。三尺多的小巷，三米来高的屋檐，俨然有序，古朴庄严。

柳氏祠堂就建在大塘的对面。中间有一大片空地，那是我幼时和小伙伴们一起游戏的场所。打水漂，跳房子，你追我赶，其乐无穷。每逢过节，村中人都来集会，一口大锅，几位奶奶炒出一份岁月的味道。

现在，我虽然不住在那里，将来也可能离乡工作，但这份思念，总是将我和村庄系在一起。那可是生我养我的地方。

柳雨：一个人的村庄。

油铺村是我的家乡。家住柳浩屋的我，只知道这里的天空，井底之蛙的我并没有出过黄梅县，外面的世界是什么样的呢？

我住在柳浩屋最偏远的地方，自己一个人在田间住着。春天时一片生机勃勃。蛙会早鸣，有时这些家伙会来关顾于我，但它们不是蛙，而是吃蛙与被蛙吃的动物来到我家。

虫子不怎么可怕，但最可怕的是蛇非常的多。秋冬时节，我总会在大门前看到蛇脱下的皮。

这就像是古人在深山处隐居，体会到森林之中的乐趣。

奇怪的是，今年这里没有鸟，夜里只能听到蛙鸣，用一句诗来说："听取蛙声一片。"

有时候，我们村庄还能看到"山穿白衣"的景象，那真是美丽至极了。雾气要完全退尽，必须经过好几天。我们的村庄，迷人之处就是这样的。

这样的山峰，无雾气遮挡时，一清二白的，就像青花瓷一般的美丽。这样的村庄谁不喜爱呢？

二

谁不说俺家乡好。

苦竹乡位于大别山南麓，在县城以北。虽说距离县城并不太远，但它是集山区、库区、苏区为一体的山区乡镇。

在大山深处还有许多人家，许多学生便居住在重峦叠嶂、云雾缭绕的地方。当然，也有一些学生所在的村庄，处于平原之所，县道两旁。

谁不说俺家乡好？

这里山清水秀，远离尘嚣，的确是个诗情画意的好地方。在同学们的心中，那里的天很蓝，水很清，竹林青翠，树木葱茏。

这些孩子，生于斯，长于斯。这里的村庄，是他们永远的天堂。

但有时也是一种或深或浅的忧虑。比如：

"这里也失去了很多东西，清澈的小溪不知去了何处，山上的树木也少了很多，我不希望村庄的富兴而导致环境的破坏。"

"水中一只鱼虾都没有，没有任何植物，空气混浊……但愿人们能够觉悟，一起来保护我们的村庄。"

三

山水苦竹。

这个乡镇，许多村庄，都有着她自己的故事。曾有一位名叫万亚平的公务员，20 世纪 90 年代初期在这个乡镇工作。退休后，他写了一首《话说苦竹》，高度浓缩了这里的风景，这里的传说，这里的历史渊源。

黄梅有个苦竹口，东象西狮把门守。
竹子满山味苦甘，地以竹名历史久。
七山两田一分水，版土面积十万亩。
犀牛山藏新石器，青龙两条沿河走。
耳听麒麟南北风，眼睃东西四五祖。
县河源自小溪山，塔木分水半县熟。
红花寨里屯兵马，鹅包金印大如斗。
打鼓岭建金銮殿，敲锣石上猛虎吼。
千岁高僧修古刹，陆羽茶经著老祖。
仙芝葬在万宝冲，乌龟山上坐佛祖。
两岳练兵养马岭，程晁抗元显身手。
牛牧古樟越千年，弹子岭上石颔首。
紫云霁雪甲黄梅，多云樵唱传吴楚。
乌珠尖上埋忠骨，观音庵里定大谋。
废名不废永留芳，京派小说称泰斗。
美玉留美开先河，悬壶沪上显身手。
横山马路连京川，后山铺中歼倭寇。
历史文化遗址多，名人名事不胜数。

说这里是黄梅的人文高地，大概不会有人反对。因为这里的文化资源太丰富了。只可惜，作为教育人，我没有很好地挖掘，更没有利用这些文化资源。为此，深感遗憾。

说环保

一

保护环境，人人有责。这个道理，人人都懂。然而，许多时候，我们一边是环境的埋怨者，一边又是环境的破坏者；更多的时候，我们是口号的呼喊者，却少有行动的建设者。

针对这个问题，这帮学生又是如何看待环保、如何剖析自我的呢？

杨驰说，有人说，我们一些同学是"坑爹"。但是，如果我们现在不注重环保，我们以后就是"坑孙"了。虽然那时我们可能不在人世了，但是我们的子子孙孙都生活在这个地球上，而且被我们给"坑"了。虽然到那时科技很发达，但是我们人类是不可能控制大自然的，因为我们人类就是大自然的一部分，和大自然的其它生命一样，在大自然面前是非常渺小的。所以，我们要从现在开始，保护环境，不要"坑孙"。

吕阳说，在现在交通十分发达的时代，各种现代车辆不是很环保，排放尾气给自然环境造成巨大破坏，PM2.5 在不断增高。在这个时代，我们应当尽可能地绿色出行，尽量步行或骑单车。

柳梦君认为，环境其实和我们是相互依存的关系。我们因环境而美丽，环境因我们而整洁。有了舒适的环境，我们才可以有好的学习心情。她说："我准备了一个垃圾袋，如果有垃圾，就放在垃圾袋中。然后再把垃圾袋放进垃圾箱里，继续保持洁净的环境卫生。所以，我现在算是生活在比较清洁的环境里，学习的心情很好。"

聂振贤对一些破坏环境的行为非常反感。某些同学喝完学生奶后，将奶瓶往垃圾桶一扔，没有扔进，就转头大摇大摆地离开了，就当什么都没做一样。

他说，自己也曾经一吃完零食，就将零食袋随手丢在地上；在村里，不管在什么时候，垃圾都随处扔下；在家里，垃圾桶就在附近，一吃东西，就将垃圾捏实，当作篮球，向垃圾桶一丢，不管丢没丢进。

聂振贤说，环境的污染越来越厉害了，我们要爱护环境，保护自己家园不被污染，我们的生活才会更美好。

吴悠坦言，自己曾经是一个不爱护环境的人，爱随手乱扔垃圾；认为卫生有人打扫，随便丢不碍事。

他回忆了读小学时的一次公益活动。"在小学的时候，老师组织我们'春游'。我们一听，自然十分的欢喜。每个人都疯了似的叫好。可是我们当时太天真了，当老师说，春游就是到文化广场去打扫卫生时，心情顿时从喜马拉雅山落进了死海。

"到了文化广场，一望，心里骂道，谁这么不文明，乱扔垃圾，还这么多，太缺德了。我十分无奈，便开始打扫。我们用了将近一个下午的时间才打扫完。打扫完以后，我们气喘吁吁地坐在了地上，腰酸背痛。

"有人还笑道，哎哟，我的'千年老腰'啊！我却笑不出来，因为我十分的后悔，后悔自己曾经的不讲卫生。"

吴悠深有感触地说，环境不是个人的，是每个人的，我们要爱护环境，这才能保护我们赖以生存的家园。

冯畅的一些想法和吴悠有点类似。他说："在学校里，我很少捡起地上的垃圾，除非我心情好，否则看都不看这些东西。说白了，我简直就是'懒鬼'。因为我觉得，每天都会有人来打扫，我捡不捡还都是一样吗？这种没有太多意义的事情，我才懒得做呢。"

他说，可是仔细回味，我们身边的环境已经变成什么样子了？塘里和河里还有几条鱼？没有垃圾的公路还有几条？没有污染的地方还有多少？如果我们现在还不觉醒过来，我们所有生物共同的家到底会变成什么样子？放下手机，捡起身边危害我们的一切垃圾吧。

袁标航说，如今这个时代，环境似乎是越来越差了。工厂排放的废气越来越多，生活的垃圾也越来越多，最可恶的还是那满天飞的塑料袋，无时无刻不在使环境变得越来越差。

袁标航认为，作为一名中学生，我们应该有保护环境的意识，应当做好如下几点：

1.必须遵守有关禁止乱扔各种废弃物的规定，把废弃物放到指定的地点或者容器内。特别不要乱扔废电池，因为一节废电池中所含的重金属，如果流到清洁的水中，它造成的污染是非常厉害的。

2.在学习中，要尽量节省文具用品，杜绝浪费。比如，铅笔杆是用木材制造的，浪费了铅笔就等于毁灭了森林。

3. 要爱护花草树木，不破坏城市绿化，并且积极参加植树活动。

4. 节约用水，在刷牙时，请关闭水龙头。

袁标航说，虽然保护环境的方法有很多，但我们应该学会重视这些方法，一起来保护环境。

二

不保护环境，便是在"坑孙"，这话是很深刻的。

其实，不光是坑孙，首先是"坑己"。

这个道理，大家其实都懂，但是为什么环保问题就这么难呢？

聪明的你，请你告诉我，如何才能让这个地球：天更蓝，水更清，环境更美丽？

说幼儿时代

一

"小时候，在电视里看到南极，到处是冰雪，美丽极了。有一天，爸爸妈妈都上班去了，留我一个人在家。我看见了那一旁的冰箱。于是，'南极'一词便蹦了出来：冰箱和南极一样都有冰，太好了。我终于可以游览一下'南极'了。

"我迫不及待地把冰箱里的东西拿出来，让瘦小的身体藏进冰箱。不一会儿，我感到很冷，我想打开冰箱门，却怎么也打不开。幸好，这时妈妈因有事回来了，看到冰箱里的东西都在外面。妈妈连忙打开冰箱，叫我以后再也不要再做这种事了。"

这是小男生柳振沪讲述的幼年故事。这样的故事，柳振沪也许是自己记忆下来的，也许是听爸爸妈妈后来讲述的。他说，童年之事，件件都像一枚五彩的贝壳。也正是这些贝壳，托起了绚丽多姿的童年。

二

同样是小男生的刘进文说，在还没上学的时候，天天想着上学，躺在床上痴想：上学真好，有许多伙伴在一起，可以玩，可以闹，可以乐，真好。

"于是，我总是向妈妈提出要上学的要求。有一天，妈妈终于领着我去上学。一进学校，老师对妈妈说："你这孩子，年龄太小了！"妈妈若无其事，我最后就是不肯离开学校，但妈妈硬是把我拖了回来，我为此大哭了一场。

"回家后，妈妈还问我：'你还想上学吗？至少你现在想都不用想。'之后，我便一直吵个不停。妈妈无奈，只好说：'明天你和哥哥坐在一起，上一天课，就一天。'

"第二天，我如愿以偿，终于来到了学校。这一天很快就过去了，我和哥哥放学回家。到家后，妈妈说：'怎么样？还好吧？'我说：'差劲！以后我再也不想上学了。'"

三

女生涂欣欣也谈起幼年。她说："听妈妈讲，因为我是在农村出生的，那时候家庭条件十分困难，没有像城里孩子那样有漂亮衣服穿。自己穿的，大多是同村孩子穿不上才给我的穿的。玩的东西，也很普通，一根从没玩过的棍子也会让我欣喜好一段时间呢。"

在涂欣欣的幼年时期，每天的快乐或许就是和家里的狗狗玩耍。她说："我经常不懂事地乱打它，乱抓它的毛。有时狗狗急了，也会冲我叫呢！不过，好像它越叫，我越兴奋，一副傻乎乎的样子。

"妈妈说，有一次我看到一位哥哥准备去上学，我便跟着他一起到了学校。我是开心的，可让妈妈一顿好找，最后还是学校的老师把我送到了家呢！那时，我很想去上学，平平凡凡的日子，却让我过得很开心。"

四

柳瑾瑜回忆，她的幼年时代是在姑姑家度过的。"我记得我的爸爸是非常疼爱我的，可是他也要出去打工，但家里只有我和爷爷，爸爸和妈妈怕爷爷不会照护我，就把我抱到姑姑家养，一直到七八岁时才回家。太长时间了。我本来对爸爸妈妈没什么感觉的，后来爸爸把我抱到车子上，我又到一个家——自己的家里，我很不喜欢。我是从小在姑姑家长大的，看到自己的家门口都是树。过了很长时间，门口的树都没有了，都被砍了给卖了。我慢慢地长大了。"

五

程珊珊的幼年，则是听奶奶讲的一段经历。

"那时，我很小。一次，爸爸妈妈出远门，由于带我去不方便，就让奶奶在家带我。临走时，悄悄地准备东西，而我那双灵敏的耳朵听见了，抓着他们的手不放。最后，我的那双细嫩的手被无情地推了下来。

"到了晚上，那时正在看《喜羊羊与灰太狼》的我，被奶奶叫去吃饭。望着饭桌，只有我和奶奶两个人，鼻子便不禁酸了一下。吃完了饭，奶奶在洗刷碗筷，我自己便钻进了被窝。睡着，睡着，半夜突然醒了，之后便嚎啕大哭。奶奶怎么也'花'（逗）不住我。或许那时是因为平时被妈妈花惯了，我比较有安全感吧。最后，奶奶只得骗我，说妈妈一会儿就回来。这样，我才慢慢睡着了。"

程珊珊说，时光如流水般流逝，一去不复返，而那时的我总是笑得那么开心。谈起这段故事，她笑眯了眼。

六

语文基础不错的程美玲说，过了许多年，再听起妈妈讲起上学以前的时光，心里还是有些激动呢。

她说："总的来说，我对我上学以前的时光和所发生的一切都是很满意的。从我的第一声啼哭，到蹒跚学步，咿呀学语，都充满了趣味。"

"'你小时候，不知道该有多调皮，多机灵。'妈妈说得神采飞扬，'记得你两岁的时候，你就总是攀爬家里的栏杆，还哎呀哎呀地学着话，把我们大人家都逗坏了。'此时，妈妈仿佛身临其境，眉毛高耸着，眼睛时常笑成了一条缝。

"的确，我上学之前，有父母、外公外婆及兄弟姐妹们的疼爱，又何尝不是快乐、幸福的呢？"

七

笔者曾作过问卷调查，在本班 52 名同学中，有 44 人在上小学以前都是住在自己的家里，有 5 人大多时间住在外婆家，还有 3 人住在其他地方，比如姑姑家。在自己家度过幼年的，大多认为比较快乐；而一位住在姑姑家的某女生，她说自己的幼年不快乐。

在这 52 人中，有 47 人上过了幼儿园，但其中只有 16 人认为自己上的幼儿园比较正规。从今天观察看，是否上过幼儿园，与学习习惯的好坏似乎没有明显的联系。但上过比较正规幼儿园的孩子，生活习惯和学习习惯，似乎相对优化一些。

在本班 52 名同学中，自我认为幼儿时期玩伴较多的有 29 人，玩具较多的有 24 人，有 46 人玩过了泥巴，没有玩过泥巴的人，一般也玩过了沙子。玩伴的多少，也许与其本人所在的村落大小有关。因为本地有一半的学生出生在山区。山区的村落，有的只有屈指可数的几户人家。

笔者认为，完整的童年就应该多接触泥土，多亲近自然。多与大自然亲近，不会让人感到虚空。

八

行文至此，笔者想起了鲁迅先生的《从百草园到三味书屋》。上学之前的时光，对于乡村幼儿来说，大体也如"百草园"中生活一般。

"不必说碧绿的菜畦，光滑的石井栏，高大的皂荚树，紫红的桑葚；也不必说鸣蝉在树叶里长吟，肥胖的黄蜂伏在菜花上，轻捷的叫天子（云雀）忽然从草间直窜向云霄里去了。单是周围的短短的泥墙根一带，就有无限趣味……"

如鲁迅先生所言："其中似乎确凿只有一些野草；但那时却是我的乐园。"北京大学教授钱理群认为，文题"从百草园到三味书屋"所着意强调、突出的"百草园"和"三味书屋"，代表和象征的是两种空间："百草园"是一个有蟋蟀、油蛉们，覆盆子、木莲们的大自然的空间，"我"自由嬉戏于其间，感到那是"我的乐园"；而"三味书屋"，是一个不准问问题，"只有读书"的教育空间，"我"在那里感到索然无趣，于是，就有了"我将不能常到百草园了。Ade，我的蟋蟀们！Ade，我的覆盆子们和木莲们！"的一声长叹。

钱理群教授说，我们今天听到这样的长叹是不能不悚然而思的。因为它所揭示的，是教育空间对自然空间的剥夺，对儿童心灵的创伤：这不仅是鲁迅那个时代，更是今天我们教育的问题。而且被剥夺的不仅是自然的空间，更是自由的空间。

当然，这也是一个无奈的现实，在当今的中国，也应该包括更多的国家里，"从百草园到三味书屋"几乎是一个无法逃避的成长代价。然而，我们可以作为的也许还有许多空间，比如别把什么都弄成"从娃娃抓起"，幼儿时期并不是所谓的"起跑线"，开心、快乐、无忧无虑，也许才是人生的垫脚石。

说小学时代

一

"小小少年，很少烦恼，眼望四周阳光照。小小少年，很少烦恼，但愿永远这样好。"事实真的如此吗？我们一起看看咱们八年级的朋友读小学时烦恼和快乐都来自哪里。

玩，是儿童的天性。然而也正是因为过于贪玩，给柳振沪带来了烦恼。他说，在小学的时候，几乎都是玩。上课也玩，下课也玩，回到家后，作业也不写，还是玩。但如今到了八年级想玩也玩不成了，因为学习成绩不好，带来了许多的烦恼，尤其是语文跟不上班了，字也没法子写好。

孤独，是刘菁在小学时的烦恼。"我把花草树木、动物当做自己的朋友，可是它们听不懂我说话，我还是觉得孤零零的。"所以，她特别渴望友情。她说，朋友之间，对视微笑是信任，牵手散步是温暖。也许是同病相怜，她和同样觉得孤独的一位店铺老板的孙女，原本彼此互不认识，但后来成了好朋友。

转校，给柳吉安带来了烦恼。大概是四年级吧，柳吉安转入了油铺小学。开学时，在那个陌生的校园里，老师本来把食堂、厕所等位置都告诉了同学们，但是这些对于她来说，根本就没用，她又不敢开口说话，所以许多时候就是"找不到北"，在教室里硬是饿了两天。她自嘲说："那时，我就是愚笨，蠢到了极点。但是到了现在，柳吉安很是怀念小学时光。"她说，"回想起小学，早上在家吃饭，中午有的在家吃，有的在学校食堂吃；下午放学的时候，除了住校，其余的人都站队回家。排成一队一队的，像长龙一样，一会儿就到家了。"

陈瑾的烦恼来自学习成绩。她说，记得读学前班时，我得到了唯一的一个第一名；二年级时，成绩属于中上游；到了四五年级时，成绩一直在下游，直到六年级，换了一位老师，成绩变成了上游。她说，从自己学习成绩的起伏变化中，可以看出自己学习态度的变化。她认为，自己的小学是在浪费时光，甚至是浪费生命。

喻金圣的小学时光里，烦恼也来自成绩，快乐也来自友情。他说："小学低年级时，每次考试分数都非常低，都非常难过；但每次都有朋友来到我的身边，帮助我，安慰我，并告诉我解题的方法；就这样，我的成绩在他们的帮助下，逐渐提高上去了。因此，到现在，我依然忘不了他们的笑脸，忘不了与他们共同玩乐、共同学习的时光。如果再让我回到小学，我会好好珍惜他们，珍惜我们的情谊。"

回忆小学时光，刘进文用了一个"苦"字，而这个"苦"来自拒绝了"班长"这个职务。"在上学的第一天，我遇到了一件非常棘手的事。老师要我当班长，我一想，班长有什么用呢？老师问我好几次，我几乎都拒绝了。老师气极了，在此后的一年里，老师对我不闻不问，甚至一些老师还故意整我，让我在同学们的面前出糗。老师排挤我，有些同学还看不起我，自己的成绩也不好，这滋味真的不好受。"

学习基础不好的洪遇见说："在读五年级时，只要回到家就是玩：看电视，玩手机。手机是爸爸的，里面也只有一个名叫'植物大战僵尸'的小游戏。现在想起来，那个游戏其实并不好玩，可那时候对于我来说，却是那样地让我沉迷。玩了'植物大战僵尸'后，我又开始玩上了QQ……现在想一想，如果那时在小学不是那样贪玩，如今在初中也许能有一个好成绩，可惜没有后悔药可吃哟。"

杨毅的回忆，又特别，也正常。他说："我的小学时光是快乐的，愤怒的，孤独的。快乐来自每天都是玩（有时也上学和写作业），遇到不高兴的事，就大声哭出来；做错了什么事情，哭几下就可以了。不像现在，想哭也不行。愤怒来自爸爸教育方法不好，每次我的题目做不来，他就只知道打我；可以说，我现在一直在愤怒他。孤独来自自己的性格内向，没有多少朋友，每天都是孤独地过着。"

小学时的大课间，最值得程珊珊回忆。她说，在大课间里，肯定会做两件事，一是跳皮筋，二是"开关一二三"。记得最清楚的一次："我和我的'死对头'一起报了名，经过我们的刻苦训练，再加上我们在比赛中所表现出来的齐心协力，终于在三人组这个趣味项目中夺得第一名的好成绩。从此，两个'死对头'居然成了好朋友。"

张溪的回忆主要来自课余时间。"每次下课，我都和班上女孩子往楼顶上跑，和她们在上面聊天，看校园风景，或者兜风，因为楼顶上面的风大，很凉爽。另外，记忆最深的是语文老师在班上举行的一次绕口令比赛。班上原本静得连一根针掉在地上都可以听见，但当老师一宣布开始时，教室顿时便炸开了锅。"张溪认为小学时光是很快乐的，那是因为每天至少可以回一次家，不像现在，要一周才回家一次；而且在家里睡觉很舒服，不像现在床铺太小。这大概也因为他长得很高的原因吧，他的身高应该超过一米七了。

二

笔者之所以不厌其烦地叙述这些同学的小学时光以及自我感受，是为了让自己也让读者能更全面了解乡村小学的孩子的生活和学习状况。上面这些例子，并非笔者有意挑选，而事实上，上述案例极具代表性：当前（至少是两三年以前）本地的小学生就是这个样子！本人的一份问卷调查，也充分说明了这一点：

在全部 52 人中，自我认为读小学时学习态度和学习成绩不错的，仅有 6 人；认为还可以的，有 18 人；认为学习态度不认真、成绩不好的，高达 28 人。他们的小升初统考成绩也印证了这一点。

从心情方面来看，认为小学时比较快乐的有 37 人，认为还可以的有 4 人，认为不快乐的有 9 人。他们的快乐来自哪里呢？大多数同学，大概都是和初中相比后的结果：小学时，每天都可以回家；小学时，学习负担较轻；当然，也还有友情的因素。

事实上，我们还可以从以上学生的表述中看到，乡村小学里，学生的学习生活比较枯燥，游戏活动也比较单调，甚至许多孩子根本回忆不出更多样化的游戏活动。除了读书，就是回家，此外少有印象深刻的记忆。同时，又由于留守儿童比例的居高不下，家庭教育的缺失，教育方法的不当，学校教育教学也没有尽到应尽的义务和职责，导致超过半数的学生生活习惯、学习基础较差。

而在城区小学就读的孩子，无论是学习态度，还是学习成绩，抑或是课余生活，与乡村学习孩子相比而言，都优化不少。

从城关某小学毕业的柳朝晖，他认为他所就读的小学，很大，很美，在那里度过了许多开心的时光。且不说学习成绩，就单说课余生活吧。他说，班上盛行"流行风"，一会玩橡皮，一会玩烟标，还有溜溜球和纸扎的车子，这些都给我们带来了无限乐趣；当然，他还擅长转转笔呢。

在一份《中国小学生的烦恼有哪些》的文章里，讲到了中国小学生的五大烦恼。这应当具有一定的代表性。

第一大烦恼：书包重、工作多、考试难。书包重、工作多、考试难明显组成了学习担负重的铁三角，被查询者无一例外的诉苦说学习的负担太重。

第二大烦恼：睡觉的时间少，玩儿的时间更少。早上六点你就要起来，由于六点五十是必须到校的。晚上作业多，常常要工作到十一点。

第三大烦恼：家长的啰嗦和比较。爸爸妈妈常劝诫孩子：你看张三的儿子又考了100，李四的闺女比赛得了一等奖，你就不能争争气吗？比得真让人心烦。

第四大烦恼：教师的批评。有的教师好像既是嘲讽儿童的高手，又是决议儿童未来的先知。这一切还要美其名曰：都是为了你们学习成绩的提高！

第五大烦恼：同学间友谊多，烦恼也多。由于个儿矮了一点，就有同学叫我"冬瓜"；我把我的小秘密告诉我最信赖的朋友，可他却向老师打小报告，还说这是"大义灭亲"；等等。

当然，除了上面的五大"烦恼"，同学们还有许多的小烦恼，比如怕陪母亲逛街啦，怕拔牙啦，讨厌赶场子上培训班啦，等等。

说小学老师

魏巍曾有一篇《我的老师》文章，可谓是脍炙人口。在魏巍的心中，小时候的蔡芸芝老师，"她那时只有十八九岁，是一个温柔美丽的人。""她从来不打骂我们。仅仅有一次，她的教鞭好像要落下来，我用石板一迎，教鞭轻轻地敲在石板边上，大伙笑了，她也笑了。我用儿童的狡猾的眼光察觉，她爱我们，并没有真正要打的意思。"

在课外的时候，她教孩子们跳舞；在假日里，她把学生带到她的家里和女朋友的家里；在她的女朋友的园子里，她还让学生观察蜜蜂；她爱诗，并且爱教学生读诗……"在一个孩子的眼睛里，他的老师是多么慈爱，多么公平，多么伟大的人呵。"

咱们这些正在读八年级的学生，对于小学老师又有哪些记忆呢？

一

有好几位同学讲到了一位"芳老师"。

程曦梅回忆说，在小学，她看到的老师个个都是一副严肃的面孔，一直到她遇见了芳老师。那时她转入柳塘小学还不久。芳老师是他们的班主任，也是语文和英语老师。但程曦梅记忆最深的却是一节体育课上。"那天，体育老师有事不在学校，体育课由班主任代上，她给我们进行'魔鬼训练'。第二天，我和一位朋友的脚上楼都很难。芳老师看见了，对我们说，以后要长期运动，否则下次还会这样。"程曦梅说，很喜欢芳老师，所以自己的英语成绩直到现在还不差。

在柳妍妍的眼里，芳老师的外貌有点像高中生。有一次芳老师一路小跑进教室，上气不接下气地说："对不起，同学们，我迟到了。"对于这样温柔的老师，"我们还真是头一次见到，一致给了这位女教师的好评。"因为一桩溜溜球事件，同学们都称赞芳老师机智、公平。同时，柳妍妍还认为，芳老师是"将我们引进知识大门的老班"，原因是芳老师带领同学们一起将本班摆脱了语文末名。

学习基础不是很好的杨敏也说，她非常喜欢芳老师。可惜芳老师只教她一年，就调走了。在杨敏的心中，"芳老师从来不高声斥责我们""最喜欢芳老师教我们的英语，她发音又标准，读得又顺溜，水平又高""上课是我们的老师，下课是我们的朋友"。

二

聂振贤最佩服的是殷学齐老师。这是因为在聂振贤的心目中，殷老师教子有方，教学有方，电脑技术高。"他教子有方体现在，他的儿子考上了清华大学；教学有方体现在，我们班有一次数学平均分达到了83分多；他电脑技术高体现在，我们班上微机课，他让我们在电脑上做题目。他怕学生玩游戏，就用这个巧妙的办法把网页给锁住了。"

鄢娟讲了张德舟老师的一次讲作文的故事。那天老师对同学们说："我告诉你们，我今天在菜市场用10元钱买了两只大母鸡。"同学们都哄堂大笑。原来有一个同学在作文里是这样写的。于是，张老师说："作文一定要写真实的东西，虚假的作文是得不到高分的。所以，你们以后的作文即便写得再好，只要是虚假的，就没有任何意义。"

涂欣欣脑海里印象最深刻的，是年轻的女教师蒋盼。"在她没教我之前，语文成绩很差，四五十分都习以为常了，不知挨过了多少批评。就因为她神奇的出现，激发了我学语文的兴趣。她既把我们当学生，也把我们当朋友，我们都很喜欢她。"

李曦回忆起自己的小学校长，也是她的六年级数学老师。那时学校正在进行大规模的装修。有一节数学课，蔡老师很晚才来上课。等他到教室时，满头大汗。蔡老师突然问同学们："你们会唱国歌吗？"有几个同名哼了起来。紧接着，蔡老师利用剩下的时间上起了音乐课。"听着蔡老师铿锵有力的歌声，我们心中的爱国之情油然而生。"李曦说，因为那节课，她记住了蔡老师，也记住了一个词——爱国。

从城区转过来的冯晓萱，印象最深的是教了她五年语文的柳老师。"柳老师对我们要求很严格，我们不能用修正带，不能乱涂乱改。她妙语连珠，很会搞笑，一件很平常的事，到了她的嘴里就变得有滋有味。她如果要批评你，绝对不会一脸阴沉，也不会冷嘲热讽；在她美丽的笑容中，有一种力量督促你不得不'改邪归正'……"

三

洪强讲起了自己带病上学的故事。"坐在座位上，我的肚子咕咕作响。李老师正在讲课，我尽量压下去，但就是压不住。我最终还是吐了出来，教室里弥漫着一股非常难闻的气味，同学们纷纷跳开，教室里乱成一锅粥。这时，李老师向我走了过来，只见他拿出卫生纸，把我手上的脏东西擦了又擦，并把我带进了办公室。他给我喝了药，药虽是苦的，但心里却是甜的。"这让洪强霎时感到李老师又高大又伟大。

殷文嘉回忆起一位姓石的美术老师。他说，虽然在小学，美术不算什么，但是石老师却是我心中"最伟大的老师"。"有一次，石老师教我们画青蛙，我觉得很容易。但最后交上去的，不是这里不好，就是那里不好。下课了，老师对我说，画画要不停地修改，最后才能呈现出最美的一幅画；就像做人一样，许多小错误、坏习惯，都要一次次地改正，最后才能成为一个优秀的人。"

朱文鑫想起的是一位"记性很差的老师"。他讲了这样一个故事。这位老师姓张。中秋节的前一天，张老师很晚才回家。老母亲问，白面买回了吗？"白面？哎哟，我给忘了！"老母亲又问，放了一下午的假，你干什么去了？白面没买回来，却抱回那么多木头干什么？张老师笑着说："这是我做教具的。"也正是因为这个故事，张老师"畅游"在他的学生的作文里、记忆里。

柯岩印象最深的是小学二年级的数学老师。"他的教学很特别，可他却总令我们毛骨悚然。"柯岩说，"他对学生非常严厉，让人非常可怕。还记得二年级背乘法表时，我们都急得不得了。杨老师说，一个没背熟，就打一下。我们一听，怕死了！打完之后，我们的手不就又红又肿了吗？我们那么稚嫩的小手怎么受得了？所以，当时班上的同学们都讨厌这样的老师。可现在回想起来，似乎又觉得杨老师对我们其实也很好。"

吕阳想起的是读三年级时语文老师，也姓张。"记得有一次，学校里来了一些买东西的人，当时我和几个同学准备实施'逃跑计划'。中午，我们几个人逃出了校园。我借口说学校要买书，向爷爷骗来了 20 元钱，想用来买'马来神笔'。没想到，我们刚到学校就被张老师给逮住了，还把我们几人打了几巴掌。当时我们怀恨在心，心想，你为什么打我？后来，张老师问了我们几个问题，你们几个为什么私自跑回家？你们知不知道那几个买东西人是骗子？听完后，我们恍然大悟。"从此，我再也没有犯过类似的错误。吕阳认为，张老师是一个爱护学生、帮助学生、照顾学生的好老师。但笔者需要指出的是，张老师打学生以巴掌，显然属于一种过激的行为，是一种不当的教育方式。

四

某位女教师因为看到柳宜君的发圈不好看，便特意去买了一个新的、漂亮的发圈送给柳宜君，柳梦君因此常常怀念她；一位女老师曾给同学们每人买了一根冰棍，柳瑾瑜便常常想起她；一位中年女教师教了冯畅的五年级数学，冯畅数学成绩莫名其妙地好了起来，这让冯畅对她充满了敬意；一位姓王的老师，常鼓励程美玲，"我相信你可以做到，你是最棒的！"从此，程美玲不再胆小，结交了许多好朋友，因而程美玲非常感谢他；一位光头门卫师傅，进入了柳朝晖的记忆，那是因为躲不开门卫师傅锐利的目光……

在八年级这帮学生的眼里，小学的老师大多都是充满爱心、关心学生、工作认真、有点特长的好老师，或者说，正是因为他们的这些特点才让学生留下了深刻的印象。

一个教师，尤其是一个小学教师，怎样才可能永久性地留在学生的记忆里？上面的这些文字，应当可以为我们给出答案。

笔者就"是否记得小学老师的名字"作过问卷，结果是 52 个同学中，22 人回答"大多记得"，28 人回答"记得一部分"，2 人回答"都忘记了"。

究竟什么样的老师，才是学生心目中的好老师？某地举行的"学生最喜爱的老师特征十大词汇"评选活动中，"幽默风趣""和蔼可亲""尊重学生""循循善诱""平易近人""学识渊博""以身作则""善解人意""一视同仁""兢兢业业"十大词汇入选。如果单从小学生（尤其是低年级的小学生）来看，"和蔼可亲""平易近人""一视同仁"等词语尤为重要。

很客观地说，当前我们的学校里也有极少数的一些缺少爱心、缺乏负责精神的老师，但这些老师并未进入学生的心灵。学生们是无感，还是遗忘，抑或是原谅？

孩子幼小的心灵，都是善良的，也都是宽容的。

写到这里，我不禁想起了自己的小学老师：在大堂屋教我们"耕读"给我们启蒙的吴新华老师；读二年级时，我们叫"平华奶"的岳平华教师；教我们小学三年级数学的吴寿国校长；教我们四五年级的，一直让我觉得最受益的许亚军老师；等等。

说七年级

每天天不亮，母亲就将我喊起床；吃着母亲已经炒好的油盐饭，有时还夹杂着一些蛋花，那种滋味直到现在似乎还在舌尖。

吃完后，摸黑来到同村伙伴家的窗下，喊着他的名字，邀他一起去上学；有时同伴在被窝里赖了好半天，而我在窗外冻得如筛糠。

天蒙蒙亮，有时还是披星戴月，我们便奔走在乡间小路上；其间还要经过几处坟坦，几具直接搁在地面而没有掩埋的棺材，常常让我们心头发麻，背脊生汗。

朝读过后便是早餐时间，而我便留在教室，因为在家已经吃了；上午四节课后，本来就饥肠辘辘，却还要步行五六里路赶回家吃午饭；下午最后一节课是课外活动，常常可以看到老师们在篮球场上比赛，那是我们的快乐时光。

期中考试时，我的数学成绩得了年级第一名，而英语分数却少得可怜，因为我根本不知道英语要记单词、写句子，不晓得英语还要考试；一直到临考前看到一些同学在背单词，那时我才强记了几个……

这就是我当年读初一时的情景。今天看到学生们写自己七年级，便不由自主地想起了这些。

一

语文科代表程佳燕回忆了开学时的情景："记得刚开学时，我早早地来到了学校。看着周围陌生的环境，我竟然有些害怕。但在教室里又看到了许多熟悉的面孔，心里仿佛又回到了小学，刚开始的紧张感便渐渐远去。我的七年级就这么开始了……

"现在想想，我的七年级过得确实也太清闲了。比如说，下课了，我一般都会出门去接受阳光的'洗礼'。融入暖暖的阳光中，何尝不是一种乐趣呢？还记得那时上课，我一般都是听二十分钟的讲，再玩十分钟，最后十分钟就看着手表，心里在默默地数着倒计时。那时的日子过得真是悠哉。"

同样也是语文科代表的李曦，则有另一种回忆："小学时，我对初中的生活总是充满无限遐想，可真正上了初中，才真正了解到初中生活并不像我想象的那

326

么简单。初中是决定人生道路的关键时期。刚进入七年级，大多都是不认识的同学，这正需要我们去慢慢适应。七年级与小学相比较，显然没有那么有趣；可与八九年级比较来说，那就轻松多了。因此，七年级的每一天，我都过得很充实。但是，试卷还是多得做不完，初步的几何就已经弄不清楚了……我读七年级，有喜也有忧。现在已经升到了八年级，不知怎么的，学习态度越来越差，每天几乎都会空耗时间，老师也没少批评我，真希望再读七年级啊！"

二

说话有些腼腆的朱文鑫，在七年级似乎也爱犯糊涂："在七年级的时候，我们对一切不是很清楚，对一切事物都充满好奇，对新增的科目觉得很难，一切都觉得很迷糊。"

性格很内向的柳瑾瑜说："七年级是我第一次感受初中学习生活。学校里的花和树都很好看。每一节课，外面都是鸟语花香的。我那时的上课时间，就这样过去了。"

说话和做事总是慢悠悠的柳宜君认为，七年级是一个充满朝气的年级，那时的她也充满了阳光。她说："那时，我总以为七年级能像小学一样，有充足的时间来做其它的事。我从来不认为在学校住宿是什么好事，然而，我还是拗不过命运的蜿蜒，最终还是被征服了。在七年级，活动一个接一个。先是考试，继而就是举办运动会。虽说运动会不用上课，也不需考试，但仍然让我刻骨铭心。运动会，这个激动人心的时刻，本来我们应该高高兴兴的，可是个个蔫头耷脑的。那其实就是因为我们班得了最后一名。"

程曦梅回忆了一次生病的经历："刚到七年级的我，什么都不懂，只是靠同学和老师帮忙。记得有一次，我发烧了。我没有告诉老师，也瞒着我的同学，因为我家距离学校很远。有一位同学发现我的异常，便和同学说了，我说没事，休息一下就好了。另一位同学把药拿来了，对我说，要注意身体。我抬头一看，原来是我的死对头……从那以后，我知道了，班上的同学都是好人。"

三

吕阳回忆了好几个片段。他说："我是个内向的男孩，不善与人主动交往。有一次班上举行了'自我介绍'的活动。该我了，我恐惧颤抖地走向讲台，脸上火辣辣的，我不敢开讲。最后，我战胜了心中的恐惧，勇敢地说了出来，接下来的是掌声雷动。那一刻，我自己也几乎要欢呼起来。

"在七年级，班主任举行了很多活动，'唱歌'就是其中之一。这些活动，都是班主任为了锻炼我们的胆量，为了便于我们长大后能大胆地与别人交流。我当时唱的是周杰伦的《稻香》。我'一唱成名'了。

"有一次，学校组织我们七（1）班和七（2）班到养马村去打扫卫生。那里的环境很美。我们在竹林里做事，真是其乐无穷哟！"

他还说，在七年级他学会了许多，比如与人交往、积极参加劳动等，胆量也大了不少。

本校教师子女冯晓萱说，她的七年级，一切都很美好。"虽然我只是一个普通的孩子，会有挨骂的时候，做作业会做到深夜，考试也可能会考得很差，可我从来不低头看着脚尖走路。如果我的回忆是一场电影，那它的中心词就是：幸福的回忆。但是，恍恍惚惚的，一年就过去了，学习不是很努力。"

同样是教师子女的冯畅说，七年级的欢乐时光还历历在目，好像是昨天刚刚过去的一样。"那天下午，我们考完了所有科目，大家兴致勃勃地回家。才过了一会儿，整个校园里没有一个人影。我忽然意识到：哎，七年级过得可真快，才这么点时间就逝去了，我们马上要成为八年级的一员了，不由有些压迫与紧张呢！我独自一人在校园漫步，看看这座校园，一股莫名的悲伤浸入我的心中。"

四

聂振贤说，七年级里，他既有不足，但也有亮点。

"不足表现在，考试总想得高分，趁老师一不注意，就和同学们对答案；做作业总是写得非常快，只讲数量，不讲质量。

"亮点表现在，运动会上拿了一个100米第三，为班级得了两分；我还会打篮球，在班级会打篮球的人中排在前五；我还会踢足球，在足球赛中担任班级足球队长；我七年级成绩还不错，最好的时候，得了年级十四名，班级第五；我数学很好，参加全国数学竞赛，获得了市级一等奖。"

有点偏科的张哲，道出了偏科的原因："数学老师总是和我们开玩笑，数学也不用记很多东西，只用记几个公式，所以我的数学越来越好。小学时，我是语文好，数学差；现在可好，直接弄反了，数学好，语文差。其它科目也是这样，只用记一些东西的学科成绩都不错，但像语文、英语、生物等学科，要记很多东西。比如，语文要记文言文，英语要记单词，生物要记各种生物的特点。"

鄢娟说，七年级的味道，是酸的，也是辣的。她回忆了一个这样的场景："试卷发下来了，一个个鲜红的'×'刺痛着我的心。红亮的分数，在阳光的下显得明亮刺眼，直到我的眼睛睁不开……但是，刚刚为前途渺茫感到绝望心烦时，我又顿时想通了：要学会飞翔，就要先学会坚强！"

五

柳窈说，七年级学习成绩不好，感觉身累心也累；方浩嘉说，成绩时好时坏，态度比较马虎，周末常常没有完成作业；刘进文说，七年级很漫长，要接受新老师和新同学，心里充满了期待和恐惧；吴悠说，学习有些粗心，有些盲目的骄傲，天天考试，不太开心；程美玲说，学到了一些有趣的知识，感觉时间过得好快……

根据本人成长经历和多年观察思考，笔者认为七年级是少儿成长的一个很特别的阶段。个中滋味，可谓是酸甜苦辣，兼而有之。

酸：想家，想父母。小学时，大多学生是走读，早出晚归的。上了初中，猛然开始住读了，开始了一二十同学住在同一间寝室的群居生活。对于一些性格内向的同学来说，刚开学的一两个月，往往特别想家。此时，一些学生，鼻子常常会泛起一阵阵酸意；每当夜深人静之际，因为想家、想父母而潸然泪下。

甜：体验新环境，结交新朋友。刚到一所新学校，眼前的一切都是新的，此时对于喜欢新鲜事物的儿童来说，充满了期待。同时，在这个新的校园里，既有一些老朋友——小学的同学，又有更多了新朋友——七年级的同学。对于一些性格内向的孩子，可能会既有担忧，也有快乐；对于一些性格外向的同学，会感到更多的喜悦。

苦：生活苦，学习苦。关于住宿方面的艰苦，上面已经讲了。这里主要说说吃的方面。读小学时，因为走读，晚上回家，伙食会有所改善；到了初中，一周五天，一日三餐，都在学校里就餐，许多学生（尤其是一些家境较好的学生）会觉得学习饭菜不合口味。同时，由于学科的增多，难度的增加，课业负担的加重，考试、检测的频繁，许多学生也是难以一下子就适应的。

辣：同学之间的矛盾，因为吃、住、交往等原因，也许会不时爆发；初中往往比小学更关注考试分数和位次，一些成绩不好的同学、偏科的同学，往往会遭遇老师的批评、同学的冷漠，导致幼小的心灵、稚嫩的脸蛋，常常会有火辣辣的感觉。

六

针对上述情况，笔者以为，学校、家庭应当有一定的预见性和同理心，能够有的放矢地帮助七年级学生尽快地适应环境，适应学习。

一是学校应力所能及地改善学校人文环境。秋季开学，应至少有"欢迎新同学"一类的标语；寝室里，尽可能地布置得温馨一些；加强饭堂就餐、寝室就寝等方面纪律管理，让新老同学都能够在有纪律、有秩序的环境下生活；同时，尽可能地改善饭菜质量。

二是班级、学校多开展一些文艺活动。像班级可利用读报时间，开展一些"介绍我自己""夸夸新朋友""每周一歌"等活动，为学生相互认识、相互赏识搭建一些平台；学校可开展诸如运动会、足球赛、拔河比赛、文艺晚会、美育节等活动，为学生展示自我、发展个性特长及增强班级凝聚力提供切实的机会。

三是教学方面减缓进度，降低难度，淡化分数和位次。七年级上学期，教学进度应尽可能地慢一些，照顾绝大多数学生的接受能力。尤其像数学、英语等学科，力求"一个也不少"地加以关注，不要让学生一开始就"输在起跑线上"。检测的密度应减少，检测的难度应降低，不要让学生一开始学习就觉得"身累心也累"。包括期中考试在内的考试、检测，分数和成绩尽量淡化一些，更不能在班级按照成绩来排位、安排座位。应尽可能地照顾更多的稚嫩的心灵。

四是反复地、明确地告知学生一个学科应学什么、掌握什么。像英语、历史、地理、生物等学科，学生即便在小学接触过，但对于"学什么""怎么学""考什么""怎么考"的问题并不清楚。所以，作为一个学科教师，应切实针对教学重点、难点来设计教学、实施教学，力求让更多的学生明明白白地学，开开心心地练，轻轻松松地考。

五是从家庭角度来看，应有更充分的预见性，知晓孩子进入初中会产生哪些新问题，包括生活上、学习上和心理上的。七上前半个学期，应根据孩子的性格特点，适当在星期中间来校看看孩子，了解情况，解决问题，不要存在着一种思想："我把孩子交给学校，一切问题都是学校的"。周末孩子回家，应多一些时间陪伴孩子，聊聊学校生活情况，关注周末作业完成情况，关注孩子的心理承受能力，等等。

附：一个学期

一个学期，少了些天真，少了些调皮；

一个学期，天没亮就起床，灯熄了想爹娘；

一个学期，做不完的语数外，背不完的政史地；

一个学期，周末的作业真够多，晚上的检测真不少；

一个学期，考好了偷着乐，考砸了闷得慌；

一个学期，巴不得天天有体育课，巴不得周周有运动会；

一个学期，周日的早晨就有点烦，周五的下午便开了锅；

一个学期，生命安全让耳朵长了茧，好好学习让脑瓜有点大；

一个学期，接送最多的是爷爷奶奶，见面最少的是爸爸妈妈；

一个学期，逐渐适应了独立生活，逐渐学会了面对孤独；

一个学期，行为习惯更加文明，学习习惯越来越好；

一个学期，身高悄悄地高了两厘米，体重偷偷地重了两公斤；

一个学期，终于盼来了期末考试，终于等到了寒假过年；

一个学期，终于能让自己偷点懒，终于能向父母撒点娇；

一个学期，平日里觉得好慢好慢，这时候觉得挺快挺快；

一个学期，成长旅途中的一串密码，生命长河里的一朵浪花。

说八年级上学期

一个学期里，我们有奋斗的汗水、失败的眼泪、成功的笑语、同学的友谊、老师的付出，还有那些诸多的记忆。

——吴悠

八年级必定是学习中的一个大台阶

吴悠，一个喜欢"呵呵"说笑话男孩子。一个学期下来，最让他念念不忘的是同学之间的友谊。他说："这个学期里，我和几个哥们更铁了，比如李景东，是个小胖子，比我轻个一两斤，脸很大，特逗；袁标航，那体型，140多斤不知他是怎么炼成的；还有的，就不再介绍了。他们是我的铁哥们，我们总是在一起玩，一起欢笑。我们有时会给对方开玩笑，但大家都不生气，还自嘲……"

雷俊宏，这个头发有点自然卷的男生说："我这个学期应该算有进步吧，至少我的字没有以前那么差了。这应该算是值得高兴的。

"但是这个学期成绩下降了不少，数学最多只能考到100多一点，英语连95都考不到。成绩下降成这样，语文就更不用说了。这个学期太贪玩了，上课玩，下课玩，不像七年级那样对每一节课都充满期待。

"这个学期，我觉得我长大了，也有了反抗心理，爸爸叫我做什么，我偏不做什么。总爱和爸爸对着做事。

"这个学期，无论怎样，都是我自己的选择。既然已经做得糟糕，那么下个学期就要努力改变自我了。"

身高和体重都明显见长的柳朝晖说，从暑假放完后第一次步入教室，就意识到，八年级必定是学习中的一个大台阶，是一个弱肉强食、竞争激烈的学年；学习则是如同逆水行舟、不进则退了。

他说："八年级里，大家学习比七年级更认真，更努力。可能是大家都长大了，还有就是梦想的驱动。我的学习总体来说，不太稳定，特别是英语和生物，的确会在期末考试中让人担忧。但我对这个学期很满意，从中学到了许多有趣的知识，特别是初中物理，尤其喜爱。后天就要开始期末考试了，我会尽我的全力给这个学期交上一份满意的答卷。"

作业老图蒙混过关

吴自豪，这个上课时喜欢举手发言的小伙子，对自己的一个学期分析得很实在。"初中阶段，最辛苦的就是八下和九年级，因为八下就要考完地理和生物，并算入中考总分。所以，在八上就一定要把地理和生物学好。我的地理成绩一向都很好，可我的生物却不是很好。后来，我的生物和数学成绩都有了进步，可我的英语却越来越差了。

"七年级的时候，我就是不爱写作文，心想，在八年级的时候少玩点游戏，首先把作业写完。可我还是爱玩游戏，不过作业有时在家里也做了，没有每周都拿到学校去抄。

"可我的这个学期用钱很多，以前一个星期下来总能省下一二十块，可现在用得还不够。"

老师总有点恨铁不成钢的方浩嘉，说这个学期收获了许多可贵的东西。"这个学期，我作业基本都完成了，但质量实在是差，还总在星期天下午到学校来抄，字迹潦草。

"这个学期，我有一些学科有进步，有些科目有衰退了。例如，上生物课不听讲，作业不做，月考时，会做的题目也错了，因此没有进入班上的前十名。

"开学初，班主任出了一个难题：演讲。我上台时很紧张，演讲时吞吞吐吐，吐字不清晰，老图蒙混过关，没有注入丝毫的情感，就像在背书。

"八上这个学期，我改正了许多不好习惯，像睡懒觉、上课做小动作等，这使我受益匪浅。"

涂斐，这个说话爱脸红、声音很尖的男生，用了一个"可爱的我"来形容自己。他说："可爱的我，总责怪学习环境不好。原来，我经常责怪自己不努力，后来便开始责怪学习环境的不好。久而久之，就经常怪这怪那，而不去努力学习。可爱的我，常常被人际交往所困扰。这个学期，好事不多，倒霉事一大堆，与同学发生矛盾，被同学所抛弃，令我陷入痛苦中，无法自拔。回顾这个学期，我惭愧不已。学习成绩直线下降，心态调整不好，朋友关系处理不好……这些都为我敲响了警钟。"

学习就像一场比赛

刘菁，这个喜欢做音乐梦的女孩，回忆这个学期时，她说最难以忘怀的一节"阅读课"，是语文老师带着我们游览校园，让我们明白了这个熟悉的"陌生"校园中的真正美丽；在这个学期中，最大的收获，是数学终于有了一些进步。

程珊珊，一说话就咪咪笑的女孩子，评价这个学期时，用了"遗憾一词"。"这个学期，我很遗憾，没有用心过、努力过。记得上课时，我总是无精打采的，总是望着窗外发呆，自己也不知道自己在想着什么……"

性格比较外向的涂欣欣说，算算时间，一百多天，真的很长；仔细一想，开学的情景还历历在目，仿佛就在昨天。

她说："学习就像一场比赛。你的一个不经意，就会落后。我这个学期也落后了很多。记得期中考试，我好像从全年级50多名一下子掉到了80多名。这学期新增加的科目——物理，刚开始只需背知识点就行了，那几次我也考得不错。越往后学习，像数学一样需要计算，而数学我又恰巧不擅长，后来几次考得很差。但比赛还没有结束，落后的还可以追得上来。

"这个学期，我比以前爱看书了。到图书室借过几次书，觉得书没有以前看的时候那么枯燥，反而更有趣，这应该也是一种成长吧？这个学期，我不玩电脑了，也很少出门，周末基本上都在家待着，以前和村里的小伙伴们玩的游戏，也不玩了……这个学期，生活改变了许多，我自己也改变了许多。"

父母用"十全十美"这个成语来给她取名的石贤妹，评价自己的这个学期时，用了"不好"一词。"对于这个学期，我觉得不好。尤其是上课的时候，总是想睡觉。大概是在家晚睡早起的缘故吧，以至于到了学校也这样。但是在家可以白天睡觉，而学校只有夏天会午休，冬天不会，以至于我许多时候没有听讲，导致成绩下降了一些。我这个学期，明知地理、生物要中考，但是还是学不好。即使上课认真听讲，也就是那样子。我觉得应该是那些不好的习惯导致的。但是我想改也无能为力，好习惯一直都在那里。有时候只能改一点，但是我相信改了一点就是一点吧。"

写字总喜欢伴着尺子的柳欢，评价这一学期，既后悔，又欣慰。"在七年级时，我认为，不学习也没关系，不还有两年吗？到了八年级再学也不迟呀！可到了八年级，我才发现真的迟了。

"不过，我在八年级里还是努力了许多。就拿语文来说吧，在七年级时，我有时还没及格，现在基本上每次都及格了；在七年级时，自己的字有时自己都不认识，现在虽然字还是很丑，但比以前好了许多；可能在七年级时，老师还不知道我的每次周记，都是在'作业帮'上抄的，而现在就算题目再难写，也都是自己写的；在七年级时我上课老走神，做小动作，在八年级时我基本没那样了。但我知道自己仅有这些并不够，文言文我还不会翻译，课后古诗有很多不会背，所以，我要在八年级下册时更加努力了。"

我长大后不指望靠读书这条出路

常常在课堂上模仿娃娃音的柳浩伟，对自己这个学期的看法有点特别。"老师们都说八年级是初中的一个重要阶段，而我却不在乎，因为我长大后不指望靠读书这条出路。"

"这个学期里，我自我感觉变了许多。之前，我是一个很爱违纪的学生，老师常常叫我到办公室'做客'，我也是那里的常客，老师们都认得我。但是有一次，我明白了很多很多，班主任给我我无数次机会，而我却不好好珍惜。有时教训我，我还怀恨在心。现在我明白了，老师都不想惩戒我们。我从他们眼神里看到了无奈。

"期末考试到了，老师们叫我们回去多复习，而我可不这么想，因为我个人认为，临时抱佛脚，没有太大的用处。

"这些就是我总结出来的。八年级，虽说我的成绩没有明显的提高，但我在八年级却改变了那么多。这样，时间没有白白地流逝，我觉得值了！"

高高瘦瘦的杨驰，对自己的剖析很真诚。"我这个学期的表现很不好，成绩直线下降，而且还犯了好多的错误。比如，前一个月打破男生厕所的玻璃，我参与了；男寝吵闹，我也参与了；平常还总是和别的同学疯打，有时还不小心碰坏了教室里的东西。这个学期，我突变了好多，变坏了，变得喜欢欺负别人了。成绩时好时坏，为此受过老师的多次批评。老师也专门找我谈话了，叫我多用心读书，刻苦一点。但是我不爱吃苦，好多难题，我思考都不思考，简单看一下，不会做，就换做下一题。所以，好多题目都不会做。"

书写开始有了一些进步的洪遇见，谈了这个学期的"变"与"不变"。"我的好朋友说，我以前，没有这个学期的话多，也没有这个学期好吃，还开始向别人借钱了；玩游戏，也变高了，还开始迷上了电脑、手机这样的东西。但是我只有一样没变，那就是学习成绩和以前一样地差。我的朋友大多说我以前好，变了以后不太好。"

上课时一不留神就思想开小差的余晖坦言，自己的这个学期是混过来的。"每个星期放假，我就只知道玩游戏，不写作业；上课老是心不在焉，除了混还是混。现在真是后悔，非常希望下个学期能努力学习。"

柳闻言和胡培丰说的意思差不多。大体意思是，我无法否认我是一个差生，不折不扣的差生。在同学们眼中，我几乎没有任何优点；在家中只有妈妈无尽的叮咛和爸爸所谓疼爱的责备。我很自责，一次次问自己，为什么努力了依然考不好。一个差生是多么渴望老师的赞扬与同学的鼓励呀！每次有大型活动时，同学们都不带上我，只是因为我成绩不好。教室里，几乎没有我的容身之地，我觉得我好孤独寂寞……

说八年级下学期

> "时光容易把人抛，红了樱桃，绿了芭蕉。"
>
> 时光如白驹过隙，转眼间，八下又过了一大半。
>
> ——袁标航

发呆时，还想着玩"英雄联盟"的快乐

"不知所措"，是柳吉安的心声。

"以前在八上的时候，成绩总是原地踏步；到了八下，成绩直线下降。我真的不知所措，也不知什么原因。我也想努力，也想认真学习，可是根本办不到。嘴里说得很简单，实际上太难了。有好几次，我想自我反省，可是反省才一两分钟，便又想到玩了；上课听讲，也是如此，集中精力才几分钟，心里不是想玩的，就想别的什么了。"

她还说，在八下，能领悟到认真学习和不认真学习，就像大家所说的，天才与庸者的区别，就是一个更努力，一个不努力；一个能拼搏，一个不拼搏。这也是一种收获吧。

洪遇见的自我比较，值得思考。

"把这个学期和上个学期一比，当然是我上个学期背古诗要快一点儿。因为我上个学期可以回家玩游戏：只用玩两三把，我的心情就好多了；什么不好的事情在当天我是想不起来的；周日上学之前，玩四五把'英雄联盟'，我那个星期心情超好。

"这个学期，因为一件事，我就不能在家玩电脑了，来上学之前也没有玩几把'英雄联盟'了。我的心情一点也不好。心情不好，做什么事情都没有比玩'英雄联盟'后做得快。有时发呆，我还想着以前在家玩'英雄联盟'时的快乐。"

殷文嘉的一番话，让人担忧。

"在八下，我变得越来越自暴自弃，破罐破摔。因为我们的数学老师换了。于是，我想学就学，不学就睡觉，我更加放纵自己，让自己随心所欲，所以成绩

才下降了这么多。

"在八下，我犯了许多错，比如晚寝说话、上课说话、下课疯打之类的。我最爱犯的就是晚寝吵闹。因为晚寝我睡不好，好像是失眠，每次都在夜深人静时才睡着。这个毛病，我也没有跟家人说，因为我觉得这是小事。所以，我被骂过、打过、写过（检讨）。

"不过，在八下，我也在精神上领悟到了许多乐趣。现在，我渐渐对书有了一点兴趣。感觉书在吸引着我，就好像是地心引力，让我无法逃过它的手掌心。以前的我，没有一丝的爱书之意，这是我在八下所成长的。"

柳窈认为八下的生活很单调，很机械化，每天就是上课、下课、吃饭、睡觉。

她说："在八下，我们班的总体成绩下降了很多，所以很少看到班主任的笑容。他总是板着面孔。能带给我们快乐的恐怕就只有语文老师和地理老师。他们俩是开心果。上他们的课没有压抑，只有放松；没有批评指责，只有欢声笑语。当然，我也要感谢班主任徐老师，他在我们身上投入了无数心血，他给我们浇灌了许多心灵鸡汤，给了我无限的动力，让我改正了许多不良习惯。"

不再做个懒惰的人，要有精神才行

"想念"，是刘进文的对于八下的一个关键词。

"到了八下，我更加想念以前的初中生活，这使我觉得时间仿佛在捉弄人。在七年级时，无忧无虑，笑口常开，虽然也偶尔被老师批评，但那时还是比较快活的。比如——

拔草：不时和同学们说说悄悄话。

被老师批评：同学们过来安慰我，要我坚强，不怕'小石头'。

晚寝：分享趣事，展开丰富联想，有时让人笑掉大牙。"

他说："这些事都深深地印在我的脑海中，总能让我想起他们笑的样子。自从到了八下，学习越来越紧张。开学之初，学校组建了一个八（6）班，我的一些老同学都被他们挖过去了。顿时咱们八（1）班的气氛冷淡了许多，还大大地挫伤了我们的士气。"

"觉醒"，是吕阳的一个感受。"我在这个学期，学习有所进步，但在这时才觉醒似乎有点晚了。期中考试时，我的成绩是 151 名，但班主任说过只有前 150 名才能考入高中。所以，我还有努力，争取进入前 150 名才行。"

他还说："我不再做个懒惰的人，要有精神才行。在这个充满故事的八下，我要正式改变自己的命运。曾经的我，遇到自己不擅长的学科便自暴自弃。这些坏习惯，我都要改掉。"

"成长"，是刘菁对自己的一个发现。她说："在这个学期里，我做了许多非常有意义的事，我发现自己成长了许多。因为家里有点特殊原因，我经历了很多困难，所以我比原来更坚强。

"在这个学期里，我懂得了报恩，我赢得了奶奶的微笑。我帮家里做了很多事，从只会看电视的女孩，逐渐成了一个能体贴爷爷奶奶的少女。"

"独立"，是洪强的一个切身体会。他说："我现在已经读八下了，也有自己的思想了。不像七年级那样，让妈妈帮我准备被子、盆子、牙刷、蚊帐。这些小事，我自己都可以独立解决了，不用妈妈太操心了，也不用妈妈老是唠叨了。"

八年级下学期是逐渐长大的标志

"恐怖"，是吴悠对八下的形容。"因为八下地理和生物就要进行中考了，我们又分出了一个培训班，那里全是成绩非常好的人，那时非常恐怖的。在那班里，老师讲的都是比别的班难很多的题目，甚至是奥数题。还让我们考试，考得非常的频繁，太恐怖了。地理和生物，现在每周要考两次，太烦人了。这样天天考，谁受得了呀。"

他还说，每天晚上要上三节自习，和九年级差不多。每次上自习时，都只想着睡觉和什么时候下课；每天早上还要早起，睡眠不足，让眼睛时常发痛。但八下和九年级是为了考上好高中而刻苦的，所以要坚持下来。

"至关重要"，是冯晓萱对八下的一种看法。"八下的生活比八上紧张，毕竟中考的分数决定我们的命运，考差了就不是闹着玩的。"

她感叹道："马上就要'小中考'了，之后就是期末考试，再过一个暑假就九年级了。想不到时间过得那么快，当初背着书包第一次走进校园时，是多么的多么的天真多么的傻，慢慢地，经过许许多多的磨炼，我们也像个初中生的样子了。时光从我们的指缝里溜走，转眼间也快九年级了。"

她这样给自己打气："八年级很重要，八下更重要。我的梦想是一中，要一中不要五中。我要努力啦，成绩不能再掉啦。"

袁标航这样评价自己的八下："八年级下学期是初中的一个重要阶段，它即将要面临的是地生中考和九年级的冲刺，是初中生涯已过去大半的提示，是我们逐渐长大的标志。"

他说："在八下，成绩似乎有了一点点变化，退步了一点，差点儿就退出了年级前十名。所以，我要更加努力，做回从前的那个自己。

"在八下，认识了更多品学兼优的同学，因为我进入了培训班。培训班里高手如云，压力十分大，但我希望自己能挺住这股压力，化压力为动力，勇往直前。

"我在八下，应珍惜时光，不负大好青春年华，努力学习，将来做祖国的栋梁。"

当八年级遭遇青春期

虽然，这些小男生、小女生们，生活环境大同小异，学习环境几乎雷同，平日表现也没有太大区别；然而，一旦走进他们了他们的内心世界，却发现每一个孩子都是一本传奇故事。

老师们常说，"七年级不分上下，八年级七上八下，九年级天上地下"。意思是，初中阶段不同年级，会有不同的特点，学生之间的差异现象会越来越显著。这应当具有一定的道理，随着年龄的增大，年级的升高，儿童的个性会越来越鲜明；再加之由于学习基础的不同，家庭教育的迥异，这种差异现象便会逐渐形成某种变异。

从《说八年级上学期》和本文看到，他们表现出来的对体型的关注，对缺点的认知，对性格的完善，对前途的困惑，对来日的希冀，对人际的关切，以及对学业的困扰、逆反心理的形成等等，俨然一副"小大人"模样。这是年龄特征的自然表露，还是时代特质的集中体现，似乎无法很清晰地判断和区分。但有一点可以肯定，他们与七年级相比，八下与八上相比，思想和心志已经成熟了许多。

一些学者和一线教师，早已关注了"初二现象"。比如，一些家长常常感叹着：孩子叛逆心太强，沉默寡言，开始了锁抽屉，更爱美，早恋，等等。一些学者认为，八年级既是发展的危险期，更是教育的关键期；美国心理学家霍林沃斯还将其称之为"心理性断乳期"。显然，八年级正好与青春期叠加，催生了儿童自我意识的膨胀，情绪波动起伏增大，性意识的骤然增长，对自由平等的盲目追求，性格的闭锁性与社会的开放性产生矛盾等，使得"初二现象"愈加明显。

同时，青春期再叠加留守，更使得初二现象更为显著。《2016 年中国农村留守儿童现状调查报告》对于这种现象有一个较为权威的调查和较为客观的分析，笔者且援引如下，以期引起更为广泛的关注——

初二留守学生在学习及校园生活方面遇到的障碍更多，上学迟到(49.8%)、逃学(8.7%)、不想学习(62.8%)、对学习不感兴趣(67%)、听不懂老师讲课内容(86.3%)、遇到问题没人帮助(68.4%)、没做完老师留的作业(62.7%)，以及被老师惩罚(75.2%)。比例均高于初二非留守学生，分别相差2.3–14.4个百分点。

初二留守学生与父母的关系更差，经常和妈妈交流(64.3%)，经常和爸爸交流(57.9%)，而被父母训斥吓唬的初二留守学生比例最高。

同时，寄宿留守儿童的问题更为凸显。

寄宿留守儿童各种需求的未满足程度高：一是学习辅导不足，不能满足寄宿留守儿童的学业需求。二是生活单调，不能满足寄宿留守儿童的精神需求。三是情感支持不足，不能满足寄宿留守儿童的心理需求。七成多(76%)留守儿童表示在住校期间想家，仅两成多(23.9%)表示生活老师会经常找他们谈心（笔者按：事实上，农村寄宿制公办学校，一般没有生活老师）。四是管理不到位，不能满足寄宿留守儿童的成长需求。寄宿学校的软硬件设施较差，生活卫生设施配备与维护状况不容乐观。安全状况堪忧，有87.5%的寄宿生表示宿舍中发生过丢失财物的现象，57%表示宿舍里有同学拉帮结派欺负别人。

说九年级

最擅长活跃气氛的雷俊宏，谈起九年级却也有些色变："想起九年级，我觉得好恐怖，甚至觉得有点不想去读了。因为九年级起得比鸡早，睡得比大家都晚。九年级的同学，吃饭必须最快完成，每餐总是我们才开始吃，他们有人就吃完了。我认为我的压力是比较大的，因为我的成绩不稳定，时高时低。"同时，对于九年级，他还是充满信心，"我觉得我九年级应该有一米七吧，而且成绩也不错。为了成绩，八年级要努力，九年级就不用那么辛苦了。"

在柳窈看来，九年级这样的："初中生活，真不好混；九年级的生活，如监狱般漆黑。"在她看来，九年级如机器里的齿轮一样，重复而又枯燥地运转着。当然，她还有另一种心态："虽然枯燥的学习让人头痛，但如果你有 100 点痛苦，你也可以有 101 点快乐。"

剃着蘑菇头的柳浩伟也有"地狱"的看法："我眼中的九年级和地狱差不多。九年级有无数的作业；九年级要把七八年级两年的学习内容都复习一遍，还要加上一门新课——化学，这样，学习任务就更重了。我很贪玩，到那时候就没时间玩了；我平时成绩差，一到考试就不知所措，到中考时，更甭提了。"

瘦瘦的、腼腆的王杨，讲了表哥的情况："我表哥读九年级，他每天都要多上一节课回家，好晚呢！而且每天五点多就起床，我到学校时，他早就开始读书了。可见，九年级是多么惨。早上学，晚回家，周末没有时间放松，一大堆作业，看着都让人烦，所以九年级可真的不好读呢！所以，我们现在八年级同学，要作好九年级准备，让自己在九年级不太受苦。"

小男生方浩嘉，引用了班主任在七年级时说的话："七年级不分上下，八年级七上八下，九年级天上地下。"他说很害怕九年级，听小区里的人说，九年级竞争很激烈。他认为，九年级的学习很紧张，要面临人生的第一次考验，没有考好就会淘汰，走向社会；本来一些人头脑非常好用，但是如果中考没有发挥好，一块栋梁材也许就废了。所以，对于九年级，他又爱又怕，最害怕自己沉迷网络游戏，成绩一落千丈，在中考中被淘汰。

二

平时不喜欢说话，但一说起来有往往很有见地的石贤妹也说，九年级是很难熬的一年，每天早上起床，天都没亮，晚上很晚才下自习，而且九年级平时都没有什么课可以让他们放松；每天的课余只有吃饭和上厕所；每天除了上课还是上课；每天都在重复着昨天的做过的事情，过得那么无聊。

石贤妹认为，九年级只有一项是好的，那就是每天早上可以吃到包子；之所以能吃到包子，是因为九年级太苦，老师们都心痛，所以让他们提前下课，让他们能吃到好的，能弥补一些失去的精力，好认真读书。

性格较为乐观的柳欢，谈起九年级，便打开了话匣子："九年级是中学里起得最早、睡得最晚的一个年级，是作业最多、玩的时间最少的一个年级，因为我们将要面临的是中考。"

她很感性地讲述了她目前所感知到的九年级。她说："在我的眼中，九年级好像只有十分钟下课时间。走过楼梯间，总能听到英语听力的声音；在大课间时，我们可以开心地玩，而他们要跑步、跳绳，因为中考要考体育；下课时，小卖部里只有七八年级学生的欢笑声，却没有九年级同学的身影，因为他们要上课。"

柳欢也谈起了自己的打算："我也知道还有一个学期，我也要进入九年级，和他们一样整天忙忙碌碌。但是只要成绩优秀，那些累又算得了什么呢？心态好的人会将其转化为动力，让自己更加完美的。"

吴自豪一如既往地保持着他的好心态："九年级的学习生活虽然十分辛苦，但我们的学习压力不能太大，该玩的时候还是要玩的。因为玩，可以让人放松心情，让我们的压力减小，但不能沉迷于游戏。我们只可以星期天玩一下。如果一直玩手机，那么你的成绩会下降，你也没有心情去学习了。另外，九年级的课比七八年级多了很多节，所以，我们要保证好自己的休息。"

柳雨把九年级和旅行联系在一起。他说："现在我已是八年级，九年级结束后，我将代替父亲去旅行。但旅行方式还没确定，这必须看我中考考得怎么样。"他还说，九年级是最为关键的一关，若是考上了高中，我们就会离梦想更近；用小说里的话来说，叫作"突破"。

身材修长、性格文静的杨驰，谈起九年级，视角有些独特。他说："我眼里九年级的人，都是非常高大的，因为他们比我们高一个年级，就比我们大一岁。但是，我13岁，身高一米七，力气也算大，而有些九年级的人我还矮了许多，力气也没有我大。我也不知道为什么，见到九年级同学，我总要避让，因为我总是怕别人打我们。即使有一些人比我矮，我打得过他们，但他们一下子叫几个高大的人，吓得我们赶紧跑……反正九年级的人，我觉得很无敌。"

三

体重明显增加的吴悠，说他的眼里，九年级有喜也有悲。"九年级喜的是事情有点儿少，九年级的人都在认真学习中。不过，九年级有几个福利，那就是可以提前三分钟去食堂吃饭；在上早操时，不用出去，可以不被寒冷给折磨；还有课程少了两科——地理、生物。特别是生物，我们上课简直就是在'排雷'，你没有背课文、知识点，你马上就会被'炸死'的。另外，九年级可以不需要打扫卫生区。

"悲的是，九年级一个星期只有一节体育课。九年级的人，每天很早就要起床。有一次，我起来得很早，可是一出门，向九年级一望，教室的灯全亮了。在路上的九年级大哥哥一边跑一边说，快迟到了，快迟到了。九年级晚上要上三节自习，培训班的同学还要再上一小时。早起晚睡太辛苦了。"

成绩比较优异的袁标航，对九年级则充满了想象与好奇。他说："在我眼中，九年级是非常紧张的，让人处处有危机感，考试频率肯定很高，所以每时每刻都要有准备考试的状态。神经末梢就如箭上的弦，要时时刻刻地紧绷着，不能有一丝懈怠。如果放松了一下，成绩就会像箭一样，飞向远方了，你要好久才能找到它。

"在我眼中，九年级又是很充满激情的一年，因为中考大关将至，每个人都会全力以赴，满怀激情地学习与竞争，希望最终考入理想的高中。

"在我眼中，九年级又是充满悲伤的一年，因为三年的同学又要各奔东西了，即将离开母校，谁不悲伤呢？"

向来不知愁滋味的余晖，说起九年级，似乎也有点黯然神伤："九年级，也是分离的时刻。九年级一结束，就有人到一中，有人进普高，有人读理工学校，也有人进入社会了。"

四

在刘进文的眼中，九年级没有空闲时间，需要全身心地投入学习，不是太自由；在杨毅的眼中，九年级的功课太难，自己又不会作文，会不太开心的；在胡培丰的眼中，九年级天天考试，都烦死了；在程曦梅的眼里，九年级的竞争好残酷；在李曦的眼中，九年级每天都埋在试卷里，有做不完的作业，升学压力大；冯晓萱说，九年级是要废寝忘食，早出晚归；柳吉安说，九年级时要更加努力上进，充满自信；陈瑾说，九年级时，上课要更加认真听讲，感觉是很美好的；吕朗说，要发愤图强，考上理想的高中；柳朝晖说，九年级时冲刺的一年，但最需要的是快乐……

显然，在八年级学生的眼里，作业多、考试多、休息少、压力大是九年级学习生活的几个关键词；而这些关键词都需要十四五岁的孩子一并承担，似乎有些残酷。乡村如此，城市更甚。

与此同时，在一些学校里，到了九年级便每周一统考，每考一排位，更是硝烟密布，黑云压城。在一些家庭里，家长常年外出务工，对孩子不闻不问；一些家长对考试位次的过分关注，让一些学生容易产生逆反心理，自暴自弃。

五

有人说，八年级的第二学期是整个初中学习阶段的分水岭，这是有一定道理的，因为初中学习的难点在这个阶段将集中出现。这不仅只是在学习上，同样是心理上。这对于学生和家长都是一个重大的考验。那么，作为八年级学生应该做好哪些准备呢？

首先是心理准备。面对九年级和中考的压力，我们必须要坚强，作好充分的思想准备，在心理上战胜自己，防止未战先败。其实，可以不妨这样想，中考不过是"中等的考试"，将来还会有高考，时时处处还会有各种各样的"人生大考"。

其次是劳逸结合。休息不好，就没有充沛的精力面对较大强度的学习，也就达不到学习的高效，既浪费了时间，又累坏了身体；劳逸结合，合理分配好作息时间，才可能事半功倍。所以，无论课业再多，也要加强锻炼，好身体才是学习和发展的本钱。

第三是学会学习。如果小学和七八年级偏重死记硬背，简单的题海战术也许还可以应对，那么到了九年级这些方法可能需要调整了。我们要立足课本，重视基础，灵活运用各种知识，举一反三。其中，主动预习和及时复习尤为关键。对于自己不太理解的知识点，要做到心中有数，并及时攻克。

　　第四是拟定目标。恰当的学习目标，可以鞭策自己不断向前。目标的定位，简单地说就是"跳一跳，可摘到"。

　　第五是脚踏实地。一步一个脚印，切勿好高骛远。踏实地上好每一节课，认真地做好每一道题，充实地过好每一天。按照老师的要求和进度，把握眼前的每一项学习内容，不要让自己无厘头地忙得不亦乐乎。

　　第六是坚持阅读。这里说的是课外阅读，饭前饭后，周末假日，有空便读一些好书，比如名人传记、科学小品、精美散文等。一方面可以扩充自己的知识容量，另一方面还可以调适自己的身心。这不光是为了应对中考，还可以为人生的远大目标作好奠基。

说高中

一

柳雨是个学习很刻苦的学生。在他的心中，高中是"天堂"，是"天使之城"。"对于我来说，有一个天堂，那便是高中。它建筑宏伟，壮观至极。我理想中的高中，拥有最好的学习装备：有华丽的教室，壮观的科教楼。教室里面有整洁的课桌，科教楼里有称心的器材。高中有最好的老师，有文明优雅、诚实守信的学生。大家都有着远大的抱负。"

王杨谈到了当年的见闻和感受。他说："以前姐姐就读高中，那里很大很大，而且生活很苦很苦。以前姐姐读高中时，她一个月才回来一次，每次回来都发现她一直在抢作业，做完了才和我玩；第二天下午又要上学。可见读高中比小学、初中更难，更苦啊！"

当然，王杨不光是叫难叫苦。他说："在读八年级时，我们就要做好高中的准备，要提高自己的学习成绩，培养自己的独立生活能力；然后充满信心面对高考，考一个好成绩，考进一个理想的高中；一句话，我们还在等什么呢？赶快作好进入高中的准备吧！"

目前还不是很用功的柳浩伟，关于高中的设想说得很实在。他说："我心中想的高中，也就是大家常说的'普高'，随便地度过高中，混个大学文凭就够了。"

柳浩伟说："心中的高中，有好的老师和好的生活环境就够了，其余的也就无所谓了。我希望在高中三年里，结交一群好朋友。"

关于环境，他说，高中的教室和寝室应该都有空调，校园里有成林的大树，这样，饭前饭后就有一片林荫可以散步了。

关于老师，他说，高中的老师如果爱打人，那就惨了，"像我这么调皮，一定会被打惨的。"

柳浩伟很忧虑："哎，我希望上了高中，学习任务不会太重，老师不爱打人，生活条件好，就行了。"

胡培丰想象了高中晚自习结束后在寝室里的一个场景："亲爱的床啊，我回来了！"十点钟的铃声响起，室友们一个个高呼着跑回宿舍。这个说："热水泡脚，真舒服啊！"那个说："此乃人生一大快事也！"……直到听见宿舍值班老师呵斥道："别闹了，明天早上又起不来了！"

二

柳欢对于高中，主要有两点希望。一是，进入高中能变得更合群。她说，记得第一次上初中时，一天没有笑一次，板着脸，没有胆子和别人打招呼，只知道和小学同班同学玩。别人问一句，她就答一句，因为刚开始不适应，也没什么朋友，觉得自己被这个世界淡忘了。

二是，希望在高中能认真听讲。现在上课爱走神，自制力差，希望进入高中后能改掉这个不好的习惯。

她说，高中离我们已经不远了。如果没有考进高中，那么就要进入社会，就会为自己的很多事发愁。

个子不是很高的吴自豪，一谈起高中，就想到了大学。他说："高中是一个最紧张的学习阶段。因为高考后，就是上大学。可是否能考一个好大学，取决于高中三年的成绩好坏。"

吴自豪很坦诚地说："我希望，我可以在高中时期少玩些游戏，多一些时间用来学习。高中，我希望自己的身高可以长高一些，希望自己在高中可以少用点钱，多理解一下自己家人的心情。我希望高中的老师用心地去上课，希望班主任也像我们现在的班主任一样，上课的时候多讲一些笑话，多一些幽默感。"

学习成绩还不错的石贤妹认为，高中应该没有初中那样轻松，因为初中学的知识都比较敷浅，除了对某些问题需要深入讨论之外，基本不会遇到很深的问题。但要知道，上了高中，我们面临的问题，不再是那么简单和具体，高中是我们在思维上的一个飞跃，我们要从不同的角度去思考。

石贤妹认为，我们应当掌握两点学习方法。一是预习。预习最重要的是发扬自主学习的精神，减少对老师的依赖性，增强独立性，改变学习的被动局面。在预习的时候，发现不懂的地方，听老师讲解后就可以更有针对性了。二是听讲。听老师讲课，是获取知识的最好途径，老师的传授，是老师长期实践的精华。

石贤妹说，高中是一个不同于初中的成长阶段，我们只有不断地严格要求自己，才能有所成功。

三

方浩嘉用"小目标"来形容高中。他说："我的第一个小目标是考入黄梅一中。那是黄梅最好的高中。教学质量、环境都非常好，学生的素质也很高，旷课、逃课上网的事几乎没有发生。但那是一个需要我们自强不息的学校。高中生活是艰苦的，我一定要渡过难关，完善自己。所以，在学习中，我要更加细心，更加认真，不再痴迷于网游了。"

说到高中设想，一向笑口常开、喜欢打篮球的袁标航似乎陷入了沉思。他说："初中之后，就是高中了。那时我会身处何地？我的成绩又如何？总之，我对高中充满了想象。"

他说："到那时，我应该会长得很高，一身男子汉的气质，会与同学们在篮球场上拼球，会在无尽题海中寻找知识的钥匙。

"到那时，学习会更加紧张。因为高中三年又是弹指一挥间。而三年过去，就是人生的转折点——高考。如果顺利，你的人生就走对了一半；如果失败，你的人生就走错了一半。

"到那时，学科会越来越难懂。我们必须保持清醒的头脑，上课认真聆听老师的讲解，课余及时巩固复习，这才能完成学习的一半；还有一半，必须靠我们勇于进取，勇于钻研才能得到。

"到那时，我会结交许多朋友，有几个可能情谊深厚，所以，我要把握好人际关系，争取在高中三年获得更多更真挚的友谊。

袁标航说，正是因为以上原因，所以对高中充满了期待。

雷俊宏谈起高中，也开始沉重起来。"高中，我想读一中，但是现实是残酷的，以我目前成绩看，在快要挤出去的边缘徘徊着。

"高中，我想认真学习，努力努力再努力，考上一个好大学。我对高中的期望是非常大的，希望我能够达成。

"高中又是一个新的开始，三年后就是决定你一生的命运的时候了。有的人考得好，就飞黄腾达；有的人考得不好，就泪水两行。我舅考了一个一本大学，现在工资一月有一万七了；而没考好的，恐怕一年连五万都没有吧。

"高中，我一定要餐餐都吃饭，要把个子长起来，还有适当锻炼，让自己有身材，让自己以后不会成为'单身狗'。"

四

笔者作了一个问卷调查，在本班 52 名同学中，希望能考入黄冈高中的有 1 人，希望能考入黄梅一中的有 29 人，希望能考入"普高"的有 18 人，选择理工学校的有 4 人。

从以上数据来看，所有的学生都希望在初中毕业后，能够继续在校读书，而不愿意直接进入社会；希望能考入黄梅一中的人数最多，这与该校的教育质量高、社会反响好、办学条件优越有着密切的关系；希望能考入"普高"的学生和选择理工学校的学生，大多对自己的学习成绩有着比较清醒的认识。

从本县近年录取率来看，约有 18% 的学生能够过黄梅一中线，约 65% 的学生能够过普高线；从本校实际来看，一中录取率和普高录取率，比全县平均值高 5–10 个百分点。

一般而言，像黄梅一中这样的"省重点"，学校文化氛围浓厚，在师资方面有比较明显的优势，同时在校风、学风方面也相对优化，这让更多的学生能有一个良好的学习环境；但是即便再好的学校，也不是绝对没有违纪、逃课的学生，只是比例要少许多；同时，从一些所谓的名校毕业的学生，步入社会之后，将来在"同学资源"这一块有着一定的优势。

从访谈学生情况来看，目前成绩较为优异的同学，往往比较关注高中的学风和师资；而初中成绩较为滞后的学生，大多较为关注高中的办学条件，关注在高中的生活"是否舒服"。

一些已经意识到自己有网游毛病、学习不用功的学生，往往把希望寄托在九年级或高中，期待到那时"痛改前非"，显然，这是不切实际的；最好的办法，是及时回头，把握好当下。没有当下，何谈未来？

无论成绩好坏，大多学生比较看重能在高中结交几位好朋友，这是少年的共同心愿。关于这一点，往往是家长和老师容易忽视的地方。家长和老师并没有把焦点集中到学生的情感需求和交往需求上来。这需要我们加强关注和适当调整。

男孩子期待更高大，女孩子期待更漂亮，这既是一种生理需求，也是一种心理需要，还是一种安全需要。这是符合青春成长规律的，因为任何一个人，都希望能得到他人的尊重，对于少男少女而言，这种期待被尊重、被关注的意识更为强烈。

五

　　显然，更多的学生把读高中，仅仅看作是一个通往大学的桥梁。也就是说，在他们的心中，高中的一切都是为了考大学所服务的；此外，少有其他价值。我们不能说这种想法是错误的，因为在这个功利时代，大家也许都是这么想的。

　　笔者想说的是，高中三年，除了是"增长知识"和"服务高考"这两个目的之外，还应当是一个"体验艰辛"和"完善心智"的重要阶段。或许，从人生的终极意义来看，"体验艰辛"和"完善心智"比"增长知识"和"服务高考"更有价值。君不见，有一些没有读过大学、甚至没有读过高中的人，仍然成了行业佼佼者，甚至是时代精英。

　　同时，笔者也认同"可能性"一说。有人说，高中的三年时光是个收集和播种种子的岁月，这些种子有一个名字，叫作"可能性"。现将其摘录如下，供参考：

　　　　可能性的意思就是：可能实现，也可能不实现。那些精通数学的男孩子，或许日后就是了不起的工程师，或许成了让人艳羡的金融精英。那些热爱打扮的女孩子，很可能以后在时尚媒体里引导着潮流。那坐在最后一排总是被老师点名的调皮男孩，篮球打得那么好，说不定就是另一个姚明。

　　　　高中是人生尽可能多尝试和收集各种可能性的阶段。人们永远不知道此时此刻正在投入做的这件事情，在十年二十年之后对自己的影响。那些种子，总在意想不到的时刻发芽。

　　　　如果读高中的岁月能在生命中留下这样那样的可能性，那读高中也就有了真正的意义。

说大学

一

谈及大学设想，王杨说："我觉得大学肯定比现在的学校大得多，各种东西也很完善。""我设想的大学教室一定十分干净，墙上不会有墨水。""老师很慈祥，但有时也很严厉，学校也不会有什么违规的事情发生。比如不会乱扔垃圾，不会乱骂人等。寝室都会有卫生间，免得晚上洗不了澡。"

杨毅说："考上大学是每个人的梦想。上大学可好了，一天只上一两节课，其余的时间想干嘛就干嘛。这可真是我理想的学校。""在学校里散步，和几个同学一起闲谈，再到店里买点东西吃，一起上街玩，一起喝奶茶，一起玩手机游戏……"

喻金圣说："如果不用每天写那么多作业，拿着手机想玩就玩；每天只用上几节课，还可以不上课：这就是大学。在大学，我一定要学理科。我的文科太差，是没希望的。这便是我的大学设想。"

朱文鑫说："大学是什么样子的，真的让人很向往；大学的魅力是无限的，让人很想见识一番。""大学里鸟语花香，有很多大树和鲜花，学生们在教室里认真地学习……我心中的大学，是那么美丽，那么好的。"

柳雨说："大学是一个非常宏伟的'皇宫'，我虽然没见过大学，但我可以想象。里面的装备都是最高级的，建筑物都有五六层，校园面积很大；它位于城市的中心，有着不一般的课程，里面的老师都会很高级；同学们都善解人意，乐于助人，没有那些逆天的恶事发生。"

二

"我将来上的大学将会是什么样的？我的心中不免泛起疑问。"然而一向刻苦上进的程美玲，也没有具体地回答这个问题，她只是说，"大学，我从小就懂憬着，总希望自己快快长大，盼望着进入大学的那天。"

表现同样优秀的李曦，谈得很有诗意，但似乎也比较空洞。她说："在我设想的大学里，每个人都很轻松，因为最重要的两次大考——中考和高考都已经过去了。但是有些爱学习的人还是在努力学习，每天都泡在书里，无法自拔。""一个好的大学，还要有好的学习环境，绿树成荫，每天走在鹅卵石铺成的小路上，与路旁的植物花卉擦肩而过，望着蔚蓝的天空中飞翔的鸟儿，很自然地联想到'海阔凭鱼跃，天高任鸟飞'。"

吕嘉豪有点自己的想法："有人说，大学四年是天堂式的享受。但我想要的是有意义的大学生活。我想考上理想的计算机系，创造一种奇幻的、好玩的网页，自己先体验一下，然后让中小学生们又有新的网页，与好友们一起欣赏。""在大学期间，我可以建立一个属于自己的网站，与同学开一个属于我们自己的游戏公司，开发一些高难度的、益智的、好玩的游戏。这些基本就是我上大学的设想。"

比较喜欢阅读的石晨说："大学，我希望考入一个好一点的大学。这样以后毕业了，就会好找工作些。有了工作，就会有钱，然后在大城市买一套房子。在大学里，我想考上军校，去当兵，参加海防，守卫边疆，或者跟随部队去打仗，让别人不敢侵犯中国。或者毕业后，自行创业，成为一个商业大鳄；或者成为一个旅行家，游览世界各地；或者成为一个美食家，尝遍天下美味……这一切都是未知，需要努力去实现。"

三

两位教师子女，不约而同地把武汉大学作为自己的奋斗目标。

冯畅说："在我的心目中，有一所我向往的大学。虽然这是难以实现的，但这是我的梦想，这就是武汉大学。

"武汉大学，是我小学就定下的目标。当时的我幼稚无知，不知这个想法是难以实现的，但我相信，只要努力，即使没有实现，也没什么遗憾；就算别人说我是'癞蛤蟆想吃天鹅肉'，就让他们去说吧，我走我自己的路。

"武汉大学，有着许多樱花，能在这么一个浪漫又幸福的校园里学习，那该有多好啊！"

冯晓萱则结合自己的亲身经历，因此谈得更具体一些。她说：

"四五年后，我们会拉着行李箱，背着双肩包，来到自己理想的大学门前。爸爸妈妈的一些同事总是说我能考上清华啊、北大啊之类的顶尖的大学，其实我真的很讨厌这些话。我的成绩并非很好，只是说还可以罢了。我清楚我的实力，我也清楚我的目标——国立武汉大学。这所学校听起来那么遥不可及，也许我努力努力，就能考上了。

"暑假的时候，爸爸带我去过武大。那是一座很美、很大的校园，历史悠久，学校内遍布林荫大道。当然，我最向往的，还是那樱花大道了。我没有亲眼看到樱花盛开的场景，但我从网上看到过。武大不愧为樱花大学。

"大学的生活，是自由的，是繁忙的，是遍布挫折的，但我会努力，为我的目标努力。"

四

对于乡村少年而言，大学是一个梦。一些孩子认为，上了大学，就万事大吉了，就可以不需要怎么用功学习了，就可以自由散漫了；些孩了认为，考大学就是为了将来能找到好工作，过上舒适、幸福的生活。这些想法一方面是受到他们上一代人狭隘的乃至是错误思想的影响，另一方面也是地处偏僻、信息闭塞的原因造成的。

显然，真正的农家子弟，尤其是家庭教育比较缺失的孩子，对于大学的了解，会比较局限；阅读面比较宽一些的学生，对于读大学的目的，认知得相对正确一些、深刻一些；真正游历过几所名校，或是父母及其本人较为关注大学方面信息的孩子，往往会认识得更为感性、更为全面一些。

认识得越全面、越具体，对于青少年学生的生命成长，会有着一种目标的激励作用，一种价值的引领作用。从这个意义出发，越是农家子弟，越是偏远地区，越有"认识大学"课程的实施价值。家庭，应当在从初中（甚至小学）起，每年有计划地带着孩子游历几所大学；学校，应当在日常的教学中，增加此类教育。通过家校两方的协作，为学生奠定正确的"大学观"。这是一个急需提上日程、急需切实上好的课程。错过了特定阶段，往往会贻误终生。

为什么要读大学？创新工场董事长兼首席执行官李开复，在一封信中说得很全面：

> "读大学的目的不是为了获得一纸文凭。在大学里，最重要的事情是打好基础、学习如何学习、培养独立思考学习、离开家庭独立的机会、练习与人相处的技巧，这也是人生一次专注学习的机会。"

同样是这个问题，清华大学生命科学学院院长施一公给出了另一个答案。他说：

"当然，我们为了学知识、充实自己，但一定不只是为了学知识！甚至在你这一辈子的过程中，在大学里学习的知识只是其中很不重要的一部分。我们也为了学技能、学习解决问题的能力，但也不只是为了学技能！甚至学技能也不是大学教育中最重要的一部分。

"那么最重要的是什么呢？我们为什么来大学呢？我以为，是学做人。做人并不是一定要做我们觉得可望而不可及的英雄模范，更不是要学八面玲珑会做人的那个'做人'，我觉得是学做一个健全的、有自信的、尊重别人的、有社会责任感的人，大学最重要的目标就是培养这样的人。大学最根本的一条就是帮你树立社会价值观、人生观……"

说职业准备

一

谈起职业准备，许多同学不约而同地选择了医生。

刘进文说："我的梦想是当医生，因为它的意义重大，不仅能治好自己的病，也能治好别人的病。要想当好医生，就必须学好生物。我上生物课时，认真得不得了，及时做了笔记，既为生物考试作准备，也为将来实现梦想作准备。"

陈瑾说，医生是一个伟大而神圣的职业，他们不惜劳苦，日夜看诊，救济了无数身患绝症的人；医生是一个光荣且有爱心的职业，他们舍己为人，劝慰家属，认真仔细地为每一位患者检查，连自己生病了也在所不辞。

"我的梦想就是当一个医生。为患者尽心尽力地服务，是每一个医生的追求，但当医生，不仅要有面对没医治好患者的风险和承担责任的勇气，还得有别具一格的创意。

"但我又讨厌医生，因为打针真的很痛。记得有一次，我因生病到卫生所治疗，一名医生给我作了详细的检查后，说最好要打一针。我听了心头一紧，心中暗暗祈祷，千万不要那么疼。可是该来的总是会来，不一会我就被带到输液室。医生拿起一个小针筒，我趴在床上，消毒过后，我感觉到屁股猛地一痛，针头已经扎进去了。打针的时间真的很漫长，好像过了一个世纪。而我也流了一个世纪的泪。

"医生是一个让我又恨又爱的职业，但是我不能一叶障目，不能不去完成我的梦想。"

柳妍妍说："我这个人，一个鼻子，两只眼睛，一个嘴巴，两只耳朵，才不出众，貌不惊人，可我一直为我的梦想——做一个'白衣天使'而准备着。"

她说："我总喜欢到学校图书室借书。有一次，庆幸地翻到一页。也正是这一页一直激励我拥抱这个梦想。书中说，蝴蝶一生中有四个重要阶段：卵，幼虫，蛹，成虫。突破蛹这一个过程，就会拥有一双薄薄的翅膀，带你去飞翔。这不正是在说我吗？我是一个不愿变也永远成不了公主的灰姑娘，但我要学会勇敢。只要我坚持突破学习这一难关，我便可以成为蝴蝶自由飞翔了。对于有的人来说，学习只要九年，但是我却不行，我要读十六年的书，我要大学毕业，当一名医生。"

程曦梅也说，她的梦想是做一名医生。"我之前的梦想，是做一名音乐老师，可我没那个天赋，我便转行了。星期五的晚上，我做了一场梦，梦到自己真的当了一名医生，并且刚有一位病人被送到医院来，准备开刀做手术。主治医生就是我，可我不敢下手……过了一会儿，院长对我说，世上最难战胜的敌人就是自我……从那以后，我一直记得院长和我说的话。战胜自我，战胜心魔，我将为我的梦想、我的职业作好充分的准备。"

柳朝晖说得更直接，想当同济医院的一名医生。

二

吕阳认为，"职业"，现在离我们还有点远。"但我希望，我的职业是一位篮球运动员。因为我喜欢打篮球，但技术不是很高。"

吕阳认识到："做一名篮球运动员并不是很容易，首先要身高，二是投篮技术，以及一些基本功。"

"我力争成为一名职业篮球运动员，到一个球队效力，打好每一场比赛。如果我真的成了一名篮球运动员，一定要为我的球队争取总冠军，登上最高领奖台，高呼着'我们是冠军，我们是最强的球队'。"

吕阳说："梦想是美好的，但现实是残酷的。为了能成为一名篮球运动员，我会苦练篮球，学会基本功。但打篮球不是目的，争取考个体育大学，再练习篮球。现在的任务是努力学习，拼搏奋进！"

柯岩的想法和父母有点冲突。"父母希望我去当医生、教师，可我自己心里明白，他们的要求和我有天壤之别。我完成不了他们的期望。我在初一就想好了以后要干什么，为我以后的职业准备了很久很久。我想当一名职业歌手。我不会放弃，即使父母不支持，我也会去完成我的梦想。从现在开始，准备好一切，去做我自己想做的事。"

洪强也希望自己以后能当上一个歌手。"我儿时看电视，在音乐频道，我看见了里面的人打着鼓。我便想尝试一下。一会儿，又有一位姐姐在唱歌，我被这美妙的歌声打动了。算了，我还是学唱歌吧！我从家里翻出了一个大话筒，插上电源，唱了起来，妈妈闻声而来，'谁在这大喊大叫的，吵死人了！'我伤心极了，但我没有放弃我一次又一次的准备，然而，别人每次都说我唱的难听极了。终于有一次，我在家中唱着歌，妈妈走了过来，'嗯，这次唱得还不错。'我顿时开心极了，一蹦三尺高。"

"我信心大增，我一定要再接再厉，让我的歌声更好听，我又开始了我的练习。每天吃完饭就跑到楼上，和电脑一起练歌；再到手机里，全民 k 歌，每次 A，有一次 S，我要更加努力。"

"我有时练歌饭都不吃，有一次改变了我的'命运'。在一个晚上，妈妈去跳广场舞，我在旁边看着。无聊极了，我便开始唱起了歌。结果，路人都被我的歌声吸引了过来，'这孩子唱得不错呀！'从那次以后，我唱歌的时候，旁边都有人围着我，我就成了我村的名人。我希望我能发展下去。"

冯畅也说，自己最希望将来能成一名歌手或演员。

吴悠的梦想，也很具体，还有点小特别。"我想尝遍天下美食，所以我想当一名美食家。当一名美食家不仅要会品尝，还要会做菜。只有你的菜做好了，味道好了，那就自然有人去请你品尝美食了。我会一直为这个职业做准备的，比如，我现在做的蛋炒饭就不错呵。"

余晖也有类似是想法，"我想去做一名厨师。因为我小时候很好吃。以后做一名厨师，就可以自己做好吃的给自己去吃。"

杨敏说，长大后想当太空宇航员，能自由地在太空翱翔，那感觉好极了。在太空中能飘起，研究各种物质，想做什么就做什么，多自由，多爽快呀！如果当不成宇航员，那就去帮别人做头发，那也赚呀。

三

程佳燕很坦诚地告诉笔者："说真的，长大以后，我将会做什么职业，我也不知道。只知道好好学习，最后考上大学，那时我的职业就自然知道了。"

她说："我将会为了自己的职业干些什么呢？我们首先从现在做起，从身边的小事做起。努力学习是很有必要的，只有学习好，才能考上一所理想的大学，这样才能有一份好的职业。其次，就是有基本的道德礼仪，如果没有一个好人品，就难以在社会上立足，也更不用说该有什么好的职业了。不管以后做什么职业，我们都要好好学习，最后才可能拥有一份好的工作。"

袁标航关于将来的职业，说得也很含糊。"某一天，我可能在我想去的公司上班，坐在办公桌旁，看着电脑，不停地工作着，直到太阳下山，月亮露出它的脸庞，我才会结束一天的工作。

"想要成为正规的上班族，且要上好公司，当然要努力学习知识与本领了。我会开始探索关于我职业的知识，并且很好地掌握，加以运用，这样，以后遇到工作上的难处，我就可以迎刃而解了。

"要想上班，你就必须有学历。所以，我现在非常刻苦地学习，争取考上好的大学，然后再读研究生，这样我便可以干我喜欢的职业了。"

聂振贤说得比较具体，个人发展的路线图也似乎很清晰。"我希望我能成为一名科学家，为国家作出自己的一份贡献，让国家变得更强大。如果成绩不好，就做不成科学家了，但我还是会为国家作出自己的贡献，那就是成为一名运动员，在奥运会上为国家、也为自己拿到奖牌。"

"一年后考入高中，我会选择理科。因为理科是成为科学家的基本要求。但我不会成为一个只会学习的人，我还会每天坚持锻炼一小时。其中最主要的是打篮球和踢足球。

"当学习理科非常好时，我读书过后，会去上海做一名科学家，发明一种汽车，又接着发明几件物品。最后被北京中关村邀请去那儿做科学家。当学习不好时，身高一米八左右，我会打篮球。打一年左右，我会加盟广东东莞银行队，与中国篮球偶像易建联一起打拼。如果身高只有一米七时，我会去踢足球，踢一年左右，我会加盟上海上港队，与世界足球强队的一名球员在一起。"

四

柳窈说，将来想成为一名高中教师；程美玲说，想成为一名英语教师；李景东和鄢娟都说，想成为一名作家；方浩嘉说，想成为一名企业家；石贤妹说，想成为一名设计师；胡培丰和涂斐说，想成为一名CEO；李曦和程珊珊说，想当一名公务员……

大家伙的理想职业不能说不丰富，既有高大上的科学家、CEO，又有接地气的普通打工者、理发师；既有传统职业医生、教师、公务员，又有新时代职业编程师、电脑专家，还有文体方面的作家、歌手、运动员；等等。当然也有不很明朗的职业追求，或是一种既要工资高又想轻松的美好愿望。

或许，目前和这些少男少女谈职业准备，还有点为时尚早，因为未来的路，并非完全掌握在自己的脚下；也许多年后，当看到自己今天的所谓畅想，他们会认为当初的今日，是那样的幼稚可笑，又是那样的天真可爱；也许若干年后，一些人并没有按照今日所畅想的路去走，但一定有许多同学在心底深深地埋下了理想的种子。

谁也不要怀疑种子的力量，且不说在肥沃的大地上，就即便是在许多贫瘠的土地上，甚至是岩缝间，不也是草木葱茏、大树参天么？

有梦的人，比没梦的人，生活得将更加滋润；有准备的人，比没准备的人，生活得将更加潇洒。

说再过二十年

一

二十年后的你，会是啥样？

吴悠继续做着他的美食家梦。"二十年后的我，应该成了无人不知、无人不晓的大美食家。许多人来找我品尝美食。我被人称作'厨神'，我的弟子不下三千，每个都是十分有名的'食神'。这虽然是我想象出来的，可是这个是我的梦想，也是我的目标。尽管前方一路坎坷，但我决不会放弃。"

石贤妹也继续畅谈着她的设计师计划。"那时的我，已经是三十多岁的人，在一家知名的公司上班。每个月拿着过万的工资，想想都开心。那时，我早已完成了自己理想，当上了服装设计师。我设计出一款可以自动变色的衣服。如果你不喜欢某种颜色，便可以想换什么颜色就是什么颜色。它还可以根据太阳光的热量进行变色。当你在大夏天走在街上的时候，它会变成白色，以减少热量。冬天，它就变成黑色，使你变得更加暖和。"

程珊珊也有类似的设想。"二十年后，我想成为一位举世闻名的服装设计师了。我设计的不管是春装还是冬装，不管是流行的还是复古的，不管是姑娘的还是小伙的，都受到了大家的欢迎。我还设计出一种腊梅树叶形状的衣服，有按摩作用；衣服的肩部十分软，让人感到很舒服……"

刘菁一如既往地做着她的音乐梦。"到了2036年，我已经是个成熟的女人了。那时，我的音乐梦已经实现了。歌曲被许多人赞赏和传唱，家人也过着富足的生活。我一出门就会被万众瞩目，这种被崇拜的感觉十分幸福。我的人生将变得十分精彩。"

方浩嘉，保持着他的科幻风格。"二十年后，我将是一名科学家。一天，我坐在'特快号'飞船上，受地球同胞的邀请，来地球参加'地球节'派对。我让女儿同我一起，但女儿说：'爸爸，你难道不知道我一见到那些黄沙和臭水就呕吐吗？'我为此很是不快。但到了地球，我震惊了，绿色的原野，绿色的山峦，绿色的森林，绿色的村庄……只见一群小姑娘正在一条清澈见底的小河里打水仗呢。派对结束了，我离开地球时，我喊道：'地球，我爱你！'"

二

涂威认为自己二十年后将可能成为一名发明家，将生产一种新型的防盗锁。他说："这种锁可不是一般的防盗锁。只要把亲人朋友的照片输入防盗锁里，防盗锁经扫描对应后，会自动开门；如果是客人，就会提醒家里人；如果家里没人，就会向客人说明，叫客人等会再来；如果是坏人，那么这个锁就会警告坏人；如果小偷还不离开，防盗锁会自动弹出手铐，将小偷铐住，再传送给派出所。这种锁，将会给人类带来极大的方便。"

胡培丰同样也有他自己的创意。他说，他想经营一家"说话相片公司"。这种公司，可以给照片加上语言；只要点击照片的某个按钮，声音就会播放出来。这样可以使照片"有声有色"了。

殷文嘉想得更浪漫。"那时，我也许是一个大富翁，有着自己的飞机、游艇，有几百个分公司，而我是 CEO。我那时还是一个很帅的人，有很多的女生追我，而我喜欢一个贫穷的女孩，因为她的善良和纯朴打动了我。我就是王子，她就是灰姑娘。最后，我们结婚生子，过上了幸福美好的生活。这就是我理想中的二十年后的我。"

吴自豪把自己的特长和梦想联系在一起。"我希望长大后，我可以成为一名会计，因为我的数学比较好。但想成为一名会计，我要将自己粗心大意的毛病改掉。同时，我要多交一些对自己有益的朋友，他们也许能在我遇到困难时，给予我一些帮助。"

柳闻言对自己的规划很清晰。他说："二十年后，我想成为一家超市的经理人，我将经营这不怎么大、也不怎么小的超市。超市里的东西有很多，分为三层。第一层，主要是卖食物的，有蔬菜、水果、零食等；第二层，主要是卖玩具的，有很多玩具；第三层，主要是卖衣服的，有童装，也有成人装，有老式的，也有很潮流的。我会好好经营这家超市。"

三

涂欣欣不光是想到个人。她说："二十年后的我，有幸福美满的家庭，有属于自己的餐厅，有过千万的收入。我是一家餐厅的主厨。这个工作我很喜欢，毕竟我也爱吃。

"我一直想建设自己的家乡。这一年我便回到了家乡。家乡四周依旧四面环山，住房也没有多大变化，田地里的野草丛生，给本就荒凉的村子更添了几分凄凉。听妈妈讲道，许多年轻人都在外地居住，村子里也就只剩下十几个老人。

"这让我更想建设自己的家乡了。让村子里老人们的儿女，在自己村里就有工作，不用出远门到处打工了，也可以陪陪这些老人。

"我想着家乡建设，以原生态为主，不用搞那么多开发。用山上的怪石奇松、山下的湖光秋色作为风景。一些田地里栽树种花，另外则养些家禽。每家每户开农家乐，以黄梅有特色的东西作为主打菜肴，食材是无农药、无化肥的有机蔬菜，再添加几个娱乐项目就完美了。

"二十年后的我想这样过，可人在江湖，身不由己，许多事不是自己就能决定的，人生也总是跌宕起伏的，不可能一帆风顺，跌倒了再爬起来，失败了再继续努力，我们距离梦想就越来越近了。"

雷俊宏的想法，似乎是涂欣欣的续集。"二十年后的我，已经成家立业，我再次踏上回乡的旅途，目的地就是我们的雷咀村。人们见到我都亲切地打着招呼。村里的绿化不减当年，垃圾已经有人专门负责回收了。这是一个美丽的村子，也许那两层楼都已变成三层、四层、五层了吧。

"稻田不仅没有草，而且庄稼还满地。果园里的橘子又大又多，摘下一个，真甜。那时，我们村的人们都过着富裕的生活。回到家中，真是变化太大了。二十年后的我，可能就此居住在这雷咀村中。"

四

黄杏依旧很朴实。"二十年后，我来到了故乡。故乡都是高楼大厦了，爸爸可能已经不在了（他现年七十岁），我已经变成了一个大姑娘，有家庭，有事业，我那时应该是一个有名的理发师……"

柳浩伟则开始有了一些忧虑。"二十年后的我过得怎么样？我认为那时的我，应该有了妻子儿女，但那时的我是否还像现在一样帅气呢？那时的父母，是否过得安详？那时的我，是在办公室里躺着，空调开着，美食吃着，美酒喝着，还是在泥土堆里打滚呢？我好想去看看二十年后的我，那时我是不是背负着我们一家人的重任呢？我真的想知道。我希望二十年后，我过得很好。"

余晖说得更实在。"二十年后，我长大了，我的烦恼就非常多了。我那时必须努力工作，可是我还是很懒，我的事情老是做不完，做不好。我那时也许还是沉迷于网络游戏。哎，我现在就特别希望自己，不再懒惰，也不再玩手机游戏，我该学会学习、学会做事了。"

洪遇见说的，笔者觉得很无奈。他说："二十年后的我，只有两种可能，一是出去打工，二是继续玩着'英雄联盟'。我的学习成绩不好，上课也不听讲。老师说东，我在想西。如果我是出去打工，就是把中学读完后，和爸爸一起到深圳，先看爸爸做什么，然后自己也慢慢地做。如果能做得下去，那就最好；如果做不下去，就去学自己能做的事情。如果是玩游戏，那时很好的一件事，打赢了一门，就可以有好多钱，也不累，也快乐……呵呵，上面说的两种其实一点也不好，但是我只能有那两种可能性了。"

柳欢所说的，让人有些伤感。"我也不知道长大后，我能干什么。我那么笨，我为我的智商发愁，为我的未来担心。但我会脚踏实地地做好眼前的事。"

杨驰所说的，很现实。他说："二十年后，我应该在外打工。那时，我有了妻子儿女。我整天忙忙碌碌，为了家庭，从早上工作到深夜，只为了给家人一个好的生活。所以，我不管工作多累，每天都开开心心的。

"二十年后，我不会像我的父母那样对待我的儿女。我一定会好好教育他们，有事'动口'商量，不会'动手'商量，这是我二十年后做父亲的原则。

"二十年后，我的生活应该是星光灿烂的，不是黑暗的。我知道人的一生是很漫长的，遇到的事情可能是成功的，也可能是失败的。如果遇上失败，我也不怕，因为我相信一句话：'失败是成功之母。'

"我也一定会在二十年后，用自己亲手赚来的钱，来孝顺我的父母。"

五

柳窈向笔者描述了她二十年后的理想状态："二十年后的我，已不再是一个疯疯癫癫的小丫头了，而是一位举止优雅、成熟稳重的大女孩了；二十年后的我，有了一家自己的公司，在办公室里悠闲自在，好不惬意，漫步在大街上，众人向我投来敬佩的目光；二十年后的我，已经有了一个幸福的家庭了，一家人坐在一张餐桌前吃喝说笑，别提多和睦了……时间飞逝，假如二十年后的我不像上面说的那样娓娓动听，那该怎么办呢？所以，我们应趁着现在的大好时光，努力学习，争取将来过得更好。"

柳朝晖一如既往地相信自己能成为一名医生。"二十年后，我会成为一名医生，在武汉的同济医院上班。每天都可以解除许多病人的痛苦，挽救许多病人的生命，我会为自己而感到自豪。

"二十年后的我，不会像现在这样天真，或许我会放弃玩电脑游戏，培养其它的爱好。其实，我很喜欢钓鱼，但由于种种原因，我这小小的梦至今还未实现。

"没错，前面提到过，我向往的城市是武汉，那是个美丽的地方，并且和老家只有两个多小时车程，可以常回家看看。

"那时，我应该会长到一米八多，但我的体重令人担忧，所以我会加强锻炼，在二十年后的今天，做一个健康的自己。

"二十年，其实不远。我们可以尽情地去规划自己，但想实现梦想，我们只有把握现在。"

六

在受访的同学中，他们大多希望自己能在二十年后，有一份稳定的工作，有一笔不错的薪水，有一个美满的家庭；但也有一些同学，说自己二十年后的生活也许并不好，甚至还有一位女生说那时的自己可能过一种单身生活。大多同学希望自己轻轻松松，但也有少数同学认为会很忙碌，没有时间享受生活。

我一直希望自己能用一种尽可能客观、尽可能平静、尽可能理性的心态，来对待这群少男少女，来应对他们的娓娓道来。然而，实际上我很难持久地保持着那份淡然。

是为一些不切实际的想法而担忧，还是为一些过于现实的境况而悲凉？或者兼而有之，或者什么也不是。

"生活不只是苟且，还有诗和远方。"是的，对于这些一半生活在山区、一半生活在平原，大多衣食无忧、少数吃穿发愁的少年们，他们应当像城里的孩子一样，有更多的"诗和远方"，尽可能地远离苟且和悲凉。

此时，我忽然产生一种怀疑："二十年后的我"这个话题，他们需要吗？是不是所有的孩子都有必要去思考、去描述呢？

它似乎是一把双刃剑，一方面可以引导这群少年，尽情地描绘心中那五彩斑斓的梦，另一方面也可能刺激一些稚嫩的、曾经受过伤害的心。

也许是我太理想，也许是我太功利，也许是我太脆弱，也许是我太世俗……总之，我无法判定，这样的话题，到底能产生多大正能量？

然而，有一些东西却给予我一种坚信：

他们既生活在现实中，也生活在理想中；

他们既关注着个人和家庭，也关注着家乡和地球！

作为未成年的他们，比我们这些所谓的成年人，也许更坚强，更宽广，更有赤子之心，更有想象力和创造力！

我忽然想到了陶行知先生的《小孩不小歌》。且以此作为本文的收尾吧。

人人都说小孩小，谁知人小心不小？

你若小看小孩子，便比小孩还要小。

跋：你若懂我，该有多好

一个姓瞿的男生

有一个姓瞿的小子，一直记忆在我的脑海里。

应该是 1999 年吧。那时，我在濯港一中。那个春季，我接手了七年级一个班的班主任。这也是我在初中教学生涯里，唯一的一次当班主任。

有一次，瞿同学旷课了两三天。我找了他的舅舅——学校的王老师，王老师说，瞿同学不想读书了。

瞿同学来校了，为了搬走课桌（那时的课桌，是私有财产）。我和他在校园里边走边聊。开始时，他一直默不作声。后来，他慢慢开口了。他边哭边说，父母的关系不好，爱吵架；他自己的成绩也不好，学不进；一些时候，课堂上故意搞一些动作，就是为了故意惹老师生气……

他的话，让我想起了一些事情。有时，我看到他在课堂上摆出一些奇怪的姿势，或是和旁边的同学做一些小动作，说一些话，我用眼神提醒，他装作没看见。我走到他身旁，想轻抚一些他的头。没想到的是，他会条件反射地扬起他的手，阻挡我的轻抚。

经过两三节课的交流，他说，他很感动，也很感谢，感谢老师这么耐心地陪伴他，开导他。于是，他又回到了教室。

但没想到的是，星期五放假回家后，他便再也没有来上学了，课桌也不搬了。

我又找王老师，王老师也无奈。说瞿同学的父母常常吵架，瞿同学的性格有些偏激，父母也拿他没办法。

我也没办法了。瞿同学从此失学了。

后来常想，如果我能更早地发现他的性格问题，及早地跟他进行一些沟通，帮他调适，也许他能完成初中学业。

当然，他的家庭问题，外人是无法插手的；就是他的舅舅，也没法子。家庭问题解决不了，其它方面的努力，都是隔靴搔痒。

小瞿，你现在该成家立业了吧？你过得还好吗？

一个姓吴的女生

2009 年，我在濯港二中。一个姓吴的女生，让我印象深刻。

上课时，她经常是偏着头，一副拒绝所有信息、拒绝所有交流的样子。有一节课上，我看见她把脸偏向墙壁，很是心不在焉的样子。我便走过去，轻轻地碰了她的肩膀。但她却向我投来一种很气愤的眼神。

点她起来发言，她一般还是比较识大体地站了起来，但许多时候是一言不发。此时，我也只能"识趣"地示意她坐下。想提醒或批评，但又觉得一切都是多余的，说不定还会是适得其反，弄得大家都不愉快，也担心课堂会因此而混乱。

有一次，上课期间，我正准备到办公室去，而在上楼梯时恰好碰到她下楼，便轻轻地问了她一句，到哪里去？她头也不偏，只一股脑儿走她的路。她那时，神情冷漠，不屑一顾。

我猜想着，她也许从小就养成了这样的一种性格吧，现在是习惯使然；也许是因为马上要中考了，她急躁，烦闷，为自己恨铁不成钢；也许是因为偏科，在薄弱学科下了功夫，但不见成效……

有一天，班主任给我看了她的一张纸条。上面写道："我不想读下去，请您许可，我成绩提不上来，对学习又一点兴趣没有，再读也没有什么意义。"然后，一上午，都没有看到她的影子，她把自己封闭在寝室里，班主任去劝说了半天，没有什么效果。

作为一个科任教师，我知道当面交流，基本徒劳。我便写了一篇《我想告诉你》的文章，交给她，并对她说，帮老师看看改改。

文中，我告诉她，一个人要能快乐、幸福，首先要有一个好性格；用一颗阳光的心，去面对一切的人，一切的事，不管是顺利的，还是不顺利的；父母都是深爱着自己的子女，即使是远离家乡、远离孩子，但那是迫于生活，希望为孩子创造财富，创造幸福；学习是急不来的，越急只会越乱；心中若有烦恼，那就找父母、找老师、找好的朋友，好好地倾吐一番吧……

她没有回信，也没有回话，但我知道，这样的对话方式，一定是有用的。之后，她又有几次反复，逃学了两回，我又交给她两篇文章：《别犯傻》《你终于回来了》。

她终于回来了，而且安心地读完了九年级，并且考取了普高重点班。

小吴，你后来读完了高中、考上大学了吧？现在工作情况如何？

这群少男少女

2012 年，我在独山中学。

那是距离中考还有五个多星期时，我"突发奇想"：为班上每一个同学写一篇短文，名曰"这群少男少女"。要求自己每天固定写两人，雷打不动，确保在中考前一周圆满完成任务。

从那天起，我便开始了爬格之旅。大多时候，我都是早晨五点钟起床，第一件事就是写作一篇这组文章。写好后，便怀揣着一份惬意，去迎接初升的太阳。当天的第二篇，我则在午睡之后、晚上或者其他闲暇时间，见缝插针，利用三四十分钟将其完成。每天的这个作业完成之际，便是我心满意足之时。

这一个月的爬格之旅，也并非一帆风顺。因为仅仅作为一个语文老师，每天与学生的相处时间，大多只有课堂上的四十分钟。

许多性格外向、个性鲜明的同学自然最先进入我的写作视野。所以，最初写的一二十篇，便是那些学习刻苦的、阳光活泼的，或是调皮捣蛋的、充满叛逆的，因为他们给予我的印象更深刻。写起这些同学来，我无须苦思冥想，坐下来二三十分钟便一气呵成。

但越往后头，便觉得越难动笔，因为还有许多同学性格内向、特色不明，而且与我正面交流不多。于是，我只有去翻阅作文、查看信息表，并在课堂、课间细心观察，从一些"蛛丝马迹"中去洞察他们的内心世界，力求让文字更符合他们真实个性。

如果说最初的一些文字，更多的是在进行客观描摹，那么越往后写，便越发引发我对当前教育、对生命成长的理性思考。

比如，看到有同学朗读不好，我便能预测到他的英语也不行；

学习上能主动、认真的，其往往也更爱护公共环境；

头发突然梳理得很干练的，其实是在给自己一些正面的心理提示；

性格叛逆的，大多是因为家庭曾经出现过一些创伤；

有同学虽然成绩不太理想，但也能从容面对、积极向上，并能够自得其乐；

许多同学学习劲头不足，往往是因为某一学科在某个阶段给拉下距离的，其中有很大一部分同学是因为英语"输在起跑线"上……

这样的观察和思考，或许肤浅，或许片面，但越思考越觉得，生命竟是如此的多姿多彩，教育是这样的任何一刻也懈怠不得。

这次爬格之旅，历经一月时光。期间我有过身体不适，有过心绪不佳，有过事务繁忙，但我从来没有动摇过，没有推延过，更没有放弃过。

这一组四十多篇短文，三万多字，一直存放在我的博客里。许多学生毕业后常常光顾于此，来寻找他们当年的一些记忆，一些轶事。

也正是这组文字，让我真正地开始了观察学生、研究学生，以期读懂学生。

你们这群少男少女们，还是那样"恰同学少年，风华正茂"吧！

你若懂我，该有多好

一些时候，我们这些当老师的，常常发出这样的感慨：现在的学生真不懂事，我的好心被你当作驴肝肺了。是的，现在的留守儿童、独生子女，往往会认为来自父母的、老师的或朋友的关爱，是理所应当的。他们缺少一种感恩之心。

其实，我们不妨换一个角度来看问题。许多时候，我们读懂了孩子吗？

也许他们在心里都在想着：你若懂我，该有多好！

这正如网传的莫言写的诗句那样：

> 每个人都有一个死角
>
> 心甘情愿独自承受煎熬
>
> 纷纷扰扰，任凭你无理取闹
>
> 能还给你的，是一个微笑
>
> 每颗心都有一道伤痕
>
> 都是因为深爱一个人
>
> 我把所有委屈都困在那里
>
> 你不懂我，我不怪你
>
> 舍不得，我的眼泪把你湿掉
>
> 你若懂我，那该有多好
>
> ……

是的，你若懂我，该有多好！